De la même auteure

Lazy Bird, Montréal, Québec Amérique, 2009.

Mirror Lake, Montréal, Québec Amérique, 2006.
    Prix Ringuet de l'Académie des lettres du Québec.

Le Pendu de Trempes, Montréal, Québec Amérique, 2004.

Projections (en collaboration avec la photographe Angela Grauerholz),
    coll. « L'image amie », Québec, J'ai vu, 2003.

Le Ravissement, Québec, L'instant même, 2001.
    Prix littéraire du Gouverneur général 2001, catégorie « romans et nouvelles ».
    Prix littéraire des collégiennes et des collégiens 2002 (Collège de Sherbrooke).

Les derniers jours de Noah Eisenbaum, Québec, L'instant même, 1998.

Alias Charlie, Montréal, Leméac, 1994.

Portraits d'après modèles, Montréal, Leméac, 1991.

La Femme de Sath, Montréal, Québec Amérique, 1987.

Rivière Tremblante

Catalogage avant publication de Bibliothèque et Archives nationales
du Québec et Bibliothèque et Archives Canada

Michaud, Andrée A.
Rivière Tremblante
(Littérature d'Amérique)
ISBN 978-2-7644-0952-7
I. Titre. II. Collection: Collection Littérature d'Amérique.

PS8576.I217R58 2011   C843'.54   C2010-942337-2
PS9576.I217R58 2011

Conseil des Arts   Canada Council
du Canada   for the Arts

SODEC
Québec

Nous reconnaissons l'aide financière du gouvernement du Canada par
l'entremise du Fonds du livre du Canada pour nos activités d'édition.

Gouvernement du Québec – Programme de crédit d'impôt pour
l'édition de livres – Gestion SODEC.

Les Éditions Québec Amérique bénéficient du programme de subven-
tion globale du Conseil des Arts du Canada. Elles tiennent également
à remercier la SODEC pour son appui financier.

L'auteure remercie le Conseil des Arts du Canada pour son soutien
financier.

Québec Amérique
329, rue de la Commune Ouest, 3e étage
Montréal (Québec) Canada H2Y 2E1
Téléphone: 514 499-3000, télécopieur: 514 499-3010

Dépôt légal: 1er trimestre 2011
Bibliothèque nationale du Québec
Bibliothèque nationale du Canada

Projet dirigé par Isabelle Longpré
Mise en pages: Karine Raymond
Révision linguistique: Claude Frappier et Diane-Monique Daviau
Conception graphique originale: Isabelle Lépine
Adaptation de la grille graphique: Célia Provencher-Galarneau
Illustration en couverture: Lyse Marion

Imprimé au Canada

Andrée A. Michaud

Rivière Tremblante

roman

Québec Amérique

Les noms des personnages apparaissant dans ce roman, bien qu'ils soient courants au Québec, désignent des personnages purement fictifs, inventés aux seules fins de l'histoire, à moins qu'il ne s'agisse de figures publiques ou ayant défrayé l'actualité. Quant aux lieux où se déroule principalement le récit, ils ont été construits à partir de divers lieux assemblés par l'auteure.

Quiconque reconnaîtrait Rivière-aux-Trembles ou l'un des personnages de ce roman devrait donc mettre cette parenté sur le compte des hasards de l'invention ou la lier au fait qu'un homme ne peut ressembler qu'à un autre homme et que les paysages, les villages et les forêts d'un même pays ont en commun des couleurs qui nous amènent à les confondre.

À tous les enfants
qui ne sont pas rentrés pour le souper

PREMIÈRE PARTIE

La nuit tombait sur Rivière-aux-Trembles. Dans le cimetière planté d'érables, mon père dormait dans le brouillard soulevé par le redoux des derniers jours, au terme duquel février couvrirait de nouveau le sol d'une couche de glace où se figeraient les cailloux et les bouts de branches sectionnés par le gel. Derrière le cimetière, sur la colline des Loups, stagnait un nuage dont la densité laissait croire qu'il pleuvait sur la colline, seulement là, au milieu des sapins noirs. Les derniers oiseaux du jour finissant lançaient des notes solitaires dans l'air saturé de silence, et moi, je demeurais immobile, à me demander que faire de cette sombre beauté coincée entre la mort et la proche obscurité.

Toute la journée, j'avais marché sur les petites routes boueuses qui menaient au village ou nous en éloignaient, selon qu'on avait envie de rentrer à la maison ou de fuir la tristesse des endroits délaissés. Après des heures d'épuisement, les mains et les pieds gelés, je m'interrogeais toujours, incapable de déterminer quelle direction je désirais prendre. Je n'étais revenue à Rivière-aux-Trembles que pour rendre un dernier hommage à mon père et déposer sur son cercueil, dans la chapelle où il serait enfermé jusqu'au printemps, quelques Mary-Jean, ses roses préférées, dont le rapide étiolement me permettrait d'envisager la mort pour ce qu'elle était, un nouvel état de la matière. Car la mort n'était que cela, une transformation de la chair et du sang, voilà ce que je me répétais pour ne pas penser à la fin de toute chose et de tout homme. Le corps de mon père s'était vidé de sa pensée pour atteindre une nouvelle forme de communion avec le monde, un état où la perception de la lumière, de la chaleur et du froid ne serait entravée ni par la douleur ni par la conscience.

Mais que savais-je de la douleur de la matière et des états d'âme de la pourriture ? J'imaginais de possibles résurrections, des réincarnations excluant la souffrance parce que je refusais d'envisager la mort comme un état définitif et immuable. La disparition de mon père m'obligeait à penser que j'allais disparaître aussi et à me demander ce que je faisais là, arrêtée au milieu d'une vie dont la conclusion serait sans appel. Je m'étais promis de repartir sitôt la cérémonie funèbre terminée et de ne jamais remettre les pieds à Rivière-aux-Trembles, mais le sentiment de n'en avoir plus pour si longtemps bouleversait tous mes plans. Contre toute attente, je ne me sentais pas la force de m'arracher au décor de ce village où s'était brutalement achevée mon enfance.

Accroupie près de la pierre tombale d'une inconnue faisant face au couchant pour l'éternité, j'ai demandé à mon père de me venir en aide, j'ai prié la mère que je n'avais pas connue, morte trop jeune, broyée en plein soleil, j'ai imploré le ciel de m'envoyer un signe, et c'est à ce moment que le cri a retenti, un cri d'effroi pouvant aussi bien venir du creux de la terre que des profondeurs de ma mémoire. Michael, ai-je murmuré d'une voix enrouée par la pluie et le froid, c'est toi Michael ? Mais le silence était retombé sur la campagne, plus compact encore que celui ayant précédé le cri. Alors j'ai couru, j'ai pris un des quatre chemins divisant mon village à la manière d'une croix et me suis enfoncée dans la brunante. Après quelques minutes, je me suis arrêtée, à bout de souffle. J'ai posé mes mains sur mes genoux et, en levant la tête, j'ai aperçu un chevreuil qui broutait près d'un maigre bras de forêt progressant dans les champs, perdu dans le brouillard descendant de la colline des Loups, pareil à ces visions salvatrices éloignant du gouffre les hommes sur le point d'y basculer.

J'ai avancé de quelques pas dans le champ gorgé de neige fondante et, pendant que le chevreuil disparaissait dans la forêt, j'ai laissé couler sur le gouffre refermé les larmes que je retenais depuis le matin. Il était temps, pour moi, d'enfin rentrer à la maison.

I
LES HISTOIRES

MARNIE

Il avait douze ans, j'en avais onze, et, comme dans les récits chevaleresques, nous avions juré de ne jamais nous quitter, ignorant que l'éternité du serment peut être brève. Michael Saint-Pierre a néanmoins tenu ses promesses, son souvenir ne m'a jamais quittée, mais les abris que nous construisions au cœur de la forêt et les voyages intergalactiques que nous projetions n'existent désormais que dans ces rêves de plus en plus rares où Michael, grimpé sur la plus haute branche d'un arbre immense, me parle avec ses mots d'enfant de l'infinité de l'univers.

Michael Superman Saint-Pierre, fils de Jeanne Dubé et de Victor Saint-Pierre, a disparu dans les bois de Rivière-aux-Trembles le 7 août 1979. J'ignore ce qui est arrivé dans ces bois, tout le monde l'ignore, sauf Mike et son possible agresseur, mais il m'arrive de croire qu'il est toujours vivant, qu'une force dont je ne peux concevoir la puissance est venue le chercher sur sa branche pour l'emmener sur une planète jumelle de Krypton ou sur un de ces astres lointains que l'homme n'a pas encore découverts. Dans ces moments, je me dis qu'un jour, un message m'arrivera de l'espace, lumineux parmi la myriade d'étoiles que j'observe parfois jusqu'à l'étourdissement, pour m'annoncer que Michael Saint-Pierre prépare son retour sur terre.

La vérité, c'est que Michael est probablement mort au fond des bois, son corps disloqué charrié par la rivière jusque dans la gueule des coyotes et des loups, à moins qu'un prédateur à visage trop humain se soit jeté sur lui pour des motifs que seule la folie peut expliquer. En l'absence de corps, je continue toutefois à espérer que mon ami Mike, prisonnier d'une amnésie engendrée par la foudre, marche toujours quelque part sur le sol moussu d'une forêt lointaine. Si c'est le cas, peut-être ses pas, poussés par quelque mémoire floue de l'enfance, finiront-ils par le mener ici, à Rivière-aux-Trembles, dans ce lieu où, à cause d'un cri dont je ne connais pas l'origine, j'ai décidé de revenir m'installer après vingt-neuf ans d'absence.

Nous avions entendu ce cri à deux reprises au cours du même été, Michael et moi, l'été 79, celui de sa disparition. La première fois, c'était un peu avant la tombée de la nuit, quand l'absence de vent permet aux cris de voyager dans l'air humide. On s'amusait à lancer des cailloux dans le lac aux Barbotes, celui qui rate le cap est une patate, lorsqu'un hurlement à faire frémir l'écorce des bouleaux avait déchiré l'obscurité. Un dernier caillou avait plongé dans l'eau sans vagues et Michael s'était figé sur place, le bras levé, pendant que je laissais retomber la pierre plate que j'avais dénichée sous un tas de bois de plage. Nos regards s'étaient croisés et, sans avoir à se concerter, on s'était précipités dans le sentier menant au lac pour filer à toutes jambes vers le village.

Avant d'arriver au chemin des sœurs Morin, près duquel on avait caché nos bicyclettes chromées, bleue pour Michael, avec des poignées rouges, aux couleurs de Superman, noire pour moi, parce que c'était la dernière en stock le jour où mon père me l'avait achetée, j'avais trébuché sur une racine qui traversait le sentier et effectué une longue chute au ralenti. Mes tresses de squaw, tenues par des élastiques jaune citron, avaient volé devant mes yeux, précédées par ma casquette des Expos, pendant que mes mains tentaient de s'accrocher au vide, puis le pan de ciel où tournoyait ma casquette avait disparu. Le nez dans la terre boueuse, les feuilles pourries et les aiguilles d'épinette, j'avais eu l'impression qu'une main agrippait ma jambe gauche pour me tirer vers l'arrière, vers le lac et ses profondeurs. Il s'agissait d'un premier avertissement, ai-je cru par la suite, du premier signe d'un destin qui nous happerait, Michael et moi, et mettrait un terme à tous nos jeux. Des ongles que j'imaginais craquelés et noirs, pareils aux serres des sorcières de la swamp aux Fantômes, lieu mythique inventé pour éloigner les enfants des tourbières s'étendant à l'est de la colline des Loups, s'enfonçaient déjà dans ma cheville quand les mains de Michael m'avaient saisie sous les épaules pour m'aider à me relever. Grouille-toué, Marnie, vite, ça va nous rattraper, ça s'en vient, je le sens. Mais c'était arrivé, c'était déjà là, cette chose qui rendrait fou le soleil de Rivière-aux-Trembles.

Le lendemain, on a appris que Martin Bouchard, le fils aîné du maire Jos Bouchard, s'était noyé aux environs de huit heures, la veille, en retirant les filets à pêche qu'il avait jetés à l'embouchure de la rivière aux Bleuets, à cinq kilomètres du lac aux Barbotes par la route, à moins de deux kilomètres à vol d'oiseau et à portée de voix dans l'air humide. On a entendu le cri de la mort, Marn, a murmuré Michael en crachant sa gomme sur le trottoir, et on est restés là, figés, les yeux tournés vers la forêt où la mort avait hurlé.

La deuxième fois que ce cri a retenti dans la région serait aussi la dernière, du moins cet été-là. C'était le 7 août, un 7 août torride où le soleil alternait avec des nuages de plus en plus denses annonçant l'orage. Appuyés sur la rampe de la galerie, on essayait de tuer le temps en comptant les mouches agglutinées sur la façade de la maison de Michael, à qui sa mère avait confié la tâche de surveiller sa petite sœur, Émilie, Emmy-Lou, Emmy-Lili, pendant qu'elle se rendait chez madame Tremblay pour lui apprendre une recette de pouding aux fraises dans laquelle les fraises pouvaient être remplacées par des framboises, des bleuets, des mûres, des prunes, des pommes et des gadelles, bref, par tous les petits, moyens ou gros fruits qui poussaient dans le coin.

L'après-midi s'étirait dans une chaleur humide qui semblait affecter jusqu'aux poupées de chiffon d'Emmy-Lili, étendues jambes écartées sur le bois de la galerie. Nos vêtements nous collaient à la peau, les fins cheveux blonds d'Emmy dessinaient sur son front des virgules mouillées et les criquets rassemblés en masse dans le foin jaune avaient fait taire tous les oiseaux. On en voulait à Denise Tremblay, qui s'était mariée en juin dans une robe de magazine et ne savait même pas faire cuire un œuf, et on en voulait à la mère de Michael, qui s'était mis en tête de transformer cette nouvelle mariée en cordon-bleu. En voyant sa vieille Datsun déboucher dans l'allée de la maison, on a couru chercher nos maillots et Michael lui a crié qu'on partait se baigner, sans écouter ses recommandations ni prendre le temps de la saluer.

Derrière nous, Emmy-Lili s'est mise à pleurer. Je veux aller avec toi, Mike. Emmène Mimi, emmène Lili… Ces pleurs n'étaient que d'innocents pleurs de gamine, mais ils allaient s'incruster dans la mémoire que je garderais de ce jour aussi farouchement qu'une nuée de moustiques attirés par le sang frais. Ce sont ces pleurs qui me tireraient de mon sommeil, bien des années plus tard, les pleurs de la petite Emmy-Lou implorant son frère de ne pas l'abandonner, de ne pas la laisser seule sous l'orage, de l'emmener dans ces bois dont certains ne reviennent pas. Les pleurs de la petite Emmy qui avait peut-être deviné, à la couleur du ciel, qu'elle ne reverrait jamais Michael, son frère, son dieu.

En lui tapotant la tête, Michael lui a donné un suçon au caramel qui traînait au fond d'une de ses poches, Mike sera pas parti longtemps, Lili, et on a enfourché nos bicyclettes volantes pour emprunter le chemin du 4, puis un sentier qui nous mènerait là où la rivière formait une cuvette dans laquelle il était possible de plonger sans se blesser, de se dérober aux yeux des monstres de la forêt et de faire la planche en regardant les nuages se déformer à travers les feuilles des arbres. C'était notre lieu secret, notre oasis, loin du monde des grands, de sa rigueur, de sa grisaille. Michael l'avait baptisé le bassin magique et prétendait que c'est du fond de ce bassin que surgirait la forteresse où il abriterait sa solitude lorsqu'il aurait atteint ses dix-huit ans et y lancerait l'aiguille de verre émeraude de Superman.

En attendant qu'émerge de la rivière l'étincelante preuve des origines lointaines de Superman, on s'était construit une cabane en branches sous les sapins, face au bassin. C'est là qu'on se trouvait quand l'orage a éclaté, à classer selon leur taille et leur couleur les pierres qu'on avait pêchées au fond de l'eau. Les premières gouttes ont frappé le toit de la cabane alors que Michael disposait les blanches près du cercle de cailloux noirs dont les pouvoirs nous rendaient invulnérables. Ça va tonner, Marn, a-t-il lancé après avoir jeté un œil à travers l'ouverture servant de porte à la cabane, puis il a couru chercher nos maillots, qui séchaient côte à côte sur un rocher plat.

Il n'aurait dû s'absenter que quelques secondes et, ne le voyant pas revenir, je me suis glissée jusqu'à la porte. Il était debout près du rocher, dos à la cabane, et il se balançait de droite à gauche en soulevant une jambe, puis l'autre, à la manière du robot de métal rouillé dont il avait fini par se débarrasser au début de l'été. Nos maillots pendaient au bout de ses bras écartés et sa tête retombait sur sa poitrine, comme s'il n'avait plus la force de la tenir droite. Le cou rompu, il fixait son running gauche, dont le lacet s'était détaché.

J'ai d'abord cru qu'il s'agissait d'une blague, que Michael voulait me faire marcher, mais quelque chose ne tournait pas rond. Il ressemblait aux zombies de *La nuit des morts-vivants*, qu'on avait regardé en cachette quelques semaines plus tôt. Il ressemblait aux poupées d'Emmy-Lou, avec leurs membres mous et leur cou cassé. Qu'est-ce que tu fais, Mike ? Je te trouve pas drôle ! Mais il n'a pas réagi. Il a continué à osciller de gauche à droite, puis il s'est mis à reculer à pas prudents, les bras levés, jusqu'à ce qu'un éclair illumine le ciel au-dessus du bassin. Il a alors bondi vers l'arrière, battant cette fois des bras à la manière du robot de *Perdus dans l'espace* lorsqu'il crie « Danger ! Danger ! ». Mike ne criait cependant pas mais, comme le robot, il avait peur de je ne sais quelle ombre s'avançant sur lui, de je ne sais quelle créature que me masquaient les arbres, son corps, la pluie. J'ai cherché cette ombre, ce mort-vivant qui voulait dévorer Michael, mais je ne distinguais que le mouvement des branches agitées par le vent, derrière lesquelles auraient pu se mouvoir autant de bras puissants et menaçants. J'étais sur le point de percevoir, me semblait-il, le bras velu qui surgirait des arbres, il était là, lacéré de griffures, quand j'ai entendu, à travers le grondement du tonnerre, le cri perçant du noyé de la rivière aux Bleuets, le hurlement qui nous avait annoncé la mort de Martin Bouchard. Un deuxième éclair a immédiatement fendu les nuages et Michael s'est immobilisé, laissant nos maillots tomber à ses pieds dans un geste d'une telle lenteur que j'ai cru que les bouts de tissu mouillés allaient demeurer suspendus à ses mains ouvertes et ne jamais toucher le sol.

La gorge aussi sèche que si j'avais couru du village jusqu'à la mare à Mailloux sans m'arrêter, je lui ai répété que ses simagrées ne m'amusaient pas, arrête de niaiser, Mike, t'es pas drôle pantoute. Quand le vent s'est mis à tournoyer sur le bassin, j'ai essayé de lui dire de rentrer à la cabane, vite, Mike, ça arrive, c'est là, les loups-garous et les sorcières, mais j'étais sans voix, paralysée par la fixité de Mike, par son corps pétrifié sous la pluie. Tu me fais peur, Mike, suis-je parvenue à murmurer ou à pleurnicher, je ne sais plus, mais ma peur n'avait pas le pouvoir de secouer sa torpeur. Après quelques secondes interminables, il s'est enfin tourné vers moi, plus blanc que les draps frais étendus dans les arrière-cours de Rivière-aux-Trembles, tous les matins d'été, par des femmes aux cheveux fous. J'ai alors cru qu'il allait s'évanouir, mais il a prononcé quelques paroles à mon intention ou à l'intention des spectres invisibles postés devant son regard vide. Dans le vacarme du vent faisant ployer les arbres, je n'ai pas entendu ces paroles, j'ai seulement vu sa bouche qui s'ouvrait mécaniquement, ses lèvres qui s'arrondissaient autour de sons étranges, mauvais temps, madame, mauvais temps, ne plie pas le jour. Puis, comme s'il était soudain sorti de sa transe, il m'a souri d'un sourire empreint de la plus infinie désolation, a discrètement levé la main en signe d'au revoir et s'est rué entre les arbres, poussé par les bras se multipliant dans la tempête. J'aurais dû le rattraper, suivre le couloir d'obscurité où il s'enfonçait, mais mes jambes étaient aussi molles que celles des poupées d'Emmy-Lili, qui devaient se réjouir, là-bas où la peur n'était pas encore arrivée, de la bienheureuse fraîcheur de la pluie.

Je suis sortie de la cabane à quatre pattes, ne songeant qu'aux paroles absurdes prononcées par Mike, mauvais temps, madame, mauvais temps, puis à son running détaché, tout ça mélangé, tout ça dans le désordre, à ce running usé qui claquait sur son talon nu, resterait coincé entre deux racines et le ferait trébucher. Quand j'ai réussi à me mettre debout, l'esprit aussi confus qu'au sortir d'un cauchemar, la tache claire du t-shirt rouge de Mike s'était déjà perdue dans l'enchevêtrement de la forêt. Un autre éclair a illuminé le ciel noirci de nuages catapultés par le vent et je suis demeurée seule, à crier inutilement le nom de Michael Saint-Pierre.

Je l'ai attendu dans la cabane jusqu'à la fin de l'orage, emmurée par l'écho du hurlement qui avait brisé le ciel d'un éclair mauve, puis je suis rentrée à la maison les genoux tremblants sur ma bicyclette chromée, luttant à chaque coup de pédale contre la force inconnue qui voulait me tirer vers l'arrière.

Une heure plus tard, une trentaine d'hommes, guidés par une enfant secouée de spasmes, prenaient le chemin du bassin magique, à partir duquel ils se sont séparés pour sillonner la forêt en suivant les branches d'une étoile dont le centre se situait là où Michael avait échappé nos maillots trempés. Dans la cabane, les cercles de cailloux s'étaient brisés.

BILL

J'ai échoué à Rivière-aux-Trembles comme une pierre ballottée par le courant. J'aurais pu finir à Chicago, Sept-Îles, Tombouctou ou Maniwaki, mais c'est ici que ma dégringolade m'a mené. C'est exactement ce dont j'avais besoin, d'un trou perdu où Lucy-Ann ne viendrait pas me harceler de ses accusations et où je pourrais macérer dans mon malheur en racontant à Billie toutes les histoires que cette chienne de vie ne m'a pas permis de terminer.

J'ai tellement raconté d'histoires à cette enfant que j'avais parfois l'impression que la réalité n'existait plus, qu'elle n'était qu'un pâle succédané du film se déroulant dans l'esprit un peu tordu des gars de mon espèce. On s'assoyait bien au chaud dans la lumière de la véranda, je choisissais un livre au hasard, *Moby Dick*, l'*Odyssée*, *Cendrillon* ou *Le Petit Poucet*, et je réinventais pour elle, ma fille, le périple du capitaine Achab, les virées nocturnes de Cendrillon ou les aventures d'Ulysse au pays des cyclopes. Pour elle, je mélangeais l'Histoire et ses milliers d'histoires et n'hésitais pas à troubler la mémoire des livres en faisant monter Pinocchio à la proue du *Pequod* et en mariant le Petit Poucet à la princesse au petit pois, parce qu'elle aimait ça, tout simplement, parce que ça la faisait rire et rêver et que les rêves des petites filles sont parmi les plus belles choses du monde, personne ne m'enlèvera ça de l'esprit.

Ses histoires préférées demeuraient toutefois les miennes, *Ronie le crapaud volant*, *La dynastie de Noutes*, *Alice et les sept chats*, des contes de quelques pages qui avaient fait ma fortune et m'avaient amené jusqu'en Islande. *Ronie* avait été traduit en dix-sept langues et adapté en dessin animé dans les années quatre-vingt-dix, si bien que, quand j'avais connu L.A., Lucy-Ann, j'avais pu nous payer une maison cossue dans un quartier fréquenté par des gens propres et bien éduqués, qui ne crachaient pas sur les trottoirs et ne se soûlaient qu'au vin haut de gamme.

À quarante ans, j'aurais pu vivre de mes rentes, mais je m'acharnais à multiplier mes histoires de Noutes et de crapauds polyglottes, tout en essayant d'inculquer à quelques étudiants pour la plupart blasés des théories qu'ils tenteraient d'appliquer à la fiction avant de se rendre compte que ça n'intéressait personne.

Ma vie tournait autour de ces trois pôles, mes étudiants revenus de tout ce qui leur échappait, mes carnets de notes et Billie-Billienoute, l'unique princesse de mon royaume, qui sautait sur mes genoux à la première occasion pour que je lui invente une nouvelle histoire de crapaud, d'alligator ou de harfang des neiges, jusqu'à ce qu'elle découvre Harry Potter, le jeune Indiana Jones, Fifi Brindacier et toute une ribambelle d'héroïnes et de héros n'ayant ni l'allure ni la gueule d'un crapaud droit sorti d'un marais enchanté. À compter de ce jour, mes batraciens, Homère et les frères Grimm ont eu de la concurrence.

J'aurais pu être jaloux et en vouloir à Billie de préférer à l'univers féerique où évoluait mon bestiaire parlant les aventures d'un apprenti sorcier ou d'une fillette capable de soulever un cheval en chantant en suédois, mais comment en vouloir à une princesse qui vous transforme chaque jour en prince charmant. Bisous, papanoute, criait-elle en sautant sur mon lit, et mes cauchemars refluaient sous les draps en même temps que mes angoisses. La soudaine attirance de Billie pour ces histoires où l'enfance affrontait la bêtise humaine m'indiquait qu'elle grandissait, ce que je préférais ignorer tant qu'elle ne brûlerait pas ses robes de princesse avec des mégots de cigarette, mais elle me prouvait aussi qu'il était temps pour moi de me recycler. Or, la perspective d'abandonner mes crapauds pour des cow-boys frayant avec Sigmund Freud et Gertrud Stein ou pour des créatures métalliques communiquant en se tapant dans le front m'enchantait presque autant que de devenir fossoyeur en Azerbaïdjan. Mon désir de susciter l'admiration de Billie étant toutefois plus fort que mes inclinations littéraires, j'avais conçu le projet de lui concocter pour son prochain anniversaire une aventure de mon cru mettant en scène Indie le jeune et Billie Brindacier, car j'avais un certain penchant pour Indy, je l'avoue, de même que pour cette Fifi qui avait traversé les époques sans trop d'égratignures, un peu comme Jeanne d'Arc, mais à la manière punk. L'anniversaire en question n'est cependant jamais venu. Je l'ai attendu, Dieu sait que je l'ai attendu, persuadé que Billie ne pouvait pas rater son gâteau aux cerises ni ses neuf chandelles rouges, qu'il était impossible qu'elle ne descende pas l'escalier en courant, son chapeau pointu posé de travers sur ses cheveux en bataille.

J'ai attendu pour rien et n'ai jamais écrit mon *Billie and the Lost Ark*, ce qui vaut sans doute mieux, car je me serais probablement planté en essayant de me mesurer à George Lucas et Astrid Lindgren d'un seul souffle. La dernière histoire qu'elle avait voulu que je lui raconte appartenait à la série des Potter. Je m'en souviens parce que j'avais laissé traîner le livre, qui est tombé du guéridon lorsque Lucy-Ann est entrée en trombe en criant que Billie n'avait pas assisté à son cours de ballet, qu'elle avait quitté l'école à quinze heures trente, selon son habitude, mais ne s'était pas présentée chez mademoiselle Lenoir, sa prof de danse. Elle hurlait et gesticulait de façon hystérique et j'ai dû lui saisir les deux bras avant qu'elle s'étrangle avec le foulard qu'elle tentait d'arracher de son cou.

Quand j'ai compris ce qu'elle essayait de me dire, je me suis précipité dans la chambre de Billie, au cas où elle s'y serait cachée pour s'éviter la corvée que représentaient pour elle les cours de la Lenoir. Après avoir fouillé tout le deuxième, j'ai dévalé l'escalier quatre à quatre et j'ai aperçu le foulard de Lucy-Ann, qui gisait dans la neige fondue sur le plancher, à côté du roman piétiné. J'ai repoussé le foulard et j'ai ramassé le livre en essuyant frénétiquement la couverture, sur laquelle un des talons de Lucy-Ann avait écrasé le visage de Potter et ses lunettes du même coup. Pendant un instant, j'ai eu l'impression que le jeune Harry, derrière ses lunettes cassées, voulait me jeter un mauvais sort et faire de moi une des victimes de la malédiction pétrificatoire qui frappait dans ce roman. Je n'avais pas tout à fait tort, car je demeurais là, paralysé, pendant que Lucy-Ann gueulait derrière moi pour que je me bouge le cul et lui retrouve sa fille.

C'est Lucy-Ann qui avait insisté pour inscrire Billie à des cours de ballet, malgré les protestations de la petite. Elle aurait dû savoir qu'on n'oblige pas une enfant qui fait de l'embonpoint à affronter un peloton de fillettes filiformes prêtes à ouvrir le feu sur quiconque n'entre pas dans leur moule. C'est ainsi que les armées fonctionnent, que les guerres font leurs premières victimes. Mais L.A. n'avait rien voulu entendre. L.A. avait toujours été mince, L.A. était aussi bouchée que toutes les femmes minces question image de soi et n'avait aucune idée du calvaire des rondes. Résultat, après deux mois de danse, Billie s'était plus ou moins mise aux carottes et au jus de légumes. Alors le jour où le petit Dumas s'était fait renverser par une voiture, j'avais mis le poing sur la table et j'avais dit c'est fini, c'est assez, on ne va pas obliger une enfant qui risque à tout moment de rouler sous un dix tonnes à se ridiculiser dans un tutu qui pique pour n'avoir droit qu'à un rôle de souris minable dans une production miteuse de *Casse-Noisette*!

L.A. m'avait claqué la porte au nez et Billie avait poursuivi ses cours et son régime minceur jusqu'au jour où elle avait craqué devant un éclair au chocolat et où je l'avais vivement encouragée en m'en enfilant trois de suite dans le gosier. Elle était trop fragile, Billie, trop douce, trop rieuse, pour se retrouver engoncée à huit ans à peine dans le corset de papier glacé fabriqué par des magazines qui, depuis trois ou quatre décennies, modelaient l'image de la femme supposément idéale sur des filles à peine pubères ayant atteint le dernier stade de l'anorexie.

Le combat éclairs versus carottes, au terme duquel la puissance calorifique du chocolat mettrait knock-out les vertus de la vitamine C, a eu lieu quelques jours avant la disparition de la puce. L.A. recevait des copines à bruncher et on en a profité, Billie et moi, pour se tirer en douce et aller se balader en ville. On a hésité quelques instants entre le Jardin botanique et le cinéma, puis Billie a décrété qu'il faisait trop froid pour chercher des pistes d'extraterrestres dans les allées enneigées du Jardin, ainsi qu'on l'avait prévu. Ça remontait à loin, cette histoire de pistes d'extraterrestres. Billie devait avoir quatre ans et, grimpée sur un des tabourets de la cuisine, elle observait les marques creusées dans la neige fraîche par la neige tombée des arbres entourant la maison. Ces empreintes qu'elle n'avait jamais remarquées la fascinaient et je lui avais expliqué qu'il s'agissait de pistes de Martiens, version moderne des pistes de lutin de mon enfance.

Il y a des parents qui tentent de tout expliquer de façon rationnelle à leurs enfants dès que ceux-ci percent leur première dent, qui leur détaillent la loi de la relativité à quatre ans, les empêchent d'écouter Télétoon et refusent de les laisser s'évader dans ces mondes magiques remplis de créatures insaisissables, monstres ou fées, ogres ou farfadets se nichant dans les rêves pour vous apprendre que le réel n'est pas toujours ce qu'il paraît être et qu'il existe des univers où les arbres sont rouges, où des fleurs de la taille d'un cachalot sillonnent les océans. L.A., malheureusement, faisait partie de la faction parentale ne jurant que par les jouets éducatifs,

lapins carrés comptant jusqu'à cent, réveille-matin s'activant
sur des airs d'opéra, blocs de cire à oreilles récitant les fables
de La Fontaine. Voyant qu'elle s'apprêtait à expliquer à Billie
d'où venaient ces marques dans la neige, je lui ai lancé un de mes
regards les plus assassins, préférant blesser l'orgueil de L.A.
plutôt que d'empêcher l'imagination de Billie de s'emballer
pour se créer un monde qui n'appartiendrait qu'à elle et dont
elle se souviendrait, des années plus tard, comme d'une des
plus belles régions de la terre.

La recherche de pistes d'extraterrestres étant exclue, Billie
s'est mise à sautiller autour de moi pour qu'on retourne voir
L'ère de glace, même si on avait vu ce film la semaine d'avant.
Je n'ai jamais compris pourquoi les enfants ressentent le besoin de toujours se faire raconter les mêmes histoires. Si j'interrogeais Billie à ce sujet, elle demeurait bouche bée, puis me
donnait la réponse la plus logique qui soit : ben… parce que
je les aime, ces histoires-là, papanoute. J'ouvrais alors l'album
ou le livre qu'elle m'avait désigné en me disant que ça devait
la sécuriser de savoir dès le départ que le grand méchant loup
allait être neutralisé, que le génie d'Indy démolirait son
adversaire, quoi qu'il advienne, et qu'aucun véritable danger
ne pouvait se glisser sous son lit tant que le bien triomphait
du mal. J'imaginais que ce rituel fondé sur la répétition lui
donnait le sentiment d'une forme de stabilité dont elle pres-
sentait déjà qu'elle n'existait pas.

C'est ce désir de vivre aussi longtemps que possible dans
une illusion les protégeant de l'immensité du monde et de
l'incohérence du temps qui pousse les enfants à réclamer *Les
trois petits cochons* quatre soirs de suite. Enfin, je suppose. On
oublie tellement de choses essentielles quand on vieillit qu'on
se demande parfois ce que ça donne d'avoir été petit si on est
trop con pour se souvenir de quoi peut être constituée la joie,
la vraie joie, celle qui éclate devant un cornet de crème glacée
à trois boules surmonté d'une cerise siliconée. Avec Billie, je
m'en tirais en mélangeant les histoires qui finissaient bien ou

en modifiant la finale de celles qui n'avaient aucun sens aux yeux d'une enfant qui s'endormirait en serrant contre sa poitrine un ourson de peluche. De cette façon, je lui racontais toujours la même et jamais la même, et j'évitais d'emmerder l'adulte un peu con que j'étais devenu.

Comment ça se fait, papanoute, que Blanche-Neige a dormi dans la maison de Goofy? Elle me sortait son arsenal de questions et je lui répondais que Blanche-Neige était tannée de son château humide, perdu au fond de la forêt de Nulle Part, et qu'elle avait décidé de prendre l'avion pour aller se faire bronzer sur les plages de la Floride avec Goofy et ses amis. Elle éclatait alors de son petit rire espiègle ou se glissait dans un rêve en technicolor lui donnant accès à la maison de Goofy et aux longues étendues sablonneuses longeant les côtes floridiennes.

Ce jour-là, on a donc revu *L'ère de glace*. Billie a ri aux mêmes endroits que la semaine précédente et moi aussi, sauf qu'on ne riait pas toujours en même temps. Chaque fois que je m'esclaffais devant une blague qui la laissait aussi indifférente que les autres enfants enfoncés dans l'obscurité de la salle, elle me regardait comme si j'étais idiot, ce qui me faisait rire de plus belle et confirmait du même coup sa crainte: son père pouvait parfois se comporter en imbécile, à l'image de la majorité des adultes. J'ai tellement ri durant cette représentation que j'ai failli m'étouffer, au grand dam de Billie, qui s'est empressée de me pincer une cuisse en me jetant un regard à la Mantan Moreland, un vieux comique américain qui avait des yeux plus grands que leurs orbites.

J'ignore si Billie avait honte de son crétin de père, mais je m'en foutais, parce que Billie m'aimait, je le savais, et parce que je me découvrais soudain une affection sans bornes pour les mammouths et les paresseux. Si je revoyais *L'ère de glace* une troisième fois, la compassion que j'éprouvais pour les espèces menacées m'inciterait peut-être à modifier quelques-unes des habitudes stupides que la plupart de mes contemporains et moi nous entêtions à maintenir en nous enfonçant la tête dans le sable. C'était ça qui clochait avec les adultes. Les histoires qui se tenaient debout, ils les oubliaient plutôt que de se les faire raconter jusqu'à ce que les passages ayant de l'allure leur entrent dans le crâne.

À la fin de la séance, j'avais une faim de loup et j'ai entraîné Billie dans une pâtisserie où l'on servait aussi des soupes, des salades et des sandwichs. J'ai commandé le spécial du jour, une crème d'asperges accompagnée d'un pain Kaiser débordant de fromage fondu, de luzerne, de concombre râpé et d'une sauce onctueuse spécialement conçue pour vous couler sur le menton et tacher vos jeans du dimanche. Je voulais que Billie prenne la même chose, mais elle a commandé une misérable salade de carottes avec ce petit air buté signifiant que si je m'en mêlais, elle piquait une crise. J'ai fermé ma gueule et j'ai avalé mon Kaiser de travers, parce que je savais que Billie était aussi affamée que moi.

Elle a vidé son bol de salade avec l'avidité d'un écureuil préhistorique au bord de l'inanition venant soudainement de découvrir une réserve de glands géants sous un glacier. Quand je lui ai demandé si elle voulait autre chose, elle a fait signe que non, les lèvres serrées, en essuyant rapidement les deux petites larmes qui avaient réussi à s'échapper de ses yeux noisette. En voyant ces larmes minuscules et sous-alimentées, c'est moi qui ai piqué ma crise, tout doucement, une petite crise feluette, parce qu'un adulte doit savoir se contrôler dans un lieu public. J'ai murmuré ça va faire, Billie, j'en peux plus, tu manges, et j'ai demandé à notre serveuse de nous apporter deux éclairs au chocolat, les deux plus gros qu'elle pouvait dénicher dans son comptoir à cochonneries.

D'autres larmes ont coulé sur les joues de Billie, des larmes du genre à faire éclater tous les cœurs de père du monde, mais elle a mangé son éclair et moi aussi. J'ai même enfourné les deux autres qui ont suivi avec l'empressement d'un père prêt à se faire péter la panse pour que sa fille lui sourie. Et puis c'est arrivé. La bouche pleine de chocolat, Billie m'a souri, je lui ai souri à mon tour, on a éclaté de rire en se cachant derrière nos serviettes de table et j'ai juré que Billie ne mangerait plus jamais de carottes, sous quelque forme que ce soit. Ma réaction était idiote, mais j'étais heureux.

C'est à ce fou rire que j'ai pensé quand j'ai téléphoné à la police pour signaler la disparition de Billie, un fou rire si franc que l'absence momentanée de cette enfant ne pouvait être qu'une monumentale erreur, une blague de clowns se lançant des tartes à la crème au visage ou s'écrasant des éclairs au chocolat dans le cou.

Après avoir raccroché, j'ai forcé L.A. à s'asseoir et lui ai servi un double scotch en lui répétant ce que tous les gens normalement constitués se disent lorsqu'une bombe s'écrase sur leur maison ou qu'un croquemort se pointe au milieu du souper pour leur annoncer que le monde compte désormais quelques milliards d'habitants moins un. Je lui ai saisi la main et lui ai juré dans toutes les langues que je connaissais que c'était impossible, que le croquemort n'existait pas, qu'il suffisait de passer une main dessus pour l'effacer et supprimer du même coup les paroles de sans-dessein déformant sa maudite grande face enfarinée. Le croquemort appartenait à un cauchemar, point à la ligne, à un hostie de cauchemar débile que la sonnerie du réveil allait interrompre avec les premiers rayons du soleil.

Une heure plus tard, deux agents de police déguisés en apprentis croquemorts frappaient à notre porte, une blonde décolorée dont la queue de cheval dérivait vers la gauche et un grand rouquin auquel il manquait une dent sur le devant. Ils nous ont posé un tas de questions sur Billie, sur ses habitudes, ses amis, notre entourage, puis ils sont repartis avec la dernière photo de la puce, une photo sur laquelle elle portait le manteau rose à capuchon que Lucy-Ann lui avait acheté au début de l'hiver, le manteau qu'elle avait enfilé ce matin-là pour se rendre à l'école. Et elle souriait, de son petit sourire de fillette espiègle plus retroussé d'un côté que de l'autre, de ses petits yeux noisette sous lesquels s'envolaient quelques taches de son, quelques picots de chouchounette.

MARNIE

Moins de vingt-quatre heures plus tard, les chiens sont arrivés, trois bergers allemands nommés Rex, Chet et Lucy, entraînés pour renifler la peur, la mort, le sang, pour suivre le dispersement d'odeurs si infimes qu'on a peine à croire qu'elles aient subsisté dans la puanteur des tourbières. Dès qu'on les a fait sortir du fourgon de la police, le village a été envahi de jappements et de hurlements exprimant mieux que n'importe quel cri humain la pesanteur du drame ayant déplié ses ombres sur la légèreté de l'été. Même quand ils cessaient de hurler, on continuait à entendre l'écho de leurs plaintes multipliées. Plusieurs jours après qu'ils furent repartis, leurs jappements résonnaient encore dans les sentiers piétinés où aucun enfant n'avait plus le droit de s'aventurer, chacun confiné à l'étroite bande de lumière entourant les fenêtres d'où on pouvait le surveiller, braquer son regard anxieux sur la possible incursion du mal et tirer à bout portant, sans avertissement, sur quiconque perturbait la familiarité des lieux.

La première journée, on a lâché les chiens près du bassin magique, à partir du centre de l'étoile qu'avaient dessinée la veille les hommes brusquement tirés de la tranquillité de leur maison par le père de Michael. Quant à Jeanne Dubé, la mère de Mike, elle refusait de quitter la maison, au cas où le petit arriverait, au cas où il aurait faim, ça mange tout le temps à cet âge-là. Pendant que les hommes marchaient dans la terre humide, les femmes de Rivière-aux-Trembles guettaient leur bout de trottoir, au cas où, au cas où… Quelques-unes s'étaient rassemblées dans la maison de Jeanne, croyant pouvoir l'aider, mais celle-ci se rendait à peine compte de leur présence. Elle préparait des sandwichs aux œufs, les préférés de Mike, lui confectionnait des gâteaux, répétant sans cesse que le petit serait affamé quand il rentrerait. Elle tamisait la farine en marmonnant, essuyait ses mains sur son tablier, réglait la température du four, certaine qu'elle entendrait bientôt les pneus du vélo de Mike crisser dans la cour. Il faut que tout soit prêt, disait-elle à Emmy-Lou, va, ma puce, va voir s'il s'en vient. Et Emmy-Lou sortait sur la galerie, sa poupée favorite entre les bras, Charlotte, son suçon collant au fond de la poche de sa robe jaune.

Les recherches ont duré jusqu'au coucher du soleil, mais les chiens, chaque fois qu'on les lançait dans une nouvelle direction, rebroussaient chemin pour suivre un tracé tortueux menant à la rivière, près de laquelle ils s'arrêtaient en frémissant et en gémissant. Toujours au même endroit, à deux kilomètres du bassin. Au début de l'après-midi, on a apporté un canot et on les a fait traverser la rivière avec le maître-chien. Une fois de l'autre côté, les chiens se sont comportés de la même façon, regardant la rivière, accusant la rivière, aboyant que Michael était là, au milieu des eaux calmes. Une équipe a immédiatement été chargée de draguer le cours d'eau, car la conclusion qu'on pouvait tirer de la connaissance innée des chiens était claire, la piste de Michael Saint-Pierre, avec ses odeurs d'enfant, se perdait dans cette eau aux apparences inoffensives.

Pendant qu'on s'affairait sur le terrain, deux policiers, accompagnés du père de Michael, sont venus sonner à notre porte. Ils se sont entretenus à voix basse avec mon père, puis celui-ci m'a demandé de descendre. Ces messieurs désirent te poser quelques questions, Marnie, a-t-il déclamé, empruntant sa réplique à un roman de gare ou à une série télévisée des années cinquante. On s'est assis autour de la table de la cuisine, le gros inspecteur avec une moustache à ma gauche, le plus petit à ma droite et mon père devant moi. Quant au père de Michael, il est resté debout dans l'encadrement de la porte, à triturer sa casquette comme si, à force d'en écraser les rebords et de la retourner dans tous les sens, elle allait lui donner la réponse qui empêcherait son cœur d'éclater sous la pression de l'angoisse.

Sa présence m'intimidait, car je savais que sa douleur, qu'il tentait de dissimuler en baissant la tête, me tenait pour responsable de la disparition de son fils. Chaque fois qu'il levait les yeux vers moi, je détournais rapidement les miens, parce que cet homme au visage ravagé par la peur avait raison. Si je n'avais pas été là, si Michael et moi n'avions pas été inséparables et si notre amitié ne l'avait entraîné à ma suite au bord de la rivière, rien de tout cela ne serait arrivé. J'étais coupable de mon trop grand attachement envers Michael, j'étais coupable de ne l'avoir pas rattrapé et j'étais coupable, surtout, de n'avoir pas disparu en même temps que lui. Si je m'étais évanouie dans la nature pour ne laisser derrière moi que le ruban nouant mes cheveux, jamais on n'aurait songé à m'accuser à demi-mot d'être ressortie de la forêt sans tenir dans la mienne la main crottée de Michael Saint-Pierre. J'aurais été une victime, au même titre que lui, et on aurait accroché ma photo près de la sienne, dans le grand hall de l'école, au-dessus d'une vignette vantant mes mérites scolaires ou sportifs. On me refusait le statut de victime sous le simple motif que j'étais vivante, et l'enfant effarée en moi donnait raison à ceux qui m'en voulaient presque, dans leur douleur ou à cause de leur insondable bêtise, d'avoir échappé au mal qui avait emporté Michael. J'étais la rescapée, celle qui n'avait droit ni à la compassion ni à la chaleur des bras tendus. C'est ainsi qu'une vie d'enfant se termine, dans l'apprentissage de la culpabilité, dans la honte du survivant.

J'ai répondu aux questions des policiers machinalement, parce qu'on m'avait déjà posé les mêmes trois ou quatre fois au moins. J'ai décrit l'orage, j'ai décrit le balancement puis l'immobilité de Michael, la pluie mouillant son t-shirt rouge, la lenteur des maillots tombant à ses pieds, puis, alors que je revoyais mon maillot s'écraser au sol, je me suis souvenu du running gauche de Mike, qui s'était dénoué et trempait dans la boue. J'avais oublié ce détail, qui me semblait soudain d'une importance capitale, parce qu'on ne peut pas courir avec un soulier détaché. J'ai tenté d'expliquer aux policiers que Michael avait couru pareil, qu'il s'était enfoncé à toute vitesse dans les arbres emmêlés après avoir murmuré quelques paroles à mon intention, mais ils se souciaient peu du lacet défait, tout ce qu'ils voulaient savoir, c'est ce que Michael m'avait dit. Quelles paroles, Marnie ? demandait le gros policier à la voix douce. Quelles paroles ? Essaie de te rappeler.

Sur le coup, je ne me souvenais plus de rien. Les quatre paires d'yeux braqués sur moi espéraient un miracle, une formule magique capable de ramener Mike, et leur fixité me donnait la frousse. J'avais beau m'efforcer de lire sur les lèvres de Mike, je n'y déchiffrais qu'une suite de mots sans queue ni tête qu'absorbaient les souffles suspendus autour de moi.

Puis Victor Saint-Pierre s'est frappé la poitrine comme on le fait dans les églises, *mea culpa*, et les mots sont apparus, si invraisemblables que j'avais honte de les répéter. Ça voulait rien dire, ai-je murmuré, ça voulait rien dire et j'ai pas bien compris. On veut quand même savoir, Marnie, c'est important, a murmuré à son tour le gros policier qui sentait la menthe, son visage si proche du mien que j'ai reculé en laissant échapper mauvais temps, madame, mauvais temps, c'est ça que Mike a dit, mauvais temps, ne plie pas le jour. J'ai pas bien compris.

Tout le monde est demeuré silencieux, le gros agent s'est raclé la gorge, puis il m'a demandé de me concentrer très fort et d'essayer d'entendre mieux. J'ai essayé, mais c'était inutile.

J'ai rien entendu, ai-je fini par avouer, j'ai juste vu des mots, ces mots-là, mauvais temps, madame.

Le gros inspecteur a soupiré pendant que le petit prenait des notes et revenait à la charge pour savoir si on avait construit d'autres cabanes, si on connaissait plusieurs cachettes et si on jouait parfois dans des endroits qui nous étaient interdits. Après quelques moments d'hésitation, j'ai mentionné le lac aux Barbotes. Je n'aurais pas dû. Je n'aurais pas dû parce que cette histoire est alors devenue plus incompréhensible, plus irréelle qu'elle ne l'était déjà, parce que c'est là, sur les rives broussailleuses d'un lac depuis longtemps vidé de ses barbotes, qu'on a découvert le lendemain le running gauche de Michael, avec son lacet détaché.

C'est Lucy, la chienne dont les hurlements avaient déchiré la nuit de Rivière-aux-Trembles, qui a trouvé ce running après qu'on l'eut lâchée dans le sentier que Mike et moi empruntions pour nous rendre au lac. Elle s'est arrêtée près de la petite chaussure bleue, a poussé un long gémissement de chienne soudainement blessée par les armes silencieuses des hommes, puis a attendu que son maître la rejoigne. Pendant que celui-ci la récompensait et la soulageait de son invisible blessure en lui donnant des biscuits en forme d'os et en lui lançant une balle, les policiers ont mis la chaussure dans un sac et l'ont apportée au père de Michael pour qu'il l'identifie. En voyant la chaussure enfermée dans un sac semblable à ceux qu'on utilise pour congeler de la viande, Victor Saint-Pierre a eu un mouvement de recul, comme si les flics lui tendaient un serpent venimeux. Il a ensuite arraché le sac des mains de l'agent Desmarais et l'a serré contre sa poitrine, puis il s'est plié en deux et s'est affaissé au pied d'un arbre en poussant des cris mêlés de paroles insensées.

Agenouillée sur la banquette de la voiture de police dans laquelle on m'avait fait monter avec mon père, j'ai vu le corps énorme de Victor Saint-Pierre se plier, s'effondrer puis se balancer au pied de l'arbre, d'avant en arrière, d'avant en arrière,

aussi mécaniquement que Mike au bord de la rivière. Il ressemblait à un cheval ruant dans ses brancards ou dans sa
stalle, acculé aux murs d'un brasier lui dévorant la gorge.
Je me suis collée contre mon père et j'ai aperçu, entre les
bras puissants de Victor Saint-Pierre, le running bleu Superman que Mike avait perdu dans sa fuite, c'était prévu, parce
qu'aucun enfant ne peut courir longtemps avec un soulier défait. Alors, dans ma tête, les mots et les images se sont mis à
osciller, d'avant en arrière. Le torrent bouillonnant de la rivière aux Trembles a déferlé sur la langueur du lac aux Barbotes, le soleil a plongé au nord de l'horizon et j'ai regardé
mon père pour qu'il m'explique comment le running de
Michael avait abouti là. Puis tout est devenu blanc, du blanc
de la neige et de la poudrerie, de la pâleur des draps frais battant au vent.

Je me suis éveillée sous les hautes branches d'un arbre
penché, lovée dans les bras de mon père qui fredonnait sans
s'en rendre compte *Lili Marnie, Lili Marleen*, une chanson inventée aussi vieille que moi, aussi vieille que la voix de ma
mère penchée sur mon berceau, Lili Marnie fera dodo, Lili
Marleen a fait dodo, goodbye hello Lili Marnie. Il y avait des
larmes dans ses yeux, il y en avait aussi, plus rouges, dans les
yeux de Victor Saint-Pierre, qui se tenait maintenant la tête à
deux mains, prêt à éclater, prêt à laisser se disperser les morceaux sanguinolents de son cerveau dans le foin bordant la
route, et il y en avait aussi, je l'aurais juré, dans les yeux gris
de l'agent Desmarais, le gros flic à la voix douce.

Je ne m'étais évanouie qu'une petite minute mais, durant
cette minute, le monde avait changé. Dans le monde d'avant,
Michael portait deux chaussures et il courait. Dans ce monde-là,
l'ouest se situait derrière la colline des Loups et le soleil s'y
couchait tous les soirs, prêt pas prêt j'y vas pareil. Dans le
monde de maintenant, Michael ne courait plus, Michael
s'était arrêté, Michael était tombé dans un trou où le soleil
s'était engouffré à sa suite, indifférent à la géographie des

lieux, qu'un phénomène excédant la science des hommes avait modifiée durant la nuit pour détourner le chemin de Mike. Il n'y avait pas d'autre explication possible, le ciel avait parlé au diable, sinon Michael aurait abouti chez lui, pour la simple raison qu'on ne pouvait se rendre du bassin magique aux rives du lac aux Barbotes sans effectuer un détour par le village, puis par cette rue où la petite Emmy-Lili guettait le retour de Michael, son frère, son dieu.

Quant aux hommes assemblés sous les arbres amollis par la moiteur d'août, ils ne comprenaient pas que la piste de Mike ait pu se perdre au bord de la rivière et l'enfant aboutir ici. Victor Saint-Pierre ne comprenait pas non plus, ni le maître-chien, ni les chiens reniflant le sable où fuyaient les sauterelles. Dans mon esprit, les choses étaient cependant tout à fait claires. Quelqu'un avait menti, quelqu'un mentait encore et ce n'était pas moi. Alors ça ne pouvait être que la rivière et le soleil. Ça ne pouvait être que la chaussure de Mike, et Michael lui-même.

BILL

Lucy-Ann a passé la nuit à donner des coups de fil, à réveiller nos amis, nos voisins, nos connaissances proches ou lointaines, à hurler aux parents des rares amis de Billie d'aller sortir leur môme du lit et de le secouer jusqu'à ce qu'il leur révèle où était sa fille, sans autre résultat que de foutre la pagaille et d'alimenter les cauchemars des petits. Quant à moi, par moins 20 degrés, j'ai arpenté les rues avoisinant notre maison, puis celles entourant l'école de Billie et l'édifice abritant son école de danse en hurlant son nom assez fort pour faire surgir aux fenêtres un paquet de visages blêmes alertés par la furie de l'énergumène qui perturbait la quiétude de leur nuit. Je lui ai crié que je l'aimais, que je l'aimais comme c'était pas possible, en grimpant sur les bancs de neige, les balcons, les clôtures, sur tout ce qui pouvait s'escalader, après quoi j'ai montré sa photo à tous les passants et commis de dépanneurs du quartier, j'ai apostrophé quelques hommes sortant d'un bar en titubant, la larme à l'œil, jusqu'à ce qu'un gyrophare me force à protéger mes yeux de la lumière rouge et bleue tourbillonnant dans l'air glacial et à placer ma main gauche, celle qui tenait la photo de Billie, devant mon visage de père éperdu.

Ce n'est qu'à ce moment que j'ai enfin senti la chaleur des larmes sur ma peau, le doux soulagement que cette chaleur procure à la tension des muscles. Pleurer n'atténue en rien la souffrance, mais ça lui donne le droit de se laisser aller un peu, de se répandre en petites rigoles salées sur la peau froide, pendant que le cerceau de métal enserrant le plexus solaire se relâche d'un cran ou deux. Les quelques larmes qui ont franchi la barrière de ma colère ont donné du lest à ma douleur et je me suis assis sur le trottoir glacé, sous la lumière du gyrophare, d'où j'ai montré la photo de Billie au policier d'à peine trente ans qui se tenait devant moi, une main sur sa matraque et l'autre tendue vers la photo que je refusais de lâcher.

On va vous conduire chez vous, monsieur, a-t-il dit en me saisissant par une épaule, et j'ai cessé de pleurer net. Je me suis levé d'un bond et j'ai crié que c'était hors de question, que je ne pouvais pas rentrer chez moi alors que ma fille, ma toute petite fille de huit ans, rose, avec des yeux noisette, regardez sa photo, était perdue quelque part dans le noir. Allez, venez, monsieur, elle doit être rentrée à l'heure qu'il est, a-t-il ajouté en faisant signe à l'agent demeuré de l'autre côté de la voiture clignotante de le rejoindre. Mais je savais que Billie n'était pas rentrée. Mon intuition de père et ma chienne de peur de père tremblant de la tête aux pieds me disaient exactement le contraire. Avant qu'il me pousse dans la voiture, j'ai tenté de lui foutre mon poing de père enragé sur la gueule mais il l'a esquivé. L'autre flic, un petit nerveux, a rappliqué en dirigeant sa main droite vers son holster. Craignant qu'il s'énerve davantage et essaie de jouer de la gâchette, j'ai abandonné, j'ai baissé les bras parce que Billie n'avait pas besoin d'un père au cœur percé d'un trou de balle.

Quinze minutes plus tard, je contemplais le bout de mes Kodiak derrière les barreaux d'une cellule de détention provisoire, genre communautaire, en compagnie de deux poivrots et d'un gars portant un costume d'agent d'assurances. La cellule voisine, réservée aux femmes, n'abritait qu'une seule pensionnaire, une rousse permanentée qui, à en juger par son allure, devait faire le trottoir depuis si longtemps que ses talons aiguilles s'étaient enfoncés dans le bitume et s'y étaient fossilisés. Qui sait, d'ailleurs, si quelque archéologue du futur ne se penchera pas un jour sur ces artefacts pour essayer de comprendre les mœurs étranges de cette époque où on perchait les femmes sur des instruments de torture. Elle ne portait qu'une paire de bas déchirés laissant voir le vernis écarlate de ses ongles et elle gueulait aussi, mais pour des raisons différentes des miennes. Elle tempêtait contre la police, contre les hommes, contre l'injustice du monde qui avait créé les filles de son espèce et n'était même pas foutu de leur fournir des chaussures et de les traiter avec un peu de décence.

Je n'aime pas brusquer les femmes, encore moins les femmes brisées, mais j'étais à bout de nerfs et sa voix nasillarde créait des interférences avec celle de Billie, que j'essayais d'entendre par-delà les murs. Ses vociférations me rentraient dedans comme une vrille munie d'une mèche à béton dans un deux par quatre et j'ai fini par lui crier de fermer son hostie de grande gueule. Un silence de mort s'est abattu sur les deux cellules, les coins des lèvres de la fille se sont mis à tressauter et elle est allée pleurer dans un coin. En d'autres circonstances, j'aurais tenté de la consoler, parce que je me sentais complètement nul, aussi macho qu'un pimp enragé, mais en ce moment, je n'avais pas la force de tendre les bras à travers les barreaux pour caresser les joues mouillées d'une femme qui avait passé sa putain de vie à haïr le premier homme qui l'avait touchée, puis tous les autres ensuite. Je me suis contenté de bafouiller de vagues excuses et me suis écrasé à côté d'un banc de métal en attendant que Lucy-Ann rapplique pour me sortir de là. J'aurais voulu pleurer aussi mais, devant le spectacle sordide du poivrot numéro un qui se bavait dessus, de l'agent d'assurances boutonné de travers et de la fille aux bas troués, j'ai refoulé mes larmes en appelant à la rescousse ce qu'il me restait d'orgueil. Je me suis improvisé un passe-montagne avec mon chandail et me suis enfoncé la tête entre les genoux, là où tout était noir.

On croit toujours que ça n'arrive qu'aux autres, ces histoires d'horreur. On compatit avec les parents éplorés quand on voit le visage d'un gamin ou d'une gamine reproduit dans le journal ou placardé sur un mur, mais on n'imagine pas que ce visage puisse un jour être celui de notre enfant. Si cette idée nous traverse l'esprit, on la repousse immédiatement en se disant que ça ne peut pas se produire, qu'on est là pour protéger le petit, la petite, que rien ne peut l'atteindre tant qu'on monte la garde. On plaint les pauvres types qui se promènent avec la photo de première communion de leur fillette ou avec celle de son dernier anniversaire, sur laquelle l'enfant gonfle les joues devant un gâteau en forme de lapin surmonté de sept ou huit bougies. On plaint les femmes aux yeux cernés abruties par les somnifères, les antidépresseurs, le gros gin caché dans l'armoire de la cuisine, à portée de la main, au cas où la conscience du temps se ferait trop présente, mais on n'arrive pas à s'associer réellement à leur détresse. Ce type de fatalité ne frappe que ceux dont le destin est programmé pour le malheur et on ne fait pas partie de ces gens. C'est ce qu'on croit.

Et puis, par une nuit glaciale de janvier, on se ramasse en taule, dans l'odeur de sueur rance, à se demander si on reverra la puce, si elle grandira, si elle ramènera un mongol boutonneux à la maison le jour de ses quatorze ans et si elle finira par nous traiter de vieux con. À ce moment, c'est ce qu'on souhaite le plus ardemment au monde, que notre fille ait un jour la possibilité de nous traiter de crétin sénile, qu'elle ramène soixante mongols à la maison si ça lui chante, qu'elle devienne bassiste dans un groupe punk, se convertisse à l'islam, se fasse coudre une rangée d'anneaux dans le front ou s'engage dans la Légion étrangère. Ce qu'elle fera de sa vie, on s'en fout royalement. Tout ce qu'on veut, c'est pouvoir la regarder respirer et vieillir, la regarder pleurer devant un film d'amour des années cinquante, le visage plein de rimmel et les cheveux en bataille. Tout ce qu'on espère, c'est avoir un mal de chien devant sa tristesse et s'arracher les tripes pour la rendre heureuse. Rien d'autre n'importe, et tant pis si elle ne ressemble pas à l'adulte qu'on avait imaginée.

Les jours où l'archéologie et la sorcellerie perdaient de leur attrait, Billie déclarait qu'elle voulait devenir astronaute. Elle rêvait d'aller dans l'espace et de découvrir dans l'apesanteur des vaccins pour guérir les arbres et les chats malades, les chiens galeux, les crocodiles. Il y avait de la mère Teresa en elle, ou du saint François d'Assise, un foutu bon fond, et elle serait peut-être devenue la grande protectrice universelle des faibles, des pas beaux et des laissés-pour-compte si cette maudite vie ne lui avait coupé l'herbe sous le pied.

Elle avait recueilli un chat, l'année d'avant, un matou de gouttière plutôt mal en point auquel elle avait donné un nom de souris, Pixie, s'inspirant du dessin animé d'Hanna-Barbera, *Pixie & Dixie & Mr. Jinks*, que je lui avais fait découvrir peu de temps auparavant sur Internet. Tout de suite, Billie était tombée amoureuse de Pixie, la souris portant un nœud papillon bleu, et c'est sans hésiter qu'elle avait donné ce nom à son chat. Comme ça, popinouche, y mangera pas de souris, car Billie aimait les souris, les alligators, les chevreuils, les rats et tout ce qui avait quatre pattes d'un amour démesuré lui faisant oublier que la plupart des quadrupèdes ne pouvaient survivre qu'en bouffant du quadrupède ou du bipède, et vice versa. Pixie devait être couché sur son lit, à l'heure qu'il était, à attendre anxieusement son retour, à dresser ses oreilles inquiètes chaque fois que Lucy-Ann ouvrait la porte pour hurler le nom de Billie dans l'obscurité. J'étais en train de dire à Pixie de tenir bon, t'en fais pas, Pixie, elle va revenir, c'est juste un cauchemar, quand un flic m'a fait sortir de la cellule pour me conduire à ce qu'il a nommé le bureau d'accueil. J'ignore s'il s'essayait à l'ironie ou voulait me servir un échantillon d'humour policier, mais je n'avais pas le cœur à rire, et Lucy-Ann non plus, qui m'attendait sur un banc de cuirette trop étroit en se rongeant les ongles.

Je ne l'avais jamais vue se déchiqueter les ongles à coups de dents. Dans la famille, c'est Billie qui se rongeait les ongles, habitude dont L.A. était presque parvenue à la débarrasser en lui enduisant le bout des doigts d'un produit qui sentait le diable et goûtait pareil. Je n'étais pas trop chaud à l'idée de laisser Billie sucer cette saloperie dont on ignorait les effets secondaires, qui pouvait donner le cancer ou la maladie de Tourette, qui sait, mais en cette matière, L.A. avait invariablement le dernier mot.

Depuis la fin de l'après-midi, aucune règle ne tenait cependant plus pour L.A. Elle mordillait l'ongle de son index droit comme si elle avait voulu se l'arracher et s'excuser du même coup auprès de Billie de l'avoir asticotée pour des niaiseries et des bouts de peau morte. Elle faisait pitié à voir, avec ses yeux gonflés, son manteau de travers, ses cheveux décoiffés, mais je ne pouvais rien pour elle, ni pour moi, ni pour Billie. J'étais acculé à ce type d'impuissance qui rend complètement fou, qui soulève en vous une violence que vous n'aviez jamais cru pouvoir abriter. Si j'avais eu les moyens de convertir cette violence en énergie, j'aurais inventé une machine à remonter le temps et j'aurais ramené Billie sur-le-champ, je l'aurais attrapée à sa sortie de l'école, avec toutes les autres petites Billie, Cédrika, Victoria et Ashley, avec tous les jeunes David dont le sourire s'était effacé au coin d'une rue déserte, mais je ne l'aurais fait ni pour L.A. ni pour moi. Je l'aurais fait pour Cédrika, Victoria, Ashley et David, je l'aurais fait pour Billie, pour qu'elle puisse grandir et voyager dans la pureté des espaces intersidéraux.

Lucy-Ann a attendu que je récupère mes affaires, puis elle s'est levée, je l'ai suivie, et on n'a pas prononcé une parole entre le poste de police et la voiture. Ce n'est qu'en quittant le stationnement qu'elle a éclaté. Elle a effectué un virage en U pour éviter un sens unique et elle a brusquement appliqué les freins.

L.A. avait l'habitude de s'exprimer dans une langue soignée, histoire de donner le bon exemple à Billie, et se laissait rarement aller à des écarts de langage, mais quand le barrage sautait, tous les charretiers du monde pouvaient se rhabiller. Je connaissais suffisamment L.A. pour savoir quand elle allait entrer dans ce que je considérais comme une forme de combustion langagière. Avant même qu'elle ouvre la bouche, j'ai vu une bande de charretiers tout nus ravaler leur gomme, puis le barrage a sauté dans une explosion de tabarnak. En résumé, j'étais un tabarnak d'inconscient d'hostie de malade d'irresponsable qui réussissait à foutre la merde le jour même où sa fille disparaissait. J'étais un enculé, un enfoiré, un trou-de-cul, un imbécile et un salaud qui ne méritait tout simplement pas d'avoir une fille aussi brillante que Billie. Si c'était à recommencer, m'a-t-elle craché à la figure, je lui trouverais un autre putain de géniteur. Tu vaux rien en tant que père, Bill Richard !

En matière de coup bas, on peut difficilement inventer mieux, et celui-là m'a coupé le souffle aussi efficacement qu'une savate entre les jambes. Je n'étais pas un père parfait, mais je défiais n'importe quel putain de géniteur de me prouver qu'il aurait pu se débrouiller mieux que moi pour assurer le bien-être de Billie. Je me suis mordu les joues pour ne pas sortir de la voiture en arrachant la portière, et un autre tonnerre de jurons a déferlé dans l'habitacle surchauffé, en provenance de mon siège, cette fois, le siège du moribond, que la première déflagration n'avait pas tout à fait achevé malgré sa virulence. Ce n'est que lorsque je me suis rendu compte que Lucy-Ann pleurait et que les vitres étaient complètement embuées que je me suis arrêté.

Ce n'était pas à moi de m'excuser, mais je l'ai fait quand même, pour Billie, qui n'avait pas davantage besoin d'un père et d'une mère prêts à s'arracher les yeux que d'un père au cœur percé d'un trou de neuf millimètres, mais de deux adultes qui se serreraient les coudes et vireraient le monde à l'envers pour la retrouver. J'ai tendu le bras vers Lucy-Ann, qui n'a pas bronché lorsque je l'ai posé sur son épaule pour masser sa nuque, tout doucement, avec le restant de tendresse que j'éprouvais pour cette femme qui ne m'aimait plus. Elle a laissé tomber sa tête sur le volant et je lui ai tendu un paquet de Kleenex dont elle a déchiqueté le premier avant de remplir les trois autres et de les envoyer valser sur la banquette arrière. Après ça, on est rentrés à la maison à fond de train, parce qu'il s'agissait du premier endroit vers lequel Billie se dirigerait si elle arrivait à fuir l'épaisseur de la nuit.

Pixie était là, qui guettait le retour de Billie à l'une des fenêtres de la véranda, couché sur le dossier du fauteuil d'enfant où Billie s'assoyait parfois pour regarder tomber la neige. En l'apercevant, Lucy-Ann s'est remise à pleurer. Elle a couru vers lui et l'a saisi dans ses bras en gémissant pauvre Pixie, pauvre chaton, pauvre bébé Pixie. Elle n'associait pas sa douleur à la mienne, mais à celle de ce chat pelé qui se laisserait mourir à petit feu si Billie ne rentrait pas pour le caresser et lui raconter comment le Chat botté et la petite fille aux allumettes s'étaient rencontrés. Si L.A. ne m'avait devancé, c'est ce que j'aurais fait aussi. J'aurais pris ce vieux pouilleux dans mes bras et je l'aurais bercé à la manière de Billie, en lui donnant des becs de nez, ben plus le fun que des becs de bec, papanoute, disait-elle en collant son nez sur celui de Pixie.

L.A. n'avait jamais aimé ce chat mais, cette nuit-là, il était le seul être qui la reliait à Billie, le seul être vivant. Moi, je n'existais plus. Moi, je n'étais qu'un homme, un parmi les milliers de salauds qui s'approchaient des petites filles en leur offrant des fleurs et des bonbons, des fleurs toutes simples et des bonbons colorés, de ceux qu'aiment les enfants et qu'ils traînent dans leurs poches. Pendant un moment, j'ai détesté Lucy-Ann d'avoir immédiatement fait de cet animal qu'elle n'avait jamais caressé que du bout des doigts le complice de son malheur, puis j'ai pensé que Billie serait heureuse de constater que sa mère s'occupait enfin de Pixie.

Je me suis alors rendu compte que je réagissais comme si Billie n'allait pas revenir, que ma peur de ne plus tenir cette enfant dans mes bras était telle que j'anticipais le pire au lieu de me grouiller le cul. Avant de tout casser dans la baraque, j'ai remis ma tuque et j'ai dit à Lucy-Ann que je repartais à la recherche de Billie.

À mon retour, Lucy-Ann dormait, à demi affalée sur la table de la cuisine, ma bouteille de Jack Daniel's Gold Medal 1981 à ses côtés. J'ai enlevé mes bottes et je suis monté me coucher sur le lit de Billie, avec ses poupées, avec ses oursons et avec Pixie, dont les grands yeux verts savaient déjà que notre maison s'était écroulée.

MARNIE

Je n'aurais jamais dû parler du lac aux Barbotes. Si j'avais préservé notre secret, on n'aurait peut-être pas retrouvé le running de Mike et les points cardinaux seraient demeurés à leur place. En moins de temps qu'il n'en faut à une goutte de pluie pour toucher le sol, je suis devenue une intrigante et une menteuse, et la délicatesse qu'on avait manifestée à mon égard a disparu d'un coup. La voix douce de l'agent Desmarais s'est durcie, le regard du père de Michael est devenu pareil à celui de Lex Luthor quand il s'aperçoit que Superman a encore déjoué ses plans machiavéliques, et les chuchotements des hommes venus prêter main-forte à la police se sont transformés en une rumeur hostile. La petite a menti, murmurait la rumeur, la petite a tout inventé, va savoir pourquoi, la petite a commis une gaffe et elle a voulu se couvrir.

Dans l'esprit de tous ces hommes, la fillette qui sursautait au moindre bruit comme un petit écureuil nerveux avait forgé de toutes pièces l'histoire abracadabrante du bassin magique pour n'avoir pas à révéler qu'elle s'était rendue près du lac aux Barbotes avec le fils de Victor, et parce qu'elle refusait d'avouer quel malheur avait frappé le gamin. Seul mon père, qui ne comprenait pas plus que moi ce qui s'était produit, continuait à me croire. Y a sûrement une explication logique, Victor. Je connais Marnie. Elle a pas pu mentir à propos de

Michael. Y sont pareils à des siamois, ces deux-là, tu le sais aussi bien que moi.

Mais Victor Saint-Pierre refusait d'entendre les arguments de mon père. À ses yeux, celui-ci ne cherchait qu'à protéger sa fille et on ne pouvait pas lui accorder sa confiance. En quelques heures, son attitude s'était radicalement transformée, au point que même ses amis ne le reconnaissaient plus. Cet homme d'ordinaire si calme qu'on entendait fredonner de vieux airs des Beatles dans son atelier le samedi matin, qui venait nous ébouriffer les cheveux en traitant affectueusement Michael de baswell, n'était plus que hargne et colère. Après qu'on lui eut confisqué la chaussure de son fils, je l'ai vu repousser violemment mon père pour se diriger vers moi à grandes enjambées. Instinctivement, je me suis collée contre la voiture des flics, dont la tôle brûlante sous le soleil d'août m'a arraché un petit cri, et j'ai fermé les yeux, certaine que Victor Saint-Pierre allait me flanquer une volée, mais quelqu'un l'a arrêté avant qu'il arrive à moi. Vire pas fou, Victor, c'est tout ce que j'ai entendu, puis le son produit par les grosses mains calleuses de mon père s'abattant sur le capot de l'auto. Mais mon père n'a rien dit. Il s'est contenté de regarder le père de Michael dans le blanc des yeux et il m'a prise par la main pour m'entraîner sur le chemin des sœurs Morin. On n'avait pas fait dix pas que Desmarais a rappliqué. Ils ne pouvaient pas nous laisser partir. Ils avaient des questions à me poser, des questions graves, des questions à dix piastres, alors que je n'avais en poche que les quelques sous qui devaient me servir à payer un Sprite à Michael à notre retour du bassin magique, la veille.

C'était notre rituel, cet été-là. Un jour sur deux, avant le souper, on se rendait au dépanneur d'Yvonne Leclerc s'acheter un Sprite ou une orangeade qu'on buvait sur la galerie. On s'assoyait sur le vieux frigidaire Pepsi Cola qui ronronnait dans un coin, on décapsulait nos bouteilles en imitant les hommes assoiffés de l'hôtel Plazza, en face du bureau de poste, et on calait quelques gorgées pétillantes qui nous remontaient dans le nez. Après, on parlait de notre journée, de ce qu'on allait faire dans la soirée, de nos projets pour le lendemain, jamais à court d'idées, de rêves ni de plans de nègres. On était comme deux moitiés d'une même personne, Michael Saint-Pierre et moi, comme des siamois, mon père l'avait dit, comme un bolo et sa boule, un vélo et ses roues, et les policiers auraient dû comprendre qu'on ne peut pas mentir quand on vient de se faire arracher une partie de la tête, mais les adultes ne comprennent plus rien aux liens de l'enfance, à ces amours plus fortes que la chair et le sang, poussant les petites mains sales à se tendre l'une vers l'autre lorsque le soleil décline.

Pendant qu'une dizaine d'hommes s'affairaient à draguer la rivière au nord-est du village, une équipe venue de la ville ratissait les rives du lac aux Barbotes sous la supervision de l'agent Desmarais, qui avait installé une espèce de quartier général sur le bord de la route avec une table à pique-nique et des chaises pliantes qu'un ami de Victor Saint-Pierre traînait dans le coffre de sa voiture. C'est là que Desmarais et son coéquipier, McCullough, je crois, un nom anglais, m'ont emmenée pour m'interroger. Puisqu'il n'y avait que deux chaises, McCullough et mon père sont restés debout, au soleil, et on m'a fait asseoir à côté de l'agent Desmarais.

Il devait être près de midi car les ombres étaient courtes, ramassées au pied des arbres et des hommes. Au départ, je n'écoutais pas vraiment l'agent Desmarais. J'étais fascinée par l'ombre ratatinée de McCullough, qui rentrait la tête dans le cou chaque fois que celui-ci reculait de quelques pas pour s'éloigner de la guêpe qui lui tournait autour, attirée par la puissante odeur de sa lotion après-rasage. Je cherchais aussi l'ombre de la guêpe, qui se perdait parmi les ombres plus vastes. Si elle avait butiné au milieu d'un champ, on aurait pu voir sa minuscule silhouette sur une fleur d'épervière des prés ou de chicorée sauvage, mais là, le soleil niait son existence.

McCullough battait des bras quand Desmarais a fini par lui demander d'aller chercher un truc dans la voiture, après quoi il a pris ma main dans sa grosse patte d'ours pour que je le regarde bien en face.

De la sueur coulait sur son front, qu'il essuyait avec un mouchoir sur lequel étaient brodées deux lettres de la même couleur que ses yeux, d'un bleu qui m'avait semblé inoffensif, le jour d'avant, pareil au bleu d'un ciel qui s'ennuage lentement, mais qui avait maintenant un éclat de métal froid dans son visage rougi par la chaleur. Desmarais avait deux paires d'yeux, en fait. Une paire qu'il gardait pour sa femme et ses enfants et qu'il s'enfonçait d'un revers de la main dans les globes oculaires s'il devait s'adresser à des victimes, à des pauvres gens, puis sa paire d'yeux de flic, réservée aux assassins, aux bandits, aux voleurs et aux menteuses. Et ces yeux-là attendaient, brûlés par la sueur et le manque de sommeil, que je leur raconte ce qui s'était vraiment passé après que Michael et moi eûmes abandonné Émilie sur la galerie des Saint-Pierre.

Que pouvais-je dire à cet homme pour le convaincre que notre seule destination avait été le bassin magique, que c'est l'orage qui avait tout déclenché, précédé du cri de la mort? J'ai cherché appui dans le regard de mon père, mais il fixait la forme tronquée de son ombre à ses pieds, se demandant par quel détour il était arrivé là et s'il allait parvenir à s'extirper de cette zone dans laquelle son corps était réduit à l'impuissance, comprimé par le soleil ainsi que l'était son ombre.

J'avais souvent vu mon père dans cet état, lorsqu'il s'arrêtait brusquement au milieu du jardin, cherchant autour de lui quelle voix l'avait appelé, puis baissant tristement la tête et restant là, sans bouger, jusqu'à ce que son ombre s'allonge. Parfois, il traînait les pieds jusqu'au buisson de Mary-Jean, laissait tomber son râteau ou sa truelle, puis s'agenouillait près du buisson. Je crois alors qu'il priait ou qu'il pleurait, implorant les Mary-Jean de lui répondre.

Il y avait de nombreuses roses nommées Mary dans notre jardin, Mary-Jean, Mary Kay, Mary Mackillop, mais les Mary-Jean étaient les fleurs de ma mère, qui préférait les roses abricot à celles arborant la couleur de leur nom, trop limpides, trop évidentes, trop pareilles à ce qu'on attendait d'elles. Elle aimait que les fleurs la surprennent, que l'apparence des hommes ne soit pas identique à leur nom. Elle prétendait que mon père, par exemple, n'avait absolument pas la tête d'un Alex et que son charme venait de là, de ce que son nom et lui n'avaient rien en commun. Si tes parents t'avaient baptisé Paul ou Jean, j'aurais jamais accepté de t'épouser, disait-elle, puis elle éclatait de rire et plongeait son seau dans le baril d'eau de pluie recueillie pour arroser les Mary-Jean.

La plupart des choses que je savais de ma mère, Marie Beaupré, c'est mon père qui me les avait racontées. Le reste, je l'avais deviné, je l'avais inventé ou je l'avais appris dans les quelques lettres qu'elle avait écrites à mon père avant de le suivre jusqu'à l'autel dans des parfums d'abricot. Mais la mort l'avait emportée depuis si longtemps qu'elle ne possédait à mes yeux aucune forme de réalité. Elle n'était qu'une ombre dans le jardin, près de laquelle s'agenouillait mon père quand une voix d'autrefois l'appelait, une voix de l'au-delà. Inutile, alors, d'essayer de le rejoindre. Il parcourait le royaume des morts au bras de Marie Beaupré.

C'est là que se trouvait mon père sous le soleil de midi, prisonnier de son ombre et de celle de Marie Beaupré, pendant que l'agent Desmarais attendait patiemment que je passe aux aveux. Ne pouvant espérer aucune aide de mon père et n'ayant aucune confession à livrer, je me suis rabattue sur ce qui me semblait le plus logique. Peut-être qu'il a volé, ai-je murmuré en rougissant malgré moi, peut-être qu'il a trouvé une cape et qu'il a plané jusqu'au lac, comme Superman.

Devant le silence de l'agent Desmarais, je me suis instinctivement raidie et me suis enfoncée dans ma chaise, consciente que ma logique d'enfant venait de frapper un mur.

Mon hypothèse ne plaisait pas à Desmarais et une colère qu'il avait de la difficulté à contenir s'est étalée sur son visage en partant de son cou, pareille à une marée rouge poussée par les pulsations de son cœur. Il a fermé les yeux, a soulevé sa casquette pour s'essuyer le crâne et, au passage, il a accidentellement renversé le verre d'eau tiède qu'il m'avait servi quelques minutes plus tôt. En entendant le bruit du verre contre le métal, mon père a brusquement réintégré le monde des vivants, l'agent McCullough a choisi ce moment pour revenir de la voiture en pestant contre la guêpe qui l'avait adopté et j'ai éclaté en sanglots. Je m'étais juré de ne pas pleurer, parce que dans les aventures de Superman, Lois Lane ne pleure jamais, et parce que si Superman avait disparu, ce ne pouvait être que pour accomplir une mission dont ni Victor Saint-Pierre, ni l'agent Desmarais, ni même mon père ne pouvait saisir l'importance. Mais il reviendrait, j'en avais la conviction, pour leur dire qu'ils se trompaient, tous, que Lois Lane ne mentait pas.

Pendant que je ravalais mes larmes et essuyais mon visage avec le mouchoir de McCullough, mon père a avisé Desmarais que les interrogatoires, c'était fini, que plus aucun flic ne m'approcherait, puis il m'a pris la main et on est partis à pied vers le village, sous le soleil de plomb.

Derrière nous, près du lac aux Barbotes, croissait la rumeur qui s'était élevée un peu plus tôt. Nous l'avons entendue gonfler sous les feuillages, s'enrouler aux arbres puis monter à leur cime. Après, le vent l'a emportée vers les maisons de Rivière-aux-Trembles pour la faire glisser par les fenêtres ouvertes jusqu'aux oreilles des hommes et des femmes qui tenaient férocement leurs enfants contre leur ventre. Le soir même, tout Rivière-aux-Trembles avait décrété que derrière la disparition de Michael Saint-Pierre, rôdait la vilaine petite Marnie Duchamp.

BILL

On a cherché pendant des semaines, on a harcelé la police, on a même engagé un détective privé, qu'on a foutu à la porte pour en embaucher un autre, mais la piste de Billie se perdait à la sortie de son école, à croire qu'elle s'était volatilisée dans les dernières lueurs de ce jour de janvier, sans rien laisser derrière elle, pas même une petite mitaine sale ou une de ces barrettes en forme de papillon qu'elle perdait sans cesse.

Toutes les fois que le téléphone sonnait ou qu'un cri d'enfant résonnait dans la rue, Lucy-Ann se ruait vers l'appareil ou vers la porte. Moi, je restais dans mon coin, le cœur battant, espérant voir Lucy-Ann défaillir, ses genoux fléchir et ses mains s'accrocher au comptoir de la cuisine ou au chambranle de la porte. Je me disais que si L.A. tombait dans les pommes, ça serait le signe indiscutable que Billie était de retour, que notre Billie s'élançait vers la maison les bras tendus ou qu'elle sanglotait maman au bout du fil, maman, c'est moi, Billie… Mais Lucy-Ann ne s'évanouissait jamais. La lueur d'espoir qui avait fouetté son regard quelques instants plus tôt s'effaçait d'un coup et son visage reprenait ses allures de masque mortuaire, chaque fois plus dur, plus impénétrable. La peur et la douleur l'enlaidissaient et je la haïssais presque de ne pas faire l'effort de se coiffer et de porter jour après jour les mêmes vêtements sales et froissés. J'essayais de lui dire que ce n'était pas en se laissant dépérir qu'on allait ramener la puce, mais elle m'envoyait promener comme si je ne valais pas plus que les culottes souillées traînant à côté du lit.

Au départ, on avait eu l'aide de quelques amis, on avait été entourés de chaleur, d'affection, de sourires qui disaient je comprends sans comprendre mais qui étaient là, entièrement présents. Des mains chaudes s'étaient posées sur nos épaules, nous avaient tendu des verres d'alcool remplis à ras bord, tiens, bois ça avant de te momifier, nous avaient cuisiné des plats qui sentent les maisons vivantes, puis, peu à peu, les mains s'étaient refroidies et la maison s'était vidée. Les bonnes âmes avaient battu en retraite et je n'arrivais pas à leur en vouloir d'avoir cherché à se protéger de notre malheur.

Seules Régine, la mère de Lucy-Ann, et Patricia, sa meilleure amie d'enfance, avaient persisté en dépit de l'attitude pour le moins hostile de L.A. Elles faisaient régulièrement irruption dans notre maison, les bras chargés de nourriture qui finirait à la poubelle, de livres et de magazines qui ne seraient jamais ouverts, et elles essayaient de mettre un peu d'ordre dans le bordel qui se formait autour de nous. Une fois sur deux, Lucy-Ann les jetait dehors en hurlant qu'elle n'avait pas besoin d'une femme de ménage, puis elle s'effondrait dès la porte refermée, et c'est moi qui devais la ramasser. J'aurais eu besoin qu'on me ramasse, moi aussi, que Lucy-Ann me prenne parfois dans ses bras en me chuchotant des choses douces à l'oreille, pleure pas, Bill, elle va revenir la chouchounette, je le sens, mais Lucy-Ann n'avait de force que pour sa propre douleur et ne s'imaginait pas que je puisse avoir mal à vouloir m'en arracher les cheveux et la peau du crâne avec. À ses yeux, j'aurais pu crever que ça n'aurait pas fait de différence, parce qu'elle s'était mis en tête que, peu importe ce qui était arrivé à Billie, c'était moi le responsable.

Elle prétendait que j'aurais dû être là, à la sortie de l'école, pour cueillir Billie et l'amener à son cours de danse, que j'aurais dû l'attendre sur place parce que c'est ce que font les pères normaux, ceux qui aiment leur fille et n'ont rien d'autre à foutre de leurs journées que d'imaginer comment ils pourraient faire voler une hostie de grenouille. Crapaud, la corrigeais-je en évitant le crayon, la tasse, le livre ou l'éléphant de porcelaine qui volaient alors dans ma direction. Je protestais pour la forme, pour ne pas sombrer dans la mare d'eau croupie qui s'élargissait autour de moi et ne pas me détester davantage, mais je n'en menais pas large, car je m'adressais les mêmes reproches, et avec plus de véhémence que Lucy-Ann, si la chose était possible. J'aurais dû être là, je le savais, beau temps mauvais temps, les pieds dans la slush ou dans la boue, avec mon parapluie me dégoulinant dans le dos ou mon t-shirt mouillé de sueur, pour guetter l'apparition du petit sourire en coin qui faisait chavirer mon cœur de père. Mais après des heures de discussion, on avait décidé du contraire, L.A. et moi. Puisque le studio de la Lenoir était situé immédiatement à côté de l'école, on s'était rangés aux arguments de Billie, qui rechignait chaque fois qu'on venait lui prendre la main pour la conduire à la porte d'à côté. Chus capable de marcher, vous avez pas besoin de me tenir. On avait accepté que Billie s'y rende seule, désormais. C'était une façon de lui prouver qu'on ne la considérait plus comme un bébé et qu'on lui accordait notre confiance. On avait pris cette décision stupide ensemble, mais L.A. semblait l'avoir oublié. Probablement se sentait-elle aussi coupable que moi, alors elle déformait la réalité, elle en gommait des bouts pour se protéger, pour écraser la voix qui massacrait sa conscience.

J'étais donc le responsable, celui qui aurait dû tenir la main de Billie. Elle m'a envoyé ça en plein nez à notre retour du poste de police, la première nuit, et ses accusations se sont aggravées dans les jours qui ont suivi, après que les flics nous eurent soumis tous deux à des interrogatoires musclés. En l'absence d'une véritable piste, on soupçonne d'abord les parents, c'est classique, puis on braque le projecteur sur le père, sur celui qui est le plus susceptible de violer ou de blesser à mort. Au départ, j'ai eu envie d'étrangler ces types qui croyaient que j'avais pu m'attaquer à ma propre fille, je suis passé à deux doigts de leur sauter à la gorge et de leur mettre mon pied au cul, puis je me suis calmé. Ces gars accomplissaient leur boulot et leur seul objectif était aussi le mien, retrouver Billie, même s'il fallait pour cela passer la ville entière au bulldozer.

L'affaire avait été confiée à une équipe dirigée par deux enquêteurs, Michel Dubois et Gilles Ménard, qui n'en étaient pas à leur première disparition d'enfant. Ça s'entendait quand ils vous ordonnaient gentiment mais fermement de ne répondre qu'à leurs fichues questions. C'est clair, monsieur Richard? Les questions, c'est nous qui les posons. Ça se voyait aussi quand leurs gros doigts déplaçaient délicatement les photos de l'enfant rassemblées sur la table de métal autour de laquelle avait lieu l'interrogatoire. Ces hommes en avaient vu d'autres et leur seul souci était le sort de l'enfant. Votre souffrance, à la limite, ils s'en moquaient.

Ils m'ont bombardé de questions durant deux bonnes heures le lendemain de la disparition de Billie, revenant sans cesse sur les mêmes détails et surveillant le moment où je me contredirais, le mot qui allait me trahir et leur permettre de m'envoyer au tapis. Par vingt fois, ils m'ont demandé où je me trouvais lorsque Billie était sortie de l'école, et par vingt fois, je leur ai répondu chez Jack et Jack, un café minable que je fréquentais depuis des années parce que je m'y sentais bien et que j'y avais ma table attitrée, dans un coin, derrière une colonne, où je pouvais réfléchir tranquille sans qu'un duo de flics s'acharne sur moi au lieu de chercher le salaud qui s'en était pris à mon enfant. Ils pouvaient vérifier auprès de la serveuse, elle confirmerait mes dires. Il y avait aussi deux ou trois habitués qui m'avaient vu dans ce café ce jour-là, ils n'avaient qu'à s'arranger pour les retracer. Soyez tranquille, monsieur Richard, c'est ce que nous comptons faire, a grogné

Ménard en me signifiant que notre entretien était terminé. Avant que je quitte la salle d'interrogatoire, il a noté sur un bout de papier les trois numéros où je pouvais les joindre, Dubois et lui, si un élément auquel je n'avais pas pensé me revenait.

Dès le lendemain, cependant, Ménard a débarqué chez moi, accompagné du silencieux et stoïque Dubois, pour m'annoncer qu'il avait vérifié mon alibi et que personne ne se souvenait de m'avoir vu chez Jack et Jack le 20 janvier, aux environs de quinze heures. Conséquemment, lui et son collègue avaient d'autres questions à me poser. Malgré mes protestations, ils m'ont ramené au poste, m'ont de nouveau interrogé et m'ont laissé poireauter pendant trois heures dans une salle minable qui sentait le désinfectant ou quelque chose se rapprochant de la gomme Clorets.

À la fin de l'après-midi, ils sont revenus à la charge, mais je n'ai pas craqué car je n'avais aucune raison de craquer. J'étais au café des deux Jack et si personne ne se rappelait m'y avoir vu, c'est que j'étais dans mon coin, bien tranquille, que je faisais en quelque sorte partie du décor, ou parce que quelqu'un mentait ou confondait les dates. On n'avait qu'à y retourner ensemble. En me voyant en chair et en os, la serveuse me replacerait. Ménard avait eu une autre idée. Il avait convoqué la fille pendant que je comptais les trous dans les tuiles du plafond. Elle était dans la pièce d'à côté, derrière le faux miroir, et elle avait reconnu mon foulard rouge, semblable à celui que sa grand-mère lui avait tricoté deux ans plus tôt. Du foulard, elle était remonté jusqu'à l'anonymat de ma gueule et avait fini par certifier que j'étais bel et bien chez Jack et Jack le 20 janvier, à la table du fond, la 12 ou la 17, elle mélangeait les chiffres.

Pour Ménard et Dubois, le témoignage de cette fille ne valait pas grand-chose, puisqu'elle m'avait replacé à l'aide d'un foulard qui ne ressemblait en rien aux crémones que nous tricotaient nos grands-mères. Dubois avait insisté là-dessus, les grands-mères tricotaient des motifs, des mailles à l'endroit, des mailles à l'envers, pas des trucs qu'on peut acheter dans n'importe quelle boutique. Preuve que la chance n'aimait pas mon style, en plus de mélanger ses chiffres, la fille ne connaissait aucun des habitués du café. Elle remplaçait la serveuse habituelle, ce jour-là, une copine qui devait préparer un examen, et elle ne se souvenait même plus de l'allure du gars qui l'avait engueulée parce qu'elle lui avait servi un mocha à la place d'un cappuccino. Ce témoignage n'étant pas fiable, ils m'ont proposé le polygraphe, persuadés qu'ils allaient me coincer en examinant l'activité de mon cerveau. Manque de pot, mes ondes cérébrales étaient d'accord avec moi. Je ne mentais pas. C'est ce détecteur de mensonge qui a représenté mon billet de sortie, sinon je serais encore là, dans la salle empestant le désinfectant, à essayer de convaincre deux hommes qui en avaient vu d'autres que je leur disais la stricte vérité.

Quand je suis rentré chez moi, L.A. descendait l'escalier menant à l'étage en tenant de travers une tasse de café qui menaçait de se répandre sur le tapis à soixante piastres le mètre. Elle s'est arrêtée net au milieu de l'escalier pour me regarder comme si j'étais le pire des monstres que la terre ait jamais enfanté. Qu'est-ce que t'as fait à Billie? a-t-elle murmuré en s'accrochant à la rampe. Qu'est-ce que t'as fait à notre fille, crisse de malade? Puis ses genoux ont ployé sous elle, sa tête a basculé, la tasse de café a dévalé les marches dans un bruit étouffé par le tapis et L.A. s'est évanouie, mais aucune Billie n'est apparue derrière elle dans son pyjama décoré d'oursons. Personne n'est apparu derrière L.A., même pas un petit fantôme qui m'aurait envoyé un baiser du bout des doigts pour me dire de ne plus m'inquiéter.

J'ai ramassé L.A. pour la porter sur le divan du salon, j'ai ramassé ses dégâts, puis j'ai essuyé ses pleurs alimentés au café cognac en même temps que les reproches acrimonieux qui ont fusé dès qu'elle a rouvert les yeux. L.A. savait aussi bien que moi que je n'avais pas touché à Billie, mais elle avait besoin d'un coupable, de quelqu'un sur qui taper, et elle avait laissé le doute de l'inspecteur Ménard s'insinuer en elle.

Son attitude était carrément grotesque. Je n'arrivais pas à croire que ma propre femme, la mère de ma fille, qui ne m'avait jamais vu lever la main sur Billie et pouvait savoir si je mentais rien qu'au timbre de ma voix dans le combiné d'un téléphone situé à trois mille kilomètres de distance, puisse avoir des doutes à mon sujet quand on parlait de l'enfant pour qui je me serais tranché la gorge et les couilles avec s'il l'avait fallu. Calvaire, L.A., réveille-toué, ai-je hurlé au moment où elle me servait un autre de ses arguments débiles, puis j'ai piqué une colère noire, une colère qui aveugle et vire au rouge lorsque le mal de tête vous prend. J'ai même renversé une chaise, que j'ai ensuite lancée au bout de mes bras, confirmant du même coup la violence dont j'étais capable aux yeux de L.A.

Pendant des jours, j'ai plaidé mon innocence sur tous les tons, voyons, L.A., bordel, L.A., hostie, L.A., tu peux tout de même pas croire que j'ai fait du mal à ma puce ? Peine perdue, mon plaidoyer ne valait pas de la schnoute. Dans l'esprit de Lucy-Ann Morency aussi bien que dans celui de l'inspecteur Gilles Ménard, Bill Richard demeurait jusqu'à nouvel ordre le seul et impossible suspect dans la disparition de sa fille, Billie Richard, huit ans et neuf mois.

Durant les semaines qui ont suivi, je me suis servi des dizaines de fois des numéros de téléphone que Ménard avait griffonnés pour moi sur un bout de papier, au point que la voix bien lisse de Dubois au bout du fil a fini par monter d'un cran et qu'il s'est laissé aller à quelques démonstrations d'impatience, mais je me moquais de ses humeurs de flic, de ses brûlures d'estomac, de ses problèmes de prostate ou autres, tout ce que je voulais, c'est que lui et son équipe d'enculés accomplissent un miracle.

Quant à Ménard, il se pointait à la maison à l'improviste à tout bout de champ, espérant peut-être me surprendre en train de cacher la petite dans une valise ou d'escamoter des preuves compromettantes. Il arrivait avec son air à la Colombo, ne prenait pas la peine d'enlever son manteau et s'installait à la table de la cuisine sans y avoir été invité. Il dessinait ensuite des schémas ou construisait avec les objets s'accumulant sur la table des ensembles n'ayant de sens que dans son esprit. Il plaçait un couteau sur une assiette, déposait une fourchette sur le couteau, perpendiculairement, et lui imprimait un mouvement de balancement au-dessus des restes de pizza séchés. Puis, de but en blanc, il se raclait la gorge et demandait si Billie aimait la pizza et les hamburgers et si on l'emmenait parfois au McDo. Sa fille à lui adorait le McDo, ajoutait-il, et ça lui faisait plaisir d'y aller avec elle, de la regarder commander son wrap au fromage toute seule, comme une grande, même s'il détestait ces décors de plastique éclairés par une lumière trop crue ne lui donnant aucune chance de cacher à sa fille que son père était vieux.

Les enfants ont un instinct de survie plus fort que le nôtre, les laisser manger ce qu'ils aiment de temps en temps peut pas leur faire de mal, murmurait-il en ajoutant une deuxième fourchette à sa bascule improvisée, mais dans un autre angle, pour former une étoile, et je revoyais Billie partir à ses cours de ballet les épaules courbées, avec son goûter santé dans sa petite boîte à lunch rose. J'aurais tout donné, dans ces moments, pour pouvoir remonter le temps et allumer un énorme feu de camp dans lequel Billie et moi on aurait jeté ses collants roses, son tutu rose et ses putains de chaussons de ballet tout en se faisant griller un plein sac de guimauves jumbo.

S'il constatait que L.A. ou moi on n'en pouvait plus, Ménard sortait son arsenal de questions. Où? Quand? Comment? Pourquoi? Plus fort, j'entends pas! Puis il repartait comme il était venu, sans nous laisser le moindre espoir. Parfois, il s'arrêtait devant les dessins de Billie affichés sur le réfrigérateur et demandait si la maison verte apparaissant sur deux de ces griffonnages d'enfant correspondait à la maison d'un parent ou d'un ami, ou si le personnage de géant barbouillé sur un autre dessin évoquait quelqu'un de notre connaissance, un type dont nous aurait parlé Billie, par exemple.

Je lui répondais que la maison verte représentait le chalet du père de L.A., en Mauricie, et que le géant était un personnage hybride imaginé par Billie à partir du *Géant égoïste*, d'Oscar Wilde, et d'un géant apparaissant dans un de mes contes, le géant bleu, qui vivait en partie dans l'océan et en partie sur la terre ferme. Un gentil géant, mi-homme mi-poisson. Ménard fronçait les sourcils, suivait les contours du géant avec son index maculé d'encre, puis marmonnait que ce géant était peut-être un homme qui effrayait Billie, un étranger dont elle aurait tenté de nous parler. Prenez le temps d'y réfléchir.

Après le départ de Ménard, L.A. pleurait pendant quelques minutes, puis elle m'engueulait en me demandant où j'avais été pêcher mon crisse de géant, pour ensuite courir s'enfermer dans notre chambre, qui était maintenant la sienne et où je ne pénétrais que pour chercher des vêtements propres et ramasser les culottes sales qu'elle avait lancées dans un coin. Elle n'entrait jamais dans la chambre de Billie, elle ne pouvait pas, et elle faisait maintenant tout pour éviter Pixie, qui lui rappelait trop la puce. Alors Pixie était devenu mon ami, mon confident à moi, le seul être auprès de qui je pouvais pleurer tranquille.

La dernière fois que Ménard est venu à la maison, j'étais assis avec Pixie dans la véranda et je lui racontais une de ces histoires qui faisaient rire Billie, aussi pitoyable qu'un vieillard parlant au cadavre de sa défunte. Selon son habitude, Ménard est allé directement à la table de la cuisine et a attendu que je l'y rejoigne. Il a ensuite pris une enveloppe déchirée et l'a pliée en deux pour se confectionner une petite tente sous laquelle il a glissé un crayon de cire orange, un des crayons de Billie que ni L.A. ni moi n'avions eu le courage de ranger dans sa boîte, puis il a dit qu'il ne reviendrait plus, à moins qu'il y ait de nouveaux éléments dans l'enquête. Billie était maintenant disparue depuis trois mois et les recherches tournaient en rond. Il ne bouclait pas le dossier mais, n'ayant aucune nouvelle piste à explorer, il devait s'en remettre au temps. Je suis désolé, a-t-il murmuré, puis il s'est dirigé vers la porte.

J'ai bondi derrière lui en criant qu'il ne pouvait pas baisser les bras, qu'il n'avait pas le droit d'abandonner Billie, que c'était son boulot de s'occuper d'elle, qu'il était payé pour ça et que j'irais jusqu'en haut lieu si l'affaire était mise sur une tablette. Il a doucement levé un bras pour m'arrêter et m'a renvoyé une de ses remarques tordues : Alors dites-moi où vous étiez réellement, monsieur Richard, le 20 janvier dernier ?

MARNIE

Je me souviens d'un conte dans lequel le personnage principal, Lucas, il me semble, tente désespérément d'effacer une tache de vin couvrant la moitié gauche de son visage d'un nuage violacé ayant la forme d'une gueule de loup ouverte sur son œil droit. C'est la marque du diable, avait murmuré la mère de Lucas sur son berceau, conférant ainsi à son fils des pouvoirs sataniques dont on l'accuserait injustement jusqu'à ce qu'il se précipite dans un puits, y entraînant avec lui la bête s'agrippant à son visage depuis sa naissance.

C'est ce qui m'est arrivé à moi aussi. La disparition de Michael a imprimé sur mon visage la marque du diable et je suis dès lors devenue une paria, une intouchable, une enfant dont il ne fallait pas s'approcher. Les conclusions de l'enquête n'avaient mené nulle part. Les hypothèses étaient trop nombreuses, trop invraisemblables. Le corps de Mike n'était pas dans le lac, les plongeurs étaient formels. Il n'était pas dans la rivière non plus. Compte tenu de la faiblesse du courant, s'il s'y était noyé, on l'aurait forcément retrouvé, quelque part sur un fond vaseux ou près des bosquets bordant le rivage. Si les chiens avaient raison, et comment pouvait-on douter des chiens, Mike avait marché dans l'eau, ou on l'y avait fait marcher pour l'emmener ensuite on ne savait pourquoi jusqu'au lac aux Barbotes. Ce qui n'avait pas de sens.

L'hypothèse retenue par la majorité des gens soutenait que les chiens avaient simplement suivi une ancienne piste de Mike. Le garçon venait souvent jouer à cet endroit, son odeur était partout. Il n'avait pas marché dans l'eau. Il avait parcouru les deux kilomètres reniflés par les chiens un autre jour, une autre fois, puis avait rebroussé chemin. Moi je disais que non, qu'il n'y avait pas de vrai sentier à cet endroit, que Mike n'allait jamais si loin, mais on ne m'écoutait qu'à demi, se demandant pourquoi je refusais d'admettre que l'orage avait eu lieu près du lac aux Barbotes, où quelqu'un avait enlevé Mike, si bien que son odeur se perdait au milieu de nulle part. On retournait la question dans tous les sens, on fronçait les sourcils, puis on me fixait en soupirant : la petite ment, Marnie cache quelque chose. Mon père croyait que la rumeur finirait par se taire, que les gens recouvreraient leurs esprits et comprendraient que je n'étais que l'innocente victime d'un mystère que le temps éclaircirait, mais c'était ignorer que la marque du diable est indélébile et qu'un mystère, par définition, est voué à laisser ses survivants dans l'ignorance.

On a tenu un peu moins d'un an à Rivière-aux-Trembles, papa et moi, en faisant l'impossible pour ignorer les chuchotements qui s'effilochaient en longues traînées baveuses sur notre passage, les regards pleins de sous-entendus, les conversations qui s'interrompaient brusquement quand mon père poussait la porte du bureau de poste ou de la quincaillerie de Jos Bouchard, qui s'esquivait chaque fois dans l'atelier attenant au magasin, comme s'il me croyait également responsable de la mort de Martin, son fils, emporté par le cri de la rivière aux Bleuets. Des flopées de mots méchants se faufilaient derrière moi, crachés ou à peine audibles, mais celui qui m'effrayait le plus était le mot « sorcière », que seuls les enfants prononçaient, puisé dans ces contes où les princesses se piquent aux épines de fleurs empoisonnées, Betsy Rose ou Black Velvet ayant l'exacte couleur du sang qu'elles font couler.

Les sorcières, on brûle ça dans le feu, en pleine nuite, m'avait crié Germain Leblanc en sortant de l'école. Depuis ce temps, je m'éveillais en sueur au milieu de la nuit, persuadée qu'au dehors, des hommes au visage noirci de suie préparaient un bûcher à mon intention. J'entendais crépiter l'autel de branches qu'on avait élevé sous de longs piquets appuyés l'un sur l'autre, puis j'imaginais l'odeur de ma chair rôtie se mêler à celle des églantiers sous la rosée. Je ne disais toutefois rien de ces cauchemars à mon père. J'attendais que le matin arrive en guettant derrière les rideaux les lueurs vacillantes où l'on me jetterait vive. Puis, par une nuit de la fin mai, un orage a éclaté, illuminant ma chambre de la couleur des bûchers et me ramenant au bord du bassin magique, près duquel le grondement du tonnerre se mêlait au cri de Martin Bouchard. En arrière-plan, très loin derrière la pluie, Michael se balançait mécaniquement, son visage blanchi s'effaçant peu à peu, trait par trait, puis formant dans le brouillard un disque lisse où se répercutait la foudre.

J'ai dû crier en voyant ce disque blanc, car mon père est entré en trombe dans ma chambre quelques instants plus tard pour me prendre dans ses bras. À travers mes pleurs et mes tremblements, je lui ai alors parlé des sorcières, de Lucas, du diable et des roulements du tonnerre, des orages qui, depuis la disparition de Michael, grondaient de fureur parce que j'avais échappé aux volontés du ciel. Les éclairs ont pris Mike, pop, c'est ma faute, les nuages vont venir m'attraper. Je m'étais dérobée à la foudre et, si j'évitais le bûcher, ce ne serait que pour être happée dans une déchirure du ciel.

Trois semaines plus tard, un camion sur lequel était inscrit « Bob Déménagements » en énormes lettres noires s'est arrêté devant la maison. Si mon père ne pouvait me protéger de l'orage, il pouvait au moins m'éloigner des chuchotements. Les Mary-Jean et les Sparkling Scarlet allaient devoir fleurir, pour les six années à venir, sans les soins d'Alex Duchamp.

Je n'ai pas pleuré quand les lourdes portes du camion se sont refermées dans un claquement définitif sur les dizaines de boîtes empilées devant nos meubles, ni quand mon père a verrouillé la clôture entourant le jardin, ni lorsque notre vieille Oldsmobile a dépassé le panneau clamant «Rivière-aux-Trembles vous salue», car ce village ne représentait désormais pour moi que le souvenir d'une enfance qui s'était achevée au bord d'un bassin maléfique. Les milliers d'images que j'en conservais n'étaient plus que des moments de vie figés sur du papier glacé, des milliers d'instants de bonheur enfermés dans un album dont la dernière page portait la date du 7 août 79. Après cette date, le papier se craquelait, les couleurs désertaient les images et mes souvenirs n'étaient plus qu'une série de clichés en noir et blanc semblables aux illustrations d'un livre d'école ne contenant que des schémas ennuyeux. La lumière avait quitté Rivière-aux-Trembles en même temps que le soleil avait chuté dans le ciel du nord avec Michael et ce lieu s'était vidé de tout ce qui permet au temps de suivre son cours. Les arbres n'y poussaient plus, les enfants n'y couraient plus dans les sentiers bordés d'aulnes, de fougères et d'herbe à poux, dans les champs semés de seigle et de bouses de vaches. Rivière-aux-Trembles s'était enfermée dans un passé ayant épuisé la richesse d'une terre maintenant stérile.

Nous avons roulé pendant plus de quatre heures, mon père et moi, sans presque prononcer un mot, puis nous avons traversé un pont immense pour pénétrer dans le vrombissement continu qui servirait de refuge à notre mémoire pour quelques années.

Au bout de ces quelques années, mon père étant devenu aussi gris que le béton qui nous entourait, j'ai fouillé dans ses tiroirs pour trouver les clés de notre maison, que j'ai balancées sur la table de la cuisine en lui ordonnant de retourner là-bas avant de se fossiliser dans le carré d'asphalte sur lequel notre immeuble étendait son ombre. J'avais dix-huit ans et j'avais envie de lever les voiles, moi aussi, de partir aussi loin que possible de cet appartement où on n'avait pas réussi, malgré tous nos efforts, à oublier Rivière-aux-Trembles.

Pendant que mon père roulerait vers le nord pour s'occuper d'un jardin en friche, je m'orienterais vers le sud pour suivre la route de Canucks jusqu'à la frontière des États-Unis. De là, je descendrais le long de la ligne des Appalaches, du Maine jusqu'en Alabama, au cas où je croiserais quelque part un vaste champ de blé mûr où j'aurais envie de planter mes racines. Mon périple a duré un an, une longue année durant laquelle j'ai tenté de m'illusionner quant aux vertus libératrices de la misère et du dépaysement, puis je suis remontée vers New York, voir si la Big Apple était aussi pourrie que le Big Apricot de Jerry Siegel et Joe Shuster, les pères de Superman, et si je ne distinguerais pas, dans les couloirs rectilignes formés par les édifices, la silhouette fuyante de Michael Superman Saint-Pierre.

Il m'est arrivé de l'entrevoir, qui descendait d'un autobus avec son t-shirt rouge ou jouait de l'harmonica au coin d'une rue en comptant les pièces de monnaie qui rebondissaient dans sa casquette sale. Je l'ai aussi aperçu au Metropolitan Opera, dans des cafés de Greenwich Village ou dans des culs-de-sac poussiéreux, mais chaque fois que je m'approchais, ses yeux changeaient de forme ou de couleur et son visage s'effaçait derrière le regard hostile d'un ado dégingandé qui me lançait fuck you man avec un accent du Queens.

Avec le temps, son t-shirt a rétréci et j'ai cessé de le voir. Je suis néanmoins restée à New York pendant vingt-trois ans, à vendre des glaïeuls, des roses et des marguerites aux clients chics de Tribeca, jusqu'à ce que la mort de mon père me ramène à Rivière-aux-Trembles pour m'apprendre que ma fuite était un leurre, que ce n'était pas en contemplant les rives polluées de l'Hudson que je verrais surgir des eaux le cadavre de Mike. C'était ici, sur les lieux du drame, que devait se résoudre l'histoire de Marnie Duchamp et de Michael Saint-Pierre.

BILL

Ça fait mal de penser qu'on est seul, que même la femme à qui on a si souvent dit je t'aime ne nous considère plus que comme un tas de merde. Il est vrai que notre couple battait de l'aile depuis un certain temps, que Lucy-Ann et moi, on ne renvoyait pas exactement l'image de l'union idéale, de la paire de tourtereaux en perpétuel voyage de noces. Les soupers aux chandelles, les mains qui glissent furtivement sous le chandail, les sourires entendus d'un coin à l'autre de la pièce où une demi-douzaine de génies politiques débitent leurs conneries avec un sérieux de pape, tout ça, pour nous, appartenait au passé. On continuait à baiser, parce qu'on avait la baise dans le sang, parce que cet affrontement charnel nous permettait de posséder l'autre tout en lui reprochant d'exister, avec juste assez de violence pour nous sentir soulagés de la tendresse perdue, mais je ne me rappelle plus la dernière fois que Lucy-Ann m'a dit quelque chose de gentil, de vraiment gentil, du genre t'es pas mal beau à matin, Bill, tu sais, ou du style ta petite couette de gamin est encore retroussée, avec un sourire amusé, avec un doigt effleurant doucement la mèche rebelle.

Si on était encore ensemble, c'était pour Billie, pour qu'elle n'ait pas à remplir sa valise Mickey Mouse ou son sac à dos Snoopy tous les vendredis soir en se demandant quel ourson elle allait fourrer dedans et quel autre elle allait devoir abandonner dans la tristesse de sa chambre vide jusqu'au lundi. L.A. avait connu cette double vie obligeant les enfants à se fendre en quatre pour satisfaire ce qu'elle appelait l'égoïsme de leurs parents et elle ne voulait pas de ça pour Billie. Moi non plus, je ne voulais pas de ce type de déchirement pour ma chouchoune. Je considérais toutefois qu'il valait mieux, dans certains cas, que les petits trimbalent derrière eux leur sac à dos plutôt que d'avoir à entendre les couteaux voler tout en subissant l'insipide et désolant spectacle de la haine conjugale. Dans tous les cas, cependant, les petits devaient payer une partie de la note, de plus en plus élevée à mesure que la passion matrimoniale s'effilochait. Avec eux, finies les folies. Les nuits d'amour entrecoupées de biberons cédaient invariablement la place aux biberons et ils devaient se montrer particulièrement géniaux pour compenser les virées dans les bars, le cinéma de fin de soirée et les allers-retours à New York ou à Los Angeles que se permettaient leurs parents sur un coup de tête avant leur naissance. Ils devaient équilibrer le déficit et la perte d'insouciance à coup d'éclats de rire, de mots de deux syllabes et de petits pas tout croches suscitant les cris d'enthousiasme et les applaudissements de leurs vieux cernés jusqu'au menton.

C'est peu après l'arrivée de Billie qu'on a commencé à s'éloigner, L.A. et moi, pour reporter le plus gros de notre potentiel amoureux sur cette petite face joufflue tachée de compote de pêches. Au fil des mois, on s'est rendu compte qu'on ne s'aimait peut-être pas assez pour que l'équation deux plus un décuple la tendresse qu'on éprouvait l'un pour l'autre. L'éloignement s'est produit doucement, sans véritable déchirure, sans marques de bagarres, de sang sur les murs blancs, si bien qu'on ne comprenait toujours pas pourquoi l'autre nous semblait si terne, pourquoi sa voix nous agaçait soudain, pourquoi le lit était devenu trop étroit. Il a fallu des mois pour que la vérité nous saute en plein visage : notre lune de miel s'était déroulée dans un décor préfabriqué, et l'illusion ne s'était maintenue que parce qu'elle s'entourait des artifices d'un désir fondé sur l'image du bonheur frelaté auquel devaient aspirer tous ceux qui ne voulaient pas être rejetés par le courant. En nous révélant le mensonge sur lequel reposait notre union, Billie en avait tout de même colmaté les brèches, et c'est grâce à cette enfant qu'on n'en était pas encore à s'envoyer des lettres d'avocats ou des messages fielleux par amis communs interposés.

On avait établi une espèce de *statu quo* qui nous arrangeait tous les deux, tu fais tes affaires, je m'occupe des miennes et tout va bien. De cette façon, on arrivait à se supporter et à se regarder en face, on parvenait même à rire et à s'amuser avec la puce, comme une vraie famille, et il aurait suffi de pas grand-chose pour qu'on recommence à s'aimer et à se tenir par la taille, pour qu'on fasse de nouveau équipe devant l'imbécillité du monde. Il aurait suffi que L.A. dilue son vin et moi mon scotch, ma boisson d'homme, mais maintenant que Billie n'était plus là, c'était la débandade. Au lieu de se tendre la main, on s'éloignait à une vitesse supersonique. On s'envoyait promener pour un oui pour un non, on pétait nos vieux boutons pleins de pus, on laissait sortir le méchant, mais on ne s'en sentait pas pour autant soulagés, bien au contraire. Chaque fois que je passais devant un miroir après une dispute et que je voyais des restes de venin me sécher sur le bord des babines, j'avais envie de vomir, et je suis certain que L.A. ressentait le même écœurement.

Lorsqu'il a été clair, dans l'esprit de L.A., que j'étais le seul et unique responsable de la disparition de Billie, j'ai vidé la place avant que le doute qui m'attaquait parfois en traître se transforme en névrose. Je refusais de devenir pareil à ces innocents poussés à bout, à ces hommes fragiles qui finissent par se mettre la corde au cou pour qu'on les laisse tranquilles et qu'on cesse de les torturer avec des questions dont ils ne connaissent pas les réponses. Parce que le doute, bien sûr, entrait parfois par la porte de derrière, au moment où je m'y attendais le moins, pour me sauter dans le dos, me prendre la tête à deux mains et la secouer jusqu'à ce que je hurle que c'était pas moi, que ça pouvait pas être moi qui avais fait disparaître Billie dans la brume de janvier.

Depuis que Ménard avait entrepris de me bombarder de questions à ce point absurdes qu'il m'arrivait de ne plus me souvenir du nom de ma propre mère, j'avais passé des nuits entières à m'interroger sur ma santé mentale et à me demander s'il ne détenait pas des informations qui m'auraient causé un infarctus s'il me les avait révélées. J'avais tellement peur que ce crétin ait raison quand il m'accusait à demi-mot de cacher moi-même certains renseignements qui nous auraient permis de nous rapprocher de Billie que je devenais dingue. Ma mémoire s'entourait d'une espèce de voile flou derrière lequel je confondais les jours et les années, le manteau rose de la puce avec son imperméable à pois. La méthode de harcèlement de Ménard était si efficace qu'elle vous enlevait toute certitude et déformait du même coup ce qui était la pure vérité. Ce flic était dangereux. J'ai même failli lui proposer un jour de m'injecter une dose de penthotal et qu'on en finisse, puis j'ai recouvré mes esprits. Ménard déraillait et allait me faire quitter les rails avec lui si je ne me ressaisissais pas. Je n'avais rien fait à la puce et je n'étais pas cinglé.

Le détecteur de mensonge avait confirmé mes dires, la petite serveuse avait reconnu mon foulard, un foulard rouge, oui, c'est ça, rouge sang, Billie, de la couleur des roses dont les épines empoisonnées blessent la Belle au bois dormant. J'aimais ma fille et je corrigeais des copies nulles chez Jack et Jack, à la table du fond, en sirotant un cappuccino dont la mousse me collait à la lèvre supérieure quand le monstre qui avait enlevé ma fille avait fait démarrer sa voiture pour se diriger vers des routes ennuitées.

Bien malgré moi, j'étais en effet arrivé à la conclusion que Billie avait été enlevée, qu'elle n'avait pas pu se désintégrer ni être recueillie à bord de quelque vaisseau spatial à la recherche des spécimens les plus réussis de l'espèce humaine. L'enlèvement demeurait l'hypothèse la plus plausible, même si elle était la plus cruellement inadmissible. Je retournais donc l'hypothèse dans ma tête et la première image qui me venait chaque fois à l'esprit était celle d'un homme, d'un homme seul et sans visage, gigantesque aux côtés de Billie, qui se penchait pour l'enfermer dans l'ombre de son manteau sombre et y retenir ses cris. J'imaginais un pardessus, un anorak ou un large imperméable déroulant ses plis jusqu'aux genoux, puis une voiture sombre conduite par l'homme sombre et filant dans la nuit. La morsure d'un brouillard glacé s'écrasait sur le pare-brise, s'y accumulait jusqu'à masquer l'horizon, et je respirais l'odeur de la sueur de l'homme pendant que ses mains larges et rugueuses actionnaient les essuie-glaces. C'était là qu'on avait porté Billie, dans l'habitacle de cette voiture dont le silence était traversé d'un souffle rauque se mêlant aux battements réguliers des essuie-glaces.

Quant à moi, j'étais dans ce café de malheur, et si personne ne se rappelait m'y avoir vu, c'est que l'endroit n'était fréquenté que par des épaves qui commençaient à noyer leur désillusion dans le vin bon marché dès dix heures du matin. Je n'avais rien oublié. J'étais aussi sain d'esprit qu'un homme désespéré peut l'être et j'ai quitté L.A. pour le demeurer. Si je restais ne fut-ce qu'un mois de plus dans sa zone d'influence, je finirais par céder devant ses accusations, pour ensuite entériner les propos d'un Ménard dont l'acharnement tournait à l'obsession. Ce flic qui se prenait pour le bon Dieu m'aurait à l'usure et me ferait avouer un crime que je n'avais pas commis, que jamais au grand jamais je n'aurais pu commettre.

Je me suis loué un petit appartement pas trop loin de chez nous, pas trop loin de l'école de Billie, pas trop loin des lieux où elle pouvait réapparaître, et j'ai emmené Pixie avec moi. Ce n'est jamais une bonne idée de déraciner un chat, mais notre maison était en train de sortir de ses fondations, de toute façon, et le pauvre vieux serait mort de faim si je l'avais laissé avec L.A., qui ne semblait même plus savoir qu'un être vivant doit se nourrir. Si elle n'avait pas reporté sur moi tout ce qu'il y avait de rancœur en elle, j'aurais pu essayer de l'aider, de remettre un peu de chair sous cette peau autrefois si ferme, mais c'était au-dessus des compétences qu'elle m'accordait. J'ai bouclé mes valises, j'ai confié à Régine et à Patricia, la mère et l'amie fidèle, le soin de s'occuper de ce qu'il restait de L.A., et j'ai enfermé Pixie dans la cabane de voyage que lui avait fabriquée Billie avec une caisse de soupe aux tomates Campbell évoquant les tableaux d'Andy Warhol.

Une fois installé dans mon nouvel appartement, j'ai donné ma démission à l'université, où je n'avais mis les pieds qu'à quelques reprises depuis la disparition de Billie, j'ai continué à harceler Ménard et Dubois, qui se sont respectivement transformés en boîte vocale et en courant d'air, et j'ai poursuivi mes recherches, parcourant une à une les rues de la ville, quartier par quartier, épiant toutes les fenêtres allumées, écumant les bars pour discuter avec des gars que je ne connaissais ni d'Ève ni d'Adam en leur montrant des photos de la petite. Le soir, quand j'avais fini ma tournée Billie, je m'assoyais avec Pixie sur les genoux dans mon salon de fortune et je lui racontais une histoire en écoutant John Coltrane, Django Reinhardt ou Billie Holiday sur mon vieux lecteur CD.

J'ai maintenu ce régime pendant presque trois années, tournée des bars et des rues, Coltrane et Holiday, au terme desquelles je connaissais le décor d'à peu près tous les appartements et maisons de la ville et où les quelques personnes que je fréquentais de loin en loin, si fréquenter est le terme juste, avaient décrété que j'étais fou.

Le 20 janvier 2009, jour du troisième anniversaire de la disparition de Billie, j'ai téléphoné à Lucy-Ann pour lui annoncer que j'allais bientôt quitter la ville. Elle m'a souhaité bonne chance en reniflant, comme si elle avait cessé d'espérer et de me haïr du même coup. L'abdication de L.A. aurait dû susciter ma compassion, mais tous les mots pour décrire ma désolation, j'aurais pu t'aimer encore, L.A., j'aurais pu tenir ta main dans la mienne pour un autre bon bout de chemin, avaient été emportés dans la tourmente. Depuis que la barbarie du monde avait déferlé sur notre maison avec la fureur d'un ouragan de force 5 sur l'échelle de Saffir-Simpson, toutes les paroles d'encouragement possibles s'écrasaient dans les décombres. Dans le silence suivant la tempête, j'ai vainement cherché quelques mots qui auraient résisté au désastre, puis j'ai bêtement répondu à Lucy-Ann de prendre soin d'elle. Pas une allusion à Billie, pas une remarque sur le funeste anniversaire que nous célébrions ce jour-là. Ni L.A. ni moi n'étions capables d'évoquer cet anniversaire, car le 20 janvier resterait toujours dans notre esprit un jour de deuil, un jour de trop, une date qu'il aurait fallu effacer du calendrier, éradiquer comme une épidémie de peste, un de ces jours noirs qui voient s'ouvrir les entrailles de l'enfer. Non, ni L.A. ni moi n'avions la force d'évoquer la musique funèbre qui aurait convenu à cette journée.

Après avoir raccroché, je me suis rasé et me suis rendu dans une agence immobilière. Le type qui s'est occupé de moi a paru surpris par mon manque d'enthousiasme et mon peu d'exigences, mais je lui offrais une vente facile, alors il n'allait pas rechigner. Il m'a montré des photos de quatre ou cinq maisons dont personne ne voulait, jusqu'à ce que je jette mon dévolu sur la quatrième cambuse, après avoir reçu l'assurance que la région de Rivière-aux-Trembles était assez reculée pour que même les ours s'y égarent. La maison serait libre dans une semaine ou deux et je pourrais y emménager quand je voudrais à partir de ce moment. Je lui ai donné mon accord sans discuter le prix ni demander à visiter d'abord, puis j'ai traîné mes savates jusqu'à un bistro où, dans l'odeur de bière refroidie, je pourrais ruminer les pensées désabusées de l'homme en partance pour un nowhere.

À la télé accrochée au-dessus du bar, Barack Obama allait dans quelques secondes prononcer son discours d'investiture. Moi qui me passionnais d'ordinaire pour la politique états-unienne, j'avais à peine suivi la dernière campagne présidentielle, mais je savais que l'Amérique et le monde entier vivaient un grand jour, pas seulement parce qu'Obama était noir, mais parce que ce n'était pas souvent que les U.S.A. mettaient au pouvoir un homme qui savait prononcer le mot « pauvre » sans s'étonner que la moitié du pays lève la main.

« We, the People », a clamé Barack peu de temps après avoir entamé son discours, reprenant en cela les premiers mots d'une des plus vieilles constitutions du monde et rappelant à la planète entière que l'Amérique de Jefferson et de Washington avait fondé ses lois sur une démocratie qui, selon certains, tenait encore sur ses deux jambes tatouées de signes de dollars. Les applaudissements fusaient, tous ceux et celles qui possédaient une télé ou une radio, de l'Afghanistan jusqu'au Zimbabwe en passant par l'Australie tendaient l'oreille et, pendant un instant, j'ai eu l'impression d'appartenir à ce peuple, à cette grande famille nord-américaine dont Obama énumérait les couleurs du haut de sa tribune. En apercevant dans le miroir du bar le sourire imbécile qui illuminait mon visage, j'ai eu envie d'y projeter mon verre. La seule famille qu'il me restait jusqu'à récemment n'existait plus, toutes mes idées sur la famille avaient sacré le camp, et j'aurais beau me nourrir de junk food, de dérivés de la pomme de terre ou de la viande hachée en écoutant des séries hollywoodiennes jusqu'à la fin des temps, je n'appartiendrais plus jamais à ce qu'on nomme une famille, qu'elle soit nord-américaine ou pas. Finie la famille, kaputt, pulvérisée dans une collision d'atomes aussi imprévisible que la prochaine explosion du supervolcan de Yellowstone.

J'ai calé mon verre et j'en ai commandé un autre, pour la route, pour oublier que je respirais l'air d'une planète qui permettait que respirent aussi les tueurs d'enfants. Quand mon verre est apparu devant moi, je l'ai levé en direction d'Obama, qui souriait de toutes ses grandes dents blanches, et j'ai lancé un « Yes, you can ! » débile qui m'a valu le regard réprobateur du serveur, un jeune con, de même qu'un grognement pouvant aussi bien exprimer la solidarité que le désaccord de la part du seul autre client de la place, qui examinait distraitement une grille de mots croisés posée à côté d'une Molson Dry dont il arrachait l'étiquette lanière par lanière, l'esprit visiblement à des kilomètres du premier mot de la ligne 12 de sa grille, horizontalement, ouverture aménagée à l'avant d'un navire ou première épouse de l'empereur Qin Shi Huang. J'ai été tenté d'aller lui demander s'il avait perdu un enfant, lui aussi, et n'arrivait plus à se concentrer sur quoi que ce soit d'autre que son souvenir, mais son allure peu engageante m'en a dissuadé. Qu'il se soûle tout seul. J'avais déjà l'immensité d'une Billie à pleurer, je ne pouvais pas y ajouter celle d'un gamin dont le père avait oublié à quoi ressemble un sourire.

Trente secondes après, je me suis rendu compte que je pleurais sur mes frites mayonnaise. Je me suis mouché dans ma serviette de table et j'en ai demandé une autre, parce que ça n'arrêtait pas de couler, parce que les vannes avaient lâché et qu'il y avait derrière le barrage que j'avais érigé entre le monde et moi de quoi inonder une partie de la ville et noyer au passage le jeune barman toujours aussi con qui ne savait pas comment se comporter devant le grand type qui braillait au bout de son comptoir, un autre taré, un autre qu'on devrait enfermer. Je lui ai piqué un paquet de serviettes propres et, en guise d'excuse, je lui ai appris que ma fille disparue depuis trois ans était officiellement morte aujourd'hui, 20 janvier 2009, jour d'investiture du 44e président des États-Unis sous les acclamations confiantes de la foule ayant déferlé sur Washington. Pour lui prouver que Billie avait existé, j'ai glissé vers lui une photo de la petite arborant son plus beau sourire, que j'ai laissée là, à côté des serviettes chiffonnées, jusqu'à ce que ce crétin se fende d'une formule de sympathie. Quelques jours plus tard, je quittais la ville qui avait tué Billie.

II
LES NOMS

WILLIAM, BILLIE ET LUCY-ANN

J'ai pris possession de la maison de bardeaux numéro 4 de
l'agent immobilier Max Lapointe le 9 février, alors que
des feux de broussailles dévastaient le sud-est de l'Australie
sous des chaleurs caniculaires que je n'avais aucune peine à
imaginer malgré le froid frappant le Québec, car j'étais moi-
même ravagé par une fièvre qui teintait de rouge et d'orange
le décor tout en courbes et pentes raides entourant Rivière-
aux-Trembles. La grippe m'avait attaqué de front le vendredi,
faisant presque bouillonner le mercure dans mon thermo-
mètre, pendant que l'Australie se tapait un record de 46,4 degrés.
Le mercure avait un peu chuté le dimanche, mais ni moi ni
l'Australie, en ce lundi matin, n'étions sortis de « l'enfer dans
toute sa fureur », ainsi que le premier ministre Kevin Rudd
avait qualifié le brasier qui rasait une partie de son pays.

J'avais peine à tenir sur mes jambes lorsque j'ai pris la
route au volant du camion de location que quelques samari-
tains désœuvrés m'avaient aidé à charger. Le premier crétin
venu m'aurait recommandé de sortir mon matelas du camion
et de retourner me coucher, mais rester une minute de plus
dans cet appartement vide m'apparaissait aussi insensé que
d'essayer de respirer sous un tas de farine. Depuis que j'avais
enfin admis que si Billie refaisait surface, ce ne serait ni dans
la cour de son école ni dans sa chambre, la ville n'était plus

qu'un organisme hostile cherchant à m'expulser, une machine à combustion me bousculant vers ses canaux d'éjection. Si j'avais tenté de résister à cette force de répulsion, on m'aurait probablement repêché dans les égouts. J'aurais pu voir dans cette poussée de fièvre inattendue chez un homme qui n'avait jamais avalé une aspirine de sa vie un signe que la ville avait changé d'avis et voulait maintenant me retenir quelque part entre ses intestins et son foie bilieux au lieu de me recracher, mais j'avais depuis longtemps franchi cette étape où l'espoir me poussait à associer le moindre chant d'oiseau un peu trop aigu à un message envoyé par Billie des limbes indistincts où son corps et son esprit flottaient. J'imaginais ainsi le lieu où Billie se trouvait, comme un espace nébuleux situé dans une dimension parallèle à la nôtre, où le temps n'avait plus cours et où Billie s'était arrêtée aussi, dans l'attente que quelqu'un perce le mystère de cet au-delà et la délivre de l'emprise du temps qui stagne. Je refusais de me laisser envahir par l'image d'une Billie pleurant, d'une Billie hurlant, d'une Billie blessée ou gisant sous la blancheur de la neige, par toutes ces images de journaux à potins dont votre mémoire de l'horreur vous bombarde dès qu'un enfant s'éclipse dans le noir, car c'est bien ce qui se produit quand un enfant disparaît, quand son corps est soudainement emporté loin de votre champ de vision. Il est propulsé hors du temps et de l'espace, vers un inconnu dont les nuées l'enveloppent, minuscule dans l'immensité du froid. Je me représentais Billie dans un endroit de cette sorte, où le mal ne pouvait l'atteindre mortellement et d'où elle pouvait m'appeler à travers le chant d'une mésange ou le pépiement d'une hirondelle ayant effleuré la froideur des nuages.

Pendant plus d'un an, à demi lucide et à demi aveugle, j'ai cru qu'elle m'envoyait des signaux, jusqu'au jour où, à genoux sur un trottoir crotté, je me suis rendu compte que je devenais carrément cinglé, que l'irrationalité prenait le dessus et que le vase était sur le point de déborder.

C'était une journée particulièrement douce, le soleil brillait, le printemps chauffait la couenne des badauds. J'avais rapidement expédié mon déjeuner, constitué d'un croissant sec et de deux cafés sirupeux qui auraient tué sur-le-champ n'importe quel diabétique, pour ensuite aller me perdre dans la foule des promeneurs. Il y avait dans l'air une de ces odeurs que vous n'arrivez pas à fixer, à associer à un souvenir, mais qui vous rappelle néanmoins un instant de lointaine pureté, quand la vie n'était pas si compliquée, quand la lumière du matin se laissait prendre à bras-le-corps et que la joie avait un putain de sens.

Je me promenais dans une rue bondée lorsque j'ai aperçu sur le sol la pochette poussiéreuse et à moitié déchirée d'un CD de Billie Holiday. Je me suis penché pour la ramasser et il y avait une flèche, sous la pochette, une de ces flèches orange tracées en vue de délimiter des zones de travaux. Je savais à quoi servaient ces flèches, ce qui ne m'a pas empêché de suivre celle-là jusqu'à un tas de cochonneries que le vent avait poussées dans le renfoncement d'une porte condamnée. À quatre pattes sur le sol crasseux, je fouillais avec l'énergie du désespoir dans l'amoncellement de papiers gras, de pages de journaux déchiquetées et de mégots de cigarettes, à la recherche d'une trace, d'un indice, d'un signe, quand trois pièces de monnaie ont atterri près de ma main gauche dans un bruit assourdi par les ordures.

C'était le signe que j'attendais, le gong annonçant la fin du match et m'apprenant que j'avais perdu la tête. J'ai ramassé les trois trente sous en vue de les encadrer ou de les couler dans le béton, question de me rappeler que je dérapais ferme, et je suis rentré écouter *Lady in Autumn*, un album de Billie Holiday que je considérais comme une relique, car c'est entre autres à cause de cette chanteuse sublime, d'un film de Billy Wilder et de la *Billie Jean* de Michael Jackson que Lucy-Ann et moi on avait décidé d'appeler notre fille Billie. C'est aussi à cause de mon surnom, bien sûr, qui a éclipsé mon prénom dès

que je suis entré à l'école et que Jacques Lacroix, mon premier véritable ami, s'est mis à m'appeler Bill pendant que je
lui donnais du Jack. Depuis ce temps, Bill me colle à la peau,
à tel point que si quelqu'un m'appelle William, j'ai l'impression qu'il s'adresse au fantôme d'un enfant de six ans ou à un
gars que je ne connais pas. William a été enfoui au fin fond
d'un de ces terrains de jeux où les gamins se surnomment
Alex, Chris, Bill, Bob ou Jos s'ils ont de la chance, Bouboule
ou Face de rat s'ils en ont moins. Il n'y a que sur les papiers
officiels que ce nom figure encore, même s'il ne définit en
rien qui je suis. Mes livres, je les signe également du prénom
de Bill, parce que je ne vois pas comment il est possible de
signer William après Shakespeare, Faulkner et Blake.

Mais Billie, c'était le vrai prénom de la puce, qu'elle portait comme une reine, et qu'on ne vienne pas me faire chier
parce que je parle d'elle au passé. Aucun temps mieux que
l'imparfait ne peut exprimer l'absurdité d'une vie qui doit pivoter vers l'arrière si elle ne veut pas se prendre un mur de
briques en pleine face. Ma vie à moi penche de ce côté-là, du
côté d'hier, du côté de Billie, que je conjugue en des temps se
déroulant à l'imparfait pour ne pas m'enfoncer dans l'illusion
et devenir aussi pathétique que ces mères attendant le retour
de guerre du fils qu'on leur a pourtant expédié en soixante-
quinze morceaux dans un cercueil enveloppé du drapeau de
son pays, hymne national inclus. Notre Billie arborait son
nom aussi magnifiquement que l'éternelle Lady Day, et quand
on a vu le petit visage plissé de ce poupon, sa petite gueule de
Bill au féminin, on a tout de suite su qu'on ne s'était pas trompés en choisissant ce prénom. Parce qu'elle me ressemblait,
Billie, parce qu'elle avait hérité de mon nez, de mon front, de
mes lèvres, mais en cent fois plus beau.

À l'époque, on s'aimait comme des malades, L.A. et moi,
comme des tourtereaux aveugles, comme des inséparables
se bécotant à longueur de jour dans une cage de trente centimètres carrés, preuve que notre union était fondée sur un

malentendu. Quoi qu'il en soit, Lucy-Ann éprouvait une fierté de paon de compétition à l'idée que sa fille porterait le nom de l'homme qu'elle fixait parfois avec de grands yeux étonnés, l'air de se demander comment elle avait pu tomber sur un type aussi génial. C'est d'ailleurs elle qui a proposé ce nom, question d'établir clairement la filiation de Billie. Elle aurait pu vouloir que cette filiation s'ancre dans la lignée maternelle et j'aurais compris, je n'aurais eu aucune objection à ce que la petite s'appelle Anna, par exemple, ou Marie-Lucie, mais pour Lucy-Ann, c'était hors de question. Elle avait eu suffisamment de problèmes avec son prénom, elle n'allait pas le refiler stupidement à une enfant innocente.

Le vrai nom de Lucy-Ann était Lucienne, et elle n'avait jamais pardonné à ses parents de l'avoir affublée d'un nom de vieille tante de l'Abitibi. Elle avait raison, je ne sais pas à quoi ils avaient pensé de donner un nom pareil à une fille née dans les années soixante. Fatalement, ça l'avait marquée. On s'était moqué d'elle à l'école, à la piscine, au camp de vacances pourri, pas loin de Shawinigan, où elle avait failli perdre sa virginité avant terme. À dix-huit ans, elle en avait eu plein le casque et avait entrepris des démarches pour changer officiellement son nom en Lucie-Anne, histoire de ne pas trop dépayser son entourage et de ne pas se créer de problèmes d'identité supplémentaires. Se transformer en Marie-Christine quand on a passé sa vie dans la peau d'une Lucienne peut être assez perturbant, j'imagine, et on peut comprendre qu'elle ait opté pour Lucie-Anne, même si ça représentait probablement la plus grosse erreur de son existence en matière identitaire. Elle non plus, je ne sais pas à quoi elle a pensé. Les gens qui la connaissaient ont continué à l'appeler Lucienne, ont transmis ça à ceux qui ne la connaissaient pas ou qui étaient durs d'oreille, avec pour résultat qu'elle était encore une Lucienne.

Avant d'entrer à l'université, elle a enfin décrété que désormais, on devrait prononcer son nom à l'américaine, Loussy-Ann, et l'épeler dans une langue que même les Papous comprenaient, Lucy-Ann. Cette décision a réglé une partie de ses problèmes, d'autant plus que sa colocataire la surnommait L.A., comme la ville de Los Angeles, conférant à cette Lucy-Ann bronzée à l'année un soupçon d'exotisme qui lui allait comme un gant de dentelle à une courtisane.

Elle s'appelait Lucy-Ann depuis des années quand je l'ai rencontrée dans un bar à proximité de la tour à bureaux où elle travaillait. Après trois verres de tequila sunrise, elle m'avait dit de l'appeler L.A. en inclinant vers moi un décolleté évoquant la rondeur des montagnes californiennes, puis elle m'avait débité un tas de conneries qui m'avaient alors paru brillantes sur les ressemblances qu'on pouvait établir entre la ville de Los Angeles et sa propre topographie interne. Elle prétendait que le nom qu'on se choisissait reflétait notre nature profonde, qu'il marquait notre destin aussi sûrement que le passage plus ou moins réussi de notre phase œdipienne et nous définissait mieux que n'importe quelle biographie. Je n'avais pas connu son époque Lucienne et le parallèle qu'elle traçait entre elle et la cité des anges me paraissait logique, d'autant plus que L.A. était une fille chaude, capable de donner à son corps pourtant frêle des dimensions de mégalopole. Dès le premier soir, j'ai pu constater que l'intense activité sismique de la faille de San Andreas n'était pas une légende et qu'on pouvait avoir envie de se transformer en sismographe rien que pour se rapprocher du soleil de L.A.

On a passé de bons moments ensemble, je dirais même de très belles années. Si L.A. n'était pas entrée dans une période de changements climatiques après la naissance de Billie, on aurait pu continuer à sentir la terre trembler sous nos pieds pendant que les édifices s'écroulaient autour de nous dans des nuages de poussière rouge. Mais la température s'est peu à peu refroidie et la fille dont les seules initiales parvenaient à réchauffer mon atmosphère s'est mise à marcher vers le nord, tête baissée, pour enfin déposer ses bagages aux environs de Whitehorse.

J'ai également ma part de responsabilités dans l'apparition de ce qu'on pourrait considérer comme notre ère préglaciaire. Je revendique le privilège d'être aussi bouché que la plupart des hommes en matière de relations de couple, de diplomatie conjugale et d'harmonie postcoïtale, mais Dieu que j'ai regretté la Lucy-Ann d'autrefois, celle que j'appelais L.A. quand j'avais envie de me coller à son corps qui riait aux éclats dans la moiteur de la nuit. Je ne sais pas exactement à quel moment la véritable rupture s'est amorcée, mais le nom de la femme que je croyais pouvoir aimer jusqu'à la fonte du dernier glacier de la galaxie s'est tout à coup vidé de son sens. Quand je l'appelais L.A., je ne sentais plus la douceur des anges ni l'odeur du Pacifique se glisser sous ma langue. *L* et *A* n'étaient plus que deux lettres mortes me permettant d'établir la communication avec la femme vivant à mes côtés. Avec le temps et le durcissement du froid dans la lumière de notre hiver, ces lettres se sont chargées de tout ce que je désapprouvais chez Lucy-Ann, à tort ou à raison, si bien que je ne l'appelais plus L.A. qu'avec un soupçon de mépris n'ayant d'autre but que de lui reprocher de n'avoir pas tenu ses promesses, de n'avoir pas été capable de demeurer à la hauteur des feux faisant étinceler Los Angeles. Lucy-Ann était une ville dont je m'éloignais le cœur déçu en me rappelant la beauté des premiers jours du voyage, quand la tequila sunrise avait l'exacte couleur du soleil se couchant au large des plages de Santa Monica.

Le soleil enflammait encore la ligne d'horizon, pareil à une grosse orange sanguine coupée en deux, le jour où Lucy-Ann m'a annoncé qu'elle était enceinte. On s'était donné rendez-vous pour l'apéro sur une terrasse aménagée dans une arrière-cour où étaient exposées quelques œuvres d'art postmacramé imitant le mobilier urbain, bornes-fontaines, lampadaires, feux de circulation, tout pour nous donner l'illusion qu'on vivait en ville. L.A. était arrivée avant moi et elle déballait ses achats de l'après-midi sur la table en forme d'essieu où trônait

un pichet de sangria. Elle s'était procuré une petite camisole
blanche qui frôlerait sur son corps les limites de l'indécence,
une affreuse paire de sandales jaunes, pour porter avec ma
robe tournesol, tu sais, celle avec les grosses fleurs jaunes, un
DVD de *Sunset Boulevard*, le chef-d'œuvre de Billy Wilder,
se déroulant dans une des villas du mythique boulevard traversant Los Angeles de Hollywood jusqu'à Pacific Palisades,
puis un album double de Billie Holiday, *Lady in Autumn*,
qui allait m'échoir quelques années plus tard.

À part le Motown et quelques vieux airs de country, L.A.
ne connaissait rien rayon musical. Elle détestait le jazz,
croyait que Miles Davis était le frère de Sammy Davis Jr. et
confondait invariablement les trompettes et les sax. On était
toutefois arrivés à une entente. Je fermais ma gueule et me tapais du Motown à l'occasion, en échange de quoi je pouvais
écouter du Mingus ou du Parker sans que L.A. râle aussitôt.
Son dernier achat ne cadrant pas avec les sandales jaunes, j'ai
pensé qu'elle avait une gaffe à se faire pardonner lorsqu'elle
a glissé vers moi l'album de Billie, dans les tons de noir et
d'orange, de la couleur d'une nuit d'été cernée de flammes. À
nous deux, baby, a-t-elle dit en frappant son verre de sangria
contre le mien, avec plein d'étincelles dans les yeux, de belles
petites étincelles de la couleur un peu dorée, indéfinissable,
de ses iris los angeliens. À nous deux, ai-je répondu en omet-
tant le baby, que je rangeais dans la catégorie des mots réser-
vés à l'intimité des espaces clos où aucune oreille vicieuse ne
peut se moquer de votre façon de prononcer honey.

Il y a une chose que je t'ai pas encore montrée, s'est-elle
exclamée en fouillant dans son immense sac à main imitation
léopard. Elle en a sorti un paquet de mouchoirs froissés, de
tubes de rouge à lèvres et autres babioles sans lesquelles
aucune femme, paraît-il, ne peut sortir de chez elle sans avoir
peur de tomber ce jour-là, précisément ce jour-là, sur George
Clooney ou Clive Owen. Elle a enfin trouvé ce qu'elle cherchait et a brandi devant moi une petite suce rose à laquelle

était attaché un bout de ruban bleu. À nous trois, baby, a-t-elle chuchoté en déposant la suce sur la table, et j'ai mis un certain temps à comprendre ce qu'elle essayait de me dire. Quand ses yeux ont répondu oui à la question que je n'arrivais pas à poser, j'ai eu l'impression que la terrasse basculait, emportant L.A. tête première vers la cime des arbres et des lampadaires de tôle galvanisée.

J'ai calé mon verre de sangria et m'en suis servi un autre en murmurant papa avec ce qui devait ressembler au sourire d'un débile découvrant sa queue. J'aurais voulu sauter au cou de L.A., mais on ne peut pas se déplacer aussi rapidement avec le poids d'un tout petit enfant sur les épaules. Finalement, c'est L.A. qui s'est tapé le rôle du gars. Elle est venue près de moi, s'est appuyée contre notre borne-fontaine et a pris mes mains dans les siennes pour les embrasser. Plein de questions se bousculaient dans ma tête, plein de questions heureuses entourées d'étincelles qui se bousculaient aussi et empêchaient les mots de sortir. À travers le ventre à peine rebondi de L.A., je voyais déjà une petite face ronde et plissée qui flottait dans l'obscurité des eaux amniotiques en attendant de se diriger vers la sortie. Un enfant prenait forme dans ce ventre et je me demandais si on allait devoir lui acheter une bicyclette rose ou bleue, des poupées ou des camions, et si cet enfant m'aimerait autant que j'aimais la femme qui m'enduisait en ce moment les mains de rouge à lèvres à saveur de cerise. Comment on va l'appeler ? ai-je fini par lâcher en engloutissant mon troisième verre de sangria avec un sourire si large qu'il m'aurait fallu boire dans une chaudière pour que ça en vaille la peine.

J'ai compris que L.A. avait déjà son idée là-dessus quand elle a désigné la pochette de *Lady in Autumn*, sur lequel le visage de Billie Holiday surgit de la noirceur d'une nuit qui l'enveloppera jusqu'à sa mort. C'est un joli nom, Billie, et Billy n'est pas mal non plus, a-t-elle ajouté en examinant la pochette du film de Wilder. Billie Richard, ça sonne bien, tu trouves pas ? Le message était clair. L.A. avait choisi le nom de notre enfant et j'aurais un mal de chien à la faire revenir sur sa décision si je m'y risquais. Mais je n'avais pas l'intention de m'opposer à son choix, parce que c'était celui d'une femme qui m'aimait assez pour vouloir que son enfant porte à la fois mon nom et mon prénom.

T'as raison, L.A., c'est un sapré beau nom, presque aussi beau que Lucienne, ai-je lancé en esquivant la cerise au marasquin expédiée depuis l'autre côté de la table où éclatait une autre fois le rire de Lucy-Ann, le rire si franc de L.A., qui se scléroserait quelques années plus tard, lorsque les cerises seraient remplacées par des couteaux tranchants.

Je ramassais la cerise dans l'intention de la lui renvoyer quand la voix de Michael Jackson chantant *Billie Jean* a retenti dans les haut-parleurs installés aux quatre coins de la terrasse. C'était un signe du destin, il n'y avait aucun doute, les augures s'adressaient à nous par la voix d'un dieu de la pop. On s'est regardés dans le blanc des yeux jusqu'à ce que Jackson termine sa chanson, aussi heureux qu'Adam et Ève avant l'épisode du pommier et totalement indifférents à l'aspect kitsch des augures qui faisaient branler nos chaises au rythme de *Billie Jean*. Pendant ce temps, dans le ventre de L.A., le petit amas de cellules qui deviendrait notre Billie à nous continuait à se multiplier.

Ç'a été aussi simple que ça. Qu'il s'agisse d'un garçon ou d'une fille, ce serait Billie ou Billy. J'ai levé mon verre à la santé de Billie-Billy et L.A. a fait de même en précisant que ce serait son dernier verre pour les mois à venir, régime sec jusqu'en avril, jusqu'aux premiers vagissements de l'enfant dont je ne sentais plus seulement le poids sur mes épaules, mais également la chaleur, la douce moiteur des poupons emmaillotés de laine.

Le 20 avril de cette année, Billie aurait eu douze ans et je me demande souvent ce qu'elle aurait souhaité pour cet anniversaire. Probablement un autre chat, car le vieux batêche de

Pixie a cru bon de rendre l'âme quelques jours avant mon déménagement à Rivière-aux-Trembles. Peut-être qu'il n'avait pas envie d'avoir à s'acclimater à un nouveau lieu, qu'il ne se sentait plus la force d'affronter le voyage, la bourrasque, les odeurs inconnues, mais je crois plutôt qu'il a compris que Billie ne serait pas là où nous allions et qu'il a cessé de respirer en même temps que d'espérer. Il ne s'était maintenu en vie que pour pouvoir dire adieu à Billie et lui donner un dernier bec de nez, ben plus le fun que les becs de bec, papanoute, mais les jours et les mois passant, l'ennui avait transformé son désir de sentir sur son ventre les mains de sa petite maîtresse en cette forme d'amertume brisant ceux qui perdent la foi. J'avais bien remarqué qu'il déclinait depuis un certain temps, qu'il ne dressait plus les oreilles chaque fois que des pas provenant du corridor pouvaient être confondus avec des pas de princesse, mais je lui avais strictement interdit de mourir. Si tu crèves, Pixie Richard, je te sers aux pigeons en boulettes de chat haché. Mais les menaces ne peuvent rien contre la tristesse.

Je l'ai trouvé un matin dans sa caisse de soupe aux tomates Campbell. Il gisait sur la petite couverture que Billie avait taillée pour lui dans un de mes vieux pyjamas de flanelle, les yeux fermés, la gueule à demi ouverte. Quand j'ai constaté que sa grosse bedaine de goinfre à la Garfield ne se soulevait plus au rythme de sa respiration, je suis devenu fou. Je me suis mis à crier, à hurler qu'il n'avait pas le droit de me faire ça. Je lui ai ordonné de se réveiller, câlisse, Pixie, respire, puis je me suis écrasé à côté de sa cabane et j'ai pleuré jusqu'à ce que l'envie de pisser m'oblige à me relever. Si je n'avais pas eu de vessie, je pense que je serais encore là, à le supplier de revenir, d'ouvrir ses maudits grands yeux verts et d'aller voir la surprise que je lui réservais à la cuisine, une belle boîte de thon Clover Leaf, Pixie, tu peux pas lever le nez là-dessus, viarge !

En disparaissant, ce chat m'enlevait tout ce qu'il me restait de Billie et anéantissait mes derniers espoirs de la voir réapparaître au coin de la rue un beau matin, un matin si beau, en fait, que toutes mes tentatives pour le décrire demeureraient vaines, même si je m'y employais jusqu'à ce qu'on ensevelisse ma dépouille de vieux schnock au pied d'un érable gris. Si Pixie avait décidé de saprer son camp, c'est qu'il savait toute attente désormais inutile. Son intelligence de la vie, de la mort, de la douleur et du simple bien-être lui avait fait comprendre que plus jamais la puce ne viendrait lui caresser les oreilles. Pixie savait ce que savent tous les animaux quand ils consentent à fermer les yeux, que la fin de leur monde est arrivée et qu'il ne sert à rien de s'y opposer. Si j'avais été aussi intelligent que lui, je me serais procuré une caisse de soupe aux tomates, moi aussi, où mon cœur aurait tranquillement cessé de battre, mais une part de ma stupidité d'homme voulait encore croire aux miracles, aux contes dans lesquels, contre toute logique, les princesses ressuscitent et réapparaissent dans la beauté du matin les bras chargés de fleurs des champs.

Je me souviens du jour, pas longtemps après l'accident du petit Dumas, où j'avais fait rouler Pinocchio sous un train de marchandises, mettant Gepetto au défi de le rafistoler. À la fin de l'histoire, Billie m'avait considéré avec de grands yeux ronds, puis un petit sourire avait retroussé le coin de ses lèvres et elle m'avait donné un coup de poing sur l'épaule en s'exclamant ça se peut pas, papa, t'inventes encore, Pinocchio peut pas mourir, voyons donc. Sans attendre ma réaction, elle était sortie jouer dans la cour avec Pixie, certaine que les personnages de contes ne pouvaient pas davantage mourir que les héros et que son père lui avait servi une mauvaise blague. En lui racontant cette histoire, j'avais stupidement voulu lui donner ce qu'on appelle une leçon de vie, lui faire comprendre que rien ni personne n'était immortel et qu'elle devait assurer ses arrières, mais c'était elle qui avait raison, les héros ne peuvent pas plus mourir que les petites filles, j'en ai maintenant la preuve chaque fois que je regarde une photo de Billie et la vois reprendre vie, faire son premier nœud de bottine ou esquisser ses premiers pas sur l'herbe, aussi immortelle que la mémoire des hommes.

Les chats non plus ne peuvent pas mourir, surtout pas les Pixie, c'est ce que je me disais le matin où je l'ai trouvé dans sa cabane en me demandant ce que j'allais faire de lui. Le seul animal domestique dont j'avais jamais partagé l'existence était un poisson rouge répondant au nom de Conrad, ce qui est une façon de parler, car si Conrad a un jour réagi à son nom, personne ne s'en est rendu compte. Cette indifférence ne signifiait pas pour autant que Conrad était idiot. Elle était plutôt la preuve que les hommes ne comprennent pas les poissons ou que les poissons ne peuvent tout simplement pas s'appeler Conrad. Quand Conrad a viré sur le capot, selon l'expression de mon père, qui n'aurait jamais pu envisager une carrière dans la diplomatie, c'est ma mère qui s'en est occupée, me privant ainsi de l'expérience fondamentale qui aurait consisté à enterrer ou à flusher Conrad moi-même. Devant le corps inerte de Pixie, je me sentais complètement idiot, parce qu'on ne m'avait pas permis d'apprendre comment on doit s'occuper de la dépouille des animaux morts.

J'ai fini par téléphoner à un vétérinaire et, parmi toutes les possibilités qu'on m'a offertes, j'ai opté pour la congélation, car je ne pouvais pas supporter l'idée que Pixie soit jeté dans un four crématoire avec des dizaines de bêtes qu'il n'avait pas connues et aurait détestées à mort s'il les avait rencontrées. Pas question, donc, que je l'expédie dans un enfer où il croupirait pêle-mêle avec une bande de matous réduits en poudre. J'aurais aimé l'enterrer derrière notre maison, sous la fenêtre de la chambre de Billie, mais la neige était trop épaisse, le sol trop gelé, l'été trop lointain pour que Pixie résiste d'ici là à l'invasion des asticots et autres bestioles nécrophiles. La congélation m'a donc paru la solution idéale en ce qu'elle m'épargnait d'avoir à prendre une décision trop rapide quant au sort que je réservais à la carcasse de Pixie. Le vieux batêche ne serait sûrement pas content s'il savait que j'ai stoppé son processus de décomposition et retardé ainsi sa cinquième ou sixième vie, mais c'était le chat de Billie et je me sentais l'obligation de lui réserver des obsèques dignes de l'amour que lui portait ma fille.

Pixie a donc fait le voyage avec moi jusqu'à Rivière-aux-Trembles, enfermé dans un caisson cryogénique, façon Walt Disney, à la différence que Pixie ne se réveillera jamais dans un monde du futur rempli de fées Clochette décongelées. Si on découvre un jour un remède à la mort, ni lui ni moi ne serons plus là pour avaler la potion méphistophélique qui foutra le bordel parmi les immortels. Dès mon arrivée, j'ai remisé le caisson à la cave en attendant le printemps, et il m'arrive de penser que le vrai Pixie n'est plus là, mais quelque part avec Billie, dans ce qu'on nomme l'éden ou le paradis. Quand je me sens d'humeur bucolique et que j'ai envie de brailler un bon coup parce que j'ai mal aux reins de retenir tous ces torrents d'eau salée en moi, je les imagine dans un décor pareil à celui de *What Dreams May Come*, *Au-delà de nos rêves*, un film avec Robin Williams dans lequel les gens qui s'aiment sont réunis après leur mort dans un paradis plus beau que nature, avec tout ce qu'il faut d'arbres, de fleurs et de paysages enchanteurs pour vous donner envie de crever tout de suite. L.A. a dû voir ce film cent fois durant la semaine précédant mon départ de la maison, la larme à l'œil et le mouchoir au nez, arrêtant le déroulement du film à tout bout de champ pour en brailler un bon coup, mêler ses larmes aux rires que suscite le spectacle de la joie, puis replongeant, le cœur à l'envers, dans des jardins qui niaient la mort. Je lui reprochais de s'accrocher ainsi à la représentation d'un au-delà auquel elle ne croyait pas, de se torturer avec des chimères qui lui péteraient au visage comme des ballons trop gonflés, mais, secrètement, je faisais pareil, de même que je persiste à me vautrer dans de naïves allégories du bonheur éternel alors que j'ai enterré Dieu depuis longtemps.

Les hommes et les femmes qui perdent un enfant n'ont d'autre choix que de croire au paradis, sinon ils sont forcés de croire à l'enfer et d'imaginer les flammes dévorantes où se sont élevés les hurlements de leur petit. En ce qui me concerne, j'ai mes jours paradis et mes jours limbes. J'exclus d'emblée le purgatoire de ces régions inaccessibles, puisque les enfants n'ont rien à expier que les fautes des autres. Je préfère néanmoins mes jours limbes, car je sais qu'on peut revenir des limbes, à plus forte raison depuis que le Vatican les a abolis, rendant plus imprécise cette zone à mi-chemin entre le bien et le mal que je ne me sens pas encore prêt, pour ma part, à rayer de ma géographie des cieux. Je sais qu'on peut revenir des limbes, mais pas du paradis. Qui aurait envie, de toute façon, de quitter l'allégresse pour se retaper l'enfer ? Il n'y a que dans les films de Wim Wenders que les anges sont assez cons pour envier la bonne vieille souffrance quotidienne de l'homme. Je préfère donc ces jours où je parviens à me représenter Billie dans le décor vaporeux d'un entre-deux-mondes d'où elle ressurgira un beau matin, oui, un beau matin, pour m'apprendre que ni l'enfer ni le paradis n'ont jamais existé.

MARNIE, SQUOUIRÈLE, OWL ET SUPERMAN

Après l'enterrement de mon père, j'ai fait un saut à New York pour régler mes affaires, puis j'ai quitté la ville dans l'urgence et la précipitation, certaine que si je réfléchissais calmement à ma décision de m'installer à Rivière-aux-Trembles, je percevrais immédiatement l'absurdité de ce retour aux sources. J'ai tout arrangé en moins de deux semaines. Pour un prix dérisoire, j'ai vendu à mon assistante A Rose Is A Rose, ma boutique de fleuriste, j'ai pris rendez-vous avec mes rares amis pour leur faire mes adieux et j'ai téléphoné à Harry Fields, un sauvage perdu au cœur de New York dans les bras de qui je me consolais parfois de mon propre exil. Je lui ai annoncé la nouvelle de but en blanc, car Harry ne me regretterait pas plus que Gregory Holmes, Dave Cohen et Jake Danowski, les amants plus ou moins amoureux que j'avais fait poireauter sur le pas de ma porte jusqu'à ce qu'ils m'abandonnent dans le rai de lumière filtrant de l'extérieur. Ces hommes n'avaient laissé que quelques traces plus ou moins profondes sur le tapis de l'entrée et Harry Fields, avec les autres, ne résisterait pas au coup de balai que je m'apprêtais à passer dans mon existence. Je l'ai embrassé une dernière fois et j'ai fermé ma porte.

C'était il y a quarante-huit heures et, pendant que les lourdes neiges de la fin février abattent leur silence sur la

campagne, j'arpente les pièces de la maison en me demandant ce que je fabrique là, au milieu des boîtes, des souvenirs
et des fleurs fanées. Après mon départ pour les États-Unis, je
n'avais remis les pieds à Rivière-aux-Trembles qu'une ou
deux fois par année, car ce village était devenu pour moi une
terre étrangère. Seule la maison de mon père conservait une
certaine réalité au milieu des forêts dénudées. J'y revenais généralement pour la fête de Noël, préférant éviter les mois
d'été et tout ce qui pouvait me rappeler le vrombissement de
l'orage ayant emporté Michael.

Mon père ressortait pour moi les guirlandes, les boules
de verre et les angelots remisés dans le grenier. Pendant que
la dinde rôtissait dans le four, on décorait le sapin en buvant
du kir et en écoutant Bing Crosby interpréter *I'll Be Home for
Christmas*. Il arrivait à mon père d'inviter quelques amis
mais, la plupart du temps, on célébrait Noël rien que nous
deux, dans la chaleur des bougies découpant nos ombres sur
les murs, comme un père et une fille dont le malheur a depuis
longtemps scellé l'amitié. Je lui parlais de ma boutique, lui dé-
crivais ma dernière visite au musée d'histoire naturelle, au
Guggenheim ou au zoo de Central Park, y a même des lions,
pop, des pauvres vieux lions qui n'ont jamais reniflé l'odeur de
la savane et qui croient probablement que New York est au
cœur de l'Afrique, et lui me parlait du dernier livre qu'il avait
lu, un essai de Stephen Jay Gould ou un recueil de poèmes de
Renaud Longchamps, des lectures qui raffermissaient son
lien avec la terre et l'aidaient à prendre sa mesure d'homme.
Puis il quittait la falaise de Miguasha de Longchamps, gagnait
le Saint-Laurent par la baie des Chaleurs, avant de dériver
lentement vers ses rosiers, ses arbres et les plans de sa nouvelle serre.

À notre dernier Noël, je lui avais détaillé mon expédition au Hayden Planetarium du Rose Center for Art and
Space. Pendant que je tentais de lui expliquer le vertige que
j'avais éprouvé devant les collisions cosmiques et les impacts

supersoniques narrés par la voix envoûtante de Robert Redford, j'avais tout à coup eu l'impression qu'il me quittait, que son esprit s'envolait par la fenêtre vers le lointain où se perdait la voix de Redford, alors que son corps s'effondrait dans son vieux fauteuil de cuir craquelé. Quelques minutes plus tard, le visage tourné vers la nuit, il m'annonçait tranquillement sa mort prochaine.

Deux mois, avait-il murmuré, peut-être un peu plus, peut-être un peu moins, pendant que Bing Crosby terminait *Holy Night*. Puis sa voix m'exhortant à ne pas pleurer, c'est normal, Marnie, y a rien de plus normal que la mort, sa voix venue de la nuit étoilée, s'était perdue dans l'engourdissement qui gagnait tous mes membres devant le choc de cette mort annoncée.

Si je ne lui avais pas parlé de ces histoires de marée gravitationnelle, de galaxies cannibales et de nébuleuses s'entrechoquant, il aurait peut-être tenu sous silence la maladie qui le rongeait, mais la conscience de sa petitesse devant l'immensité l'avait poussé à la confidence. Il avait dû se dire que si j'étais capable d'admettre que des galaxies s'entredévorent pour recréer de nouveaux mondes et faire apparaître la vie dans une explosion d'atomes, je pourrais sûrement m'incliner devant les mouvements qui, à une échelle infinitésimale, entraînaient la collision des galaxies se déplaçant dans son organisme malade.

Il avait raison. Il est plus facile d'admettre la mort quand on observe les étoiles. Cette sagesse venue de l'infini se dissipe toutefois dans le lever du jour, lorsqu'on aperçoit son père chanceler dans les premières lueurs du matin, avec à la main une tasse de café qui tremble. On se rend alors compte qu'il a déjà commencé à disparaître, que ses mots se font plus rares, ses pas moins amples, et qu'en cela il a renoncé aux gestes qui poussent les corps vers l'avenir. Un avenir sans lendemain s'était déjà installé dans le corps de mon père et celui-ci ne se mouvait plus que dans le cercle restreint d'un futur proche auquel il refusait que je prenne part. Pendant des heures, je l'ai supplié de me laisser rester auprès de lui, mais Alex Duchamp s'opposait catégoriquement à ce que j'assiste à sa déchéance. Il voulait mourir seul, sans personne pour le voir tomber.

Lorsque la sonnerie du téléphone a retenti, le matin du 6 février, dans l'appartement que j'occupais en plein cœur de Brooklyn, je n'ai pas décroché, car je savais déjà que mon père n'était plus. J'avais entendu le cri, durant la nuit, le cri de la rivière aux Bleuets, le hurlement de la mort. Emmitouflée dans de lourdes couvertures, je rêvais que je marchais dans un vaste champ couvert de neige duquel émergeaient ici et là des amas de longues tiges séchées semblables aux plantes bordant les rivages. Ce n'était ni le jour ni la nuit, ni le matin ni le soir. Je m'avançais dans un temps figé entre deux lumières où même la neige n'était pas froide, dans un large couloir privé de vent, de bruit, de vie. Puis l'ombre d'un oiseau s'est imprimée sur la neige, là où s'enfuyaient quelques pistes de lièvre, et elle est demeurée là, alors qu'aucun oiseau ne volait au-dessus de cette tache sombre. Quand l'ombre s'est enfin abattue sur le champ de neige, le cri a retenti, cri d'homme et couinement de bête à la fois, et je me suis réveillée.

De quatre heures à sept heures du matin, je suis restée assise dans mon lit, jusqu'à ce que la sonnerie du téléphone m'annonce que mon rêve n'en était pas un. J'ai laissé le répondeur prendre le message, c'est Phil, Marnie, rappelle-moi, a murmuré la voix enrouée du meilleur ami de mon père, et j'ai enfilé mon manteau pour me rendre au Rose Center for Art and Space. Grelottant sous la pluie, j'ai attendu l'ouverture des portes, puis, assise dans l'obscurité du Hayden Planetarium, j'ai regardé mon père s'envoler parmi les étoiles, ainsi que s'était autrefois envolé Michael Superman Saint-Pierre, happé par la force d'attraction d'un destin qui l'avait entraîné vers le soleil rouge de Krypton. Quelques heures plus tard, je prenais l'avion pour aller faire mes adieux à un homme dont l'esprit voguait parmi le temps des galaxies.

Je te laisse tout, Marnie, la maison, les serres, les terrains, tu en feras ce que tu voudras, m'avait-il dit après m'avoir annoncé qu'il s'en allait. Dans mon esprit, les choses étaient cependant claires. Je refusais de vivre au milieu des fantômes. Je mettrais la maison en vente dès que mon père n'y habiterait plus. Il avait pourtant suffi du cri d'un spectre, peu de temps après, pour que je décide de prendre la direction du passé. Et me revoilà ici, à Rivière-aux-Trembles, à me demander ce que je fous dans une maison que seule la présence de mon père pouvait réchauffer.

En arrivant, j'avais pris la résolution de ne pas me laisser piéger par la nostalgie, mais je n'ai rien trouvé de mieux à faire depuis que de me vautrer dans les souvenirs de mon père. Avant-hier, j'ai découvert que le dernier film qu'il avait regardé était le *Marnie* d'Alfred Hitchcock. Le DVD était encore dans le lecteur et le boîtier traînait, à demi ouvert, sous la table basse du salon. Alors je l'ai regardé à mon tour, à la recherche de mes origines, car c'est à cause de Tippi Hedren, d'Alfred Hitchcock et d'un roman de Winston Graham que je m'appelle Marnie, « a pet name, easy to remember », affirme Sean Connery en ramenant Marnie à la maison au milieu du film, « a pet name », un nom de petite chose, de petit animal insouciant néanmoins poursuivi par la peur.

J'ai été conçue, paraît-il, après une représentation de ce film, avec l'entière bénédiction d'Alfred Hitchcock et de Phil Morisset, qui avait présenté ma mère à mon père et vice versa, Marie, Alex, Alex, Marie, sous la marquise d'un cinéma de répertoire où les flèches de Cupidon avaient attisé les foudres d'Éros, électrocutant du même coup Marie Beaupré et Alex Duchamp. Je me serais peut-être appelée Scarlett ou Willard, qui sait, si un autre film avait été à l'affiche, mais il semble que le hasard, en ces années, avait une prédilection pour le cinéma d'Hitchcock.

C'est pour cette raison que mes parents ont décidé de m'appeler Marnie, mais aussi parce que ma mère ressemblait à Tippi Hedren et que sa beauté sciait les jambes de mon père. N'empêche, je n'ai jamais vraiment compris pourquoi ils ont choisi de me donner le nom d'une fille qui était folle. Il est possible que ma mère, qui prétendait qu'on ne devait pas ressembler à son nom, ait voulu conjurer le sort et s'assurer ainsi que je n'aurais rien de la Marnie de Hitchcock. Je ne sais pas, mais j'aurais préféré qu'ils m'appellent Marion, Mary, Margaret ou Martha, qu'ils me fassent porter un des nombreux pseudonymes de Marnie Edgar. Ça n'aurait rien changé, il se serait toujours agi d'un des nombreux noms de la folie de Marnie, mais l'identification aurait été moins directe et je ne me demanderais pas, chaque fois que je m'assois devant ce foutu film, si mes parents ne m'ont pas transmis les obsessions de cette fille pendant qu'ils me fabriquaient.

J'ai vu pour la première fois la version française de *Marnie*, intitulée avec beaucoup d'économie *Pas de printemps pour Marnie*, dans les années quatre-vingt, peu de temps après l'apparition du magnétoscope dans nos existences. Je devais avoir à peu près seize ans et mon père m'avait détaillé quelques jours plus tôt les circonstances de sa rencontre avec ma mère. Depuis, je brûlais de connaître cette Marnie qui m'avait en quelque sorte conféré mon identité et que je considérais comme une sœur jumelle dont on m'aurait séparée à la naissance. J'avais arpenté les allées de trois clubs vidéo avant de trouver une copie du film et, de retour à la maison, je m'étais installée comme si j'allais assister à la grande première du plus grand chef-d'œuvre de tous les temps. J'avais fermé les rideaux du salon, les doubles portes séparant cette pièce de la salle à manger puis, quand la musique de Bernard Herrmann avait éclaté sur la première image du générique, j'avais avalé une poignée de pop-corn encore chaud en me calant dans mon fauteuil.

Au bout de quelques minutes à peine, le pop-corn refroidi ne passait plus. Ma sœur jumelle était une voleuse, une menteuse, une criminelle sans scrupules qui changeait d'identité en même temps qu'elle changeait de sac à main et de couleur de cheveux. Les nombreux noms de Marnie tournaient autour de moi comme autant de mensonges, Marion, Mary, Margaret, Martha… Mon nom reposait-il aussi sur une imposture ou ne servait-il qu'à désigner autrement ce qui n'a pas de vrai visage ni de réelle identité, ce qui gravite machinalement autour d'un pôle aussi lisse que l'oubli?

Même si un tas de pop-corn m'était resté coincé dans la gorge, j'avais continué à regarder le film, pour le stopper net au milieu de la scène durant laquelle Marnie pète les plombs et devient hystérique devant l'orage illuminant de rouge les rideaux du bureau de son patron, Mr. Rutland, son futur époux. J'avais même crié avec Marnie quand un arbre foudroyé avait fracassé la fenêtre près de laquelle elle se tenait. Et peut-être avais-je été envahie, comme elle, par une marée rouge, rouge Marnie et rouge sang. Mais personne n'était là pour me prendre dans ses bras et m'embrasser passionnément, ni Rutland, ni Superman, ni quelque autre sauveur.

J'avais fixé un certain temps les rideaux du salon, certaine qu'un éclair allait bientôt les embraser, même si nous étions en plein hiver, puis j'avais fondu en larmes. Quelque chose m'échappait, qui avait un lien avec le temps, l'antériorité, la postériorité, avec l'imprévue conjonction des destins. Mes parents savaient-ils qu'en vieillissant, je serais affectée de la même phobie que Marnie, de la même hantise de la foudre? Si oui, comment avaient-ils deviné que ma vie basculerait dans un orage et que le moindre grondement de tonnerre me jetterait par la suite dans un état de catatonie semblable à celui qui avait forcé Michael à s'immobiliser sous la pluie? C'était impossible, ils ne pouvaient avoir anticipé cet orage ni l'avoir aperçu dans quelque rêve prémonitoire ayant imprimé le nom de Marnie dans leur subconscient. Une seule explication m'apparaissait plausible. Mon nom avait lui-même scellé mon destin. À la vie, à la mort, il était lié à celui de Marnie Edgar.

J'avais attendu le lendemain pour écouter la suite du film. Quand j'avais demandé à mon père pourquoi maman et lui avaient choisi pour moi le nom d'une fille dérangée, il avait éclaté de rire, ne comprenant visiblement pas mon malaise. Dans son esprit, Marnie n'était qu'une autre façon de nommer la force du sentiment qu'il avait immédiatement éprouvé pour ma mère, ce fameux coup de foudre qui me tombait aujourd'hui dessus avec la puissance d'une tonne de T.N.T. J'avais eu envie de lui renvoyer qu'ils auraient pu m'appeler Alfred, tant qu'à y être, mais je n'avais pas insisté. Mon père n'avait aucune idée de l'héritage que maman et lui m'avaient légué. Je m'étais procuré le roman de Winston Graham qui avait inspiré Hitchcock, au cas où l'esprit tordu du vieux Hitch aurait réinventé Marnie Edgar de la tête aux pieds. J'aurais été soulagée d'apprendre que la Marnie d'origine n'était pas aussi fêlée que son clone hitchcockien, mais ce n'était pas le cas. L'intrigue de ce roman, comme celle du film, reposait sur la fragilité de Marnie et sur l'amnésie ayant rayé de sa mémoire les événements traumatisants de son enfance. Hitch et sa scénariste avaient fait du bon boulot. Aucune déformation des faits notable, aucun Zoulou de service dans le décor, aucun Prince rebaptisé Pitou. La classe.

Pendant des mois, je me suis ensuite demandé si l'agent Desmarais ne pouvait pas avoir eu raison, de même que les voix chuchotant sur mon passage. Était-il possible que j'aie tout oublié et que j'aie été à l'origine de la disparition de Michael, ainsi que le supposait Desmarais ? Était-il possible que l'horreur que la tempête inspirait à Marnie Edgar se soit révélée à moi ce jour-là, près du bassin magique, me poussant à blesser Michael, à enfouir mes ongles dans sa chair sous le coup de la folie d'une autre, pour ensuite aller jeter sa chaussure sur les rives du lac aux Barbotes, loin du lieu du crime de Marnie Duchamp ? Mais alors, où aurais-je mis le corps ? Dans quelle crevasse ou grotte une enfant de onze ans aurait-elle pu dérober un corps à l'odorat des chiens et à la douleur d'un père enragé ?

Pendant des mois, je me suis torturée, seule sous les nuages obscurcissant le ciel d'orage. J'ai revécu mille fois la scène où Michael se fige, où il se tourne lentement vers moi, me chuchote son secret d'un air égaré, mauvais temps, madame, mauvais temps, puis s'enfuit à toutes jambes dans la forêt, là où il n'y a ni sentier, ni clairière, ni chemin de traverse. J'ai tenté de reconstituer la scène sous tous les angles, mais l'angle le plus juste était le mien, celui de Marnie Duchamp, la petite fille qui avait vu son meilleur ami céder à la pression d'un effroi qu'il lui avait transmis sans lui en expliquer la cause. Je n'avais rien oublié, voilà de quoi je suis parvenue à me convaincre. Je n'avais rien oublié de ce qui s'était passé avant, pendant et après cette scène, et pourtant, près de trente ans plus tard, j'avais senti le besoin de revenir sur les lieux du drame pour m'assurer qu'il ne s'agissait pas des lieux d'un crime.

Lorsque j'ai trouvé le DVD de *Marnie* dans le lecteur de mon père, me sont revenus en mémoire tous ces mois durant lesquels ma crainte de l'amnésie m'avait presque poussée à avouer un meurtre dont j'ignorais tout. Alors j'ai fermé les rideaux, j'ai déniché dans le garde-manger un sachet de popcorn Orville Redenbacher, je me suis ouvert une bière et je me suis tapé une petite séance de cinéma maison.

À la fin du film, je ne savais plus qui j'étais. Les doutes que j'avais entretenus des années plus tôt ont reflué en masse, accompagnés de leur armada de questions pièges. Qu'est-ce que t'as raté, Marn? Qu'est-ce qui t'a échappé, bordel? La voix de la conscience coupable de la vilaine petite Marnie Duchamp était de retour, se frappant aux murs, qu'est-ce que tu caches? qu'est-ce que t'oublies? cherchant à y ouvrir des lézardes par où je serais aspirée vers le passé pour découvrir enfin, dans le film un peu jauni se dévidant derrière les murs fissurés, quelle main avait frappé Michael Saint-Pierre. Une angoisse sourde se mêlait à la colère que j'éprouvais contre Michael, contre la rivière, contre ce lieu maudit et contre Alfred Hitchcock. Sans réfléchir, j'ai retiré le DVD du lecteur et l'ai piétiné jusqu'à ce qu'aucune image de Marnie Edgar ne puisse y subsister. Je venais de détruire une des reliques de mon père et je m'en contrebalançais. Ma santé mentale méritait bien quelque infidélité à la mémoire des morts. J'ai enfilé mon manteau et mes bottes et j'ai claqué la porte derrière moi. Mon intention était de me rendre au bassin magique en vue d'y interroger tous les maudits arbres qui avaient vu Michael entrer en transe, mais la neige, le froid et l'obscurité m'en ont empêchée. Alors j'ai marché dans les rues de Rivière-aux-Trembles en sacrant des coups de pied sur toutes les mottes de glace qui avaient le malheur d'encombrer mon chemin. J'ai fait le tour du village trois fois, refrappant les mêmes mottes débiles, pour enfin m'arrêter devant la maison de Michael, où l'ombre immense de Victor Saint-Pierre se courbait derrière les rideaux. La maison n'avait pratiquement pas changé et l'immense galerie sous laquelle nous nous abritions du soleil ou de la pluie était toujours là, de même que l'atelier de Victor Saint-Pierre, derrière la maison.

C'est là que Mike, l'été de ses dix ans, avait découvert une boîte contenant une douzaine d'albums de Superman. Ces albums étant en anglais, son père avait accepté, devant l'excitation de Michael, de lui traduire les grandes lignes de *A City Goes Dark* le jour même. Dix minutes après la fin du récit de son père, Mike me téléphonait pour me dire qu'il venait de découvrir un superhéros encore plus fort que Batman et l'incroyable Hulk réunis. Viens-t'en, Marn, faut que je te montre ça. C'est ainsi que notre dévotion à un univers où les superlatifs comblaient les carences des mortels avait pris naissance. Au fil de l'été, son père lui avait sommairement traduit les autres albums qui s'entassaient dans la boîte, Michael m'avait à son tour raconté les incroyables aventures de l'enfant de Krypton en y ajoutant des détails de son cru, et notre existence en avait été transformée. Mike s'était immédiatement identifié à Superman, «the greatest exponent of justice the world

has ever known », et j'étais devenue l'impétueuse et coura-
geuse Lois Lane, la super-reporter qui suivait Superman à la
trace et que celui-ci protégeait de tous les dangers. En l'espace
de quelques jours, l'écureuille et le hibou que nous avions été
jusque-là avaient disparu.

Phil a été le premier, les yeux enfoncés sous sa calotte du
Vermont, à prétendre que je ressemblais à un petit écureuil,
toujours à courir à gauche et à droite, à sautiller et à grimper
partout. Juillet battait son plein et il était assis avec mon père
sous la pergola, où ils buvaient une bière en se protégeant du
soleil. Quant à moi, je faisais des pirouettes dans la cour. Après
une culbute particulièrement audacieuse qui m'avait valu les
applaudissements enthousiastes de papa et de Phil, j'avais
demandé à ce dernier de refaire ma queue de cheval. Ma
couette est démanchée, Phil, veux-tu me la rattacher ? Il avait
lissé mes cheveux vers l'arrière, les avait noués avec un de ces
élastiques multicolores que je perdais sans cesse, et il m'avait
dit que ma couette rousse était pareille à la queue d'un écureuil. Pas vrai qu'elle ressemble à un écureuil, Alex, avec ses
petits yeux brillants, à un petit squirrel espiègle ?

Papa avait acquiescé en me lançant un de ces sourires si
pleins d'amour qu'ils vous obligent à vous sauver, au risque
d'y être englouti. À partir de ce moment et de ce sourire,
j'étais devenue son petit écureuil. Quelques jours plus tard, il
avait emprunté le mot utilisé par Phil et s'était mis à me sur-
nommer Squirrel, qu'il prononçait maladroitement Squouirèle, et ce surnom m'était resté. Toute sa vie, il avait continué
à m'appeler Squouirèle avec un sourire en coin, quand l'émotion l'étreignait ou qu'il revoyait en moi l'enfant insouciante
que j'avais été avant la disparition de Mike.

Peu de temps après ma première pirouette d'écureuil pa-
tenté, j'avais fait la connaissance de Michael. Son père était
passé à la maison chercher une douzaine de roses pour sa
femme, dont c'était l'anniversaire, tu me donnes tes plus
belles, Alex, et il avait amené Michael avec lui. Pendant que

papa faisait le tour du jardin et des serres avec Victor Saint-Pierre, j'avais entraîné Michael dans l'atelier pour lui montrer les cabanes d'oiseaux que mon père construisait, puis, de but en blanc, je lui avais révélé que j'étais une écureuille. T'es quoi, toi? Il m'avait regardée avec de grands yeux ronds, pas trop certain du sens de ma question, puis il avait lâché un hibou, moi je suis un hibou.

Un hibou? Pourquoi ça, un hibou?

Parce qu'un hibou ça voit dans le noir, pis parce que ça voit tout, Marnie, absolument tout.

Ça voit aussi les écureuils, Michael, pis ça les mange…

Il était demeuré silencieux quelques instants, cherchant probablement le nom d'une bestiole qui ne mangeait pas d'écureuil mais avait un peu plus de gueule qu'un moineau ou une souris, puis il m'avait répondu que son espèce de hibou à lui mangeait seulement des frites. Je m'étais contentée de cette explication, puis, assis en Indien sous l'établi, on avait inventé notre première histoire d'écureuille et de hibou, une histoire se déroulant au milieu de la nuit parmi les arbustes crochus qui entouraient la mare à Mailloux, à l'heure où les hiboux voient tout.

Notre amitié avait pris naissance de cette façon, par la rencontre d'une écureuille et d'un hibou amateur de frites. Dans les coassements nocturnes s'élevant de la swamp de Gustave Mailloux, j'étais devenue Squouirèle, son amie pour toujours, et lui mon ami Owl, croix de bois, croix de fer, si je mens je vais en enfer, jusqu'à ce qu'on découvre Superman, Clark Kent, Lois Lane et Jimmy Olsen et qu'on oublie à l'orée de la forêt l'écureuille et le hibou qui avaient grimpé pendant plus de trois ans dans à peu près tous les arbres et poteaux de Rivière-aux-Trembles.

Je ne me souviens plus exactement quand Michael a commencé à m'appeler Lois, mais lorsqu'il se glissait dans la peau de Superman et qu'on jouait à sauver la terre des innombrables périls menaçant son équilibre, je n'étais plus ni

Marn, ni Marnie, ni Squouirèle, mais l'incomparable Lois Lane. Quant à Mike, il ne répondait plus qu'au nom de Superman, que j'abrégeais généralement en Sup quand la tension de certaines situations exigeait qu'on fasse preuve de laconisme et de rapidité. Personne d'autre ne m'appelait Lois et personne d'autre n'appelait Mike Superman. C'étaient nos noms secrets, qu'on s'était promis de ne jamais révéler, même sous la torture, au risque de voir nos missions compromises ou d'éveiller la suspicion des invisibles ennemis de Superman disséminés sur la planète entière, y compris et surtout à Rivière-aux-Trembles, nouvelle Metropolis constituant le centre des activités interlopes de la racaille internationale.

Dès que je me transformais en Lois Lane, je n'étais plus une petite fille mais une héroïne sans peur et sans reproche s'avançant dans le large sillage de Superman, the Man of Steel. On feignait toutefois d'ignorer l'amour de Lois pour Superman et vice versa, que notre pudeur d'enfants trouvait stupide, sauf quand l'homme de fer me prenait la main pour franchir les bouillonnants rapides du ruisseau d'Alex Morin, un homme immense qu'on associait au redoutable Lex Luthor, ou lorsqu'on devait se serrer l'un contre l'autre dans un espace étroit pour éviter d'être découverts par nos poursuivants. Je redevenais alors une fillette aux joues trop rouges se demandant si c'était son cœur qui battait si fort ou celui du garçon dont elle sentait près d'elle l'odeur de shampoing Baby's Own. Il m'arrivait de regretter, dans ces moments-là, de n'avoir pas choisi de m'identifier à Supergirl, la fille au corps protoplasmique qui pouvait se métamorphoser à volonté en lampadaire ou en lapin de garenne.

À neuf ans j'étais déjà amoureuse, à ma façon, de mon ami Michael Saint-Pierre. Combien de temps cet amour exclusif aurait-il duré ? Je l'ignore, mais il est fort probable que l'un de nous deux se serait lentement détaché pour s'intéresser à une fille qui faisait du patin à roulettes, à un gars qui possédait une collection de cartes de baseball ou à une gang de tripeux qui écoutaient du Jethro Tull. On aurait pris nos distances, le cœur un peu gros, la conscience un peu coupable, pour considérer cette période de notre existence comme un lointain éden où notre seul souci était de nous lever assez tôt pour ne rien rater, ni l'éveil des oiseaux, ni l'arrivée du soleil derrière la colline surplombant la mare à Mailloux, ni le dernier chant des merles. On se serait éloignés et, les beaux soirs d'été, Michael aurait parlé à sa femme de son amie d'enfance, Marnie Duchamp, une petite rousse aux gestes nerveux d'écureuil avec qui il regardait chuter les Perséides en faisant des paris.

On aurait continué à se voir de loin en loin, j'imagine, à se croiser à Rivière-aux-Trembles à l'occasion des vacances, des fêtes de famille, des enterrements. On se serait maladroitement embrassés sur les joues à la sortie de l'église ou de l'épicerie, un peu anxieux, un peu timides devant cette personne avec qui on avait partagé jusqu'à notre dernière gomme baloune, dont on avait juré de ne jamais se séparer et dont on ne savait pratiquement plus rien. Puis un jour, Mike m'aurait appris qu'il venait d'avoir une fille. On l'a appelée Lois, m'aurait-il avoué en rougissant devant ce flagrant délit de nostalgie. Quant à moi, je l'aurais félicité en posant des questions sur la petite, quel âge, combien de dents, quelles couleurs de cheveux et d'yeux, des détails banals qu'il m'aurait fournis avec son sourire de jeune père convaincu que son enfant est la première et seule merveille du monde. Je serais ensuite retournée vers la maison de mon père en essayant de stopper les maudites larmes provoquées par la simple mention du nom d'une héroïne de bande dessinée, d'un personnage de fiction, d'une petite fille morte et enterrée dans la lumière du passé.

Il m'arrive cependant d'imaginer des scénarios dans lesquels Mike et moi on ne se serait jamais quittés, parce qu'on ne s'arrache pas un membre aussi facilement, parce qu'on ne sépare pas l'eau de la terre sans provoquer la sécheresse, des histoires dans lesquelles on aurait grandi ensemble, abandonnant peu à peu l'univers de Superman pour le cinéma de Huston ou de Leone, pour les randonnées dans les Adirondacks et le camping sauvage en Gaspésie.

Dans ces scénarios, on est pareils à ces vieux couples heureux n'ayant connu qu'un seul amour, un amour d'enfance, plus fort qu'un barrage de diamants de soixante-dix-huit carats, plus vrai que la vérité nue, et on a une flopée d'enfants dont aucun ne se prénomme Lois, Clark, Marnie, Superman, Squouirèle ou Owl, parce qu'on n'a aucun regret, parce que la nostalgie, c'est seulement bon pour ceux que la vie a expulsés du paradis.

Dans ces scénarios, Michael est vivant et il a une barbe, un pick-up rouge, une collection de pierres volcaniques et deux ou trois cents CD de musique country. Quant à moi, j'ai toujours l'allure d'une écureuille qui aurait trop grandi, et même si je sursaute au moindre bruit, prête à grimper à toute vitesse au sommet de mon arbre, je n'ai peur ni de l'orage ni de l'oubli. Je m'appelle Marnie et je m'en fous. Je me demande encore à quoi mes parents ont pensé en me donnant ce nom, mais ça n'a pas de réelle importance, parce que je ne me sens aucun lien avec la créature de Winston Graham et d'Alfred Hitchcock, si ce n'est que j'aime aussi les chevaux, mais qui n'aime pas les chevaux ?

DEUXIÈME PARTIE

Un convoi funèbre descendait la rue Principale de Rivière-aux-Trembles, le 9 février 2009, quand Bill Richard était arrivé au village au volant de son U-Haul deux tonnes, la tête alourdie par ce qu'il nommerait dans son souvenir sa fièvre australienne. Il avait pris l'autoroute à la sortie de la ville, y avait roulé pendant près de deux heures sur la voie de droite, ne dépassant aucun véhicule, à l'exception d'un camion-citerne dont le chauffeur avait dû être contaminé, comme lui, par les feux de l'Australie, puis il avait pris un embranchement et s'était arrêté pour consulter le plan sur lequel il avait tracé, à l'aide d'un feutre orange emprunté à Billie, le trajet qui le mènerait vers la maison où il allait tenter de se refaire un semblant de vie.

À plus d'une reprise, il avait cru que la douleur qui lui fendait le crâne l'obligerait à s'arrêter dans un motel minable où la tentation de s'ouvrir les veines mettrait fin à la carrière de la femme de chambre qui découvrirait le nom de Billie en lettres de sang sur les murs tapissés de fleurs jaunes, boutons d'or ou tournesols depuis longtemps asphyxiés par l'absence de ce qu'il appelait de la lumière propre, de la lumière de maison heureuse, aux carreaux étincelants et aux rideaux légers. Il fallait être fou pour prendre la route alors que la réalité se dissolvait au pourtour du regard fiévreux, mais il fallait l'être encore plus pour s'imaginer qu'un total isolement était susceptible de combler le vide de l'absence.

Après sa première peine d'amour, une rupture inattendue qui lui avait donné un aperçu de la misère des romantiques, il avait affiché derrière la porte de sa chambre un vers de Lamartine : « Un seul être vous manque, et tout est dépeuplé. » Il avait collé le bout de papier au-dessus du jeu de fléchettes sur lequel il avait punaisé la photo de la fille qui avait massacré ses illusions et où il exerçait parfois son tir avant de se coucher. Tandis qu'il se morfondait dans ses draps froids, il s'était souvent interrogé sur la justesse des mots de Lamartine. La perte entraînait-elle le dépeuplement ou, au contraire, était-elle à l'origine d'un insoutenable surpeuplement ?

Depuis la disparition de Billie, la question avait refait surface, toujours aussi insoluble, lui rappelant amèrement que la solitude de l'endeuillé se définit aussi bien à l'aune du néant que de la multitude. Certains jours, il lui semblait que le monde était incroyablement encombré, saturé de visages et de corps sans substance lui masquant celui de sa fille. À d'autres moments, Billie se trouvait partout, dans toutes les images et toutes les pensées, à tous les coins de rue, et c'était elle qui surpeuplait la terre. Mais cette surpopulation, il le savait, était le signe d'une forme de dépeuplement mettant en lumière l'inutilité du surnombre. Il ne savait donc pas, ce matin-là, s'il se dirigeait vers une maison dont les couloirs seraient hantés par la multiplication du même visage ou s'il aboutirait dans un lieu ayant des allures d'après cataclysme, quand un seul survivant promène son ombre sur la désertification des villes.

Lorsqu'il avait vu descendre vers lui le corbillard rayonnant de propreté sinistre, il avait pensé qu'un autre monde se dépeuplait. Cet accueil n'augurait rien de bon. S'il avait su qu'il mettrait les pieds en territoire inconnu en même temps qu'y défilait la mort, il aurait peut-être choisi le motel, où il se serait abîmé dans le tambourinement de la pluie de février sur les carreaux salis en écoutant à la radio des chansons country remplies d'âmes errantes et solitaires. Il aurait attendu là, dans ce monde imbibé d'alcool et d'hommes avalant la poussière des chemins, que la fièvre s'atténue et que l'esprit du mort quitte la zone d'attraction des vivants.

Puisqu'il n'était pas encore tombé assez bas pour se comporter en minable, il s'était garé près du trottoir le temps que la procession passe et en avait profité pour sortir prendre un peu d'air. Appuyé à l'arrière de son U-Haul, il comptait des cailloux blanchis par le gros sel quand l'étincelante Lexus suivant le corbillard était arrivée à sa hauteur. Instinctivement, il avait levé la tête et avait aperçu la femme, à l'arrière, la fille aux yeux rouges qui ne regardait rien et semblait implorer ce rien de briser le sort la réduisant à l'immobilité. Puis leurs regards s'étaient croisés et une brève douleur à la poitrine, aussi rapide qu'un coup de poignard porté par une main experte, s'était mêlée aux frissons qui couvraient son corps.

Pendant un instant, il avait eu la certitude de connaître cette femme. Puis le poignard s'était retiré de sa poitrine et il avait compris que c'était la douleur qu'il reconnaissait, la douleur et les yeux rougis qui l'imploraient maintenant, au cœur du paysage dévasté, de faire bouger le temps désespéré du deuil. Il reconnaissait la douleur, puis le regard, semblable à celui de L.A. exigeant de lui l'impossible : fais quelque chose, Bill, ramène-moi ma fille, ramène-moi ma petite… Puis il avait vu ses propres yeux, cercles froids et vides figés dans le miroir comme des billes au fond d'un étang, incapables d'ordonner à son corps de se remuer un peu. Il était parfois resté là mille ans, debout devant le miroir, rien que debout et vide. Les paupières rougies de la femme plongeaient le monde dans la même léthargie et il lui semblait que le corbillard n'avançait plus, que le vent arrêté maintenait entre ciel et terre une feuille arrachée au sol. Le sentiment, alors, que cette femme enterrait son fils, son gamin riant dans le lointain de l'éternel rire des enfants disparus, l'avait paralysé, car qui d'autre qu'un enfant pouvait arrêter le vent ?

Quittant un instant la feuille immobile, il s'était tourné vers les occupants des autres voitures, y cherchant des petites têtes blondes ou rousses, des copains de classe, des garçons et des filles en costume de scout ou de jeannette, et il avait ressenti un intense soulagement quand il avait constaté qu'aucun enfant ne participait à cette procession et que le défunt, selon toute évidence, avait atteint un âge susceptible de voiler l'indécence de la mort. À ce moment, le charme s'était rompu et il était remonté dans son camion en mettant sur le compte de la mouche folle du kangourou ou de quelque virus directement importé d'Australie le trouble qui lui avait percé la poitrine avec la froide efficacité d'une arme blanche.

Dans la voiture suivant le corbillard, Marnie Duchamp avait suivi de ses yeux rouges cet homme qu'elle surnommerait l'homme fiévreux. C'était cette fièvre qui l'avait frappée, pareille à la sienne, incrustée sous les paupières. Une fièvre longue qui ne quitterait jamais l'homme et laisserait en lui le souvenir du corps luttant contre les mirages. Quand il avait disparu de son champ de vision, il lui avait semblé voir l'aura de chaleur ceinturant son front, jaune et semée d'épines rouges, comme un champ d'herbe brûlé par la chaleur d'août dans un tableau de Van Gogh. Puis l'image de son père, Alex Duchamp, avait repris sa place dans l'enfilade d'arbres ternes emmurant le cimetière, jusqu'à ce que le corbillard s'immobilise et que deux hommes gantés de blanc fassent glisser sur un tréteau le cercueil de bronze qu'aucun soleil ne faisait briller. Elle s'était alors penchée sur ce cercueil, l'avait touché, mouillé de ses larmes et embrassé, transmettant sa chaleur au mort à travers le métal froid, love you forever, pop, puis Phil Morisset, l'ami de toujours, avait tendu son bras sur ses épaules. À travers les larmes, les paupières sombres de l'homme fiévreux lui étaient apparues un instant, flottant au milieu du rassemblement d'hommes gris venus rendre un dernier hommage au jardinier de Rivière-aux-Trembles, puis elle l'avait oublié lorsque les portes de la chapelle où le cercueil serait remisé jusqu'au printemps s'étaient refermées dans un grincement définitif.

Quelques pétales de Mary-Jean avaient volé dans le grincement des portes, des têtes s'étaient baissées en se signant et les corps gris s'étaient dispersés. Marnie avait pour sa part erré dans les rues du village, puis sur la route longeant la colline des Loups, déchirée entre la force d'attraction et de répulsion d'un paysage dont les couleurs contrastées, arbres noirs sur fond blanc, reflétaient en quelque sorte l'univers incolore dans lequel elle avait l'impression de s'avancer, se demandant depuis toujours si elle méritait la beauté du monde. Un peu plus tard, alors que la lumière ne subsistait plus qu'en vagues traînées bleues derrière les nuages, un cri venu d'elle ne savait où avait réveillé l'enfance et ses couleurs vives et elle avait décidé qu'elle reviendrait vivre à Rivière-aux-Trembles, là où tout avait commencé et où tout devait se terminer. Si la beauté du monde l'attendait quelque part, ça ne pouvait être qu'à l'endroit où on la lui avait enlevée. En repassant devant le cimetière, l'image de l'homme aperçu plus tôt avait effleuré son esprit, mais elle l'avait rapidement chassée, de même que le frisson qui l'avait poussée à hâter le pas et à resserrer sur elle les pans de son manteau noir.

I

BILL
Février-Avril 2009

Sur le toit du hangar chambranlant jouxtant ma nouvelle maison, Ronie le crapaud volant expérimente la cape de supercrapaud que j'ai dessinée pour lui aux environs de minuit, la nuit dernière, à cette heure fatidique où tout peut arriver, y compris le sommeil. Le sommeil refusant toutefois d'empiéter sur le terrain encombré où mes pensées se bousculaient, je me suis relevé, poursuivi par cette idée débile de supercrapaud. Si je ne m'occupais pas de ce batracien, ses coassements se mêleraient au silence et m'empêcheraient de dormir jusqu'au matin. Plutôt que d'écrire le début de ses aventures, j'ai préféré dessiner d'abord Ronie avec sa cape, me disant que l'histoire me viendrait plus facilement si j'avais mon héros sous les yeux. J'aurais voulu lui faire porter une cape pareille à celle de Batman, mais je me suis emmêlé dans les plis, alors j'ai écrit «cape» sur la cape en question, au cas où mes exégètes voudraient savoir ce qui pend dans le dos de ce crapaud. Le résultat aurait sûrement été aussi minable si je n'avais pas raté mes plis, mais le but de l'opération n'était pas de gagner un concours de dessin. Je voulais simplement m'occuper l'esprit et meubler d'une façon ou d'une autre le silence qui s'abat sur ce trou perdu dès que vous fermez la télé ou la radio, un silence d'une telle intensité qu'il vous emmure et vous pousse à vous demander si vous ne seriez pas par hasard le seul rescapé d'une catastrophe que n'aurait pas annoncée le présentateur de nouvelles. Inutile d'essayer de chanter pour déjouer ce calme oppressant, parce que le silence demeure là, tout autour, qui donne un son métallique à votre voix, qui comprime la misérable chanson et la réduit à une dimension presque nulle tout en accentuant l'absence qui vous entoure.

Je ne m'étais jamais imaginé, avant d'emménager dans cette maison, que le silence puisse empêcher un homme de fermer l'œil et le tenir à l'affût du moindre craquement s'élevant du plancher ou de l'étage au-dessous, et pourtant je tendais l'oreille, attentif à tout ce qui traversait et rompait le silence, à ces froissements furtifs de la matière, de la vie animale, de la vie des choses.

Nuit après nuit, je découvrais que le silence était un révélateur, une forme d'absence quasi palpable grâce à laquelle il m'était possible de percevoir ce qui se déplaçait sous la surface. Le silence m'apprenait que les lieux respiraient, que la forêt était habitée de présences invisibles à l'œil de l'homme quand il fait noir, et que je n'étais jamais seul dans le désert que j'avais tenté de créer au sein de l'hiver. À Rivière-aux-Trembles, je constatais que tous les vides étaient pleins et que le monde bougeait incessamment. L'agitation de la ville ne m'avait pas préparé à affronter la vie dans ses manifestations les plus calmes et les plus lentes, et j'apprenais en cela que si un homme peut s'isoler des autres hommes, il ne peut se couper de la vie.

J'avais presque oublié ce silence pour ne l'avoir connu qu'autrefois, dans les camps de vacances où mes parents m'envoyaient ruminer ma tristesse d'enfant solitaire sous la voûte étoilée de l'hémisphère nord pendant qu'ils se payaient un voyage aux antipodes. Durant ma jeunesse entière, j'avais été persuadé que l'expression « camp de vacances » était synonyme de l'hypocrisie des adultes, qui vous faisaient croire qu'ils vous offraient des vacances, alors que cette réclusion forcée au royaume des feux de camp et des chansons de bivouac leur permettait de se la couler douce sans vous avoir dans les pattes. Dans la splendeur de juillet, le mot « vacances » s'appliquait aux parents, et j'avais par la suite juré que jamais je n'enverrais Billie, ma fille, dans une de ces colonies d'enfants abandonnés aux punaises, aux ours, aux sangsues et autres bestioles s'épanouissant dans l'air pur et vivifiant de la campagne. J'avais tenu ma promesse, Billie n'avait jamais eu à entonner «valderi, valdera» à cinq heures du matin, ce dont le citadin en moi n'était pas peu fier quand il se remémorait la détresse qu'il avait éprouvée dans les lueurs de l'aube soulevant au-dessus du lac à la Truite ou du lac aux Perchaudes un brouillard duquel s'élevait le chant déchirant des huards. J'avais six ans, sept ans, huit ans, et me demandais si les huards pleuraient aussi, si leurs larmes d'oiseau augmentaient la salinité des lacs. Mes séjours dans l'humidité de cabanes en bois rond ou en planches ne m'avaient appris que la détresse. Et voilà que je me retrouvais là, au milieu de nulle part et d'un silence plus déroutant que celui des aubes froides du lac aux Perchaudes, à réitérer la promesse faite à Billie en des temps si lointains qu'ils me semblaient appartenir à une autre vie : Ben non, puceronne, ben non, penses-tu que je t'enverrais te faire manger par les maringouins ?

Il n'y a pas de maringouins à Rivière-aux-Trembles en ce matin de février, mais il y a une enfant, une petite Billie dont la présence prend des proportions à ce point envahissantes qu'il me faut me réfugier auprès d'un crapaud harnaché d'une cape que seul un ouragan pourrait soulever pour ne pas étouffer dans l'exiguïté de cette maison trop pleine de Billie appelant à l'aide. Tiens bon, Billie, tiens bon, crie le crapaud volant, Batcrap is coming, mais Batcrap ne vaut pas mieux que de la schnout, aussi merdique que Superdad, qui n'a pas été fichu, durant trois années entières de recherche, de mettre la main sur la barrette en forme de papillon qui l'aurait guidé vers l'antre de l'homme gigantesque ayant enlevé sa fille.

C'était la raison pour laquelle j'avais mis le cap sur Rivière-aux-Trembles, pour tenter de fuir l'image de cet homme, pour tuer dans l'œuf le doute qui me rongeait quand je devenais fou, quand Ménard venait essuyer ses grosses bottes crottées jusque dans mes rêves ou que L.A. crachait son fiel sur mes mains blanches. Ma réaction était des plus normales. Tous les animaux fuient devant le feu et la mitraille, tous les êtres vivants, et les arbres fuient aussi, à leur manière, en s'éloignant des zones désertiques, des marais rongeant leurs membres. Puisque j'étais vivant et pas encore totalement cinglé, j'avais pris mes jambes à mon cou, inconscient que la bête que je tentais de semer avait fait son nid dans mes entrailles, que l'homme est un putain de cheval de Troie transportant dans ses tripes tout ce dont il a besoin pour s'autodétruire et s'empoisonner la vie, à commencer par l'attirail de souvenirs tranchants qui lui lacèrent les flancs à chaque faux pas. On ne peut rien contre cette tumeur qui prolonge ses métastases du cerveau jusqu'au ventre. La seule façon de fuir sa mémoire, c'est de se faire lobotomiser. Je n'en étais pas encore là, mais il m'arrivait d'envisager cette option lorsque les heures s'étiraient dans tous les sens et que le cafard, avec sa flopée de pensées visqueuses, profitait de cet instant de stagnation universelle pour me sauter dessus. La solitude a beau tenter de s'occuper les mains, elle finit toujours par se ramasser au milieu de ce vide sans lequel elle n'existe pas, de cette vaste plaine silencieuse où elle s'étale, toute nue dans sa vérité, face à face avec elle-même.

Je ne regrettais pas de m'être réfugié à Rivière-aux-Trembles. Le total dépaysement que m'offrait ce lieu me permettait parfois d'oublier que je m'appelais Bill Richard et que ma fille avait fait la une des journaux à potins. Je n'irais pas jusqu'à dire que j'y avais déniché la sacro-sainte paix à laquelle aucune forme de vie ne peut aspirer, mais il m'arrivait d'y rêver crapaud et de redevenir un écrivain pour quelques heures. C'était déjà ça de pris, quelques heures sans la douleur de Billie, mais quand ma montre s'arrêtait, j'aurais préféré me retrouver n'importe où ailleurs, là où il y avait du bruit, des concerts de klaxons, des tirs de marteaux-piqueurs, des feux d'artifice et des explosions de trompettes, parce qu'au lieu de se calmer, la pensée choisit toujours ces moments pour plonger dans ce qu'elle trouve de plus noir et de plus visqueux. Quand l'aiguille des secondes s'immobilisait au cadran de l'horloge, je piquais aussi une tête pour refaire surface pas loin d'un plan d'eau dormante, avec une petite Billie dans les bras, une petite Billie flasque et mouillée, une enfant dont la peau froide ne respirait plus. Et je me mettais à brailler. Qu'est-ce que t'as fait à ma puce, mon hostie de sale? Pourquoi tu t'en es pris à elle, crisse de malade? Pourquoi? Pourquoi?

Cette question, je me l'étais posée des dizaines de fois et je continuais à me la poser. Pourquoi Billie? Pourquoi ma fille? Invariablement, toutes les sous-questions inavouables qu'elle supposait rappliquaient en masse, car si le mal ne s'était pas attaqué à Billie, aurait-il abattu sa grande cape noire sur une autre fillette? Sur Anna-Sophia Smith, dix ans, vue pour la dernière fois dans sa classe de gymnastique, portant un t-shirt blanc parsemé d'étoiles rouges quand elle avait dit au revoir à ses amies? Sur Juliette Masson, neuf ans, disparue à l'arrêt de l'autobus scolaire, où sa petite botte de caoutchouc maculée de neige sale avait été retrouvée par sa mère hystérique deux heures plus tard? Sur Mathilde Dumas-Benoît, surnommée Mattie, huit ans, qui s'était absentée pour aller aux toilettes et n'était jamais revenue?

Quand je m'engageais dans ce type de réflexion, je cherchais désespérément autour de moi un objet susceptible de m'offrir une forme de diversion et d'effacer du même coup les noms des fillettes, de faire taire leurs cris et de m'empêcher de suffoquer, parce qu'il me semblait inadmissible d'imaginer qu'une autre enfant, une autre petite fille vêtue d'un parka rose ou blanc comme on en voit tant, aurait pu être la proie de l'agresseur de Billie.

Et pourtant, ces pensées me traversaient l'esprit. Que serait-il arrivé si Billie avait été malade, si elle était demeurée bien au chaud à la maison le jour où cette pourriture avait décidé d'enfiler ses gants d'assassin? Que se serait-il produit si elle avait quitté l'école un peu plus tôt ou un peu plus tard ? Anna-Sophia Smith se serait-elle volatilisée dans le froid de janvier à la place de Billie ? L'homme qui veillait dans l'habitacle humide de sa voiture aurait-il attendu le lendemain ou se serait-il jeté sur la première gamine qui passait par là, Juliette ou Mathilde, perdue dans ses pensées et fredonnant une comptine qu'elle déclinerait tout à l'heure devant son chien, son chat, son poisson rouge ou sa poupée préférée ? Billie faisait toujours ça. En rentrant de l'école, elle récitait ses leçons à Pixie. Elle lui apprenait la table des multiplications et lui montrait sur le globe terrestre où se situaient la Chine et le Groenland. Là, Pixie, y a des ours polaires, tout blancs, OK ? Pis là y a des pandas. Ça mange du bambou. Il ne devait pas y avoir de chat plus instruit dans toute l'Amérique du Nord, et si la fatalité dans ce qu'elle a de plus minable n'avait pas emporté la puce loin de Pixie, ce vieux batêche serait sûrement devenu prof de maths ou anthropologue.

Mais le destin a frappé et jamais personne ne saura si Billie se trouvait seulement au mauvais endroit au mauvais moment ou si elle avait été choisie par son agresseur, si elle avait été l'élue de la folie d'un homme qui conservait de son enfance des souvenirs de petits manteaux roses, de cheveux fins flottant au vent, d'objets qu'il lui fallait à tout prix posséder pour tuer l'angoisse entourant la course si douce des fillettes d'autrefois, le frôlement de leurs jupes sur ses cuisses meurtries. On a beau mettre les enfants en garde sur tous les tons et dans toutes les langues, ça ne suffit pas, ils sont trop confiants pour déceler la puanteur du mensonge. C'est cette pureté qui perd ceux qui se perdent. Pour soupçonner le mal, il faut avoir la capacité de le concevoir, et de cela, Billie était incapable, sinon je ne serais pas là à échafauder toutes ces hypothèses avec lesquelles j'affûte mes propres instruments de torture.

L.A. aussi était passée maître en la matière. Pas une journée ne s'écoulait sans qu'elle se demande ce qui serait arrivé si j'avais, si elle avait, si nous avions, si la terre entière avait agi autrement et tourné dans le sens contraire, quitte à rendre fous ceux qui n'avaient pas ajusté leur montre et croyaient que la Chine roupillait pendant qu'ils avalaient leur bol de Corn Flakes. Elle se déchirait à grands coups de griffes et de dents en mettant le passé au conditionnel et en s'accusant de tous les maux parce qu'elle n'avait pas le pouvoir de remonter le temps et d'abolir le conditionnel.

Sa mère l'avait traînée, deux ou trois mois après la disparition de Billie, à la réunion mensuelle d'une association regroupant des proches de personnes disparues, mais L.A. était dans un état à ce point catastrophique à ce moment-là qu'elle ne pouvait admettre le moindre contact avec des gens prétendant avoir connu une souffrance pareille à la sienne.

Régine avait ensuite tenté sa chance avec moi, au cas où je pourrais sortir Lucy-Ann du trou en me frottant à la douleur des autres, mais j'avais gentiment repoussé son invitation. Non pas que je refusais d'aider L.A., non pas que je mettais en doute la pertinence d'une telle association, mais j'étais du genre cavalier solitaire, du genre qui préfère souffrir tranquille dans son coin plutôt que de vider ses tripes devant une assemblée en buvant du café pas buvable dans des verres de polystyrène. Chacun son rituel. Chacun sa façon de lécher sa plaie. Contrairement à L.A., je n'avais cependant aucune difficulté à croire que d'autres malheurs puissent se comparer au mien. Je préférais juste saigner tout seul, sans l'aide de personne.

De toute façon, le malheur des autres, vous n'aviez pas besoin de vous y frotter pour le recevoir en pleine face. Il entrait chez vous par la télé, par la radio, au gré des milliards d'images charriées sur Internet, il se glissait dans votre cuisine avec le livreur de journaux, et la limite acceptable se situait là, entre l'image et la réalité. En ce qui me concernait, je ne pouvais me rapprocher davantage de la souffrance universelle. Autrement, tu crèves, tu vires fou ou tu te transformes en missionnaire, et je n'avais pas la fibre du gars qui décide de tout plaquer un beau matin dans l'intention d'éradiquer le sida de l'Afrique. Billie aurait pu faire ça, Billie aurait eu ce courage, cette grandeur d'âme, mais moi, j'étais taillé pour macérer dans mon petit étang de merde, où rebondissaient parfois quelques cailloux venus de l'extérieur, plus ou moins gros selon les jours.

Au cours des deux premières semaines passées à Rivière-aux-Trembles, on aurait d'ailleurs dit que tous les petits maudits cailloux de la planète s'étaient ligués pour sauter en même temps dans mon trou de bouette et m'éclabousser autant qu'ils le pouvaient. Je n'avais qu'à ouvrir le journal pour tomber sur la photo d'un adolescent disparu, d'un pauvre gamin au visage doux aperçu une dernière fois au moment où il montait dans un véhicule sombre, pour voir étalé devant moi le compte rendu des funérailles de deux tout-petits, deux tout petits anges, assassinés par leur propre géniteur, pour entendre les hurlements des deux poupons, encore des anges, qu'un tueur fou avait sauvagement poignardés, pour entendre les cris de dénégation de leurs mères, de leurs pères, de leurs frères. Je m'installais devant la télé et j'étais bombardé par la même violence absurde : « Fusillade à Cleveland », mort de trois enfants et de deux femmes, « Carnage dans un collège allemand », neuf élèves tués par balle, leur sang mêlé à celui de six autres innocents.

Je fermais la télé en jurant et une photo de la puce se superposait à l'écran noir, inévitablement, la photo où elle retroussait son sourire espiègle vers sa pommette gauche, publiée dans tous les journaux de la province, expédiée à tous les corps de police du continent, affichée sur tous les poteaux, babillards et feuilles de plywood accotées sur les murs borgnes que j'avais croisés sur mon chemin. Billie Richard. Huit ans et neuf mois. Cheveux bruns. Yeux noisette. Portait au moment de sa disparition un manteau rose à capuchon, un papillon dans ses cheveux, deux papillons sur ses chaussettes. Ressemblait aussi à un ange. Forte récompense promise pour tout papillon rose capturé dans le sillage d'un ange.

Il était impossible que personne ne l'ait aperçue, et pourtant, aucune piste ne nous avait menés jusqu'à elle. Tous les appels reçus par la police venaient de timbrés, de minables alléchés par l'odeur de l'argent, de pauvres bonnes femmes qui essayaient de combler le vide de leur existence en s'inventant des chimères, de gens à ce point rongés par la culpabilité, par la peur viscérale de ne pas avoir agi quand il le fallait qu'ils voyaient Billie partout. Dans tous les cas, il s'avérait que l'enfant aperçu n'était pas Billie, mais une des dizaines de gamines portant des manteaux de petite fille, de la couleur des bonbons, des fleurs, des petits fruits trempés dans le lait.

Certaines préféraient le jaune ou le bleu, mais Billie étirait sa période rose depuis qu'elle savait prononcer ce mot. L'été, on allait au marché ensemble et on achetait de gros paniers de fraises de l'île d'Orléans, bien rouges et bien juteuses, que Billie s'empressait d'écraser dans le yogourt nature ou la crème glacée à la vanille dès qu'on était rentrés à la maison. Regarde comme ça fait une belle couleur, popinouche, et elle éclatait de rire parce qu'elle m'avait encore appelé popinouche, alors que je m'évertuais à lui répéter que mon vrai nom de papa, c'était papanoute, empereur de la dynastie des Noutes, à laquelle n'appartenaient que les gentils : mamanoute, papanoute, Billienoute, Pixienoute...

Elle aimait le rose comme on peut aimer l'odeur de la lavande ou des lilas, notre Billie, et comme on peut vouloir s'en entourer. Elle aimait le rose qui éclatait dès juin dans les jardins de la ville, le rose qui s'étalait dans le ciel le soir après souper et celui qu'elle savait créer avec quelques fruits frais, mais, après le 20 janvier 2006, aucun des petits manteaux roses à avoir sillonné les rues de la ville merdique qui me l'avait enlevée n'était celui de Billie. Pourtant, j'ai bien cru l'apercevoir à plusieurs reprises, moi aussi. Il me suffisait de distinguer une petite tache rose qui sautillait dans la foule pour me ruer entre les passants en criant son nom. Chaque fois, je me retrouvais en nage devant un père prêt à me mettre son poing sur la gueule ou une mère décidée à m'arracher les yeux avec ses ongles si je ne dégageais pas illico. Alors je souriais à la petite et je retournais à ma place, nulle part, dans la ville surpeuplée, incompréhensible sans Billie.

J'ai continué à traquer les petits manteaux roses pendant trois ans, même en été, même au plus fort des chaleurs de juillet, mais aucune Billie ne se cachait derrière ces éclairs de couleur fendant la grisaille. Billie avait disparu. Billie s'était volatilisée et personne ne l'avait revue, personne ne connaissait l'endroit où elle se trouvait, sauf l'homme aux mains rugueuses, l'homme de la voiture sombre, qui seul savait si elle avait continué à grandir et si son petit manteau avait dû être remplacé. Cet homme savait, ce fumier avait touché ses mains potelées, peut-être son visage, ses cheveux d'enfant et leur odeur de shampoing à la pêche, peut-être, et cette perspective me rendait fou. J'aurais préféré qu'un camion la fauche, comme le petit Dumas, qu'un soûlard la renverse après une partie de poker clandestine dans un bouge du Centre-Sud ou qu'une de ces maudites maladies dont nous tentions de la protéger, L.A. et moi, l'emporte avec la neige. Au moins, j'aurais su. Au moins, je n'aurais pas été forcé d'imaginer l'inimaginable ni de m'éveiller avec l'image d'une crisse de grosse main sale caressant les cheveux d'enfant de ma Billie, morte ou vive.

Mais Billie n'était plus là, c'était la seule vérité qui vaille, et le misérable semblant de survie que ma mémoire lui offrait ne valait pas cinq cennes. J'aurais beau m'imaginer berçant Billie pendant cent ans, aucune Billie ne sentirait la chaleur de mes bras fatigués. La survie des disparus dans le cœur de ceux qui les chérissent, c'est de la bullshit.

De la bullshit, calvaire ! ai-je hurlé en renversant la chaise sur laquelle j'étais assis depuis le matin, à surveiller Ronie le crapaud en attendant que la minuterie de l'horloge réglant mes jours se remette en marche. Tant qu'à y être, j'ai aussi renversé la table, qui a entraîné deux autres chaises dans sa chute, meublant ainsi le silence du fracas tant espéré. Le temps avait enfin repris son cours et j'avais survécu à cette plongée en apnée dans ses couloirs les plus étroits.

Je me suis dirigé vers l'évier pour m'y plonger la tête sous l'eau froide et faire cesser le tremblement de mes mains, puis j'ai évalué autour de moi l'étendue des dégâts. Sur le sol, les deux rôties que je n'avais pas touchées trempaient dans le café froid, à côté de morceaux de vaisselle fracassée, de tessons de verre et d'un litre de lait dont le contenu s'écoulait lentement vers la flaque de café noir. J'en aurais pour une bonne heure à remettre la cuisine en ordre et à laver le plancher. C'était déjà ça de pris et je n'allais pas me plaindre de cette diversion. Je ne savais pas encore comment j'occuperais le reste de cette journée, mais je trouverais un moyen, il le fallait, pour oublier que partout sur terre, même à Rivière-aux-Trembles, des hommes gigantesques pouvaient surveiller les fillettes fredonnant machinalement en rentrant de l'école.

～

Je me suis éveillé ce matin en plein milieu d'un rêve où l'Australie brûlait, faisant fuir tous les animaux, parmi lesquels trottinaient de minuscules koalas cherchant à s'accrocher à mes jambes, pareils à ceux dont j'ai vu défiler les yeux tristes sur Internet, hier soir, entre quelques rainettes aux yeux rouges et l'image de Billie pénétrant la totalité des images. J'avais réussi à tromper la lenteur de la journée en nettoyant la cuisine et en traînant ma moppe dans le reste de la maison, jusqu'à ce que le soir tombe et que je me rabatte sur un de ces écrans qui vous montrent le malheur des autres, espérant que le monde merveilleux de Google me distrairait de ma propre douleur et du monde abyssal se développant dans le creux de mon nombril.

Après quelques recherches sur le comportement et l'habitat des grenouilles tropicales, de la grenouille túngara au phyllobate tricolore, dont je prévoyais inclure quelques spécimens dans les aventures de Ronie le crapaud, question d'ajouter un peu de couleur au monde relativement verdâtre des amphibiens, je suis tombé sur un site reproduisant des photos de koalas prises pendant les chaleurs atroces qui s'étaient récemment abattues sur l'Australie. J'ai fait défiler les photos une dizaine de fois et je suis allé me chercher un immense verre d'eau froide en remerciant le ciel d'être né dans un pays qui ne connaissait pas la sécheresse, la vraie, celle qui pousse des animaux sauvages, conçus pour résister aux pénuries d'eau, à implorer des hommes de leur donner à boire.

Les deux premières photos montraient un de ces petits bonshommes agrippé aux jambes d'un cycliste le faisant boire à même sa bouteille. Sur les autres, figurait l'un de ses frères ou sœurs en train de prendre un bain sous le porche d'une maison, dans une cuvette où il s'était réfugié pour se protéger des 44 degrés cuisant la terre australienne depuis des jours. Il regardait l'objectif avec ses petits yeux ronds, trop assoiffé, trop exténué de chaleur pour avoir peur. Encore une fois, j'ai pensé à Billie, qui pouvait parfois vous regarder avec des yeux pareils, des yeux désemparés qui disaient je suis trop petite pour comprendre, popinouche, trop petite pour affronter ça toute seule, la vie, la faim, la soif, le noir. J'ai pensé à ses animaux de peluche encore alignés sur une tablette, dans sa chambre, parce que rien ne ressemble plus à un animal de peluche qu'un koala. J'ai pensé au vieux Pixie, mort d'avoir été privé de Billie, et j'ai refermé l'ordinateur en pestant contre l'Australie. Je ne savais pas ce que me voulait ce pays, ce que me voulait ce continent, mais j'en avais assez de ses feux, de sa sécheresse, de ses koalas assoiffés et de ses kangourous, pourquoi pas, qui devaient eux aussi sautiller sous un soleil de plomb à la recherche d'un filet d'eau.

L'Australie me poursuivait alors que je n'y avais jamais mis les pieds et ne connaissais de cette région du monde que les images glanées sur Internet, à la télé ou dans le *National Geographic* que je feuilletais parfois chez le dentiste ou chez le pédiatre de Billie, à qui j'avais expliqué un jour les particularités du développement embryonnaire des marsupiaux. Elle m'avait talonné durant une semaine, par la suite, pour que je lui dessine des mamans kangourous. Des roses, papanoute, avec des poches roses, pas des grises, c'est pas beau, si bien que mon Australie à moi est une Australie peuplée de kangourous roses, moitié chimérique moitié folklorique, une Australie dont les paysages incertains empruntent une part de leur relief et de leur végétation à l'Afrique et au continent sud-américain. Dans mon cauchemar, le feu dévorait avec la même furie une improbable forêt d'eucalyptus et de palmiers d'où s'enfuyaient des troupeaux d'animaux effrayés. Et je courais avec eux, asphyxié par la proximité des flammes, trébuchant sur des souches grouillant de fourmis qui quittaient le navire, et courant encore, dérouté par ce pays qui me forçait à fuir mes rêves.

Le jour se levait quand j'ai tiré les rideaux du salon, mais c'était un jour incertain, assombri de nuages qui apporteraient assurément de la neige. La présentatrice du canal météo, juchée sur ses talons d'été, avait d'ailleurs annoncé la veille qu'une grande partie de la province recevrait quelques flocons. Les régions plus à l'est, quant à elles, risquaient d'essuyer le passage d'un tempête qui blanchirait le sol croûté de pas moins de vingt centimètres de neige fraîche. Cette perspective me réjouissait, car il n'était pratiquement rien tombé depuis mon arrivée à Rivière-aux-Trembles, si ce n'est un peu de pluie d'hiver, et cette absence de précipitations, après la sécheresse de l'Australie, me faisait entrevoir des paysages apocalyptiques étouffant sous une poussière grise. Je guettais l'arrivée des nuages en me demandant ce que deviendraient les écureuils, les renards, les mouffettes et les crapauds si l'eau venait à manquer. L'homme se débrouillerait bien pour piller quelque source enfouie, mais comment survivraient les animaux ?

J'espérais donc les nuages et la neige comme on espère le printemps après des mois à se les geler sous la barre d'un zéro figé dans le frimas. Or il semblait que la terre de Rivière-aux-Trembles, en ce jour de la fin février, ne serait abreuvée que par la violence d'une tempête qui ferait aussi fuir les animaux. À mesure que les heures passaient, le jour se faisait plus sombre, mais j'ai dû attendre le début de l'après-midi pour voir venir les premiers flocons. J'ai allumé une lampe près du vieux fauteuil de cuir poussé contre la fenêtre du boudoir, d'où j'observerais les arbres ployer sous la fureur du vent, puis leurs branches s'effacer dans la poudrerie pour resurgir à la faveur d'un fléchissement momentané de la fureur.

Afin de souligner ma première tempête en rase campagne, je me suis ouvert une bouteille de chianti sur laquelle j'ai tracé une marque en plein milieu. C'était la limite à ne pas franchir, la frontière entre le plaisir, le mal de tête et les divagations d'homme seul. Je m'étais imposé cette règle longtemps avant et entendais la maintenir à Rivière-aux-Trembles, une demi-bouteille de temps en temps, pas plus, parce que je n'avais pas envie de devenir le vieil alcoolique du chemin du 4, l'épave qui sirotait sa bière en camisole sale ou en bedaine sur sa galerie branlante et passait ses journées à roter du houblon en essuyant ses grosses lèvres molles avec son bras tatoué.

Après le départ de la puce, alors que j'arpentais les bars avec sa photo, j'étais passé à deux doigts de me jeter pour de bon dans l'alcool. J'avais aligné quelques cuites et je m'étais rendu compte un matin, en trouvant mes bas dans le frigidaire, que j'étais en passe de donner raison aux gens qui me croyaient fou. Il fallait que ça cesse. De toute façon, je ne portais pas l'alcool et détestais l'inconscience pâteuse des lendemains de veille autant que je méprisais les hommes qui braillaient dans leur whisky cheap en racontant leur vie à des barmaids qui n'avaient d'autre envie que de leur mettre leur pied au cul. Des relents de nausée m'incendiaient la glotte rien qu'à imaginer tous ces hommes qui gueulaient en postillonnant sur des bars poisseux, ceux qui se pissaient dessus, se vomissaient et s'oubliaient. Je refusais de devenir une de ces loques au nez couperosé qui avaient pourtant été des maudits bons gars, jadis, avant le malheur, avant la peur, avant de se mettre à trembler et à perdre la mémoire dans leurs divagations d'ivrogne. Quand mon miroir a commencé à me toiser avec des yeux vitreux et mon frigidaire à sentir le chausson sale, j'ai fait marche arrière en quatrième vitesse, parce que Billie méritait mieux qu'un père ne se souvenant qu'à demi de l'éblouissante et déchirante beauté de son enfant. Je me suis mis à tracer des lignes sur les bouteilles de vin avec un crayon-feutre emprunté à Billie, pour que le message soit encore plus clair, et si j'avais le malheur de dépasser la dose prescrite, je me forçais à vomir jusqu'à ce que mes tripes me remontent dans la gorge.

Je n'avais pas avalé deux gorgées de mon chianti, remerciant le souvenir de Billie de m'avoir sauvé de la déchéance et de ses séquelles, que, déjà, la neige s'intensifiait, poussée à l'oblique par le vent qui se levait. Au bout d'une demi-heure, le bois de la galerie, le toit de mon automobile et l'allée de gravier menant à la maison avaient pris la teinte des nuages se déversant sur Rivière-aux-Trembles, la teinte de l'atmosphère. L'espace sans nom dans lequel hommes et animaux se déplacent normalement s'emplissait de cette matière blanche empêchant le regard de traverser les creux, interstices et ouvertures dans lesquels il se meut par temps clair. Soudainement, le monde était plein. J'ai achevé mon deuxième verre de vin dans cet état de semi-hypnose où vous plonge l'observation des vagues ou de la pluie tombant drue devant la fenêtre, perdu au cœur du vent et de la poudrerie. Je n'étais plus assis dans mon boudoir, bien au chaud, là où l'espace comportait encore des vides, mais au sein de cette masse compacte où toute forme de contact avec ce qui m'entourait ne pouvait être qu'immédiat, sans horizon et sans avenir. La ville et ses ciels coupés ne possédait pas de véritable horizon non plus, mais l'enfermement prenait ici une autre dimension. Je découvrais soudain qu'on pouvait être confiné même au sein des plus vastes étendues.

J'aurais pu mourir sur le moment, me regarder mourir dans cette inaction et cet enfermement, et les vides de mon existence en auraient également été comblés. Tous les trous par où se faufilaient le malheur et la douleur auraient disparu, colmatés par le vent, et nul regret n'aurait pu s'y glisser. Il me suffisait d'arrêter de respirer, d'ouvrir la bouche pour y laisser entrer la neige et devenir une statue de givre, un gisant au corps lisse. J'étais sur le point de m'abandonner au sort des mourants immobiles quand la sonnerie du téléphone a franchi cet espace que je croyais sans interstices. Je me suis brusquement redressé, j'ai renversé mon verre de vin, et une tache est apparue sur mon chandail, rouge sang, Billie, pareille au doigt blessé par le bouquet de la sorcière.

Le téléphone ne sonnait jamais, dans cette maison. La dernière personne à qui j'avais parlé, à part Ronie le crapaud, était mon agent d'assurances, et c'est moi qui l'avais appelé. À Rivière-aux-Trembles, cet appareil muet fonctionnait à sens unique, de l'intérieur vers l'extérieur, jamais l'inverse, et il ne savait pas parler. Qu'il s'adresse à moi me semblait aussi absurde que si j'avais tenté de joindre le 911 en tapant sur un piquet de clôture.

J'ai saisi le combiné, persuadé que la voix que j'entendrais au bout du fil ne m'apporterait que des mauvaises nouvelles, inévitablement liées à Billie, qu'on avait aperçue près d'un étang, petit ange rose surgissant du brouillard matinal en piétinant le bouquet qui l'avait jeté dans le sommeil de la forêt magique.

Oui, ai-je simplement soufflé dans l'appareil. Oui, je suis là. Oui, j'écoute, conscient que ce simple mot de trois lettres, prononcé dans certaines circonstances, vous met à la merci entière de l'autre, qu'il vous place dans la position de celui qui est prêt à tout recevoir, y compris un coup sur la gueule. Il suffit de dire oui, parfois, pour que le cours du destin s'incurve. Trois lettres et vous vous ramassez au pied de l'autel, dans le lit du patron ou derrière des barreaux de prison. J'ai quand même dit oui, je suis là, j'écoute.

Bill? a murmuré une faible voix à des kilomètres de là.

Oui, ai-je répété. Oui, qu'on en finisse.

C'était Régine, la mère de L.A., le nez congestionné à force d'avoir trop pleuré et trop reniflé. Si elle avait été à côté de moi, j'aurais pu voir la peau qui se fendillait autour de ses narines et le mouchoir chiffonné qu'elle tripotait d'une main tremblante. J'imaginais sa main manucurée sur sa cuisse, qui tripotait le mouchoir, qui tripotait sa jupe, qui échappait le mouchoir et s'élevait parfois dans un mouvement d'impuissance. Que peut-on y faire? disait la main, et je n'avais de réponse à cette question que le silence béat provoqué par les vagues d'engourdissement parcourant mon corps immobile.

Quelques heures plus tôt, alors que l'Australie flambait, L.A. s'était ouvert les veines avec un couteau de cuisine. Régine dormait dans la chambre d'amis lorsque le couteau avait transpercé la chair amaigrie de L.A. La peau et les os, Bill, il ne lui restait plus que ça. Son instinct de mère l'avait réveillée en sursaut, elle avait entendu l'eau du bain clapoter faiblement et elle avait défoncé la porte de la salle de bain avec une pioche. Le temps qu'elle descende au sous-sol chercher la pioche, sa robe de nuit s'emmêlant dans ses longues enjambées, ses pleurs butant contre ses cris de dénégation, l'eau du bain avait pris la teinte d'un désespoir contre lequel personne ne pouvait plus lutter.

Pendant que Régine, avec des petits hoquets hystériques, me décrivait la couleur de l'eau, rouge pivoine, Billie, rouge coquelicot et couleur de fleurs broyées, je pensais à la pulsation des artères poussant hors de la déchirure le sang destiné aux battements du cœur, et je voulais crier à Régine de se taire, de lancer son téléphone contre le mur et de se précipiter dans la salle de bain pour faire couler de l'eau brûlante sur le corps flasque de L.A. Si le sang demeurait chaud, peut-être serait-il possible de ressusciter L.A., de faire de nouveau pénétrer ce sang chaud dans ses veines. Cours, Régine, cours, disait la voix qui m'étranglait, mais Régine, ses vêtements couverts de neige, arpentait maintenant les couloirs silencieux de l'hôpital où L.A. avait été emmenée, troquant l'horreur du rouge pour la froideur du blanc. Des murs blancs, Bill, des draps blancs, des uniformes. Le monde entier vidé de son sang.

J'ai froid, a murmuré Régine.

Cette petite phrase de rien du tout exprimait à son tour la misère de Régine, qui ne songeait même pas à recouvrir d'un chandail ses épaules tremblantes, affaissées sous le poids de l'étrange et terrible dépaysement des mères cherchant le cri de leur petit sous les arbres tombés. Pendant un instant, je n'ai plus entendu que sa respiration souffrante et froide qui chuchotait j'ai mal, Bill, j'ai mal, et moi, impuissant, je recevais ce souffle froid comme une autre des rafales cinglant Rivière-aux-Trembles. Il m'aurait fallu être là, tout près, pour déposer un chandail sur ses épaules courbées, pour la prendre dans mes bras et saisir sa main, sa petite main nerveuse et rouge, qu'elle cesse enfin de tripoter son maudit mouchoir. Mais j'avais choisi l'exil, j'avais déserté les champs de bataille et un blizzard de quatre cents kilomètres me séparait du lieu où mon impuissance aurait au moins pu réchauffer la main de Régine. J'ai cherché les paroles susceptibles de produire à distance cette chaleur réclamée par l'anéantissement de Régine et, n'en trouvant aucune qui puisse atténuer le froid, je lui ai promis que je viendrais dès la réouverture des routes et la fin de la tempête. Une tempête à faire peur, Régine, puis j'ai raccroché.

Dans la maison, tout n'était que silence, mais dehors, des voix hurlaient, des voix qui n'étaient pas humaines, ramassées par le vent sous les branches essayant de se frotter aux troncs blanchis. J'ai saisi la bouteille de chianti et j'ai rempli mon verre sans me soucier de la ligne tracée au feutre orange. À la tienne, L.A., ai-je bredouillé en me laissant tomber dans un fauteuil avec la lenteur des soldats ne comprenant pas qu'ils viennent de se prendre une balle de Ruger AC-556 en pleine poitrine et que la faiblesse soudaine de leurs jambes est causée par ce trou rougeoyant près du cœur. Pas beau, le trou, bordé de chairs sanguinolentes et de bouts de tissu trempé.

La nouvelle que venait de m'annoncer Régine n'avait pas encore creusé son nid dans le réel. La mort de L.A. faisait partie de ces abstractions que l'esprit ne peut immédiatement saisir, essayant en vain d'associer la mort et son immobilité aux traits d'un visage qu'il n'a connu que vivant. J'ai porté mes mains à mon visage, échappant sans m'en rendre compte mon verre à demi vide sur le tapis tressé, et me suis balancé d'avant en arrière jusqu'à ce que les mots exprimant l'irrémédiable éclatent dans la semi-pénombre de la tempête. L.A. est morte, morte, ai-je murmuré en pesant sur les mots, un à un, pour en extraire le sens, puis quelques larmes ont coulé, des larmes de colère que j'ai tenté de ravaler jusqu'à avoir l'impression que la charge de cris morveux qui me déboulaient dans la gorge allaient m'étouffer. Pourquoi, L.A.? Pourquoi? ai-je crié en crachant ma morve, mais cette fois, je connaissais la réponse à la question que je répétais au rythme de mon balancement. Parce que ça faisait trop mal, je sais, L.A., je sais, parce que c'était plus possible d'imaginer le corps de la puce déchiré par la crisse de grosse queue poilue d'un malade à qui on aurait dû l'arracher à coups de dents le jour de sa première érection, parce qu'une mère a le droit de se reposer à un maudit moment donné, bien sûr, L.A., et d'aller voir si l'herbe est plus verte de l'autre côté, les fleurs plus grosses, les enfants plus heureux.

Incapable de remplir mon verre maintenant vide, archivide, j'ai bu à même le goulot de la bouteille pendant que défilaient sur les murs qui tanguaient quelques images disparates de ma vie d'homme marié. J'ai laissé de côté les plus sombres, les clichés ratés, pour extraire du fouillis ceux qu'on dit les plus beaux et les plus douloureux, ceux qui me rappelaient les bons moments partagés avec L.A., nos vacances à Cape Cod et notre voyage à Los Angeles, inévitable et formidable, nos concours de grimaces, nos baignades from coast to coast dans l'eau froide du Pacifique ou glacée de l'Atlantique, qui se réchauffait toujours de quelques degrés lorsque y plongeait le rire de L.A. se répercutant sur les vagues. La bouteille pressée contre la poitrine, je me suis remémoré la peau luisante à contre-jour, blonde et pailletée d'eau de mer, la peau blanchie de sel que je léchais de la cheville aux tempes, des oreilles au nombril, encore, au risque de devoir subir une greffe du rein avant mes quarante ans. Après la peau, j'ai tenté de ressusciter les mains, les seins, la cicatrice au bas du dos, mais le corps livide de L.A., sur fond d'émail où stagnait une eau rouge, rouge sang, Billie, se substituait invariablement au corps chaud, et je me demandais, comme un imbécile malheureux, si elle avait versé dans le bain un bouchon de son huile préférée, Désir d'Orient, je crois, et si le parfum subtil de la fleur d'oranger, mêlé à celui du sang, avait empesté la pièce d'une odeur proche de celle du sexe, d'une puanteur trop intime et primitive pour que Régine, découvrant le corps, ne soit pas contrainte de hurler son horreur en même temps qu'elle éructait ses vomissures.

J'ai fini le chianti en pensant aux morceaux visqueux de vomi sur le carrelage, pourquoi t'as fait ça à ta mère, L.A. ? encore incapable de l'engueuler, de lui dire ma vraie façon de penser, crisse d'égoïste, crisse de sans-cœur, parce qu'elle était trop petite, là, trop pâle et vulnérable dans les reflets du couteau tranchant, et parce que je me sentais soudain atrocement coupable de ne pas l'avoir aimée suffisamment pour empêcher ça, le couteau et le sang, mais comment aimer une mère à ce point aimante qu'elle en était venue à détester tout ce qui lui rappelait son enfant, soit la totalité des êtres et des choses ?

Aussi engourdi que si j'avais fumé trois joints en ligne sans me permettre de respirer entre chaque bouffée, je me suis relevé en titubant et, après avoir effectué un détour par ma boîte de Scotties, je suis descendu à la cave annoncer la nouvelle à Pixie. C'est ce qu'on fait quand une personne meurt, on le dit à ceux qui l'ont connue. Le vieux batêche devait déjà être au courant, mais j'avais besoin de parler, de formuler la mort de L.A. à voix haute, même si mon interlocuteur était aussi sourd que peut l'être un macchabée frigorifié. Il dormait dans son caisson, que pouvait-il faire d'autre, étendu derrière la paroi sur laquelle j'avais collé une photo de lui avec une fausse souris dans la gueule, une souris à pois roses, choisie par Billie, qui aimait le rose, les souris et les pois. La souris déchiquetée reposait désormais avec Pixie dans le caisson, accompagnée de la balle de tennis vert fluo, du lacet échiffé et du baluchon d'herbe à chat constituant le trésor du vieux batêche. J'avais placé ces objets dans le caisson parce que c'est ce qu'aurait souhaité Billie, qui croyait que les chats, à l'instar des pharaons, continuaient à vivre dans l'au-delà.

Je me suis assis dans le fauteuil miteux laissé là par l'ancien propriétaire et j'ai demandé à Pixie-Toutankhamon si c'était vrai, s'il existait un au-delà où on se réveillait avec la même tête qu'avant, avec les mêmes cheveux, les mêmes souliers, le même bouton dans le dos. Si c'était vrai, il roupillait peut-être en ce moment même dans un décor enchanteur à la *What Dreams May Come*, près de Billie et de L.A., tous trois divinement heureux, les pattes et les pieds au chaud dans le sable blanc pendant que je me gelais les fesses entre le quarante-septième et le quarante-huitième parallèle de la planète Terre.

S'il y avait quelqu'un, dans cette maison, qui pouvait répondre à ma question, c'était ce sapré chat congelé. Les yeux rivés sur son caisson, j'attendais qu'il me parle, j'espérais un signe de la mort, sachant pertinemment que la mort ne parle pas, qu'elle ne vous dit rien que nous n'ayez vous-même imaginé. Je voulais que la mort me mente, qu'elle me raconte une bonne blague de Newfies de l'enfer ou me transmette en tapant sur les murs un message que je pourrais décoder avec quelques rudiments de morse, quelque pouvoir extra-sensoriel que j'irais pêcher dans mon désir d'entendre sa voix d'outre-tombe. L.A. avait dû espérer la même chose, un signe de l'au-delà, une phrase échappée des nuages. Épuisée d'attendre, elle s'était inventé un mensonge. À bout de forces, elle avait décidé d'aller vérifier elle-même si le paradis existait. Elle s'était emparée du couteau qu'elle lorgnait depuis des jours et était allée chercher Billie dans le seul endroit que les flics ne pouvaient ratisser, me laissant seul de l'autre côté de la clôture et m'obligeant à y rester, car il fallait bien qu'un de nous deux continue à attendre Billie sur ce versant-ci du monde. L.A. est morte, ai-je murmuré, puis j'ai laissé Pixie digérer la nouvelle.

Le soir allait tomber lorsque j'ai refermé derrière moi la porte de la cave. Dehors, la tempête faisait toujours rage, traversée par des voix qui n'étaient pas humaines. J'allais fermer les rideaux quand, par la fenêtre du boudoir, j'ai aperçu une ombre surgir de la forêt. Mon cœur n'a fait qu'un bond et j'ai lâché un juron, persuadé que cette apparition parlait au diable. Pendant un moment, j'ai cru que cette ombre venue de l'enchevêtrement des arbres représentait le mensonge attendu de l'au-delà, puis j'ai vu le foulard rouge enserrant le cou de l'ombre, trop concret, d'une couleur trop vive pour avoir voyagé depuis l'enfer ou le royaume des cieux sans s'altérer.

Cette ombre était vivante, comme toutes les ombres recouvrant la terre.

Je l'ai observée quelques instants, qui s'avançait dans la poudrerie et luttait contre le vent, me demandant quel imbécile avait délaissé la chaleur de son salon pour se jeter au cœur de la tourmente. Il va se faire ensevelir, ai-je murmuré, puis j'ai changé de pronom, elle va se faire ensevelir, car l'ombre s'éloignant de la forêt était trop frêle pour porter le corps d'un homme. Cette ombre était l'ombre d'une femme courbée sur sa douleur. La femme du cortège funèbre, ai-je pensé, convaincu, à sa posture et à son allure, qu'il s'agissait de la même femme, pleureuse aux yeux rougis ne se montrant qu'avec la mort. J'ai entrebâillé la porte pour lui crier, l'aviser que je voyais déjà la neige recouvrir son foulard rouge d'une cascade qui la plaquerait au sol et ne laisserait poindre sur la blancheur désertique des champs, au terme de la tempête, que quelques franges colorées évoquant l'herbe d'un roman de Boris Vian, mais mes avertissements ont été inutiles, emportés par le vent dans le sens contraire à la progression de l'ombre. Alors j'ai fermé les rideaux, laissant la silhouette arquée assurer sa propre survie, et me suis écroulé dans mon fauteuil. Quelques larmes ont d'abord brûlé mes yeux, puis leur flot a emporté la brûlure, pendant que le sourire de L.A., le sourire ravageur du temps où nous marchions pieds nus dans les ressacs du Pacifique ou de l'Atlantique, commençait son travail de sape.

⌒

L.A. refusait la crémation. Dans une lettre exposant ses dernières volontés, elle avait également exprimé le souhait d'être enterrée sans embaumement, sans cercueil, pour que son corps puisse courir intact au-devant de celui de Billie, inconsciente que l'intégrité physique à laquelle elle aspirait n'était possible qu'au prix de la momification. Elle craignait que, soumises au feu et réduites en poussière, ses mains ne puissent plus caresser le front de sa fille, qu'elle allait rejoindre enfin parmi les jardins de ses hypothétiques paradis.

Régine avait accepté de confier à la terre le corps de Lucy-Ann, même si elle ne croyait pas plus en la réincarnation qu'en l'existence d'un Dieu de bonté, mais il y avait des règles qu'elle ne pouvait ignorer, et le corps de L.A. avait été embaumé. Malgré toute sa bonne volonté, Régine n'était pas de taille à lutter contre les lois régissant nos vies jusqu'à ce que celles-ci se résument en pourriture. J'ai essayé, Bill, mais ils m'ont flanqué leurs paperasses sous le nez, leurs clauses hygiéniques, leurs histoires de charognards creusant les tombes. Je me fous de tout ça, mais qu'est-ce que je pouvais faire ? Rien. Régine ne pouvait rien, au risque d'entendre résonner dans son dos le maillet d'un juge qui n'avait pas le choix non plus. De toute façon, L.A. s'était elle-même vidée de son sang, entamant ainsi le processus dont elle voulait épargner son corps. Cette inconséquence ne lui ressemblait pas, mais qui peut demeurer logique avec un couteau de boucherie sur la gorge.

Au fond de la salle à demi vide où résonnaient les chuchotements, elle était étendue dans le cercueil d'un blanc virginal choisi pour elle par Régine. On lui avait croisé les doigts en signe de piété, alors qu'elle n'avait découvert les relatives vertus de la prière qu'après la disparition de Billie, s'accrochant à ce dernier recours en implorant puis fustigeant Dieu tout à la fois. Faites, mon Dieu… S'il vous plaît, mon Dieu… J'en peux plus, crisse… Autant de paroles vides adressées à un Dieu en qui elle ne croyait pas, mais dont l'inexistence pouvait être mise entre parenthèses en cas de détresse. Tous les athées élevés dans la foi ont le même réflexe, ils ont recours à Dieu quand la peur les prend aux tripes ou que le souffle vient à leur manquer. C'est une autre façon d'appeler au secours la douceur rassurante de l'enfance.

Aucun Dieu n'avait toutefois répondu aux appels de L.A., dont le visage émacié évoquait celui des martyrs s'astreignant au jeûne et à la mortification pour le salut des âmes perdues. Je ne l'avais jamais vue si pâle, en dépit de la poudre rose appliquée sur ses joues par le maquilleur des croque-morts. Sous la poudre, la peau cireuse était d'une blancheur exténuée et j'avais la certitude que L.A. ne profitait pas du repos promis aux morts, de cette béatitude éternelle à laquelle s'accrochaient quelques vivants pour tenter de se consoler de l'immobilité des cadavres. L.A. ne reposait pas, elle ne dormait pas et n'éprouvait pas davantage la paix du silence que celle de l'inconscience. L.A. était morte. L.A. n'était plus. Dans un certain sens, ce n'était même pas son corps qu'on avait allongé sur le satin après l'avoir vêtu d'un chemisier trop strict acheté pour la circonstance, mais une dépouille anonyme. La forme rigide et froide étendue devant nous n'était plus qu'un objet autrefois femme auquel je ne trouvais rien à dire.

Depuis que Régine m'avait annoncé sa mort, j'avais pourtant parlé à L.A. plus souvent que je ne l'avais fait durant nos dernières années de vie commune. Après m'être apitoyé sur sa fragilité, je l'avais engueulée des dizaines de fois, me servant des mots impitoyables qu'on réserve aux suicidés, aux traîtres, aux lâches, aux pisseuses, aux maudites égoïstes, aux lâcheuses et à tous ceux qui nous placent devant le fait accompli et nous laissent nous arranger avec leur douleur muette. Je m'étais confié à la seule femme que j'avais réellement aimée, mais je n'avais rien à dire au semblant de L.A. couché devant moi, avec ses mains jointes et son chemisier boutonné jusqu'au cou. Les seuls contacts que j'aurais désormais avec L.A. impliqueraient que je croie aux fantômes ou que je m'abîme dans ma mémoire heureuse.

Adieu, L.A., ai-je quand même dit à la dépouille de mon ex-femme avant qu'on referme sur elle le couvercle du cercueil, puis j'ai passé mon bras autour des épaules tremblantes de Régine, si petite dans sa robe noire, et nous avons marché ensemble jusqu'à la voiture réservée pour nous par les pompes funèbres, une voiture qui sentait les fleurs mortes et les couronnes de glaïeuls flétris. La procession s'est ensuite ébranlée vers le cimetière et j'ai eu le sentiment de revivre la scène que j'avais vécue à mon arrivée à Rivière-aux-Trembles, à la différence que c'est moi qui me trouvais cette fois dans le cortège. Élément indispensable à la perfection de cette coïncidence où les rôles étaient inversés, une jeune femme, debout sur le trottoir, attendait le passage des voitures fraîchement lavées pour poursuivre son chemin. À peu de détails près, c'était la même femme que celle aperçue dans la Lexus descendant la rue Principale de Rivière-aux-Trembles, le même type de femme, se reconnaissant à la détresse contenue dans leur silence, avec le même regard de veuve ou d'orpheline, la même raideur hiératique. Il ne manquait que la pluie de février pour donner à l'impossible matérialisation de l'inconnue de Rivière-aux-Trembles la place lui revenant dans ce tableau où la froideur avait la grâce de la tristesse.

Le vent semblait avoir redoublé d'ardeur quand nous sommes descendus de la voiture après avoir roulé dans les allées du cimetière jusqu'à la chapelle où le cercueil de L.A. serait remisé jusqu'à ce que la terre meuble ne résiste plus aux coups de pioche et de pelle. Plus fragile que jamais, Régine tenait son chapeau d'une main pour l'empêcher de s'envoler, serrant dans son autre main le bouquet de roses jaunes et blanches destiné à L.A. Après que le cercueil eut été glissé sur un tréteau, Régine y a déposé les roses en collant sa joue contre le métal froid, qu'elle a ensuite embrassé en y laissant l'empreinte de ses lèvres, rouge cerise, Billie, rouge sang de maman sous la peau et les os. Derrière nous, les sanglots de Patricia, l'amie fidèle et éplorée, se sont élevés dans le sifflement du vent, opposant à la mort un dernier refus, puis nous avons quitté le cimetière et ses arbres gris.

Dans les rues animées de la ville, je n'avais qu'une idée, retourner en quatrième vitesse à Rivière-aux-Trembles sans avoir à me taper la réception que Patricia avait organisée dans un café de l'ouest de la ville avec le lointain concours de Régine. Je n'avais pas envie de subir les regards condescendants des anciens amis du couple que nous avions formé, L.A. et moi, d'essuyer leurs sous-entendus ni de m'incliner devant leur mine atterrée. Je ne voulais pas toucher de nouveau toutes ces mains qui avaient hésité à se tendre vers la mienne au salon funéraire, se demandant si je faisais légitimement partie de la famille endeuillée, puis joignant leurs murmures hypocrites afin d'évaluer ma part de responsabilité dans la mort de L.A., à qui j'avais peut-être fourni de ma lointaine retraite le couteau tranchant avec lequel elle tracerait deux lignes définitives sur sa vie passée.

Ces gens-là ne savaient rien. Ils ne savaient pas ce qu'il en coûte d'étouffer ses larmes sur le ventre d'un ourson pelé sentant les joues de petite fille, de parler à un chat mort, de frôler l'évanouissement chaque fois que le téléphone sonne et de ramasser des culottes sales en maudissant la terre entière. Ces gens-là ne comprenaient rien.

Par affection pour Régine et pour Pat, j'ai conservé mon masque d'homme civilisé et me suis rendu à la réception. Après une coupe de sauternes et un feuilleté au crabe qui ne passait pas, je me suis esquivé en promettant à Régine de garder le contact. T'es tout ce qu'il me reste d'elles, Bill, m'a-t-elle confié en prononçant le nom de Billie et de Lucy-Ann dans la langue la plus déchirante du monde, probablement inventée par Ève quand Abel avait rendu l'âme. Je me suis arraché à son regard de mère avant qu'il m'engloutisse dans son désarroi et j'ai quitté les lieux sans saluer la douzaine de faces blêmes qui se prétendaient encore les amis de L.A. alors qu'ils ne passaient à la maison qu'un dimanche après-midi sur dix, à l'heure où on visite les vieux et les malades.

Avant de prendre la route, je me suis permis un crochet par le café de Jack et Jack afin de tester ma mémoire et de vérifier si l'homme au foulard rouge qui sirotait un cappuccino pendant que sa fille quittait son école pour la dernière fois occupait toujours la banquette du fond. J'ai imaginé autour de lui des gueules de janvier, un peu de givre aux fenêtres, et j'ai constaté qu'il était encore là, le visage grave, inconscient que la mousse de son cappuccino lui avait dessiné une bouche de clown dont la sévérité de son visage accentuait le ridicule. J'ai levé la main dans sa direction, son image s'est volatilisée, et j'ai regagné ma voiture. Cet homme était un homme innocent.

Sur le chemin du retour, j'ai étouffé mes pensées noires en appuyant sur l'accélérateur, puis je me suis calmé quand la voix de L.A., venue de nos treize années de vie commune, m'a ordonné de ralentir. Si tu le fais pas pour toi, fais-le pour Billie. T'es tout ce qu'il lui reste. L.A. avait raison. Régine avait raison. Je n'étais désormais qu'un restant d'homme, j'étais le peu sur lequel pouvaient compter ceux qui n'avaient plus rien, une ombre, ce qui persiste du souvenir des morts alors que tout s'est envolé et qu'il faut bien un abruti pour garder le fort.

J'ai cligné des yeux et la portion de l'autoroute filant vers le nord s'est divisée en quatre voies sinueuses et floues. Avant de m'abîmer dans le décor ou de faucher quelques innocents revenant d'un souper de famille, j'ai bifurqué à droite, traversant trois des voies qui serpentaient dans la lumière des phares, et me suis garé sur l'accotement. La tête appuyée contre le volant, j'ai pleuré tout ce que je n'avais pas osé pleurer devant Régine, qui avait besoin que le peu de moi qui subsistait ne s'effondre pas sous ses yeux. Lorsque j'ai repris la route, il n'y avait que deux voies devant moi, deux voies bordées d'ombres et de spectres surgissant de l'obscurité.

De retour à Rivière-aux-Trembles, le silence parfait de cette nuit d'hiver m'est retombé dessus comme une enclume dévalant d'un toit où on se demande bien ce qu'elle fichait. J'étais seul et c'est à ça que ressemblerait désormais ma vie, à la vie d'un père sans enfant, d'un mari sans épouse, d'un homme sans désirs d'homme, un automate, tout au plus, un être vide dont le cœur ne battait que parce qu'il était conçu pour ça, pomper, ramener vers le cerveau et les organes vitaux un sang qui entretenait le sentiment de perte et de vacuité.

J'ai été tenté de fermer les rideaux afin d'ériger une frontière entre les deux silences qui m'entouraient, celui des champs noirs et celui qui créait entre les murs nus sa propre résonance, mais il vaut toujours mieux que le silence circule, qu'il vous montre son étendue et sa capacité de se mouvoir si vous voulez tenter de lui échapper. N'ayant ni faim ni sommeil, j'ai traîné mes savates jusqu'au fauteuil d'où j'avais été tiré de ma léthargie par la sonnerie du téléphone, cinq jours plus tôt. Les pourtours de la fenêtre jouxtant le fauteuil avaient été blanchis par la tempête, qui avait laissé au bas de la vitre froide un ruban sinueux ayant la forme d'une chaîne de montagnes lunaires, d'où s'élevaient quelques pics dont les sommets se perdaient dans une nébuleuse de givre. À travers cet écran blanc, la campagne était d'un noir compact et immuable, et j'avais l'impression de naviguer à l'intérieur d'un vaisseau progressant sans bruit dans la nuit des galaxies.

L.A. avait peut-être échoué là, avec Billie et Pixie, dérivant dans un autre silence. Je les ai imaginés en état d'apesanteur, allégés du poids de la terre, puis les ai transportés sur les montagnes lunaires se découpant dans la nuit. Au moment où l'ombre de la terre couvrait la lune, des hurlements se sont élevés de la forêt, derrière la maison. Des hurlements de pleine ou de nouvelle lune. Pendant un moment, encore troublé par l'odeur des glaïeuls flétris et l'alignement des pierres tombales enneigées, j'ai été tenté de voir dans ces hurlements un appel de L.A., dont l'âme m'avait peut-être suivi sur la route se dédoublant, mi-ange, mi-mensonge, pour m'aviser que l'au-delà n'était qu'un leurre, que le seul au-delà possible consistait en cet espace intermédiaire où l'esprit voguait le temps que se refroidisse le lit du disparu.

Mais je ne croyais plus à ces foutaises auxquelles s'agrippe la solitude. Ces hurlements n'avaient pu être poussés que par quelques coyotes, loups ou chiens errants rassemblés pour la chasse. J'ignorais s'il y avait des chiens errants à Rivière-aux-Trembles, mais j'ai écarté cette possibilité. Dans mon esprit, ces meutes d'animaux affamés ne pouvaient être associées qu'aux étendues sauvages du Nevada, du Texas ou de je ne sais quel État où l'*homo americanus* vivait encore à l'âge du cow-boy. En fait, je préférais qu'il s'agisse de loups ou de coyotes, moins dangereux, moins tristes que les chiens de berger, huskies, braques ou labradors abandonnés à leur sort du jour au lendemain, sans nourriture, sans caresses, sans voix guidant leurs pas : assis, couché, reste. Je n'avais pas grandi dans une de ces familles dont les liens se cimentent autour du nom d'un chien dont la photographie trône sur le manteau de la cheminée, près de celles des enfants et des grands-parents, ce qui ne m'empêchait pas d'avoir envie de vomir devant la bêtise et la cruauté qui poussaient certains hommes à larguer les bêtes qu'ils avaient d'abord recueillies. Je ne comprenais pas qu'on puisse rouler vers la forêt, ouvrir la portière de sa voiture, siffler pour que le chien en descende, come on, boy, allez hop, Jeff, puis repartir en trombe pendant que le pauvre animal se demande ce qui se passe, croit à un jeu, peut-être, puis s'affole et court dans la poussière, court jusqu'à en perdre haleine et ne devient plus, dans le rétroviseur, qu'un minuscule point sombre dans la poussière retombée.

C'est Billie, avant Dieu, Jésus, Greenpeace et tous leurs saints, qui m'a appris le respect du vivant. C'est sa voix effrayée m'empêchant d'écrabouiller les bestioles qui croisaient innocemment mon chemin. Stop ! papanoute… criait-elle quand l'ombre de mon pied menaçait de s'abattre sur une araignée ou une fourmi, et mon pied changeait de cap, et l'araignée se poussait. C'est son petit visage endormi sur l'oreiller, exprimant toute la vulnérabilité de celui qui ignore ce qu'est un loup. On ne peut pas vivre aux côtés d'une enfant qui attrape des coccinelles pour les mettre à l'abri de la pluie, d'un petit être dont la survie tient à notre vigilance, sans récrire certaines des règles de la loi du plus fort, à savoir que le plus fort n'est pas toujours là pour manger l'autre ni pour aller le perdre dans les bois, mais pour le protéger et le nourrir, au péril, s'il le faut, de sa propre survie. Je préférais donc que les hurlements franchissant les sommets givrés où L.A. tenait la main de Billie soient ceux d'une bande de coyotes devinant les reflets de la lune sous les nuages.

Je me suis approché de la fenêtre, au cas où j'apercevrais, à la lisière des bois, l'ombre au dos courbé de deux ou trois spécimens de l'espèce des canidés, mais je n'ai vu ni loup, ni coyote, ni chien errant. Dans l'opacité de la nuit, je n'ai pu distinguer que la silhouette des arbres alignés derrière la maison, telle une rangée de sentinelles me protégeant des esprits de la forêt ou gardant la forêt, qui sait, de l'intrusion des hommes. Pendant un moment, j'ai pensé aux ormes gardant *L'île des morts*, un tableau de Böklin dont j'avais accroché une reproduction dans mon bureau, plusieurs années auparavant, pour faire contrepoids aux couvertures de mes livres affichées sur les murs. Chaque fois que je m'attardais devant cette reproduction, je sentais peser sur moi le poids d'une angoisse aussi blanche qu'un drap d'agonisant, et c'est ce que je ressentais aussi devant ces arbres m'interdisant l'accès à la forêt. J'ai allumé une lampe, comme on le fait pour anéantir les monstres dissimulés sous les lits des enfants, et je suis monté me coucher. Dans la forêt, les hurlements s'étaient tus, laissant place aux bruits dérobés formant la matière du silence.

J'ai mis longtemps à m'endormir, perturbé par le chuintement de ma propre respiration, qui s'étirait en un lent sifflement quand j'étais sur le point de sombrer. Plutôt que de compter des moutons ou des koalas assoiffés, je me suis concentré sur les ténus craquements provenant du mur, juste derrière mon lit, essayant de déceler une logique dans la succession de ces bruits, une formule mathématique ou algébrique reliant les trois points d'où originaient apparemment les craquements et qui me permettrait d'en déterminer le rythme. J'étais parvenu à un modèle musical à deux temps pour triangle et orchestre lorsque, enfin, mes muscles se sont détendus.

À mon réveil, ayant encore à l'esprit les hurlements de la veille, j'ai avalé un rapide déjeuner avant de sortir, emmitouflé jusqu'aux oreilles, en vue de chercher des pistes à la lisière de la forêt, pistes d'animaux ou d'extraterrestres ayant capté les hurlements des loups des fins fonds de l'espace et ayant cru qu'il s'agissait là de la langue des hommes. La neige bordant les bois étant immaculée, je me suis enfoncé de quelques centaines de mètres sous le couvert des arbres, rassuré que mes pas s'impriment dans la neige pour m'indiquer le chemin du retour, mais je n'ai rien trouvé qu'un bidon d'huile à moteur 5W30 reposant sur une branche de sapin près d'une vieille chaussette brune, que j'ai ramassés en vue de les mettre aux ordures. Les produits de l'activité humaine ne connaissant pas de frontières, je ne me suis pas étonné de la présence insolite de ces objets là où personne n'avait besoin d'huile ni de chaussette trouée. Je suis d'ailleurs persuadé que si l'homme pose un jour les pieds sur une autre planète, il y découvrira des emballages de chips Humpty Dumpty, des boutons de chemise et des chaussettes orphelines, de quelque couleur qu'elles soient, pareilles aux milliers de chaussettes esseulées parsemant les trottoirs mouillés, les parcs, les bords de route, comme si l'homme était un animal unijambiste prenant plaisir à se déchausser en pleine rue pour ensuite y oublier son bas.

Le bidon à la main et la chaussette dans une des poches de mon manteau, j'ai poursuivi mon chemin entre les arbres enchevêtrés, pour enfin aboutir à la rivière donnant son nom au village. Quelqu'un était passé par là il n'y avait pas long-temps, un homme ou une femme dont les pistes n'avaient pas été entièrement recouvertes par la dernière tempête. Les traces longeaient la rivière, pénétraient dans la forêt sur quel-ques mètres, puis redescendaient près de l'anfractuosité où la rivière devait former une cuvette quand elle n'était pas gelée. À cet endroit, les traces s'élargissaient, montrant que la per-sonne s'était couchée par terre ou avait glissé sur la rivière, balayant dans sa chute une partie de la neige accumulée.

Dans le ciel tout à l'heure d'un bleu intense, des nuages s'amoncelaient. À travers les branches des arbres dénudés se refermant sur la rivière, je les voyais s'avancer doucement. Un pan de bleu, un pan de gris, un pan de blanc constitué d'infi-mes particules tournoyant sur elles-mêmes. Hypnotisé par ce mouvement, je me suis aussi couché par terre et j'ai com-mencé à battre des bras et des jambes, comme nous le fai-sions enfants, comme je le faisais avec Billie dans la cour arrière de la maison. On appelait ce jeu le vol de l'ange ou du hibou, selon qu'on se sentait plus près des cieux que de la terre. Penses-tu qu'on pourrait s'envoler dans la neige? m'avait un jour demandé Billie, et je nous avais imaginés planant au ras du sol, traversant les bancs de neige et les pulvérisant à grands coups d'ailes.

C'était ce qui m'arrivait en ce moment. Je volais dans la neige, mi-ange, mi-hibou, soulevant des nuages de pou-dreuse qui retombaient sur mon visage. Je volais sur le dos, adoptant le point de vue du hibou et de l'ange rasant la blan-cheur du sol quand un cri a retenti dans la forêt, un hurle-ment de bête déchirée, aussi définitif que la mort en personne. Je me suis arrêté net. Un écureuil venait de rendre l'âme, un lièvre, attrapé par l'ange ou le hibou. Rien ne bougeait plus. Le cri avait absorbé toute autre forme d'appel ou de mouve-ment. Son écho s'inscrivait lentement dans la mémoire des lièvres, un nouveau cri dans le répertoire de la peur assurant la survie des faibles. Assis sur la rivière gelée, j'ai constaté que mes mains tremblaient et que j'attendais le cri suivant. Je me suis prudemment relevé, craignant de perturber le silence, et j'ai regardé autour de moi. Aucun ange, aucun hibou ne volait ni ne s'enfuyait près de la rivière. Et pourtant, des dizaines d'yeux me surveillaient, pétrifiés par le cri et attendant que la forêt respire de nouveau.

J'ai ramassé mon bidon d'huile et me suis enfoncé dans la forêt en me guidant sur mes pistes entre les arbres, contrarié par la vague mais tenace impression de n'être pas seul, d'être filé par quelque animal que ma présence dérangeait. De ténus craquements me suivaient, qui se taisaient chaque fois que je m'immobilisais pour me retourner. Devant l'exactitude de mon poursuivant, qui ne faisait jamais un pas de plus que moi, j'ai fini par conclure que ces craquements étaient provoqués par mes propres pas, par le voyagement des bruits entre les arbres. Et pourtant l'impression persistait. Cet endroit était malsain. Cette rivière n'était pas nette. Quand je suis ressorti des bois, un amas de nuages sombres s'avançait derrière la maison. Un pan de gris, un pan de noir. Une nouvelle tempête allait s'abattre sur Rivière-aux-Trembles. Si le pire ne m'était déjà arrivé, j'y aurais vu un mauvais présage, mais j'ai laissé filer. Je me suis assuré que la porte du hangar ne battrait pas au vent et je suis rentré.

Le bidon toujours à la main, j'ai gagné la cuisine, j'ai jeté le bidon à la poubelle et j'ai inutilement cherché la chaussette, qui avait dû tomber de ma poche quand, dans la forêt silencieuse, j'étais poursuivi par quelque animal voulant s'assurer que je quittais bel et bien les bois. Pendant que les nuages s'amoncelaient au nord, je me suis confectionné un sandwich moutarde, laitue et triple fromage que j'irais manger au sous-sol, où m'attendait une pile de planches destinée à se transformer en établi. Ce travail n'était pas urgent, mais j'avais besoin de m'occuper les mains pour atténuer le malaise que le cri de la forêt avait provoqué.

Mon sandwich avalé, je me suis mis au boulot en racontant à Pixie, qui attendait toujours le printemps dans son caisson, une histoire mettant en vedette le Chat du Cheshire et le Chat botté. Je les ai placés tous les deux dans une forêt enchantée, conte oblige, avec des fées qui n'avaient pas d'allure, unijambistes ou danseuses de baladi, pour passer le temps, puis j'ai décrit les bottes du botté, des bottes de prince, à ne pas confondre avec les bottes de sept lieues, pour m'attarder ensuite au sourire flottant du Chat du Cheshire, pas trop rassurant pour un sourire, et j'ai interrompu mon histoire au moment où ce dernier miaulait une espèce de ouf! indigné. C'était ça ou l'assassiner. Ce chat m'avait toujours tapé sur les nerfs et je n'allais pas attendre le prochain déluge avant de le rayer de mon paysage mental. Sans transition, j'ai enchaîné avec Ronie le supercrapaud, question de tester la métamorphose de Ronie sur un public, et j'ai poursuivi ainsi de chat en ogre et d'ogre en superbatracien jusqu'à ce que mon tas de planches ressemble à un établi.

La nuit était tombée quand je suis remonté. Un cercle de clarté hésitante, écrasé par les nuages, s'évaporait dans la lourdeur du ciel. À peine ai-je eu le temps de m'approcher de la fenêtre qu'il s'effaçait dans l'obscurité des cimes. Aucune lumière ne subsistait plus sur la campagne, hormis le faible halo projeté sur la galerie par l'ampoule installée près de l'entrée. J'ai allongé le bras pour l'éteindre et j'ai observé la nuit, que rien de vivant, apparemment, n'habitait. Et pourtant, je savais qu'il y avait des loups sur la colline, des coyotes ou des loups, et que des rapaces, perchés sur quelque branche, guettaient les petites bêtes qui filaient sur la neige. On entendait leur cri, puis tout se taisait de nouveau. C'était la vie dans ce qu'elle avait de plus authentique et de plus cruel, et il n'y avait en son sein ni Chat botté ni monde féerique dans lequel biches et loups dormaient flanc contre flanc. La vérité résidait là, au creux de cette noirceur muette, exempte du mensonge dont l'homme entourait son existence.

�

La tempête dont j'avais pressenti la venue a été encore plus violente que la précédente, une tempête de printemps mêlant neige et orage et transformant la cour en une immense mare dont le vent poussait avec fureur les vaguelettes désorientées sur l'amoncellement de slush granuleuse servant de rivage à ce nouvel étang. En observant cette mare secouée par le vent, dans les jours suivant la tempête, je pensais à la rivière, dont les eaux devaient aussi s'agiter sous les glaces de plus en plus minces, je pensais au cri entendu, aux pas furtifs s'arrêtant derrière moi, et il m'arrivait de frémir avec la mare de slush, rien de sérieux, un petit frisson qui me plissait le front et me rabattait les sourcils sur les paupières, me donnant l'air du gars qui réfléchit à des choses graves. Mais la plupart du temps, je me traitais de pisseux de la ville qui ne savait même pas faire la différence entre un cri de castor et un marmottement de marmotte.

J'ai tout de même mis un certain temps avant de retourner à la rivière, prétextant que je n'avais pas envie de patauger jusqu'aux genoux dans l'eau glacée ni de m'asseoir devant une talle d'épinettes stoïques qui attendraient que je parle le premier. Puis, un matin du début d'avril, je venais de mettre le point final à une nouvelle aventure de Ronie le supercrapaud quand j'ai pris conscience que mes craintes étaient aussi insignifiantes qu'un bouton de chaleur au regard des raz-de-marée climatiques secouant la planète. CNN venait de m'annoncer que des pluies torrentielles avaient fait sortir de leur lit plusieurs cours d'eau de la Namibie et de la Zambie, exposant les sinistrés aux attaques des crocodiles et des hippopotames, aux morsures de serpents, aux fièvres bilieuses du paludisme et aux crampes de la diarrhée, en comparaison de quoi la menace représentée par les lièvres et les écureuils de Rivière-aux-Trembles ne pesait pas lourd.

Le temps s'adoucissait et une pluie fine tombait sur la campagne. Depuis la tempête, les bancs de neige reculaient de jour en jour, laissant apparaître le foin jauni. Dans quelques semaines, je pourrais m'asseoir sur ma galerie et regarder pousser les fleurs sauvages en me faisant manger par les maringouins. En observant les rigoles d'eau de pluie et de neige fondue charriant le gravier de la cour, je me suis demandé si la rivière était dégelée et si elle allait aussi envahir ses rives. La crainte stupide que ses eaux ne débordent jusqu'au village et qu'une famille de castors s'établisse sur la rue Principale m'a traversé l'esprit, provoquant un de ces fous rires dont je ne me croyais plus capable, un fou rire de Billie la tête en bas, un fou rire d'une franchise de première communiante, qui vous nettoie le cerveau des conneries l'encombrant et vous donne de sérieuses quoique honnêtes crampes dans le ventre.

Trois quarts d'heure plus tard, j'étais accroupi près de la rivière, au bord de la cuvette. Dans le tumulte de la crue charriant les déchets de l'hiver, je n'entendais ni mon cœur battre ni les lointains cris montant de la forêt. Tout n'était que bruit d'eau. J'ai cherché autour de moi une bûche ou un tronc d'arbre sur lequel je pourrais m'asseoir pour écouter la crue, puis j'ai aperçu, à l'entrée d'un sentier, une petite croix de bois comme on en voit le long des routes, près des courbes mortelles où la fatalité a accompli son œuvre. Des petites croix discrètes auxquelles demeure accrochée une couronne de fleurs artificielles aux couleurs délavées ou une photo plastifiée de celui ou de celle qui s'est envolé dans le décor.

Sur la croix qu'ombrageaient ici les arbres, quelqu'un avait gravé le nom de Michael avec un canif ou un burin. Aucune fleur ne l'ornait cependant. Au lieu de ça, on y avait suspendu un petit hibou de paille et d'écorce qui se balançait dans le vent. La corde fichée dans sa tête s'était enroulée autour de son cou et il ressemblait à un pendu qui se serait trompé de longueur de corde et aurait été obligé de se coller la tête au plafond pour ne pas se rater. Ce hibou était carrément sinistre avec ses petits yeux jaunes qui semblaient capter autour de lui le moindre mouvement, la moindre anomalie dans le paysage. Quand il s'est immobilisé face à moi, j'ai eu l'impression qu'il me regardait, tentant d'évaluer si une anomalie telle qu'un homme au milieu de la forêt méritait qu'on s'y attarde, puis le vent l'a fait pivoter en même temps qu'un frisson courait sur la rivière.

Je me suis approché de la croix pour vérifier si elle portait d'autres inscriptions, mais seul le nom de Michael figurait sur le bois érodé, rongé par les années et les larves d'insectes. Aucune date, aucune épitaphe, aucune mention de l'âge de l'homme ou de l'enfant nommé Michael. Je penchais toutefois pour un enfant, un garçon disparu dans la rivière. Je m'imaginais mal un adulte venir se noyer dans une cuvette qui ne devait pas contenir plus d'un mètre d'eau en été. Je voyais plutôt un enfant qui se précipitait dans la cuvette en criant, en ressortait les cheveux plaqués contre le crâne et recommençait, recommençait jusqu'à ce qu'une crampe lui torde l'estomac et qu'un homme muni d'une masse, le visage ravagé par l'alcool, la colère, les larmes, par tout ce qui dévaste un homme qui pisse le sang de son fils par chacun de ses pores, vienne planter une croix près de l'hostie de rivière qui avait étouffé son petit, opposant ainsi Dieu à sa création et l'outrageant de ses blasphèmes.

Ce père semblable à moi, s'accrochant à une croix faute de pouvoir s'accrocher à un dieu, me faisait à la fois honte et pitié, et je pensais à Billie, qui n'aurait jamais sa croix ni son cercueil à elle, parce qu'elle était partout, Billie, parce qu'elle n'était nulle part et qu'il m'aurait fallu semer la terre entière de petites croix roses pour m'assurer qu'il y avait quelque part, sous cette plantation macabre, une Billie semblable à celle que j'avais connue, grande architecte des surpeuplements et dépeuplements consécutifs de mon univers. Les enfants disparus n'ont droit à aucune véritable sépulture. Ils n'ont droit qu'à un trou, qu'à un coin de dépotoir, qu'au rivage d'un marais glauque planté de quenouilles. L'homme aux mains rugueuses, l'homme de janvier, savait où avait été creusé ce trou, où stagnait l'eau de ce marais, mais il n'avait sûrement planté aucune croix parmi les quenouilles, parce qu'un salaud pareil ne pouvait croire en Dieu. Je n'y croyais pas non plus, mais pour d'autres motifs, assurément, et ne voyais pas comment un objet sur lequel avait coulé le sang d'un martyr pouvait servir de réconfort à qui que ce soit, pas plus à un criminel qu'au pauvre innocent qui pleurait sur un corps absent. La croix du Christ n'était qu'un symbole morbide et celle du petit Michael était pareille, aussi macabre que le hibou qu'on y avait pendu, qui continuait à me fixer avec ses yeux exorbités, identiques à ceux de tous les pendus, lui sortant du crâne et accusant je ne sais qui de lui avoir passé la corde au cou.

Je me demandais qui était assez tordu pour avoir eu la géniale et épatante idée de pendre un oiseau. La mère du gamin, peut-être, qui avait pété les plombs, ou son père aussi soûl que fou, ou sa sœur psychopathe, que sais-je, et je m'en foutais. J'ai déroulé la corde qui étranglait l'oiseau et j'ai fait un semblant de prière à l'intention de l'enfant nommé Michael, dis bonjour à Billie, Mike, embrasse-la pour moi, take care. Ma première impression était la bonne. Ce lieu était malsain. Cette rivière hantée par l'esprit d'un enfant n'était pas nette.

La pluie tombait toujours, fine et glacée, mes vêtements étaient trempés et je grelottais comme si j'étais tombé au creux de la rivière. J'ai fait un signe d'adieu à Michael X, Y ou Z, où qu'il soit, et j'ai sacré mon camp sans attendre la prochaine glaciation. Poursuivi par de ténus craquements, j'ai couru à travers les arbres, incertain quant au chemin à suivre et trébuchant sur mes lacets de bottine, fidèle à ma nature de maudit pisseux de la ville n'arrivant à se sentir à l'aise qu'au milieu de quelques tonnes de béton.

Il m'avait été facile de suivre mes pistes dans la neige fraîche la première fois que je m'étais aventuré près de la rivière, mais aujourd'hui, le sol n'était plus recouvert que de boue, de feuilles mortes et de plaques de neige éparses. De temps à autre, je pouvais distinguer l'empreinte partielle d'un pas, mais je ne reconnaissais plus les arbres ni aucun des repères que j'avais croisés plus tôt. Je suis enfin parvenu à sortir du bois en suivant des marques de pas que j'avais cru être les miens, mais qui se sont révélés être des pas d'enfants, de deux ou trois enfants portant des chaussures aux semelles différentes, les unes striées de barres obliques, les autres de traits horizontaux. Que faisaient des enfants au cœur d'une forêt hantée par le souvenir d'un gamin? Peut-être connaissaient-ils le petit Michael? Peut-être étaient-ils venus se recueillir au pied de sa croix en lançant des cailloux dans l'eau, ne craignant aucunement les craquements de leurs pas et considérant la forêt comme un asile les tenant à distance des hommes qu'ils deviendraient. Les enfants élevés sous les arbres savent que les bois ne sont hostiles qu'à ceux qui n'ont jamais appris à distinguer leur ombre au creux du noir. Je n'avais pas à m'inquiéter pour eux. Si les fantômes faisaient partie de leurs jeux, ce n'était qu'en vertu d'un mensonge qu'ils protégeaient farouchement. Quand j'ai enfin débouché dans un champ, j'ai constaté que j'avais marché dans la mauvaise direction. J'avais abouti à l'autre bout du rang, à environ deux kilomètres de chez moi.

J'ai parcouru ces deux kilomètres sous la pluie, convaincu que j'attraperais la crève. En posant le pied sur ma galerie, j'ai cru entendre un hululement étouffé à l'orée du bois, semblable à un cri d'enfant, mais ce n'était que le vent, que le vent et la fièvre qui chauffait déjà mon front.

⌒

Pendant trois jours, j'ai dû subir de nouveau les affres de la grippe australienne. Je m'éveillais dans des draps mouillés de sueur et de larmes destinées à Billie, destinées à L.A., destinées à tous les affligés du monde, et ne quittais le lit que pour me traîner aux toilettes, où le miroir me renvoyait l'image d'une homme d'une pâleur cadavérique que j'avais peine à reconnaître. Bill ? C'est toi, vieux schnock ? À tout coup, mon reflet tentait vainement de me rassurer en esquissant un sourire qui n'était pas le mien, mais celui d'un homme qui s'effaçait derrière la brume d'hiver entrée chez lui avec la fièvre. J'avalais deux Tylenol et je retournais me coucher en me demandant si je n'étais pas le rêve d'un esprit de la forêt manquant cruellement d'imagination.

J'avais peut-être avalé mon extrait de baptême, qui sait, au volant du camion de location qui m'emmenait en divaguant vers Rivière-aux-Trembles, deux mois auparavant, ratant le dernier virage, celui qu'on ne voit jamais venir, pour m'engager dans cette portion de route qui bifurque au dernier moment, se transforme en incontournable dead end et vous envoie valser dans l'infini. Si c'était le cas, le convoi funèbre que j'avais vu défiler dans la rue Principale de Rivière-aux-Trembles était peut-être le mien, conduit par la femme éplorée que j'aurais pu aimer si mon système immunitaire n'avait pas déclaré la guerre à l'Australie. Qui sait d'ailleurs si je n'étais pas plutôt le rêve de cette femme, un rêve tragique à la fin duquel elle me tendait la main pendant que mon U-Haul s'envolait dans un bruit de ferraille. Du fond de l'espace nébuleux où je voguais, il m'arrivait d'entendre ses pleurs et ses cris de dénégation, pendant qu'elle embrassait mon front couvert de sang dans le cliquetis du moteur se refroidissant.

J'ignorais ce qui pouvait se passer dans la tête d'un gars qui était tout à coup catapulté au cœur d'un rêve. Si je me fiais aux personnages que je croisais dans mes propres rêves, ils n'avaient pas l'air de penser grand-chose. Mais qu'est-ce que j'en savais? Jusque-là, j'avais toujours cru que le facteur qui sonnait à ma porte en plein milieu d'un de mes cauchemars n'était même pas conscient de son existence, mais s'il en allait autrement? Ce facteur éprouvait peut-être des sentiments, des peurs, des angoisses. Le pauvre imbécile réfléchissait peut-être à la théorie des nombres premiers avant de dégringoler en bas d'un escalier, son sac de courrier en bandoulière, pour être propulsé dans le royaume des rêves sans l'avoir demandé.

Ce n'est qu'au moment où le mercure a chuté en bas des 40 degrés au niveau desquels il se maintenait depuis soixante-douze heures que j'ai recouvré peu à peu mes esprits pour décréter que je n'étais le rêve de personne et que le facteur effectuant sa tournée de nuit dans mon subconscient n'était actionné que par mon cerveau. Cette fièvre avait tout de même laissé ses marques et je ne pouvais m'empêcher de penser au garçon nommé Michael qui s'en trouvait à l'origine. Un garçon dont la mort avait démoli une famille entière et peut-être poussé sa mère sous les essieux du train qui stoppait tous les lundis et jeudis soir à Saint-Alban, la ville la plus proche de Rivière-aux-Trembles, à une vingtaine de kilomètres au nord-ouest. On avait déjà vu ça, des pères ou des mères qui se faisaient sauter la cervelle ou se saignaient à blanc, n'est-ce pas, L.A., parce que mourir est moins douloureux que respirer, parce que ça dure moins longtemps, surtout.

Tout le village, sauf moi, devait savoir ce qui était arrivé à ce garçon et à sa famille. La région entière devait avoir entendu parler du corps écrabouillé par le train ou de celui du garçon, méconnaissable, qu'un pêcheur avait vu flotter en aval de la cuvette. Après trois jours d'insomnie entrecoupée de cauchemars, j'avais besoin de savoir aussi, ne serait-ce que pour sortir ce gamin de mes rêves et empêcher le hibou moribond qui veillait sur lui de s'y faufiler à sa suite. Mon placard à hantises était déjà occupé et il n'y restait assez de place ni pour un noyé ni pour un pendu. Mais je me voyais mal me pointer à l'épicerie pour questionner Max le boucher à propos d'un gamin dont la mort devait remonter à plusieurs années, d'autant plus que le comité d'accueil de Rivière-aux-Trembles ne m'avait pas organisé une réception de bienvenue avec fanfare et allocution du maire quand j'avais débarqué dans le coin sans m'annoncer.

J'étais l'étranger, le type bizarre qui avait récemment emménagé dans l'ancienne maison d'un type nommé Lucien Ménard, «Entretien de pelouses en tous genres», qui avait passé sa vie à essayer de tuer des pissenlits qu'il combattait aujourd'hui par la racine, comme quoi les obsessions ont la couenne dure. Si les gens se montraient polis en ma présence, j'entendais leurs chuchotements dans mon dos chaque fois que je refermais la porte de la quincaillerie ou de l'épicerie. La rumeur qui s'élevait des petits conciliabules réunissant deux ou trois clientes devant le comptoir à viande de Max le boucher n'avait rien à voir avec mon sex-appeal ni avec le désir de l'une d'entre elles de m'attraper au lasso pour me traîner dans son lit. C'était la rumeur excitée de la méfiance, qui me collerait au cul jusqu'à ce que je marie une fille de la place, éclaireuse ou kamikaze qui témoignerait de mon innocence en achetant sa saucisse.

On devait m'avoir inventé mille malheurs pour expliquer ma venue dans ce trou perdu ou m'avoir attribué des origines douteuses, des activités louches justifiant ma réclusion. Pardessus tout, on devait avoir mis les enfants et les adolescentes en garde. Les hommes seuls n'ont pas la cote et on se les imagine aisément dans la peau d'un satyre ou d'un pédophile. Mon statut d'homme seul faisait de moi un être marginal dont il valait mieux se méfier. J'aurais débarqué avec femme et enfants, on m'aurait plus facilement entrouvert les bras, mais ma solitude me rendait suspect et on ne m'accorderait aucun crédit tant que je n'aurais pas prouvé que je n'étais pas le petit-fils de Ted Bundy ou d'un autre putain de tueur en série, ce qui me prendrait probablement une vingtaine d'années si j'écartais l'option du mariage.

N'espérant pas recueillir les informations que je cherchais au village, je me suis rabattu sur Internet, mais, sans date ni nom de famille, autant chercher un bouton de manchette dans le Sahara. De toutes façons, l'événement était trop ancien. Personne ne remontait dans le passé pour archiver les morts ordinaires, celles qui n'avaient provoqué aucun tapage et n'avaient pas éclaboussé la une des tabloïds de bouts de cervelle. Je finirais bien par glaner une information ici et là et par expulser ce gamin de mes pensées. En attendant, je me suis concentré sur les pluies d'avril et sur Myrtle the Turtle, le nouveau personnage que m'inspiraient ces pluies. Ce nom n'avait pas de sens, mais j'en aimais la sonorité. Myrtle the Turtle, the Genious of the Magic Bottle. J'écrivais n'importe quoi, pour tuer le temps et oublier que les marguerites n'étaient pas près d'éclore.

Le matin du 12 avril, jour de la résurrection du Christ, j'ai téléphoné à Régine, qui n'en menait pas large et attendait comme moi l'arrivée de la chaleur à défaut de croire à l'avènement du Messie, espérant que le soleil réchaufferait enfin ses mains continuellement froides. On a parlé de tout et de rien, évitant le sujet de L.A. et de Billie, même si on n'avait que ça à l'esprit, même si on pensait tous deux aux œufs colorés que L.A. cachait dans le jardin pour Billie, beau temps mauvais temps, chaque dimanche de Pâques. Elle peignait des poussins sur ces œufs, des fleurs ou de simples bandes de couleur à la Mark Rothko ou à la Kenneth Noland. Billie devait posséder pas loin d'une centaine d'œufs signés L.A., dont elle conservait les plus beaux dans un panier d'osier teint en jaune pour s'harmoniser avec la couleur des poussins de peluche que L.A. plaçait parfois près d'autres œufs artistiquement craquelés.

J'ignorais ce qu'était devenu ce panier. C'est Régine qui s'occupait des affaires de L.A. Elle procédait à un ménage en règle dans les paperasses, les tiroirs et les garde-robes, le nez dans la poussière et les souvenirs qui tuent. Quand tous les tiroirs seraient vides, elle mettrait la maison en vente, puisque j'avais tout laissé à L.A., la propriété, les meubles, les jouets de Billie, me débarrassant de mes responsabilités en même temps que des objets dont la vue m'était insupportable. J'avais lâchement abandonné L.A. au milieu des oursons et des jupettes roses et n'avais gardé de la puce que le cadavre de Pixie, que je retournerais bientôt à la terre. Je ne voulais pas de ses poupées autour de moi, de ses animaux de peluche aux yeux mouillés qui me suivraient de pièce en pièce et s'accrocheraient à mes jambes pour me parler d'elle. Alors j'avais laissé aux autres le soin de se démerder avec cet héritage empoisonné. Mais aujourd'hui, pendant que la voix de Régine se perdait dans le son des cloches revenues de leur pèlerinage à Rome, j'aurais aimé avoir avec moi la collection d'œufs de Billie, qui m'aurait aussi parlé de L.A. J'ai fini par rompre le silence dont nous entourions L.A. pour demander à Régine si elle savait ce qu'étaient devenus ces œufs. Ils sont sur la table, devant moi, m'a-t-elle répondu, et j'ai raccroché après qu'elle m'eut décrit l'un des derniers qu'avait peints L.A., marqué d'un point cerclé de jaune évoquant l'œil d'un hibou.

Je n'avais jamais vu cet œuf, mais je me le suis immédiatement représenté avec l'allure du hibou pendu près de la rivière, flanqué de deux yeux jaunes et exorbités qui lisaient vos pensées. J'ai repoussé l'image de cet œuf à tête de hibou avant de me mettre à créer des liens stupides entre L.A. et les mystères de Rivière-aux-Trembles. Plutôt que de délirer en ruminant la douleur trop palpable de Régine le reste de la journée, je me suis imposé une petite heure de marche rapide, trois kilomètres au nord, trois kilomètres au sud, aller-retour dans la grisaille. À mon retour, un chat faisait la sieste sur la galerie, un mâle jaune et blanc qui s'est mis à miauler dès que j'ai posé les pieds sur les marches, un vieux maudit matou qui ressemblait à Pixie. Je l'ai contourné en lui ordonnant de retourner chez lui. Je n'avais aucune envie d'adopter un chat, à plus forte raison un chat qui aurait pu se faire passer pour la réincarnation de Pixie si on lui avait enlevé la tache en forme de cirrostratus qui lui descendait sur le front. J'ai refermé la porte sur ses miaulements mais, de l'intérieur, ceux-ci me parvenaient assourdis.

Ce chat avait flairé quelle espèce de chiffe molle j'étais, du genre à se laisser attendrir, du genre qu'on a à l'usure, et il s'entêterait tant qu'il n'aurait pas obtenu ce qu'il désirait. Des images de l'époque où Pixie me donnait des ordres en tapant de la queue ont défilé sur l'horizon embrumé de ce morne jour de Pâques, des images de Billie berçant Pixie et flattant sa grosse bedaine de chat gavé de Whiskas à saveur de fruits de mer, et j'ai compris que j'étais foutu.

J'ai déniché dans le garde-manger une boîte de thon Clover Leaf qu'en d'autres temps j'aurais réservée à Pixie et j'ai servi ça à mon visiteur sur la galerie, dans un contenant Tupperware datant de mon ancienne vie. Pendant qu'il s'empiffrait, j'ai constaté que le vieux schnock ressemblait au vieux batêche jusque dans sa façon de manger et de vous jeter des coups d'œil en coin pour s'assurer que vous n'alliez pas lui enlever les fruits de son épuisante pêche. Si j'avais été ne serait-ce qu'un peu soûl, ne serait-ce qu'un peu plus fou, je me serais précipité à la cave pour vérifier si Pixie avait eu la géniale idée de sortir de son caisson pour venir me hanter. J'aurais présumé que le cirrostratus ne constituait qu'un des multiples effets de la congélation ou de la métempsychose et j'aurais séquestré ce chat pour le surveiller du coin de l'œil vingt-quatre heures sur vingt-quatre, au cas où il déciderait de se métamorphoser en magicien ou en chaman pendant que je balayais le plancher. Mais je n'étais ni soûl ni fou. Ce chat n'était que le sosie de Pixie, une espèce de frère, de quasi-jumeau ayant hérité du même air bête et suscitant chez moi le même élan de sympathie. Pixie et Dixie. Tout en caressant la tête de bum du jumeau de Pixie, je lui ai annoncé que je l'appellerais Dixie, en souvenir de Pixie, au cas où on se reverrait, et ne voulais pas l'entendre râler qu'il s'agissait d'un putain de nom de souris. Si ce n'était pas Dixie, ce serait Pixie Deux, et personne n'aime s'appeler Deux.

Il n'a pas écouté un mot de ce que je lui racontais. Il a fini son assiette et s'est renversé sur le dos pour que je lui flatte le ventre pendant que ses ronronnements emplissaient l'air embrumé du bruit des animaux satisfaits. Écoute, popinouche, me disait Billie quand Pixie, au seuil de l'extase, roucoulait comme un pigeon le soir de ses noces, écoute, y fait son bruit de chat content. Billie ne disait pas heureux, mais content, parce que la notion du bonheur est une notion qui appartient aux adultes, à ceux qui ont perdu le plaisir simple de l'enfance et qui espèrent un inaccessible nirvana au lieu de se contenter d'être contents. Le bonheur est un concept trop complexe pour que les enfants s'en embarrassent. Ils rient, ils jouent, ils sont et ne passent pas leur temps à se demander s'ils ne pourraient pas rire davantage ou s'esclaffer sous un éclairage plus conforme à leur idée du rire. Écoute, popinouche, y fait son bruit de chat content. Ça, c'était le summum. Pixie ne pouvait se sentir mieux.

Je me disais parfois qu'il aurait fallu établir la nomenclature des sons exprimant le contentement, des bruits produits par les animaux heureux, du gazouillis du moineau en passant par le grognement d'aise du porc devant son auge. Je me disais qu'il aurait fallu effectuer le décompte de ces sons et les enregistrer en vue de donner des cours de rattrapage aux millions de déprimés de la planète, à commencer par moi. Mais je n'avais aucune intention de me taper des cours du soir avec un chat sur les genoux. Ce vieux matou qui puait de la gueule n'avait rien à faire chez moi. Je ne serais pas sa prochaine victime, le prochain imbécile qui se posterait sous les rideaux pour surveiller son retour pendant que l'autre se ferait nourrir au saumon du Pacifique ou au thon du Nicaragua dans la maison d'un inconnu. Pas question que je t'adopte, ai-je annoncé au tas de poils qui ne m'écoutait toujours pas, et je l'ai laissé se les geler sur le bois de la galerie. Billie n'aurait pas approuvé ma conduite, elle aurait voulu que j'ouvre grand la porte à ce matou miteux pour ne plus la refermer, mais je refusais de donner asile à une créature qui deviendrait le centre de mon existence d'homme seul et me ferait le coup de disparaître au moment où je m'y attendrais le moins. Le chat, comprenant mon dilemme, m'a regardé marmonner derrière la fenêtre, puis il m'a répondu d'un sincère bâillement. Trois minutes plus tard, Dixie descendait la galerie en s'étirant pour retourner d'où il était venu. Je l'ai vu traverser la route de sa démarche chaloupée, puis il a disparu derrière un bosquet d'aulnes.

Quant à moi, j'ai quitté mon poste d'observation et me suis replongé dans les aventures de Myrtle the Turtle, pour oublier, pour tuer ce qui n'est pas tuable et m'illusionner quant au dispersement de l'ennui dans le défilement du temps. À la tombée de la nuit, quelques feulements de chat s'ajoutaient aux hurlements des loups, des enfants et des hiboux habitant les forêts de Rivière-aux-Trembles.

～

Aujourd'hui, Ronie le crapaud et Myrtle the Turtle ont mis leur chapeau de fête. Je les entends chanter «joyeux anniversaire, Billie» sous la couverture du cahier que j'ai vivement refermé lorsque Ronie s'est essayé à quelques vocalises à la mode tyrolienne.

Je me suis pourtant efforcé de faire taire ces voix, mais quand même j'étranglerais Ronie et expédierais Myrtle sur

une île du Pacifique Sud grouillant de prédateurs, elles continueraient à s'élever dans la douceur de ce 20 avril, car aujour-
d'hui, Billie aurait eu douze ans et aurait descendu l'escalier
en courant, selon son habitude, pour voir ce qui l'attendait
sur la table de la cuisine. Un Dixie, probablement, un Pixie
Deux avec une boucle bleue, illustre descendant d'une dynastie de chats pharaoniques convertis en chats de ruelle. À part
ça, nous lui aurions peut-être offert un iPod ou des CD de
groupes punk. Les goûts et les intérêts des filles de cet âge me
plongent dans le noir le plus total. C'est Billie qui me guidait
d'année en année et c'est elle qui m'aurait encore guidé dans
cette noirceur en m'apprenant qu'elle ne voulait plus de poupées, de chandails roses ni de films mettant en vedette des
animaux parlants.

Ça m'aurait fait un mal de chien de constater que ma fille
grandissait et refusait désormais que je la prenne sur mes genoux pour lui raconter comment le capitaine Achab défie la
foudre, mais j'aurais ravalé ma gomme et tenté de la suivre
dans l'étourdissant tango qui, à cet âge, vous oblige à reculer
de deux pas pour chaque pas effectué vers l'avant. J'aurais
même essayé de fermer ma grande gueule devant les revendi-
cations débiles qui poussent tous les ados et pré-ados à réclamer une justice ne s'appliquant qu'à eux. J'aurais esquivé les
tirs à vue de ma fille et on s'en serait sortis indemnes. On
aurait quitté le champ de bataille en brandissant nos dra-
peaux blancs et on serait allés voir ensemble le dernier
Woody Allen en se rappelant l'époque où je me tapais *Four-
miz* et *Monstres, Inc.* le même après-midi.

Voilà à quoi m'acculaient les voix qui s'égosillaient sur un
pathétique *Happy Birthday*, à imaginer un avenir dont l'avènement reposait sur celui d'un miracle. La rengaine de Ronie
et Myrtle m'obligeait à me remémorer les bons moments du
passé, lorsque la petite avait mangé la moitié de sa chandelle
le jour de son premier anniversaire, quand elle avait piqué
une crise pour que Giroflée la girafe ait une part de gâteau,

après quoi Giroflée avait passé deux heures dans le bain en état d'apnée et en était ressortie avec les taches à côté des trous, provoquant une nouvelle crise et m'obligeant à faire le tour de la ville sous la pluie battante pour dénicher une autre girafe répondant au ridicule nom de Giroflée. Même la contravention qu'une zélée en veste orange m'avait collée ce jour-là parce que ma voiture empiétait légèrement sur un stationnement pour handicapés absents appartenait à mes bons souvenirs. La fille finissait de rédiger sa contravention quand j'avais dévalé le trottoir avec une girafe heureuse dans les bras et un sourire auquel n'aurait pu résister le plus aguerri des pessimistes. Elle avait pourtant résisté, preuve que notre société recrute bel et bien certains de ses fonctionnaires en fonction de l'atrophie de leurs muscles zygomatiques. La casquette enfoncée jusqu'aux yeux et le stylo brandi, elle était demeurée insensible à mes arguments, que j'invoque les pleurs de Billie ou le fait qu'il n'y avait aucun handicapé dans le coin.

Devant son stoïcisme professionnel, j'avais claqué ma portière en lui faisant une grimace de girafe, regrettant que Giroflée ne soit pas un lama, puis j'avais dû m'arrêter sur la prochaine place de stationnement pour handicapés en vue, parce que ma farce de lama appartenait à ce répertoire de blagues totalement insignifiantes qui déclenchent néanmoins en vous un incontrôlable accès d'hilarité. On se trouve drôle, tout à coup, et on a envie d'en profiter un peu.

Ma bonne humeur m'avait suivi jusqu'à la maison, où j'avais agité ma contravention sous le nez de L.A. en riant comme un malade. La contravention n'avait pas amusé L.A., ma joke de lama non plus, ce qui ne m'avait pas empêché de placer ma rencontre avec les forces constabulaires parallèles parmi mes bons souvenirs.

J'en avais des dizaines, de ces bons souvenirs, des centaines, la plupart associés à Billie, j'en avais pour toute une vie, parce qu'un enfant vous comble une existence en criant lapin, mais j'aurais préféré devenir amnésique sur-le-champ plutôt que d'en être réduit à me rappeler que j'avais déjà été heureux. Il n'y a rien de plus triste qu'un bon souvenir quand la fillette avec qui vous devriez le partager n'est plus là pour que vous lui rafraîchissiez la mémoire, ni pour vous demander ce qu'était devenue Giroflée Première après sa catastrophique plongée en apnée.

Ronie et Myrtle refusant toujours de se taire, je suis descendu me chercher une bouteille de rouge à la cave en évitant de regarder le caisson de Pixie, qui devait lui aussi s'abîmer dans les bons souvenirs, et j'ai avisé Billie que j'avais besoin d'un remède de cheval et ne tracerais aujourd'hui aucune marque au feutre orange au milieu de la bouteille. Il y a des circonstances où toutes les règles tombent, quand votre unique fille n'est pas présente à son anniversaire, par exemple, ou lorsque la vie de la femme que vous avez aimée prend le chemin des égouts avec l'eau du bain et que vous êtes tenté de faire pareil, histoire de noyer le crapaud qui chante sous votre crâne.

J'ai dévissé le bouchon de mon Cigare volant à cinquante dollars au milieu de l'escalier et me suis envoyé une rasade d'anniversaire derrière la cravate en chantant «whiskey is the devil in his fucking liquid form». Je ne me souvenais pas si c'était les frères Bailes, les frères Baileys ou les frères Blues qui avaient interprété *Whiskey Is the Devil (in Liquid Form)* et ça n'avait aucune importance. Bales ou Baileys, les frères parlaient des mêmes lendemains de veille. Leur mise en garde avait du sens, l'alcool n'était qu'une des représentations des démons qui vous rongent, mais je repenserais à ce sage aphorisme plus tard, quand l'alcool à forte dose ne m'apparaîtrait plus comme la seule façon de traverser ce funeste jour d'anniversaire. Pour le moment, j'avais envie de me soûler la gueule et d'oublier mes bons souvenirs en écoutant mes démons chanter du blues. Mon objectif était simple, me sentir un peu plus lézardesque à chaque gorgée, car j'avais une certaine admiration pour le comportement des lézards, qui ne coupent pas les cheveux en quatre, se contentent de tirer la langue s'ils ont faim et dorment carrément au plafond si les murs sont occupés.

N'ayant rien mangé depuis le matin, j'ai avalé mon premier verre de rouge avec un Jos Louis dont j'ai dédié la première bouchée à Billie. Une bouchée pour Billie, une bouchée pour papa, une bouchée pour maman. La première bouchée a bien descendu, mais les deux autres me sont restées coincées dans l'œsophage, puis quelques larmes ont mouillé le bord de mes paupières et les bouchées dédiées à l'enfant appelée Billie ont poursuivi leur chemin dans un bruit de déglutition plus ou moins ragoûtant que personne n'a entendu, alors qu'est-ce qu'on s'en sacre.

En d'autres circonstances, la tristesse aurait entamé mon appétit, mais puisque je mangeais pour Billie, j'ai englouti le reste du Jos Louis en quelques secondes. J'ai même léché l'emballage, où un peu de chocolat avait adhéré, en me disant que Billie aurait sûrement aimé les demi-lunes et les Jos Louis si L.A. avait consenti à en acheter, puis j'ai vidé mon verre en fredonnant un de ces petits airs sans queue ni tête n'ayant d'autre but que de faire taire les voix qu'on refuse d'entendre, en l'occurrence, en ce moment précis et en ce qui me concernait, celle de Lucy-Ann Morency. Je n'avais pas envie d'essuyer les remontrances outre-tombales de Lucy-Ann ni de penser que mon ex était une foutue bourgeoise dont les goûts de luxe avaient privé notre fille des trésors de la pâtisserie industrielle québécoise. Si on lui avait permis d'en manger, Billie aurait sûrement adoré les demi-lunes et les Jos Louis, tous les enfants adorent ça. Il faudrait toujours agir avec eux comme s'ils allaient disparaître dans l'instant, comme si un tsunami allait les emporter, comme si les monstres faisant le guet dans leur voiture étaient toujours sur le point d'ouvrir leur portière pour tendre la main vers la première fillette passant par là. Si j'avais su que Billie s'envolerait sans crier gare, j'aurais aboli toutes ces interdictions idiotes qui contrarient les désirs simples des enfants et lui aurais permis de manger de la tarte au citron au déjeuner et de se balader dans le salon en patins à glace, si ça pouvait lui faire plaisir.

Tu dérailles, Richard, a soufflé dans mon cou la voix de Lucy-Ann, t'es complètement à côté de la track, puis elle s'est mise à pleurer, son haleine sur mon cou brûlant, et j'ai repris ma rengaine en me bouchant les oreilles, « je l'ai connue la la, en dansant le yaya, ah ah (ah ah) », mais la voix de L.A. refusait de me ficher la paix, tu dérailles, my love, faisant à son tour resurgir une flopée de souvenirs goûtant le bord de mer et la peau salée. Constatant que je n'avais aucune chance de repousser les fantômes qui me hantaient, je me suis laissé pleurer quelques instants, mêlant mes larmes à celles de L.A., qui se sont enfin diluées dans mon deuxième verre de rouge, dont je n'ai dédié aucune gorgée à personne d'autre que moi.

J'étais en plein dans mon devenir lézard, à deux pas de l'indifférence reptilienne à laquelle j'aspirais, quand une auto a freiné dans la cour. Deux portières ont ensuite claqué et j'ai vu apparaître deux types à la fenêtre de la porte d'entrée, deux hommes qui avaient la gueule de Ménard et Dubois, les inspecteurs qui s'étaient occupés de l'affaire Billie Richard. Il ne s'agissait pas de Ménard et Dubois, mais les deux gars qui scrutaient l'intérieur de ma maison en plissant les yeux avaient été coulés dans le même moule et arboraient cet air de flic sinistre et renfrogné n'augurant rien de bon.

Spontanément, j'ai pensé qu'ils venaient m'apprendre la mort officielle de Billie, qu'ils avaient été délégués par Ménard et Dubois pour se taper le sale boulot et m'annoncer qu'un couple d'amoureux ou une quinquagénaire promenant son doberman dans un sous-bois plein de chaussettes orphelines avait découvert un squelette qu'on avait identifié à l'aide des quelques boutons roses logés dans le sternum. J'aurais pu penser le contraire et croire qu'ils étaient porteurs d'une bonne nouvelle, mais des gueules aussi froides, sans la moindre lueur de joie dans l'œil, ne pouvaient transporter de bonnes nouvelles.

Depuis trois ans, j'attendais désespérément ce type de visite, mais là, je ne voulais pas savoir, pas en ce jour de fête, pas alors que Billie venait à peine d'avoir douze ans et que Ronie le supercrapaud soulignait l'événement en compagnie d'une tortue sortie de sa léthargie pour la circonstance. J'ai ignoré le tambourinement de leurs poings contre la porte et me suis calé dans mon fauteuil, comme s'il avait le pouvoir de me rendre invisible. Les coups ont toutefois redoublé et un des deux hommes m'a crié qu'ils avaient un mandat et enfonceraient ma porte si je n'ouvrais pas.

À compter de cet avertissement, je n'ai plus rien compris. Pourquoi ces deux policiers avaient-ils besoin d'un ordre du tribunal pour m'annoncer qu'un ou deux jours plus tôt, une femme était ressortie d'un sous-bois en poussant des hurlements hystériques ou en hoquetant, le souffle coupé, après avoir vomi près de ce qui avait jadis ressemblé à un enfant? Pourquoi leur fallait-il un tel document pour m'apprendre que j'étais désormais et officiellement un père sans fille, une espèce d'orphelin à l'envers, puisqu'il n'existe aucun terme pour désigner les pères et les mères qui perdent un enfant? Ces parents-là ne sont ni orphelins, ni veufs, ni expatriés. Ils ne sont rien. Des pères et des mères à vie, sans mot pour décrire leur nouveau statut sur leurs déclarations de revenus. Des êtres à jamais anonymes, se promenant avec un trou béant dans le ventre et ne bénéficiant du secours d'aucun mot pour attester leur identité trouée.

J'ai titubé jusqu'à la porte, suivant l'ondulation d'un rayon de soleil s'étalant à l'oblique sur le plancher de lattes, dont la solidité me semblait soudainement douteuse. J'ai ouvert la porte en m'appuyant au chambranle et les deux flics m'ont montré leur plaque, Marchessault et Doyon, de la Sûreté du Québec. J'attendais qu'ils me fassent part du motif de leur visite, mais ils se sont dirigés vers la cuisine, où ils m'ont invité à m'asseoir avec eux. Les flics ont une prédilection pour les cuisines, à moins qu'il ne s'agisse d'une forme d'atavisme bien québécois, d'une espèce de nostalgie des réunions de cuisine du temps des fêtes atteignant plus profondément les membres des forces policières. Je ne sais pas. Quand Marchessault a fait grincer les pattes de sa chaise sur le plancher, j'ai eu l'impression de revivre une des innombrables scènes auxquelles m'avait contraint Ménard en se pointant chez moi sans s'annoncer et j'ai attendu que l'un des deux hommes assis à ma table se décide à parler.

Michael Faber, ça vous dit quelque chose? m'a demandé Marchessault, le plus grand, celui qui allait mener l'interrogatoire en se donnant des airs de dur et en faisant passer l'autre pour un mou, alors que le mou en question noterait tout dans sa grosse tête chauve et me tomberait sur le paletot à la première occasion. Je connaissais la chanson. J'ai hésité un instant avant de répondre, n'ayant à l'esprit que le nom de l'enfant gravé sur la croix de bois plantée près de la rivière. Pouvait-il s'agir du même Michael, du garçon que je croyais mort et enterré depuis longtemps? Dans ce cas, que lui était-il arrivé? J'ai essayé de leur tirer les vers du nez, mais ils sont demeurés de glace. Ils m'observaient, stoïques et silencieux, pour voir si mes paupières allaient frémir ou ma voix se mettre à trembler quand je répondrais à leur question, alors je leur ai affirmé que non, je ne connaissais pas de Michael Faber, sans bégayer. Parce que je ne mentais pas. Je ne connaissais aucun Michael, y compris celui qui s'était ou non noyé dans la rivière. J'avais pourtant la certitude qu'ils étaient là pour me raconter l'histoire de ce garçon et comment elle était liée à la mienne. Je les ai donc laissés aller en redoutant ce qu'ils me révéleraient sur cet enfant.

Ils m'ont d'abord posé quelques questions sur mon emploi du temps en lorgnant sur le comptoir la bouteille de rouge dont le niveau avait dépassé le seuil de l'invisible ligne orange et en faisant totalement fi de mon désir de savoir pourquoi j'étais soumis à cet interrogatoire. Chaque chose en son temps, grognait Doyon, le chauve, en lissant la moustache qui lui servait à prouver que son système pileux n'avait pas davantage rendu l'âme que sa virilité. Vous répondez d'abord à nos questions, c'est clair ?

Je ne pouvais pas leur dire grand-chose sur mon emploi du temps, parce que le temps, je le tuais, jour après jour et sans relâche, tel un assassin qui voit sa victime ressusciter chaque fois que le soleil se lève et devient obsédé par la lumière. Je leur ai toutefois parlé de Ronie et de Myrtle, de ce qui me permettait de gagner ma vie, parce que la vie a un prix, tout le monde l'apprend un jour ou l'autre. Je leur ai parlé du crapaud volant qui m'avait donné les moyens de payer une maison à une femme qui avait repeint la salle de bain en rouge, une maison qu'il faudrait maintenant vendre à rabais, personne n'aimant particulièrement le rouge qu'avait choisi L.A., rouge sang, Billie, rouge qui coule dans les veines.

Mon gagne-pain ne les intéressant pas plus que la façon dont L.A. et moi avions dépensé mon argent, ils ont glissé sur le sujet et leurs questions sont devenues plus précises. Qu'avez-vous fait, monsieur Richard, dans la journée du 18 avril ? Le 18 avril, c'était l'avant-veille. En principe, j'aurais dû me souvenir clairement de la façon dont j'avais occupé ce samedi mais, mes journées se ressemblant toutes, celle-ci se perdait dans la grisaille immuable de la répétition. Fournissez un petit effort, c'est pas si loin, a soufflé Marchessault en appuyant ses coudes sur la table et en plaçant son visage assez près du mien pour que je devine ce qu'il avait mangé au déjeuner. Le parfum fétide d'œufs frits à moitié digérés m'a forcé à reculer et, en me balançant sur ma chaise, j'ai fait marche arrière jusqu'au samedi 18 avril, heure par heure, en prenant le temps à rebours, pour enfin me rappeler que le matin du 18 avril, j'avais appris en ouvrant un journal vieux de deux ou trois jours que la petite Ashley Tara Bravo Gonis allait enfin pouvoir sauter dans les bras de son père après deux ans d'absence. Cette nouvelle m'avait fait trembler le menton, je m'en souvenais, parce qu'elle prouvait qu'on pouvait demeurer vivant dans l'obscurité. Je suivais cette affaire de près, comme tous les pères dans ma situation, je suppose, solidaires de leurs frères meurtris. Après avoir appris que Tara avait été kidnappée par sa mère, je m'étais mis à espérer que Billie ait été enlevée par une folle qui plaçait sa stérilité au-dessus de toute forme de morale. Frustrée dans son désir de maternité et rejetant l'un après l'autre les ovules que son impotent de mari n'arrivait pas à féconder, la folle nous aurait volé Billie pour l'amener au Mexique ou en Argentine et se faire appeler mama. Dans mes rêves les plus désespérés, Billie déjouait la vigilance de mama et s'évadait en sautant par une fenêtre. Le reste de l'histoire comportait plusieurs variantes, mais se terminait invariablement par un happy end digne de la période la plus rose de Hollywood.

J'ai dépensé ma salive pour rien car la libération d'Ashley Tara ne passionnait pas non plus Marchessault et Doyon. Ce qui les chicotait, par contre, c'était mon intérêt pour les enfants disparus. Devant leurs insinuations, j'ai abattu mon poing sur la table en exigeant qu'ils me disent enfin si leur présence avait quelque chose à voir avec ma fille et si ce Michael Faber était lié à sa disparition. Chaque chose en son temps, a répété Doyon, visiblement peu impressionné par ma colère, décrivez-nous d'abord votre journée. Vous aurez tout le temps de massacrer votre mobilier quand vous aurez clarifié certains points avec nous.

J'y répondrai le 18 avril prochain à tes questions, connard, ai-je pensé en me cousant les lèvres avec une fermeture éclair imaginaire, mais Marchessault a pris la relève avec son haleine d'œufs frits et j'ai compris que je m'épuisais inutilement à ne rien dire. Je me suis donc creusé les méninges et me suis rappelé qu'après ma lecture du journal, j'avais pris une douche avant de me rendre au supermarché de Saint-Alban. Quand je me suis dézippé les lèvres pour prononcer le nom de Saint-Alban, ils se sont tout à coup énervés. Immédiatement, ils ont voulu savoir à quelle heure j'y étais allé, à quelle heure j'étais revenu, combien de personnes m'avaient vu làbas et si quelqu'un pouvait confirmer l'heure de mon retour. Alors je me suis énervé aussi, pour la deuxième et dernière fois. Je voulais des explications tout de suite, sinon je n'ouvrais plus la bouche que pour appeler un foutu avocat à trois cents dollars de l'heure.

Marchessault et Doyon se sont regardés dans le blanc des yeux, comme des mecs qui se comprennent à un cillement des paupières, Doyon a fait un signe du menton en direction de Marchessault et ce dernier s'est lancé dans un récit abracadabrant relatant la disparition d'un gamin de douze ans, Michael Faber, vu pour la dernière fois le samedi 18 avril près du passage des Grottes, à mi-chemin entre Saint-Alban et Rivière-aux-Trembles, vers les treize heures, alors qu'il roulait sur la bicyclette toute neuve qu'on lui avait offerte pour son anniversaire. Une bicyclette qu'il réclamait depuis Noël, anticipant les beaux jours, et qu'il ne quittait que pour dormir ou franchir la porte de son école. Bleue, la bicyclette, avec un klaxon en forme de poire. D'après ce que j'ai pu comprendre, l'enfant se dirigeait vers Rivière-aux-Trembles. Le vélo avait été découvert à quatre kilomètres du village, dans le fossé bordant la route. Le duo Marchessault et Doyon ratissait donc les alentours et interrogeait toute personne ayant un lien plus ou moins étroit avec une affaire de disparition, ce qui était mon cas, puisque le dossier de Billie n'avait jamais été classé. Jusqu'à nouvel ordre, il n'y avait que moi et un autre suspect qui répondions à ce critère dans toute la région, alors j'avais intérêt à coopérer et à leur dire si une ou plusieurs personnes pouvaient témoigner de mes allées et venues le 18 avril.

J'étais sonné et plus aucun mot ne parvenait à sortir de ma bouche. Ces hommes étaient cinglés, encore plus cinglés que Ménard et Dubois, qui ne m'avaient jamais traité de psychopathe. J'ai exigé un temps mort pour aller au salon chercher mon verre de vin, que j'ai avalé cul sec. J'aurais pu leur dire de débarrasser le plancher et de me convoquer au poste, où je me rendrais dans la BMW de mon avocat véreux, mais je n'avais rien à me reprocher. Malheureusement, je n'avais aucun témoin à leur fournir non plus, à part Myrtle the Turtle, dont j'avais bouclé une aventure dans l'après-midi du 18. La date et l'heure inscrites sur mon ordinateur le leur prouveraient. Quant aux gens qui m'avaient vu dans l'allée des légumes ou des produits de nettoyage du supermarché, ils étaient des dizaines, des femmes en majorité, ce n'est pas moi qui allais leur mentir sur la durabilité de certains phéno-mènes sociaux et sur l'échec partiel de la révolution féministe. Ils pouvaient aussi s'adresser à la caissière aux cheveux orange, qui se rappellerait sûrement avoir vu un homme avec un foulard rouge, vers les dix heures trente, un homme corres-pondant à ma description. Ils n'avaient qu'à le lui demander.

Dès qu'on en aura fini ici, a grogné Marchessault, puis, muni de son mandat, il a fouillé la maison de fond en comble avec Doyon, au cas où ils y trouveraient la casquette de Michael Faber, les poignées fluo qu'il avait installées sur son vélo flambant neuf ou, pire encore, son cadavre enveloppé dans du papier ciré ou du Saran Wrap. Ces imbéciles ont même forcé le caisson de Pixie, décrétant du même coup que j'étais fou à lier. Le chat du petit Faber avait disparu en même temps que lui, paraît-il, et Pixie répondait à son signalement. J'ai eu beau leur expliquer qu'il s'agissait du chat de ma fille, auquel je devais des funérailles dignes de ce nom, ils m'ont immédia-tement classé dans la catégorie des malades qui torturent les animaux et se les congèlent pour le déjeuner. Ce n'était pas moi, le malade, mais eux, qui avaient profané le cercueil tem-poraire de Pixie et mettaient leurs grosses pattes sales par-tout.

Quand Marchessault m'a dit qu'il embarquait Pixie en tant que pièce à conviction, j'ai serré les poings, prêt à me jeter dessus, mais Doyon, prévoyant mon geste, m'a intercepté pour me plaquer au mur avant que j'aie le temps d'écrabouiller l'autre. Trente secondes plus tard, j'étais menotté. Voie de fait sur un agent de la paix, a glapi le chauve, puis il m'a lu mes droits en me recommandant de me servir du coup de fil auquel j'avais droit pour appeler le meilleur criminaliste de la province. Selon lui, j'allais en avoir besoin. Son histoire de voie de fait ne tenait pas debout, puisque je n'avais pas effleuré un cheveu de Marchessault, mais c'est lui qui tenait le gros bout du bâton. Sachant pertinemment qu'en cas de disparition d'enfant, les flics n'ont pas le cœur à rire ni à se laisser emmerder par des abrutis, j'ai fermé ma gueule et on est repartis tous les cinq, Marchessault, Doyon, Pixie, mon ordinateur et moi, Marchessault et Doyon avec cet air inquiet que j'avais observé tant de fois sur le visage de Ménard, Pixie et moi avec des têtes d'enterrement. Quand Doyon a fermé la porte de la maison, Ronie et Myrtle s'étaient tus. Happy birthday Billie, ai-je murmuré en m'assoyant à l'arrière de la voiture de police, d'où j'ai aperçu Dixie le chat, qui venait chercher sa ration de thon. J'ai tapé dans la vitre pare-balles me séparant des deux gars qui discutaient à l'avant pour attirer leur attention sur Dixie, qui répondait également au signalement du chat disparu, mais autant crier à l'aide derrière un régiment de sourds. Marchessault et Doyon avaient entendu tellement de gars taper dans cette vitre au cours de leur carrière qu'ils ne s'en occupaient plus.

Les cloches d'une église invisible sonnaient midi lorsque la voiture s'est engagée dans le stationnement du poste local de la Sûreté du Québec de Saint-Alban. À travers les vitres fermées, cette musique évoquait la joie des dimanches en famille, les robes soulevées par un vent de printemps. J'étais soûl et Billie avait douze ans.

II

MARNIE
Février-Avril 2009

Le hibou de Saint-Alban se balance devant la fenêtre noire au coin de laquelle s'écorchent les dernières rafales de la tempête, mêlées de flocons glissant sans bruit sur la poussière d'automne que les pluies de février n'ont pas lavée. Et il me parle encore, il me dit qu'au milieu de la forêt enneigée, des petits animaux disparaissent, des petits Mike et des petites Marnie, certains ne laissant derrière eux qu'une traînée de sang, d'autres ne laissant rien, pas même quelques pistes égarées ni quelques battements d'ailes.

C'est mon père qui m'a offert ce hibou, que j'ai secrètement baptisé Mister Holy Owl, alias Mister Holy Crappy Owl, parce qu'il est né le jour de Noël, en quelque sorte, et parce que je déteste les saloperies de hiboux qui vous fixent dans l'obscurité et vous parlent au lever du jour. J'avais aperçu cet oiseau dans une boutique de souvenirs de Saint-Alban, l'avant-veille de Noël, pendant que mon père et moi faisions des courses dans la joyeuse fébrilité du temps des fêtes. J'avais tout de suite eu l'impression que ce petit animal inerte me regardait, moi et personne d'autre, et qu'il m'appelait à lui. Chaque fois que la porte de la boutique s'ouvrait, il oscillait au bout de sa cordelette et tournait ses petits yeux jaunes dans ma direction. Chaque fois. Je m'en étais approchée mine de rien, puis les yeux exorbités de Michael m'affirmant que les hiboux voient tout, absolument tout, Marnie, s'étaient plaqués sur ceux de l'oiseau. L'espace d'un instant, je m'étais engouffrée dans ce regard et j'avais été projetée ailleurs, en un autre temps et dans un autre lieu, seule avec le hibou dans une région de ma mémoire où le ciel s'ennuageait. Les murs de la boutique avaient disparu avec les clients pressés, avec la musique de Noël, le neige virevoltant derrière la vitrine, pour ne laisser place qu'à cela, un hibou écarquillant les yeux devant un ciel d'orage. Michael, c'est toi, Michael… ?

Un frisson m'avait zigzagué dans le dos quand mon père avait posé sa main sur mon épaule et j'avais mis sur le compte de la chaleur régnant dans la boutique la rougeur envahissant mon visage. Faut que je prenne l'air, pop, je vais à la pâtisserie chercher la bûche, puis j'avais plaqué mon père devant un étalage de gnomes et de lutins.

L'époque où Michael et moi prétendions être un hibou des neiges et une écureuille rousse était à ce point lointaine qu'il m'arrivait d'oublier les hululements maladroits de Mike lorsqu'il venait me chercher après le souper. Trois ou quatre hou-hou traversaient la fenêtre ouverte et je répondais à l'appel du hibou en me précipitant dehors aussi vite qu'un écureuil dévalant un toit de tôle. Ce jeu avait duré un peu plus de trois ans, mais j'avais depuis longtemps rangé le hibou simplement nommé Owl dans une boîte que je n'ouvrais jamais, préférant imaginer Michael sous l'apparence d'un superhéros envolé vers quelque destination secrète. La vue de ce petit oiseau d'écorce m'obligeait à rouvrir la boîte et à me rappeler qu'avant les robots, l'interdimensionalité et la génétique futuriste, il y avait eu la forêt, les arbres et les animaux, qu'avant que Michael soit investi des superpouvoirs de Superman, ce sont les pouvoirs d'un oiseau de nuit qui guidaient son imagination d'enfant.

Avant d'arriver à la pâtisserie, j'avais été tentée de rebrousser chemin pour aller chercher ce maudit hibou, puis je m'étais ravisée. Si tu fais ça, Marnie, t'es foutue. Tu vas te mettre à parler aux poignées de porte et à croire qu'elles te répondent.

J'étais entrée à la pâtisserie en nage, malgré le froid, et avais été forcée de m'asseoir pour reprendre mon souffle.

Heureusement, il n'y avait ni hibou ni écureuil dans l'établissement, seulement des têtes de père Noël au visage joufflu, des branches de gui et des guirlandes. Je m'étais concentrée sur le père Noël numéro deux, celui qui me faisait face, défiant sa grosse tête décapitée de se mettre à parler, puis, le bonhomme demeurant de glace, je m'étais enfin détendue et avait été prise d'un fou rire qui m'avait obligée à me ruer vers les toilettes du café attenant à la pâtisserie. Une vraie folle, c'est comme ça qu'on dit, et c'est ce que je m'étais répété dans le miroir du lavabo : Vire pas folle, bordel !

Le reste de la journée, de même que le lendemain, j'avais à peine pensé au hibou. Le souvenir de sa petite tête hérissée de fausses plumes me traversait parfois l'esprit, mais je la chassais aussitôt. À l'heure qu'il était, quelqu'un l'avait probablement acheté pour le suspendre à son arbre de Noël, inconscient des révélations que cet oiseau allait lui susurrer à l'oreille entre la dinde et la tarte au sucre.

Je m'étais consacrée à papa, à nos retrouvailles, à la décoration du salon et à la confection d'une meringue aux fraises que j'avais façonnée en forme de sapins. C'est ce que permet la magie de Noël, de s'entourer de sapins roses, de rennes harnachés de diamants de pacotille, de petites fées vêtues de mousseline. J'avais ensuite bu du kir avec papa, nous avions écouté Bing Crosby puis, aux douze coups de minuit, le 24, j'avais tendu son premier cadeau à mon père. Les papiers multicolores s'étaient ensuite accumulés autour de nous, dans le joyeux désordre dont aime à s'entourer la nostalgie. Au moment où j'appliquais derrière mes oreilles une ou deux gouttes du parfum que papa m'avait offert, il avait glissé vers moi la petite boîte contenant le hibou. Quand j'avais soulevé le papier de soie le recouvrant et aperçu, dardées sur moi, les petites pastilles jaunes et noires enfoncées dans la tête de l'oiseau, mon cœur n'avait fait qu'un bond et j'avais levé vers mon père un visage stupéfait.

Où est-ce que t'as pris ce hibou ?

À Saint-Alban, avant-hier, il avait l'air de te plaire. Tu l'aimes pàs?

Oui, oui, bien sûr. C'est juste que je m'attendais pas du tout à ça.

Je n'avais jamais si bien dit, mais il n'était pas question que je gâche la joie de mon père avec mes chimères. Toute la nuit, cependant, ce maudit hibou m'avait observée, guettant le moindre de mes mouvements, saisissant chacune de mes paroles, et c'est avec un immense soulagement que je l'avais remis dans sa boîte, deux jours plus tard, en préparant mes bagages.

Il est resté dans cette boîte pendant deux ans et, chaque fois que j'ouvrais l'armoire où je l'avais rangée, il me semblait entendre Holy chuchoter et gratter les parois de carton en poussant un de ces faibles hululements que j'entendais autrefois se glisser sous les rideaux battant au vent. Le plus simple aurait été de m'en débarrasser, mais je n'ai jamais pu m'y résoudre, me disant qu'une parcelle de l'esprit, de l'âme ou du corps de Michael s'était peut-être logée dans cet oiseau, que le petit Michael Saint-Pierre, une trentaine d'années plus tôt, avait peut-être frôlé l'écorce dont était constitué ce hibou, qu'il s'était peut-être appuyé à l'arbre d'où il provenait, y laissant l'empreinte de son souffle ou de son sang, et que c'est cette empreinte qui animait aujourd'hui le regard du hibou de Saint-Alban.

J'avais toujours la certitude, contre toute logique, que cet objet était porteur d'un message et que même si je l'expédiais en Afghanistan, il reviendrait tôt ou tard frapper son petit bec pointu contre ma fenêtre en battant des ailes. Le premier psy venu aurait interprété mon attitude comme une autre des manifestations de ma culpabilité refoulée, mais je m'entêtais à croire que le malaise que j'éprouvais devant cet animal ne venait aucunement de mes hantises. Ce sont les seules raisons qui m'ont empêchée de jeter ce volatile aux ordures ou d'aller le perdre dans les allées de Central Park.

Ce sont les mêmes raisons qui m'ont poussée à le sortir de sa boîte pour le suspendre à la fenêtre de la cuisine. Et voilà qu'aujourd'hui, alors que la neige se transformait en poudrerie, Holy Crappy Owl s'est mis à me parler, à osciller au bout de sa cordelette en m'indiquant de ses petits yeux lumineux la direction à suivre, là-bas, près des eaux glacées de la rivière.

J'achevais mon café du midi lorsque les premiers flocons se sont mis à tournoyer et que j'ai entendu l'appel du hibou, ce lointain appel qui m'incitait jadis à me ruer dans la cour fleurie de Mary-Jean et de Golden Girls. Avachie dans mon fauteuil, je feuilletais tranquillement le journal quand il a retenti, venant de la cuisine, de la fenêtre de Holy Owl. Ça devait être le vent, ça ne pouvait être que le vent faisant grincer la porte du hangar ou la poulie accrochée au coin de la maison, faisant claquer les tuiles de bardeau du toit. Et pourtant aucun de ces bruits, je le savais, ne pouvait s'apparenter à l'appel du hibou.

Cette fois, je ne me suis pas précipitée. Je me suis lentement dirigée vers la fenêtre de la cuisine en murmurant what the fuck, Holy ? what the holy fuck ? avant de saisir cet oiseau de malheur par la queue pour le placer face à moi. Mais cette tête de pioche résistait et, d'un mouvement saccadé, pareil à celui d'un oiseau sautillant sur une branche, il a de nouveau pivoté vers l'extérieur, le regard tourné vers les eaux invisibles de la rivière aux Trembles, dont un des bras passait derrière la forêt, tout près.

J'ignore combien de temps je suis demeurée devant la fenêtre. Tout ce dont je me souviens, c'est que la neige a redoublé d'intensité avec le vent et qu'en baissant les yeux, j'ai aperçu à mes pieds la tasse de porcelaine héritée de ma mère, en trois ou quatre morceaux gisant dans le café froid. J'ai marché sur l'un des morceaux, dont j'ai senti la pointe traverser ma pantoufle pour se ficher dans ma chair tendre, puis je suis montée m'habiller sans prendre la peine de panser la blessure qui avait laissé quelques gouttes colorées dans l'escalier. Une dizaine de minutes plus tard, j'étais dehors, devant la maison, chaussée des raquettes de mon père. Dans mon dos, Mister Owl veillait, son regard dardé sur ma nuque et sur les bois de Rivière-aux-Trembles.

Je n'avais pas chaussé de raquettes depuis une bonne dizaine d'années et j'ai dû gueuler pendant un demi-kilomètre contre l'inventeur de cette saloperie, puis j'ai fini par retrouver le rythme, la façon dont il fallait allonger les jambes, se tenir le dos droit et assurer son équilibre. Il était toutefois difficile de ne pas courber l'échine devant la violence du vent, mais je lui faisais face et j'avançais, j'avançais, parce que je n'avais pas d'autre choix. Si Phil avait su où je me rendais, il serait sûrement venu me chercher pour me ramener à la maison en me traitant d'écervelée, car Phil Morisset, depuis la mort de mon père, veillait sur moi comme si j'étais une petite chose fragile, une Marnie à la puissance dix qu'il fallait protéger de la bêtise ambiante. C'est ce que font les hommes de la trempe de Phil, ils s'occupent des trésors des morts sans les piller, et j'avais une sacrée chance de pouvoir compter sur lui, car celui que j'appelais autrefois mononcle Phil était le seul être vivant capable de m'empêcher de dérailler. Sans ce pont jeté entre mon passé et mon présent, Rivière-aux-Trembles aurait perdu sa consistance. J'avais besoin de l'intelligence rugueuse de Phil Morisset pour m'accrocher à une réalité que ma fuite avait disloquée.

Durant mes années new-yorkaises, j'étais pourtant parvenue à me débrouiller seule et à faire la paix avec mon passé. Je n'avais pas oublié Mike, mais son visage était devenu aussi flou que certaines images de Rivière-aux-Trembles, perdues entre neige et brouillard. Il avait peu à peu quitté mes nuits et j'avais pu dormir sans être oppressée par le sentiment que je n'avais pas droit au sommeil. La culpabilité que j'avais ressentie autrefois ne m'appartenait plus. Elle appartenait à la fillette que certains nommaient sorcière, bitch, Marnie the Witch, et je savais désormais que les sorcières n'existaient pas. Si j'étais restée là-bas, les sorcières auraient continué à ne pas exister, les hiboux seraient demeurés dans la forêt et j'aurais mené la vie d'une femme semblable à toutes les autres, avec son drame à elle et sa peur de l'orage. Mon retour à Rivière-aux-Trembles a mis un terme à cette insouciance fabriquée de toutes pièces. En l'espace de quelques jours, plus de vingt années de ma vie ont disparu, le doute a refait surface avec la petite Marnie et la culpabilité a pris l'apparence d'un hibou de paille et d'écorce me soufflant à l'oreille que ma vie n'a été qu'un leurre. Je devais déjouer ce leurre et Phil, dans ce jeu, ne pouvait m'être d'aucun secours. C'était à moi et à moi seule d'esquiver la feinte du hibou, de suivre la trace des petites pattes étoilées dans la neige afin d'y distinguer les vraies pistes des fausses. Alors j'avançais, ma crémone rouge sang alourdie par les petits mottons de glace créés par la rencontre de mon souffle et de la neige.

Je n'avais qu'un but, me rendre au bassin magique et m'y rendre rapidement, parce que c'est là que tout commençait, que tout se terminait, et que tout allait recommencer. Je ne cherchais pas à saisir la nature de mon empressement ni à en expliquer le comment et le pourquoi. Je lui obéissais, c'est tout, persuadée que le sentiment d'urgence qui me poussait ne pouvait me mener que vers quelque révélation.

Arrivée près de la maison de Lucien Ménard, j'ai hésité un peu devant la force de la poudrerie balayant les champs. C'était toujours par là qu'on piquait, Michael et moi, guettant Ménard qui travaillait dehors, autour de sa maison. Dans ses bons jours, il nous envoyait la main en nous recommandant de nous méfier de la crue de la rivière, des ourses qui trimballaient leurs petits, des nids de guêpes ou des nuages d'orage, mais quand il avait forcé sur le gros gin la veille, une traînée de jurons nous accompagnait jusqu'à ce que le vieux Lulu s'étouffe avec son jus de pipe.

Je me suis engagée dans le champ en dépit des rafales cinglant le vide auquel elles se frappaient, face contre le vent et les souvenirs d'enfance, et me suis dirigée vers la forêt. J'aurais dû repérer le sentier rapidement, mais en trente ans, tout avait changé. Certains arbres n'étaient plus là, d'autres avaient poussé, le pommier perdu produisant des fruits durs et pas mangeables dont nous nous gavions jusqu'à en avoir mal au ventre avait disparu et je n'avais plus aucun repère qu'une rangée d'arbres semblables à ceux de mon enfance, et pourtant en tous points différents. J'ai néanmoins fini par déceler entre deux sapins une ouverture qui pouvait ressembler à l'entrée d'un sentier et m'y suis engouffrée.

Je n'avais pas fait dix pas sous le couvert du bois que, déjà, la tempête s'atténuait. Le vent grondait à la cime des arbres, que je voyais ployer en tous sens au-dessus de ma tête, quelques rafales de neige venues de la hauteur du monde s'écroulaient du sommet des pruches et des épinettes, mais la forêt était d'un calme inouï auprès de la tourmente se déchaînant au dehors. J'étais dans un sanctuaire secoué par la furie du nordet s'écorchant à ses voûtes, mais le tumulte demeurait à l'extérieur, au-delà des murs sombres enfermant la lumière de la neige. Au creux du sanctuaire, régnait l'inaliénable silence des bois.

J'ai fermé les yeux quelques instants pour mieux sentir la paix qui m'enveloppait, m'accueillait dans son asile, et j'ai été propulsée à des années de là, quand Michael et moi nous arrêtions au milieu d'un sentier pour entendre ce qui ne s'entend pas, le souffle des arbres, le froissement des branches contre la lumière, la chute des flocons de neige. Écoute, Marnie, on entend la neige tomber... Et nous l'entendions, qui frappait doucement la terre blanchie. Comment avais-je pu m'éloigner de tout cela ? Comment avais-je pu croire qu'il m'était possible de tracer mon chemin dans des lieux nommés Forty Second Street ou Fifth Avenue, alors que tout ce qui me constituait résidait dans le bruit de la neige ensevelissant

Rivière-aux-Trembles? Tout était là, dans ce moment sous les arbres, toutes les saisons et tous les lieux. J'aurais pu mourir sur-le-champ et ma vie aurait été entière. Qui sait d'ailleurs si je n'aurais pas compris, en tendant l'oreille vers la neige, ce qui était arrivé à Michael, mais j'ai poursuivi mon chemin. J'ai rouvert les yeux et j'ai marché.

Ce que j'avais pris pour un sentier n'en étant pas un, j'ai dû effectuer de nombreux détours, m'accroupir sous les branches, contourner des groupes d'arbres si serrés qu'il était impossible de se faufiler entre eux, puis j'ai enfin abouti à la rivière, qui ressemblait à une route enneigée creusée au milieu de nulle part, sans réverbères, sans panneaux de signalisation, sans voyageurs susceptibles de vous prêter main-forte au cœur de la tempête. Là aussi, tous mes repères avaient disparu et j'étais seule. Le bassin magique se situait tout près, il ne pouvait en être autrement, mais il se dérobait à mon regard, ainsi que tout ce qu'il m'aurait fallu percevoir, et je devrais probablement patienter jusqu'au printemps pour le situer correctement.

J'ai observé les longues traînées de poudrerie s'enroulant sur elles-mêmes dans l'allée ouverte par la rivière et je me suis abritée en attendant que les eaux gelées me racontent le début de mon histoire. Accroupie contre un arbre, je contemplais les nuages catapultés par le vent depuis l'horizon, perdue dans le souvenir d'un soir lointain où on s'était allongés sous les arbres, Mike et moi, pour compter les étoiles à travers les branches. Ça devait être en août, car le ciel était à ce point chargé qu'il semblait vouloir nous aspirer. On était longtemps demeurés silencieux, fascinés par ce grouillement de lumières au-dessus de nos têtes, puis Michael avait pointé un doigt vers la Grande Ourse en disant les écureuils, Marnie, c'est ça qui doivent voir quand y sont dans leur nid, pis les hiboux avec.

Par la suite, chaque fois qu'on s'étendait sur le sol pour regarder les nuages, les étoiles ou la neige dardant ses flocons droit sur nous, on pensait aux écureuils, blottis dans leur nid au sommet des arbres, qui devaient apercevoir de là des choses qui nous échappaient. Si on pouvait grimper dans un nid, Marn, je suis sûr qu'on verrait des nouvelles étoiles, pis des sortes de hiboux qu'on connaît pas, pis des soucoupes volantes, chuchotait Michael en chassant les moustiques ou les brins de neige tournoyant autour de son visage.

Le temps était venu pour moi de grimper enfin, d'adopter le point de vue de l'écureuil ou du hibou si je voulais apercevoir les étoiles vers lesquelles s'était dirigé Mike et deviner ce qu'il avait vu sous l'orage du bassin magique. Remplie de souvenirs d'autres hivers, j'ai quitté mon abri, j'ai enlevé mes raquettes et me suis couchée sur la rivière, où j'ai battu des bras et des jambes, ainsi que le font depuis toujours les enfants élevés dans la neige, pour imprimer au sol la silhouette d'un ange ou d'un oiseau. Michael et moi, on appelait ça faire le hibou, parce que c'est ainsi qu'on disait à Rivière-aux-Trembles, faire le hibou, qu'on soit ou non un hibou.

Les yeux rivés sur la tempête, j'ai déployé mes ailes dans la poudreuse, le visage offert aux milliers de flocons quittant l'attraction du ciel pour s'abattre sur moi, pareils aux milliers d'étoiles veillant sur le sommeil des écureuils. En les imaginant qui filaient dans la froideur de l'atmosphère, j'ai fait le vœu que Michael et moi, un jour, puissions nous étendre ensemble dans la neige pour couvrir la rivière gelée d'une enfilade de hiboux jumeaux qui réuniraient enfin le passé et le présent.

J'ai allongé un bras et j'ai senti au bout de ma mitaine la mitaine de Michael, sa vieille mitaine de nylon rouge se refermant sur ma mitaine de laine. Pleure pas, Marnie, pleure pas, m'exhortait la voix de Michael, si tu pleures, tu vas te transformer en statue de glace, et la voix avait raison. Si j'ouvrais les vannes, mon regard se figerait dans l'eau de la rivière et le hibou censé déchiffrer les signes accumulés dans la forêt ne serait plus qu'un hibou aveugle. Mais la mitaine de Mike, sa maudite mitaine trouée, se refermait sur ma gorge, et j'ai senti la chaleur des larmes mouiller mes joues puis glisser vers mes oreilles en imbibant les bords de ma tuque.

J'aurais pu rester là et personne n'en aurait vraiment été affecté, sauf ce bon vieux Phil. Il aurait maudit tous les saints du ciel, auxquels il ne s'adressait que pour les engueuler, il se serait maudit et m'aurait vouée aux gémonies, puis il serait allé pleurer sur la tombe de mon père en s'excusant de n'être qu'un vieux sacrament d'imbécile. Tous les ans, durant la pire tempête de février, il aurait apporté des roses sur la rivière, des Beauty Marnie, que la bourrasque aurait ensevelies sous les hululements des hiboux, jusqu'au jour où il aurait décidé de se coucher avec moi parmi les roses enneigées. Phil m'en aurait voulu à mort de saccager ainsi ses dernières années, mais il aurait fini par comprendre, Phil comprenait tout, à commencer par la tristesse inconsolable des enfants. Quant aux gens du village, ils auraient conclu que les histoires circulant autrefois à mon sujet étaient fondées, que la petite Marnie Duchamp était carrément folle et qu'elle avait fini par rejoindre Michael Saint-Pierre, sa première victime, Dieu ait son âme, parce que sa culpabilité l'étranglait ou qu'il y avait une justice divine, c'est ce qu'auraient clamé les bigotes en se signant d'une main tremblante avant d'aller piquer quelque autre enfant innocent de leur langue fourchue. Les ragots auraient repris de plus belle et je serais devenue une légende, une histoire de sorcières et de mauvais esprits qu'on raconte aux enfants dissipés, aux mauvaises graines, pour qu'ils ne soient pas tentés d'entrer dans la demeure de l'ogre.

Couchée sur la rivière hurlante, je me moquais éperdument des racontars et du caquetage des culs-bénits. J'étais dans l'œil du cyclone, au centre même de la tourmente, là où il n'existe pas de paix plus entière ni de silence plus parfait. Toutes mes forces me quittaient, mes ailes ne battaient plus, rompues par la trop lourde charge dont je les avais lestées, et je n'avais soudain qu'une envie, m'endormir dans mes larmes et oublier enfin que Michael Superman Saint-Pierre aurait peut-être sauvé la cité de Kandor si la vilaine petite Marnie Duchamp n'avait pas existé. J'ai fermé les yeux pour mieux sentir les flocons s'abattre sur mes paupières et sur mon front, et j'ai imaginé des araignées, des fourmis blanches dont les pattes se liquéfiaient au contact de ma peau. Dans l'irisation de mon sang traversé par une faible lumière, se promenaient des paysages sans aspérités, des lunes éclatant sous des entrelacements de lianes, des montagnes roulant vers des rivières houleuses. La paix se trouvait là, au flanc de ces montagnes couvertes d'araignées blanches. Dormir était la solution, dormir enfin. Sous mes paupières maintenant trop froides pour boire les pattes des insectes, la lumière baissait, l'irisation prenait des tons de rouille, la nuit venait lentement.

J'étais sur le point de m'abandonner au doux engourdissement grimpant le long de mes jambes et enveloppant lentement mon torse quand un grondement de tonnerre a surgi des nuages, au-delà des milliers de flocons chutant sur mon corps immobile. Un frisson venu du creux de la rivière a glissé le long de mon cou, là où quelques larmes maintenant glacées avaient coulé, et je me suis instinctivement roulée en boule. Ce n'était pas la première fois que j'entendais gronder le tonnerre d'hiver, cela arrivait parfois lorsque le ciel était si chargé qu'il se comportait comme un ciel d'été balayé par des vents du nord, mais ce coup de tonnerre ne venait pas de l'égarement des cieux. Il venait de la fureur de Kandor, il venait du mois d'août 1979 ou de ce qu'on nomme la providence, mais je n'étais pas disposée à me lancer dans une réflexion sur l'inexistence du hasard. J'avais été tentée de lâcher prise, là, sur la rivière, sans même essayer de repousser les mains qui me tenaient rivée au sol, enfoncées dans les mitaines de nylon rouge de Michael Saint-Pierre. Deux ou trois minutes de plus et j'aurais laissé la douceur des mains m'entraîner dans une blancheur plus infinie que celle tombant du ciel. Je me serais endormie dans un déferlement de lunes rousses et j'aurais rêvé de galaxies blanches jusqu'à ce que mon corps perde la faculté de rêver.

Jamais je n'avais souhaité mourir, même quand tout allait de travers, même au creux des nuits d'insomnie où les voix accusatrices de Rivière-aux-Trembles, bien après la disparition de Michael, continuaient à me harceler. Je ne m'étais jamais sentie appelée par ces gouffres s'ouvrant entre deux rails de métro filant dans la noirceur invitante du vide. Il avait pourtant suffi de quelques flocons de neige pour que je sois tentée de baisser les bras et de me précipiter tête première au fond de l'abîme. Mes pensées se bousculaient, plus insensées les unes que les autres, mais j'avais d'autres préoccupations pour le moment. Je devais me grouiller, faire circuler le sang dans mes veines et réchauffer mes pieds gelés. Après m'être péniblement relevée, je me suis mise à sauter comme un crapaud infirme, à faire des flexions des jambes, à me couvrir le corps de coups de poing, puis je me suis assise, j'ai enlevé mes bottes et j'ai massé mes pieds jusqu'à sentir des dizaines de picotements brûler ma peau blanchie. Je me suis ensuite relevée et j'ai sautillé encore, j'ai battu l'air de mes membres ankylosés, pareille à un boxeur dont la survie tient au nombre de crochets du gauche qu'il va enfoncer dans le gros ventre blindé de son adversaire, puis mes pieds ont glissé et je me suis retrouvée cul par-dessus tête.

Près de moi, les ailes du hibou que j'avais dessiné plus tôt avaient découvert de larges pans de glace. J'ai vivement balayé la rivière autour de moi, pour constater enfin que j'étais en plein milieu du bassin magique et que ce foutu bassin avait essayé de m'emporter ainsi qu'il avait emporté Michael. J'ai reculé jusqu'à la rive en m'écorchant les genoux sur les arêtes de glace striant le bassin, puis j'ai attendu que la terre tremble et que le couvert de glace se fende sous la pression de l'eau. Mais la terre est demeurée stable, le bassin lisse et blanc. Après avoir jeté un dernier coup d'œil au hibou reposant ailes écartées sur la rivière, j'ai chaussé mes raquettes en vitesse et me suis enfoncée dans le bois, là même où Michael avait disparu trente ans plus tôt, puis j'ai suivi mes traces, que la neige n'avait pas complètement recouvertes, en me disant que ces traces étaient peut-être celles de Mike, qui sourdaient lentement de la terre et de ma mémoire.

À l'orée de la forêt, j'ai cru entendre un hibou mêler son hululement aux plaintes du nordet, un filet de voix m'exhortant à la prudence, mais je n'ai pas demandé à Michael si c'était lui qui m'appelait. J'ai plutôt murmuré ça va, Mike, ça va, je commence à t'entendre, puis j'ai repris ma route. La nuit était tombée quand je suis arrivée à la maison et Mr. Holy Owl m'attendait calmement dans le noir, hypnotisé par le déchaînement de la tempête.

⤳

Je n'ai pas dormi cette nuit-là. Je me suis enfoncée dans le vieux Chesterfield de mon père et j'ai écouté la tempête battre les champs de Rivière-aux-Trembles, fascinée par les motifs découpant la fine couche de neige que le vent avait collée aux vitres. Quand la grande horloge du boudoir a sonné trois heures du matin, je me suis levée et me suis rendue à la cuisine pour demander à Holy Owl ce qu'il pensait du pouvoir d'attraction morbide de certains lieux et s'il lui était déjà arrivé, au cours d'une de ses innombrables nuits de guet, de se sentir aspiré dans le couloir du temps. J'ai saisi son petit corps rugueux et j'ai attendu qu'il cligne des yeux, que ses pupilles se rétractent au souvenir d'une lueur trop claire ou que son bec s'entrouvre pour laisser parler tous les vents qu'il avait connus. Puis j'ai pris conscience du fait que j'attendais réellement une réponse de Holy Owl. Je l'ai laissé retomber et j'ai reculé d'un pas, ainsi que doivent reculer ceux qui découvrent dans le miroir un visage qui n'est pas le leur. Il a pivoté vers la gauche, vers la droite, vers la gauche, le cou enfoncé dans les épaules, et s'est enfin immobilisé face à la nuit agitée de bourrasques. Tu dérapes, Marnie, me suis-je dit en reculant à l'extérieur de la pièce, tu dérapes ferme. Après avoir vérifié que la porte d'entrée était bien verrouillée, au cas où d'autres Holy voudraient venir se réchauffer près de Crappy, je suis montée me réfugier dans mon lit, évitant de croiser mon reflet dans le miroir en pied qu'une faible lueur traversait au fond de ma chambre.

Jusqu'aux petites heures, j'ai réfléchi à la possibilité que Michael, trente ans plus tôt, ait tout comme moi été happé par la lumière d'un gouffre à laquelle il n'avait pu résister. Je me suis demandé si j'avais seulement imaginé les mitaines de Mike ou si ma main, à un certain moment, avait bel et bien effleuré le tissu troué. Puis je me suis remémoré toutes les histoires de revenants que j'avais lues ou entendues au cours de ma vie, essayant d'en trouver une qui racontait comment les fantômes viennent parfois chercher les vivants, pour conclure enfin que je délirais et que ni Michael ni quelque autre esprit n'avait essayé de s'emparer de ma volonté près du bassin magique. T'as juste perdu les pédales, Marnie Duchamp.

Quand le soleil, malgré sa froideur d'hiver, a enfin surgi de derrière les arbres, j'ai remercié le ciel de ne pas vivre sous ces latitudes plongeant chaque année dans la nuit polaire. Après une douche brûlante, j'ai décidé qu'il était temps pour moi de rendre visite à Victor Saint-Pierre. Depuis mon départ de Rivière-aux-Trembles, je ne l'avais revu qu'à l'enterrement de mon père, au milieu des hommes en complet foncé réunis dans l'odeur de tabac dominant le porche du salon funéraire. Une douzaine d'hommes aux cheveux gris qui avaient connu l'époque des beatniks et parlaient d'hier sous un nuage de fumée blanche remplaçant celle de la mari. Victor Saint-Pierre avait affreusement vieilli depuis le temps où il chantait *Back in the U.S.S.R.* à tue-tête, le samedi matin, sans se douter qu'un vent de catastrophe s'avançait dans le ciel bleu. Pourtant, malgré ses épaules voûtées, c'était toujours l'homme qui avait vu l'arrivée du fléau, le cheval se cabrant devant le rougeoiement du brasier, en proie à une douleur lui donnant des allures de géant. Quand il m'avait tendu la main, j'avais instinctivement reculé, pareille à l'enfant craignant que ne s'abatte sur elle la fureur de cet homme luttant contre une procession d'images ensanglantées. Puis nos regards s'étaient croisés et j'avais compris que Victor Saint-Pierre n'était qu'un cheval blessé, un père meurtri qui attendait toujours le retour de son fils. Ce vieil homme ne pouvait me faire de mal qu'en me montrant sa blessure, une large entaille le déchirant du cou jusqu'au bas du ventre. Après quelques secondes d'hésitation, j'avais saisi la main qu'il me tendait en cherchant les mots qui résumeraient le passé, mais c'était inutile, ni lui ni moi n'avions besoin de mots. Il m'avait montré sa blessure et s'en était retourné chez lui.

Aujourd'hui, il me semblait cependant que Victor Saint-Pierre pourrait m'aider en me parlant du Mike que lui seul avait connu, de la duplicité des tempêtes s'abattant sur les rivières, des ombres et des esprits qui hantent les vivants. Mais par-dessus tout, j'avais besoin de son absolution. J'ai passé la journée à me demander comment j'aborderais cet homme trop silencieux puis, peu avant la brunante, j'ai enfilé mes bottes et mon manteau.

Une lampe était allumée, au rez-de-chaussée, qui découpait la silhouette arquée de Victor Saint-Pierre sur les rideaux, pareille à un pantin de carton manipulé par ces mains invisibles s'agitant derrière des voiles de papier de riz. J'ai pris une grande inspiration et suis montée sur la galerie, où les poupées de la petite Emmy-Lili, affalées de tout leur long, absorbaient la lumière du dernier mois d'août.

Il a répondu à mon premier coup de sonnette, comme s'il n'attendait que ma visite. Il m'a tout de suite reconnue sous ma capuche et m'a fait signe d'entrer. Il m'a ensuite conduite au salon et est allé préparer du café pendant que je m'installais. Pratiquement rien n'avait changé depuis trente ans, ni les couleurs, ni les lustres, ni les coussins fleuris, à l'exception des photos de Michael apparues sur tous les murs et tous les meubles. Cette profusion de photos donnait à la pièce une allure de sanctuaire et ne parvenait qu'à accentuer l'absence de Mike. Là où une seule photo aurait ravivé le souvenir vivant de Michael, l'accumulation des images ne désignait que sa disparition irrémédiable. Où que vous posiez le regard, un enfant était là, pâle et sans consistance, qui vous parlait de la mort, et encore de la mort, qui vous rappelait que son sourire n'existait plus et qu'il n'était jamais devenu grand. Vous sentiez sa peau froide, son souffle froid sur votre nuque, son odeur fade et âcre de petit condamné et n'aviez d'autre envie que de retourner face aux murs toutes ces photos où plus personne ne vous regardait. Ce salon figé dans le temps empestait les fleurs fanées et aucune présence autre que celle d'un garçon devenu anonyme au milieu des cadres dorés ne le hantait.

C'est Jeanne, ma femme, qui a installé toutes ces photos, a murmuré Victor Saint-Pierre dans mon dos. Après sa mort, j'ai pas eu le cœur de les enlever. J'aurais eu l'impression de trahir Mike et Jeanne à la fois.

J'avais appris par mon père que Jeanne Dubé avait succombé à une longue maladie quelques années plus tôt, un mal que les médecins avaient été incapables de nommer mais qui s'appelait simplement Mike, le mal de Mike, un mal de mère qui n'en peut plus d'attendre et qui finit par lâcher prise. Toute sa vie, Jeanne Dubé avait attendu, préparant des gâteaux pour Mike, au cas où, au cas où, époussetant les cadres des photographies puis en ajoutant de nouvelles quand elle tombait sur de vieux clichés oubliés au fond d'un tiroir ou entre les pages d'un livre de prières. Puis elle était morte de ça, de l'attente, de l'incurable maladie de Mike, sous les yeux impuissants de Victor Saint-Pierre, qui n'avait su ni comment la guérir ni comment cesser de l'aimer, pour que ça fasse moins mal, pour ne pas s'accrocher à chacun de ses sourires comme à une bouée de sauvetage qui lui crèverait dans les bras.

C'est terrible, mais il y a des jours où je les vois plus, a murmuré Victor Saint-Pierre en replaçant une photo et en m'invitant à m'asseoir. Au début, toutes ces images de Mike me rendaient carrément fou, puis elles ont fini par se confondre à la tapisserie. C'est ce qu'est devenu Michael, Marnie, un motif douloureux dans la tapisserie.

Il a avalé une gorgée de café et m'a demandé si j'arrivais à m'acclimater de nouveau à Rivière-aux-Trembles. Je lui ai menti, à quoi bon lui révéler que la forêt me voulait morte aussi, puis nous avons parlé d'Émilie, qui était sortie de l'École nationale de police de Nicolet avec une mention spéciale et occupait depuis quelques années un poste lui permettant de traquer les tueurs, les fous, les kidnappeurs d'enfants. Elle non plus ne s'était jamais remise de la disparition de Mike, de l'odeur des gâteaux incrustée jusque dans la peinture, mais au lieu de s'enliser dans le chagrin, elle avait foncé dans le tas. Elle passait aujourd'hui les menottes aux petits violeurs de merde qui avaient le malheur de croiser son chemin et leur faisait cracher le morceau dans une salle d'interrogatoire où elle s'enfermait seule avec eux et avec sa haine. Elle faisait payer les salauds et n'éprouvait aucune compassion pour ceux que le système tentait parfois de transformer en victimes. Son cas était classique. Elle se substituait à ceux qui n'avaient pas été foutus de retrouver son frère et mettait la main au collet des tarés qui empoisonnaient le monde des petites Emmy-Lili. Elle vengeait Mike, jour après jour, à peine consciente que sa vie entière était guidée par la main de son frère, Michael, son dieu.

Elle va venir à Pâques, a ajouté Victor Saint-Pierre après m'avoir décrit la maison qu'Émilie venait d'acheter pour y vivre seule avec ses tueurs et leurs cadavres. Tu passeras prendre un verre. L'invitation était sincère, mais je n'étais pas certaine de vouloir revoir Emmy Saint-Pierre après toutes ces années. Le souvenir que je gardais d'elle était celui d'une enfant brisée par la perte et la colère de qui ne comprend pas que certains contes puissent se terminer dans le ventre de l'ogre. Je préférais ne pas me coller à cette colère. Emmy avait grandi dans mes rêves et dans mes cauchemars et cela me suffisait. Nous n'avions rien à nous dire. Les rescapés d'un naufrage n'ont jamais rien à se raconter que l'autre ne sache déjà. Seul Mike nous liait et ce lien avait été rompu par ma faute, c'est ce qu'avait dû penser la petite Emmy-Lou en déchirant ses poupées et en les lançant contre le mur noirci de mouches. Elle ne devait pas être chaude non plus, contrairement à ce que semblait croire Victor Saint-Pierre, à l'idée de regarder en pleine face celle qui avait entraîné son frère sur sa bicyclette volante, regarde, Lili, on vole, et ne l'avait jamais ramené. J'ai remercié Victor Saint-Pierre en lui disant que j'allais y penser, que Pâques était encore loin.

Tu peux m'appeler Victor, a-t-il répondu, on est des vieux copains de tranchée, toi et moi.

Il avait raison, on avait fait la guerre ensemble, on était liés par les liens du sang qui coule. En négligeant le fait que j'avais d'abord été l'ennemie, Victor Saint-Pierre venait en quelque sorte de me donner l'absolution que j'espérais. Nos positions antagonistes avaient cependant creusé un fossé entre nous, une tranchée au fond de laquelle nous n'avions pas toujours partagé nos vivres et qui m'interdisait de trop me rapprocher.

Il n'a pas attendu ma réponse, sachant très bien qu'on ne se défait pas si rapidement des habitudes d'une vie. Il m'a plutôt demandé comment s'était déroulée ma vie à New York et m'a raconté qu'il avait visité cette ville quelques années plus tôt en souvenir de Mike et de sa fascination pour Superman. Tu te souviens, Marnie, vos jeux de fous avec vos capes…? Il a souri à l'évocation de ces souvenirs, du jour où Mike avait déchiré sa cape sur une clôture de broche piquante, puis, sans transition, il m'a demandé pourquoi j'étais revenue vivre à Rivière-aux-Trembles.

Parce que c'est chez moi, parce que je veux comprendre.

S'il y avait quelque chose à comprendre, Marnie, on l'aurait compris depuis longtemps. La forêt a pris Michael, c'est tout.

Qu'est-ce que vous entendez par là?

Rien de plus que ce que j'ai dit. Mike s'est enfui dans le bois et on l'a plus revu. Pas de signe d'enlèvement ni de violence, pas de traces, pas de suspects, pas d'indices, à part ce maudit soulier abandonné dans la vase du lac aux Barbotes.

Il est demeuré silencieux assez longtemps pour que je me demande si je ne devais pas partir, puis il s'est raclé la gorge et m'a regardée comme on regarde un petit animal ayant oublié que c'est lui qui a crevé le ballon qu'il réclame. J'ai immédiatement pressenti ce qu'allait me dire Victor Saint-Pierre mais, au lieu de me sauver à toutes jambes, je me suis enfoncée dans mon fauteuil et j'ai attendu. J'étais ici pour que Victor Saint-Pierre me révèle ce qui m'échappait. Fuir ne m'apporterait rien.

Prends-le pas mal, Marnie, a-t-il fini par lâcher, je sais que t'as rien fait à Mike, mais s'il y a quelqu'un qui peut expliquer pourquoi son soulier trempait dans le lac aux Barbotes, c'est toi. T'as oublié des choses, ma fille. C'est pas de ta faute. T'as eu une peur bleue, pis t'as oublié. C'est la seule explication possible. La clé du mystère, tu l'as perdue dans ta mémoire.

Pendant que Victor Saint-Pierre évoquait la folie d'une autre Marnie, une Marnie de cinéma et de fiction inventée de toutes pièces, le sourire de petit mort de Mike, se multipliant autour de moi, s'ouvrait mécaniquement pour me livrer son secret: mauvais temps, madame, mauvais temps. Toutes les années passées n'avaient rien changé. Le temps était toujours à la tempête et j'étais toujours la détentrice du secret qui aurait expliqué la vie et la mort de Mike Saint-Pierre. Stormy weather, monsieur, bad weather, ai-je pensé alors qu'un rideau de pluie drue s'installait entre Victor Saint-Pierre et moi, une muraille infranchissable derrière laquelle il ne pouvait m'entendre.

Je sais pas, ai-je simplement répondu, espérant que quelques-unes de mes paroles parviendraient à couvrir le bruit de la pluie. J'ai peut-être oublié, monsieur Saint-Pierre, mais j'ignore comment on prend conscience de l'oubli. J'ai conclu là-dessus, me disant que jamais je n'appellerais Victor Saint-Pierre par son prénom. On n'appelle pas Victor un homme qui attend que vous lui rendiez son fils. Victor était un nom d'ami, et le seul véritable ami que j'aie jamais connu s'appelait Mike. Des Vic, je n'en connaissais pas.

Après que Victor Saint-Pierre m'eut reconduite à la porte en insistant pour que je revienne discuter avec lui, je suis demeurée quelques instants sur la galerie avec les poupées d'Emmy-Lou, dont les yeux de plastique et de porcelaine m'accusaient aussi. Je me suis excusée, pardon, Emmy, shame on me, puis j'ai traîné les pieds jusqu'au trottoir, pendant que s'éteignait derrière moi la lumière brillant au rez-de-chaussée de la maison de Victor Saint-Pierre, dont la silhouette s'est éclipsée derrière l'opacité des rideaux.

J'ai ensuite marché jusqu'au cimetière, jusqu'à la chapelle où mon père attendait d'être mis en terre, en écorchant une chanson stupide où il était question d'amours terminus et en donnant des coups de pied sur tous les mottons de glace qui me barraient encore le chemin. Jurer me calmait, varger me soulageait, alors je jurais et je vargeais comme une enragée. Pleure pas, Marnie, sinon tu vas te transformer en statue de glace, me chuchotait la voix de Mike, mais les larmes coulaient, accompagnées de plaintes, de jurons, de mots débiles empruntés à une chanson qui élevait la rime au rang de la connerie. Comment ça se fait que je me rappelle plus? Comment ça se fait? Chus pas folle, viarge! Après m'être agenouillée quelques instants devant la tombe de Jeanne Dubé, m'excusant pitoyablement de tous les maux du monde, j'ai martelé à deux poings la porte de la chapelle, réponds-moi, pop, réponds, je t'en prie, pleurant de plus belle et me transformant peu à peu en statue de glace et de givre. Autour de moi, d'autres statues fixaient l'horizon, certaines orientées vers l'est et le renouveau, d'autres vers le froid du nord et de l'enfer, des Vierge, des colombes, des anges aux ailes cassées, des Christ pas foutus de me répondre non plus, leurs yeux de pierre fermés sur les secrets de la mort et de la résurrection. J'ai laissé mon père tranquille et j'ai gueulé contre elles, les statues, contre les Christ sales aux pieds couverts de mousse, puis, une fois ma crise passée, je me suis machinalement dirigée vers la maison de Phil, où je savais qu'il ferait chaud.

Je devais faire peur quand j'ai frappé à sa porte, car Phil m'a entraînée dans le salon avec mes bottes pleines de slush, où il m'a forcée à m'asseoir avant de me servir de son meilleur cognac dans un verre à eau. La chaleur de l'alcool a eu un effet immédiat. Mes membres se sont détendus, mes tremblements se sont atténués, mais l'effarante impression d'être habitée par la folie d'une autre ne m'a pas quittée. L'autre était là, derrière moi, qui prenait alternativement les voix de Mike et de Victor Saint-Pierre pour me chuchoter à l'oreille des mots dont je ne comprenais pas le sens, ne plie pas le jour, madame.

Assis sur le bord d'un fauteuil qu'il avait tiré face au mien, Phil attendait que je parle. Mais comment parler avec des voix plein la tête ? J'ai calé mon cognac et me suis concentrée sur les photos de castors, de marmottes et de chevreuils qui garnissaient les murs de la pièce. Depuis le temps que ces animaux avaient été photographiés, ils devaient tous être morts, mais leur présence sur les murs ne donnait pas le sentiment de la mort. Il s'agissait d'animaux vivants dans une maison vivante. Ce lieu avait perdu quelques occupants, lui aussi, mais il n'en avait gardé que la trace heureuse. Contrairement à la maison de Victor Saint-Pierre, dont les murs étaient imprégnés d'une humidité brumeuse d'où pouvaient surgir à tout moment des images étouffées par le remords, la maison de Phil ne retenait pas ses disparus dans une atmosphère de culpabilité et de regret.

T'as ajouté des nouvelles photos à ta collection, mais ces trois-là faisaient déjà partie du décor quand j'étais petite, ai-je dit à Phil d'une voix presque éteinte en désignant les trois photos en noir et blanc sur lesquelles figuraient deux oiseaux de proie et un jeune ours. Tu leur avais même donné des noms, tu te souviens ? Harvey, Hervé et Irving.

Phil se souvenait. Il se rappelait aussi que je n'arrêtais pas de le tanner pour qu'il me raconte l'histoire d'Irving, le bébé ours, puis celle de Jésuite et Récollet, les deux ratons laveurs qui ravageaient son jardin depuis des générations, aussi tenaces qu'un jésuite et ne changeant jamais de nom. Il était une fois Jésuite et Récollet, ai-je murmuré, puis j'ai souri à Phil, j'ai pris sa main chaude dans ma main froide et me suis lancée tête baissée en vue de lui demander s'il avait déjà oublié des choses, des choses importantes, Phil, comme si t'étais tombé dans un trou noir, des choses qui auraient changé ta vie si le trou les avait pas absorbées ? J'ai attendu quelques instants une réponse qui n'est pas venue, puis j'ai continué, des choses cruciales, qui auraient modifié le cours de ton existence ? Réponds-moi, Phil, c'est pas si compliqué que ça. Mais le regard de Phil n'était pas celui du gars qui a envie de vous parler de l'oubli. C'était le regard d'un homme qui n'en peut plus de voir souffrir la fille de son meilleur ami. T'en as pas encore fini avec la disparition du petit Saint-Pierre, hein ? Sacrament, Marnie, c'est arrivé y a presque trente ans !

Phil avait été témoin des événements de l'été 79, de la disparition de Mike et du rejet dont j'avais été victime. Malgré le choc qui avait secoué le village, il n'avait jamais compris comment des adultes supposément sensés avaient pu s'en prendre à moi au lieu d'essayer de m'aider, comment ils avaient pu m'empoisonner la vie au point de forcer mon père à m'emmener loin de Rivière-aux-Trembles. Devant l'imbécillité qui s'affichait sur les visages comme une éruption de boutons purulents, il avait bien failli sacrer son camp lui aussi, mais il avait été incapable de s'y résoudre. Il avait passé sa vie à Rivière-aux-Trembles et il avait sa forêt, ses lacs et ses rivières dans le sang. Quitter ce coin de pays aurait équivalu pour lui à un suicide. Ce drame l'avait cependant profondément marqué et sa colère resurgissait chaque fois qu'il en était question et que le temps se contractait, le forçant à plisser les yeux devant le soleil empoisonné de l'été 79. Le temps s'était récemment comprimé autour de moi aussi, écrasant New York, dont l'horizon n'était plus que poussière grise, et réduisant les années que j'y avais passées à un amas de décombres n'ayant mis que quelques secondes ou quelques jours à devenir décombres. Entre hier et l'enfance, il n'y avait que ce ciel poussiéreux.

Qu'est-ce qui s'est passé, Marnie? Quel crisse d'imbécile t'a encore achalée avec ça?

Personne, Phil, personne. C'est juste moi. J'essaie de comprendre pis je me dis que les gens avaient peut-être raison en affirmant que je cachais des choses, sauf que je les ai si bien cachées que j'arrive plus à les retrouver.

Je ne voulais pas lui parler de Victor Saint-Pierre, de cet homme qui avait passé sa vie à creuser le sol de Rivière-aux-Trembles dans l'espoir d'en exhumer les ossements de son fils. Victor Saint-Pierre n'était pas en cause. Il ne survivait que pour savoir. Je ne pouvais lui en vouloir de me considérer comme la seule personne susceptible de lui offrir une mort paisible.

Arrête de te torturer, Marn, m'a imploré Phil. On se souvient davantage de ses malheurs qu'on les oublie. Si t'en avais perdu des bouts, ta mémoire les aurait recrachés depuis longtemps. Ça serait remonté à la surface, sinon t'aurais craqué, tu serais devenue folle à lier.

C'est justement ça que je me demande, Phil, si je deviens pas folle.

Mais Phil ne voulait pas entendre parler de démence, de névrose, de psychose ou de quoi que ce soit qui s'en rapproche. Dans son esprit, la folie n'existait que dans les livres, que dans les guerres et les massacres, que dans les familles où des enfants se faisaient casser les jambes avant d'apprendre à marcher, mais pas chez nous, pas dans nos maisons. La petite Marnie devenue grande ne pouvait être atteinte d'aucune forme de folie. Il m'a pris la main à son tour et m'a conduite à la cuisine, où il nous a préparé des pâtes pendant que je dressais la table. On va manger, ça va nous remettre les yeux en face des trous. Pis ouvre-nous une bouteille, Marnie, un chianti, dans l'armoire du fond. Va aussi chercher le chandelier du salon. On a trois ou quatre affaires à oublier, pis on va le faire en grand.

J'ai évité le sujet de Michael pendant une bonne partie du repas, même si sa voix demeurait dans mon dos, avec celle de son père, qui me parlaient du mauvais temps et du jour qu'il ne fallait pas plier, de deux images inconciliables, car comment maintenir le jour dans l'axe de la lumière quand la tempête fait rage? À l'heure du café, le vin et la fatigue aidant, j'ai laissé les voix parler, parce que je n'arrivais plus à les retenir. Puisque ni les morts, ni les Christ et leurs colombes ne voulaient me répondre, il fallait bien que je me rabatte sur les vivants. Je voulais simplement savoir s'il était déjà arrivé à Phil de se sentir aspiré par les bois de Rivière-aux-Trembles, de sentir sa volonté fléchir et l'abandonner là, près de la rivière ou au bord d'un sentier. Il avait vécu trop longtemps à Rivière-aux-Trembles pour ne pas avoir entendu la forêt l'appeler.

Je voulais qu'il me décrive cet appel, qu'il me parle de ces moments où on a envie de s'enfoncer dans un banc de neige, ou alors de courir pour ne plus jamais s'arrêter, au diable le passé, la vie, la mort et l'au-delà, au diable la mascarade, la maudite marde qui colle aux semelles, mais je m'embrouillais dans mes pensées, je m'enfargeais dans les branches cassées du sentier de Mike, pendant que les saprés grands yeux de beagle de Phil s'embrumaient de l'autre côté de la table, derrière les chandelles éteintes dont il ne restait plus que quelques amas de cire difformes cherchant à planter leurs racines dans le métal du chandelier.

Je te suis pas, Marnie, je te suis plus pantoute, murmurait-il en triturant sa serviette de table tachée de sauce rouge, mais il me suivait à cent milles à l'heure, c'est ce que ma petite tête de pioche me disait, il me suivait aussi bien que Holy Owl, sinon son visage ne se serait pas décomposé comme si je venais de lui annoncer que Barack Obama avait déclaré la guerre à la Saskatchewan. Puisque les branches du sentier de Mike me barraient le passage, je me suis plantée là, devant le sentier, et j'ai dit à Phil que, selon moi, Mike pouvait s'être enlevé tout seul. C'est ce que j'essaie de t'expliquer, que la forêt a peut-être enlevé Mike et qu'il s'est laissé faire.

Phil a déposé sa serviette maculée de sauce, qui ressemblait à un canard écrasé, un pauvre canard à moitié rouge et qui ne coincouinerait plus jamais à force d'avoir été chiffonné, et il s'est levé pour venir me caresser les cheveux. Mets-toi pas d'idées de même dans la tête, Squouirèle, murmurait la voix de Phil dans mes cheveux, sa voix comme un vent chaud qui sentait les vignes et le raisin, je t'en prie, accuse pas les arbres des crimes des hommes. C'est un homme qui a enlevé Mike. Y a rien qu'un homme qui peut commettre une folie pareille, un monstre qui avait une tumeur à la place du cerveau, pis les monstres, ça vit pas dans l'écorce des arbres.

Et pourtant, j'avais longtemps pensé le contraire. Quand un orage, où que je sois, me forçait à me réfugier dans des musiques rivalisant avec le bruit du ciel, il m'arrivait de revoir les bras velus voulant s'arracher des arbres, près du bassin magique, et de croire que l'un d'eux y était parvenu, qu'il avait quitté son arbre pour s'enrouler autour du cou de Mike. Après l'orage, cependant, après la musique tonitruante, les bras prenaient la forme de bras humains et je décrétais, à la suite de

Phil, que seul un homme avait pu rendre le visage de Mike aussi blanc. Mais aucun œil, aucune bouche haletante ne surgissait de mes souvenirs affolés. C'est peut-être cet œil, trop semblable à celui d'un homme, que ma mémoire avait occulté.

C'est possible, Phil, tout est possible, ai-je murmuré, et Phil m'a tenue dans ses bras d'homme, ses bras amis, pareils à de vieux ceps de vigne imprégnés d'odeurs de bois et de terre, jusqu'à ce que les larmes provoquées par le mot Squouirèle dans toute sa tendresse cessent enfin de me brûler les yeux. Il a ensuite lavé la vaisselle en silence pendant que, hypnotisée par les miettes éparpillées sur la nappe de plastique, j'essayais de respirer calmement. Une à une, j'ai avalé les miettes en les collant au bout de mon index, une bouchée pour papa, une bouchée pour Squouirèle, puis, en voyant les épaules un peu trop courbées de Phil, j'ai conclu qu'il était temps de faire le clown.

J'avais mis cette stratégie au point lorsque j'étais enfant et j'y avais recours chaque fois que le regard de mon père s'embuait du souvenir de Marie Beaupré. Je tournais autour de lui en sautillant et j'exécutais une série de pirouettes de squouirèle. En général, ça fonctionnait. Marie Beaupré s'éclipsait devant mes pirouettes en m'envoyant un baiser du bout des doigts, heureuse de voir la grimace de joie qui retroussait lentement le visage de mon père, juste assez pour lui retrousser le cœur en même temps.

J'avais toujours détesté les clowns et leur nez bouché, leurs petites maudites oreilles rouges, leur gueule d'Albert Einstein grimé jusqu'au fond de la calvitie, comme si Einstein méritait ça, mais dès que j'étais trop désemparée pour agir intelligemment, dès que ma peur de me coller le front à la réalité déclenchait un branle-bas de combat parmi mes neurones épouvantés, j'appelais les clowns en renfort et je faisais l'innocente. J'ai donc ressorti mes vieilles blagues de clown qui ne s'aimait pas, mais ni Phil ni moi n'avions le cœur à rire. On savait depuis trop longtemps, tous les deux, que les clowns tristes ne sont pas des vrais clowns, qu'il s'agit de pauvres filles, de pauvres gars tombés du ciel dans une arène de cirque alors qu'ils ne sont pas taillés pour ce métier stupide.

Phil a éteint le plafonnier de la cuisine, dans laquelle une goutte frappait le fond de l'évier toutes les trois secondes, aussi obsédante qu'une horloge détraquée ou qu'une miette de pain oubliée sur une nappe, et il est allé préparer mon lit. Ce soir j'allais dormir chez lui, c'était un ordre. Il m'a installée dans la chambre verte, de la couleur du foin frais coupé, des feuilles de mai à peine écloses. Avant de m'endormir, j'ai compté des canards, des canards rouges et des moutons blancs, et me suis remémoré l'histoire d'Irving l'ourson, qui s'était égaré dans la forêt pour y cueillir du miel. Selon les jours, Phil modifiait autrefois la finale de cette histoire. Parfois, Irving était sauvé par sa mère, d'autres fois par un garde-chasse ou par la petite Marnie se promenant dans les bois. Ce soir, ce serait Marnie qui sauverait Irving, mais il fallait pour cela qu'elle se souvienne de l'orage qui l'avait emporté, qu'elle retrouve l'œil trop bleu ou la formule magique qui ouvrirait la porte de l'antichambre où était enfermé l'ourson. C'était simple. Il fallait que Marnie se souvienne. Il fallait qu'Irving soit sauvé.

⌣

Il fallait que Marnie se souvienne… Pendant plusieurs jours, ces mots m'ont obsédée. J'ouvrais le robinet de la douche, je me brossais les dents, je nettoyais la cafetière et ils me traversaient l'esprit avec la rapidité de l'éclair, comme si l'obligation de se souvenir appartenait à une autre que moi, à une fillette née dans un conte étrange dont la trame m'échappait. Ce n'était pas moi, mais cette petite Marnie en salopette de garçon qui avait la tâche de retrouver Michael Saint-Pierre. Pas moi, mais l'enfant du conte enveloppé de brume. Si je parvenais à secouer cette fillette et à la placer dans le sentier par où s'était enfui Irving l'ourson, le passé s'éclairerait. Quand la phrase s'imposait à moi, je m'arrêtais en plein milieu d'un geste et plongeais dans une forme de rêverie ayant des allures de transe. Le temps s'arrêtait, les contours des objets s'estompaient dans le flou du temps, et j'étais propulsée dans la forêt de la fillette, que je tentais inutilement de suivre, car celle-ci s'éclipsait invariablement derrière un arbre ou dans un banc de brouillard où son corps se désintégrait, ne laissant derrière elle que son rire enfantin. J'en étais presque venue à me dire que cette enfant n'avait aucun lien avec moi lorsque enfin, dans le balancement d'une mer captive, je suis parvenue à situer les éclats de son rire.

J'avais dû me rendre chez la notaire de mon père, dans cette ville où nous avions vécu pendant six ans, afin de régler quelques détails relatifs à la succession. Très en avance sur l'heure de mon rendez-vous, j'examinais la salle d'attente, une pièce claire meublée de façon moderne et presque spartiate. À part les diplômes accrochés au mur donnant à l'est et les quelques photos disposées sur le bureau de la réceptionniste, le seul objet ornant le lieu était un petit arceau de bois animé d'un mouvement perpétuel. À l'intérieur de l'arceau, était encastré un bloc de verre rectangulaire à demi rempli d'eau colorée ou d'un liquide ayant une densité se rapprochant de celle de l'eau. Le balancement de l'arceau produisait des vagues dans le bloc de verre, qui allaient se frapper à ses parois, se repliaient sur elles-mêmes puis s'élevaient de nouveau.

À quarante-deux ans, je ne connaissais pas la mer. J'avais vu l'Atlantique bordant New York, mais cette portion d'océan gris se jetant sur des plages polluées par l'odeur des hot-dogs ne correspondait pas à mon idée de la mer, de la vraie. Ma mer à moi, je l'avais fantasmée et j'en avais rêvé, et c'est à cela qu'elle ressemblait dans mon esprit, à une masse d'eau perpétuellement bleue dont les mouvements répondaient à un désordre calculé. Je repoussais les mers sauvages, les rochers escarpés, pour me confiner dans la représentation d'une mer se brisant sur elle-même. Pendant longtemps, j'avais essayé d'imaginer l'odeur bleue de cette mer rêvée, mais il me manquait des éléments comme le vent et la putrescence des algues. J'aurais pourtant eu de nombreuses occasions de séjourner près de la mer et d'y découvrir son odeur, mais je m'étais toujours refusée à la voir telle qu'elle était ou telle qu'on pouvait la percevoir. Je préférais celle qui ressemblait à mes lacs et à mes rivières et ne risquait pas de supplanter la fascination qu'exerçaient sur moi les eaux douces. La mer ne me manquait pas.

Je pensais à des mots pouvant exprimer le parfum iodé du large quand la réceptionniste s'est penchée vers moi pour m'annoncer d'une voix douce, s'accordant à l'atmosphère feutrée du lieu, que maître Legendre me recevrait dans une dizaine de minutes. Je lui ai souri, puis j'ai reporté mon attention sur le bibelot, où la mer projetait ses écumes et ses bleus contre les murs de verre enfermant l'univers. Envoûtée par le mouvement de l'objet, j'ai fermé les yeux en songeant qu'il fallait que Marnie se souvienne, puis la mer s'est retirée à l'embouchure de la rivière aux Trembles, calme et paisible sous les nuages d'août. Michael et moi y nagions dans une couleur irréelle ressemblant aux couleurs des rêves. Michael riait de je ne sais quelle blague, puis il plongeait au fond de l'eau cueillir des cailloux que nous disposerions en deux groupes, le premier réservé au trésor qu'il cachait au creux d'un arbre dans une pochette contenant aussi des billes, de vieux bijoux, des pièces de monnaie étrangère, le second destiné à ces jeux dans lesquels nous invoquions les pouvoirs secrets de la rivière.

Les cailloux luisaient et, autour de ma taille, la jupette de mon maillot de bain rayé flottait, pareille à la corolle d'une fleur étrange. On dirait un nénuphar jaune et rouge, Mike, regarde, un nénuphar en Jell-O mou. Et Mike riait, plongeait, puis ressortait de l'eau avec des pierres, des mauves et des blanches, qu'il déposait sur le rivage.

Puis soudain, sans transition, nous sommes dans notre cabane. Vingt-cinq cailloux sont disposés en cercles devant la porte, selon leur taille et leur couleur. Au total, il y a cinq cercles, cinq cercles parfaits formant un autre cercle décuplant leurs pouvoirs. Il s'agit de cercles magiques, ensorcelés par les esprits de la rivière permettant aux enfants de voler, de sauter du haut des montagnes. Autour de nous, l'air est alourdi par l'odeur du sapinage dont les aiguilles amollies impriment sur nos genoux des dessins de fossiles, de mille-pattes, des petits squelettes d'insectes disparus. Aucun bruit ne nous parvient du dehors, les oiseaux se sont tus. Mike et moi connaissons ce silence, le mauvais temps s'en vient. J'entends Mike chuchoter mauvais temps, ça va tonner, Marn, puis il me montre les nuages qui s'avancent en roulant sur la rivière. Bouge pas, je vais chercher nos maillots. En sortant il trébuche, brisant le cercle de pierres ocre. Un éclair venu du sommet des arbres blanchit alors le ciel, nos maillots se balancent au bout des bras de Mike, mais je ne vois que le cercle brisé. C'est un mauvais présage. Il ne faut pas bousculer l'ordre des pierres ocre. Je tente désespérément de reformer le cercle quand un nouvel éclair se répand à l'entrée de la cabane. Dehors, Michael s'incline et se balance en fixant ses runnings. Nos maillots sont tombés sur le sol. Sous la pluie forte et drue, il aligne des mots absurdes d'une voix monocorde, puis il m'ordonne de ne pas bouger. Approche pas ! Avec des yeux exorbités. Va-t'en, Marn, va-t'en ! Après quoi un cri retentit au milieu de l'orage, le cri de la mort et du noyé, qui obscurcit le ciel, et puis tout devient noir. Les nuages ont chuté sur Mike dans l'enchevêtrement de la forêt. Je rampe et je crie aussi sous la pluie, je hurle, j'attrape une pierre et me relève, prête à frapper l'ennemi, l'homme aux yeux de cristal, puis une voix s'insinue dans le vacarme qui m'entoure. Je respire et la mer réapparaît, projetant ses eaux dans la lumière. Le visage de maître Legendre est là, éclairé par la mer, qui me demande si tout va bien.

J'ai mis quelques secondes à recouvrer mes esprits, à reconnaître cette femme dont les verres reflétaient un pan de l'océan, et j'ai demandé de l'eau, de l'eau douce, en me remémorant les paroles prononcées par Mike, des paroles effrayées sur lesquelles s'abattait la pluie. Va-t'en, Marn ! Mauvais temps, va-t'en ! J'ai chassé les images qui culbutaient sur les mots de Mike et j'ai suivi Suzanne Irène Legendre dans son bureau sans entendre la moitié de ce qu'elle me disait. J'ai ensuite signé les papiers qu'elle me tendait, j'ai répondu machinalement à quelques questions, puis je me suis sauvée en claquant derrière moi la porte de la réception, où une mer se retirait dans l'obscurité de ses profondeurs.

Dehors, la nuit allait bientôt tomber et l'humidité de mars vous transperçait la peau. J'ai couru jusqu'à ma voiture et j'ai verrouillé les portières derrière moi. La vérité était là, au seuil de ma conscience, l'homme ou la bête qui s'était abattu sur Mike en même temps que les nuages, pendant que les paroles muettes m'exhortant à ne pas m'approcher s'entremêlaient dans mon esprit. Les lèvres de Mike ne disaient plus mauvais temps, madame, mais va-t'en, Marn, sacre ton camp, comme s'il voulait me protéger, m'éloigner de l'ennemi sans visage qui l'avait transformé en poupée mécanique. J'ai essuyé la sueur qui couvrait mon front et j'ai ouvert la radio en poussant le volume au maximum, puis j'ai quitté la ville qui s'illuminait. La route qui me mènerait à Rivière-aux-Trembles était par contraste d'une égale noirceur. Sur l'écran de cette noirceur, défilait en accéléré le paysage de la rivière, ses arbres se confondant à ceux que balayaient les phares des voitures. À la radio, un homme parlait de la guerre d'Irak, et moi, me prenant pour la grande Dietrich, je fredonnais *Lili Marnie, Lili Marleen*, Lili Marnie a fait dodo, Lili Marleen fera dodo, goodbye hello Lili Marnie, inlassablement, d'une voix monocorde, les yeux rivés sur le ruban blanc allongeant la route dans l'obscurité.

Après avoir roulé pendant environ une heure trente, j'ai dû m'arrêter pour prendre un café. J'ai pris la sortie menant au restaurant bar nommé Le Madrid et l'univers s'est métamorphosé. La cour du restaurant était peuplée de dinosaures de plastique ou de fibre de verre qui dardaient sur vous leurs yeux injectés de sang avec l'air de se demander ce qu'ils fichaient dans ce coin perdu alors qu'ils auraient pu figurer dans un film de Steven Spielberg. La banalité de ce décor qui semblait dater du jurassique, combinée à l'artificialité ambiante, était exactement ce qui me convenait pour le moment. J'avais besoin de kitsch et de fiction.

J'ai commandé une frite que j'ai à peine touchée et un café noir, que la serveuse me réchauffait chaque fois que j'avalais une gorgée, pendant qu'un type dans la cinquantaine, assis au bout du comptoir en forme de fer à cheval, plongeait le nez dans un verre de bière qu'il ne touchait pas non plus. Ce type s'ennuyait, ça sautait aux yeux, il s'ennuyait de sa femme, de ses enfants, il s'ennuyait de son chien et de toutes les femmes à la fois. Il aurait suffi d'un mot gentil, d'une main sur son épaule, pour qu'il se mette à brailler tout ce qui empêchait sa bière de passer. J'ai détourné le regard, mon café non plus ne passait pas, va-t'en, Marn, et j'ai saisi le journal qui traînait à côté de mon assiette. «Découverte macabre», titrait la une du tabloïd sous un encadré montrant la photo d'une jolie jeune femme qui souriait à l'objectif de la même manière que Mike dans le salon de Victor Saint-Pierre, de la même manière que tous les disparus de la terre, que tous les morts qu'on force à sourire pour oublier qu'ils ont aussi pleuré. Mélinda X, la femme qui faisait l'objet de cette couverture tapageuse, avait disparu trois mois plus tôt en quittant son travail et on ne l'avait plus revue. La veille, la voiture de Mélinda, avec Mélinda à bord, avait été trouvée près d'un lac, à demi ensevelie dans la neige. On avait d'abord cru qu'elle dormait, les bras repliés sur la tête. Mais Mélinda ne dormait pas, Mélinda ne souriait pas. Quelqu'un avait pris son sourire et son sommeil, un homme, présumait-on, un fou qui voulait la beauté de Mélinda.

En refermant le journal, mon regard a croisé celui de la serveuse, Teresa, disait l'étiquette cousue sur son uniforme, qui observait aussi la photo de Mélinda en essuyant ses mains avec un chiffon. Pauvre enfant, a-t-elle murmuré, cherchant ce qu'elle pouvait dire de plus sans trahir à coups de clichés la souffrance et la peur atténuées par l'encre grise. Je lui ai souri faiblement et j'ai baissé la tête. Il n'était pas nécessaire de rajouter quoi que ce soit. Nous étions des femmes, pareilles à Mélinda, et un seul regard suffisait à exprimer la compassion que nous éprouvions par contagion, en quelque sorte, du seul fait d'être des femmes, en vertu de cette parenté chromosomique qui nous avait appris à nous méfier de la nuit, des stationnements déserts, des impasses et des escaliers plongés dans le noir. Teresa ne comprenait pas cette violence qu'excitait le parfum des femmes et des enfants et je ne la comprenais pas non plus. Va-t'en, Marn ! J'ai placé le journal à l'envers, pour que Mélinda se repose un peu de l'indécence des mains froissant son sourire, et j'ai quitté le restaurant.

Dans le stationnement désert où veillaient quelques descendants d'une préhistoire revisitée par Hollywood, une fine neige tombait du ciel opaque, une neige à hiboux, qui frappait le sol dans un bruit si près du soupir qu'il fallait retenir son propre souffle pour saisir la chute démultipliée des flocons expirant au contact du sol. Écoute, Mike, on l'entend soupirer… Je plongeais avec la neige dans une mélancolie familière quand un grincement de porte m'a fait sursauter. L'homme qui s'ennuyait, épaules courbées, quittait le restaurant. J'ai regagné ma voiture en écrasant la neige morte et j'ai démarré.

Dans mon rétroviseur, les dinosaures se sont amenuisés avec l'homme voûté, le restaurant tout droit sorti de mauvaises photos de Las Vegas a disparu et j'ai regagné la noirceur de la route, au plus profond de laquelle filaient les dégénérés qui étranglaient les Mélinda et les Michael. J'ai fermé la radio, qui diffusait une vieille chanson d'Enrico Macias et, pour la millième fois peut-être, j'ai répété à voix basse les paroles de Mike, va-t'en, Marn, fuis, fuis vite le mauvais temps, essayant de me représenter ce qui avait effrayé Mike à ce point qu'il en était devenu méconnaissable, car ce n'était pas Mike qui se balançait sous la pluie, mais le corps de Mike vidé de Mike, l'enfant au visage blanc qui se dématérialiserait dans le fouillis des branches. Dans l'habitacle surchauffé, Lili Marnie s'était endormie avec Lili Marleen, mais la Marnie qui tenait le volant à deux mains avait les yeux grands ouverts, rivés sur un passé qui lui pourrissait l'existence. Parmi les hiboux, les sourires et les cailloux qui jonchaient la route, elle cherchait l'homme dont lui avait parlé Phil, elle cherchait le monstre et la rédemption, la main tremblante et qui avait fauté.

Sur la dernière portion de route, dans les courbes bordées de sapins qu'illuminaient les phares, je ne voyais pratiquement plus rien. L'effet de la caféine avait disparu et c'est dans un état de quasi-hypnose que j'ai aperçu les réverbères de Rivière-aux-Trembles. En arrivant à la maison, j'étais aussi épuisée que si j'avais pleuré mille morts et ne songeait qu'à m'endormir devant une vieille comédie mettant en vedette un gentil clown à la Charlie Chaplin qui me ferait oublier tout ce qui concernait Michael Saint-Pierre. J'ai quand même salué Holy Owl, qui observait les trois érables gris se découpant du côté gauche de la maison, n'ayant d'autre désir que d'aller s'y percher. La captivité n'était pas pour Holy, je le savais, elle n'était pour aucun oiseau, mais Holy avait eu le tort de naître avec de toutes petites ailes qui ne savaient pas voler. J'ai ouvert la fenêtre pour lui donner l'illusion que sa liberté n'appartenait qu'à lui, mais ses petites ailes sont demeurées rivées à son corps d'écorce et de bois. Le vent s'est engouffré dans ses plumes rêches et il a simplement suivi le mouvement du nordet, tournoyant et frappant avec son bec ou avec sa queue les carreaux salis de poussière d'hiver.

Dans la cuisine que n'éclairait qu'un réverbère posté au bord de la route, ces coups de bec accentuaient l'intensité du silence. J'ai tenté de redresser Holy, mais il a continué à battre la mesure du vent, inconstante et d'une perfection troublante. Le vent est comme la mer, il est l'achèvement du désordre, comme la mer et l'orage, ai-je pensé pendant que les rideaux effleuraient mon visage. J'ai écouté son chuintement à la cime des arbres, d'une beauté qui enfante les fous, et j'ai refermé la fenêtre avant que cette beauté m'incite à me précipiter au bassin magique.

Je n'étais pas retournée là-bas depuis cette tempête que je nommais la tempête du hibou. Tous les jours, je chaussais mes bottes avec l'intention de m'y rendre, et tous les jours, la crainte d'être séduite par l'étrange paix de la forêt me poussait à remettre cette expédition au lendemain. J'irais quand les vents seraient moins violents, quand la neige se diluerait en centaines de minuscules étangs et formerait des rigoles s'enfonçant dans la boue. La glace du bassin magique, alors, se serait séparée de ses rives et je ne risquerais plus de m'y coucher.

J'ai réchauffé la pizza congelée que j'avais achetée quelques minutes plus tôt au dépanneur du village et j'ai passé la soirée à m'abrutir devant la télé. De temps à autre, il me semblait entendre le bec de Holy Owl frapper les carreaux, mais c'était les volets qui claquaient, les branches dénudées des buissons de Mary Matthews se frottant au bois de la maison. Vers vingt-trois heures, je me suis endormie sur l'image d'un soleil traversé de nuages, engourdie par la voix soporifique d'une présentatrice météo faisant état d'un avertissement de vents violents dans l'Est de la province.

Toutes les conditions étaient réunies pour que je rêve que le vent m'emportait. Mais il n'y a jamais de vent dans mes rêves, jamais de bruissement évoquant celui des vagues. Ils se déroulent tous dans un univers sans climat où il m'est impossible de sentir la chaleur du sable ou de l'eau recouvrant mes pieds. Au lieu de rêver au vent qui secouait la maison, j'ai rêvé à la mer emprisonnée dans le cabinet de S. I. Legendre, qui ballottait entre ses murs de verre sans que le vent l'effleure, sans que le bruit du ressac m'atteigne. Portée par un tic-tac d'une absurde régularité, elle se déversait sans bruit dans la rivière. Le monde était entouré de cloisons hermétiques étouffant jusqu'au bruit de mes pas et de ma respiration. Je rêvais de la mer et du silence.

À mon réveil, le vent était tombé, mais la mer ondulait toujours aux quatre coins de la planète, de même que l'eau devait onduler sous les glaces de la rivière. Il faisait froid dans la maison et le jour se languissait derrière les nuages. Pour tromper l'ennui qui tentait de s'infiltrer en moi avec le froid, j'ai rempli la baignoire d'eau brûlante et m'y suis plongée après y avoir versé deux bouchons de Mr. Bubblelou. J'adorais les bains remplis de mousse à ras bord, lorsque j'étais enfant, et mon père gardait toujours une bouteille de Mr. Bubblelou pour moi, pour mes rares visites, car il savait que j'avais aimé mon enfance. Avec la Caramilk, le Cheez Whiz et les Rice Crispies, le bain moussant Mr. Bubblelou faisait partie des rares produits qui avaient survécu au temps sans altération. Les autres avaient été emportés par la grande marée d'objets de consommation interchangeables dont l'homme occidental ne peut apparemment se passer.

La bouteille de Mr. Bubblelou avait la forme d'un ours ou d'un panda, ce n'était pas clair, que papa et moi rebaptisions chaque soir. Certains soirs, il s'appelait John, John Bubblelou. D'autres soirs il se nommait Martin, Clément ou Dominique, et il avait toujours une histoire à me raconter en fonction des formes que je sculptais dans la mousse. Aujourd'hui, l'ourson de plastique s'appelait Michael, mais il refusait de me raconter l'histoire de la rivière dont j'avais creusé le lit à la surface de l'eau mousseuse. J'ai tenté de le réveiller en secouant son petit corps translucide, qui a fait un bruit mouillé pendant que l'huile de bain adhérait à ses parois, puis je l'ai plongé sous l'eau et l'y ai maintenu, me disant qu'il serait peut-être plus enclin à parler s'il craignait de terminer ses jours dans cette étendue d'eau sans vie. Quelques remous ont agité l'écume, Michael Bubblelou a battu des pieds, et je l'ai délivré en lui demandant s'il était maintenant prêt à me révéler son secret, celui que gardait précieusement le cercle brisé des pierres ocre depuis trois décennies, et depuis plusieurs siècles, peut-être. Devant son mutisme, je l'ai immergé de nouveau, un peu plus profondément, un peu plus longuement. La face de plastique de Mr. Bubblelou continuait à sourire, pendant que ses yeux s'agrandissaient, que ses traits se diluaient dans la lenteur des vagues transportant leur écume. Mauvais temps, madame, mauvais temps, a hoqueté Bubblelou. Très loin sous la surface bleutée, les lèvres également bleues de Mike disaient va-t'en, Marn, va-t'en, en parfaite synchronie avec les lèvres de plastique de Bubblelou. J'ai brusquement lâché la bouteille. Mr. Bubblelou a bondi à la surface, les yeux remplis de mousse, et il a lentement vogué vers l'extrémité de la baignoire.

J'ai observé mes mains tremblantes, puis j'ai saisi Mr. Bubblelou pour le lancer contre le mur. Pendant un instant, ces mains avaient enserré le cou de Mike et l'avaient immergé dans la rivière que réchauffait le soleil d'août. À travers celui de Bubblelou, j'avais vu le sourire figé de Mike Saint-Pierre, va-t'en, Marn, mauvais temps, entouré des trois petites bulles d'une rondeur parfaite qui s'étaient échappées de la bouteille.

C'est pas moi, calvaire! ai-je hurlé en battant des bras, me frappant les coudes aux parois du bain, au mur de tuiles jaunes et blanches, éclaboussant le plancher d'eau savonneuse puis glissant sur l'émail doux, au risque de m'assommer ou de me casser un membre. C'est pas moi! C'est pas moi! C'est pas moi… Mon acharnement à faire surgir la lumière des hypothétiques zones d'ombre couvrant mon souvenir du 7 août 79 tournait à l'obsession. Si je ne me ressaisissais pas, Phil serait bientôt contraint d'admettre que la folie pouvait aussi frapper les petites Marnie. Je me suis forcée à respirer calmement, puis j'ai regardé le plafond, d'une blancheur immaculée. Du blanc, rien que du blanc.

Et s'il n'y avait pas d'images manquantes, ai-je murmuré à l'intention de Bubblelou, si le bras du monstre frappant Mike avait été invisible, ses griffes dissimulées parmi le foisonnement de la verdure? Personne, sauf Mike, n'avait peut-être vu le bras de l'homme. Personne, sauf Mélinda.

Je suis sortie du bain en grelottant, j'ai enfilé une robe de chambre et des bas de laine, puis j'ai téléphoné à Phil pour qu'il m'appelle Squouirèle et me rappelle que certains mystères ne pouvaient être résolus.

ꔹ

La pluie avait presque cessé, hier soir, quand je suis rentrée d'une balade en voiture n'ayant d'autre but que de me distraire de l'ordinaire de mes soirées, qui se déroulent habituellement entre un bol de pop-corn et une télé qui s'ennuie. Un épais brouillard s'élevait au-dessus des champs enneigés, les maisons de Rivière-aux-Trembles disparaissaient dans de lourdes vapeurs, légèrement vacillantes, et le moindre objet, poubelle ou banc de bois, perdait sa stabilité derrière les nuages. La lumière des réverbères formait des halos jaunâtres suspendus entre ciel et terre, semblables aux lueurs floues des lampes torches qui balaient la cime des arbres, aux abords des villages, quand un enfant n'est pas rentré pour le souper.

J'avais vu ces lueurs monter des bois durant la nuit du 7 au 8 août 79, dessinant autour de Rivière-aux-Trembles un périmètre irrégulier traversé de la voix des hommes appelant Michael. L'écho des cris lancés vers l'ouest allait mourir sur la colline des Loups, qui se taisaient avec les coyotes devant l'agitation des bois, ceux lancés vers l'est s'éteignaient d'eux-mêmes dans l'air humide, ne rencontrant que des obstacles qui en absorbaient la détresse. Le nom crié de Mike était partout, dans les champs, dans les maisons, dans le ciel ennuité. Puis le nom était emporté au loin pour n'être bientôt plus qu'un souffle se frappant aux frontières indistinctes où le vent va mourir. Mike se trouvait là, exactement là où son nom se taisait, dans la zone d'extinction des vents. Lorsque j'entendais les échos tomber au sommet des collines, je m'enfonçais sous mes couvertures en tentant une brève prière et j'attendais, j'attendais que les arbres se courbent de nouveau sous la poussée du vent, espérant que le nom de Mike s'accroche à une rafale qui irait cingler son visage.

J'avais aussi vu ces halos jaunâtres au cinéma, traquant des hommes en fuite ou se dirigeant vers l'une des chaussures boueuses de la fillette qu'on avait envoyée chercher du lait au coin de la rue. Parfois, la caméra nous montrait la chaussure en gros plan, et on pouvait constater qu'elle était rose ou blanche, de ces couleurs qui alourdissent le poids du drame. Ces images me troublaient un peu plus chaque fois, non seulement parce qu'elles se superposaient au running de Michael, mais parce qu'elles étaient toujours boueuses et que c'est toujours cet objet qu'on découvrait en premier, des chaussures sales indiquant que la course de l'enfant s'était arrêtée là où s'imprimait une dernière fois l'empreinte de son pied. Mon père ne comprenait pas pourquoi je demeurais rivée devant la télé quand une chaîne diffusait un film relatant la disparition d'un enfant, va donc te coucher, Marnie, ça te donne quoi de regarder ça, mais c'était plus fort que moi, il me fallait voir, il me fallait savoir, il me fallait comprendre. Tous ces films ne m'ont cependant appris qu'une amère vérité : les enfants disparus ne reviennent pas souper à la maison. On découvre leurs chaussures, parfois leur corps, parfois leurs vêtements ensanglantés, mais rarement un gamin ou une gamine qui a faim et qui pleure.

Le brouillard enveloppant Rivière-aux-Trembles me rappelait les soirs de battue de l'été 79, quand la confusion régnait sur le village, que les contours s'estompaient et que rien ne m'apparaissait plus qu'à travers une forme de nébulosité atteignant aussi le cours du temps, plus lent, s'écoulant dans l'épaisseur de la matière impalpable entourant les visages et les choses. Pendant cinq nuits, les lumières projetées dans les sous-bois avaient cherché Michael, puis il n'y avait plus eu qu'une unique lampe, celle de Victor Saint-Pierre, qui criait plus fort que celle de tous les autres hommes.

J'ai traversé le village embrumé dans le vague engourdissement entourant ces souvenirs, puis je me suis garée devant la maison, où j'ai écouté le crépitement irrégulier des gouttes de pluie tombant des arbres sur le toit de la voiture. Bercée par ce bruit, je me suis remémoré à quel point j'avais aimé la pluie, toutes les pluies, avant que ma vie se disloque dans le déferlement d'un orage. Pourquoi tu me fiches pas la paix, Michael Saint-Pierre ? Pourquoi tu me laisses pas tranquille ? Pourquoi ? Puis les larmes s'en sont mêlées, qui dégoulinaient lentement au bout de mon menton, ralenties par la matière visqueuse formée de bave et de morve qui leur faisait obstacle. Abrutie de fatigue, j'ai pleuré jusqu'à ce que mon engourdissement se double de vertiges et m'oblige à ouvrir la fenêtre pour reprendre mon souffle et m'oxygéner le cerveau. Dehors, les gouttières remplies de feuilles d'automne débordaient, quelques rigoles heureuses multipliaient leurs branches dans le gravier et l'air sentait bon la fin de l'hiver, la neige pourrie, la boue de feuilles piétinées. J'ai profité de cette accalmie pour m'essuyer le visage et, tranquillement, je suis montée vers la maison en demandant à Mike pourquoi je n'étais plus capable d'aimer ni de sentir la pluie.

Dans la cuisine, Holy Owl m'attendait, ainsi qu'il le ferait jusqu'à la fin des temps si je le laissais suspendu devant sa fenêtre. Soudain, je n'avais plus envie que Holy m'attende et me rappelle Mike jusqu'au jugement dernier. Je suis descendue à la cave chercher le projecteur portatif de mon père, son gros spotlight, celui-là même qu'il avait utilisé pour partir à la recherche de Mike pendant que Julie Lacroix me gardait et me bombardait de questions, les yeux aussi brillants qu'exorbités, pour pouvoir raconter à ses copines qu'elle avait interrogé Marnie Duchamp, la folle, qui lui avait révélé plein de détails sordides sur la disparition du petit Saint-Pierre. Julie Lacroix, une maudite menteuse qui, plus que tous les autres, avait empoisonné mon existence. Je l'ai envoyée chier en souhaitant qu'elle se soit fait arracher la langue par un train et je suis remontée au rez-de-chaussée, où j'ai enfilé un imperméable et des bottes étanches avant d'aller chercher Holy Owl dans la cuisine.

C'est cette nuit que tu t'envoles, Crappy, je te rends ta liberté, ai-je chuchoté en collant ma bouche contre sa petite tête de fausses plumes, puis je l'ai fourré dans une des poches de mon imperméable. J'avais tort d'accuser Mike. Ce n'était pas lui qui empêchait la pluie de me tomber dessus, mais le fantôme que je nourrissais, jour après jour, avec une mauvaise conscience capable d'alimenter tout un régiment de revenants. Mon problème ne s'appelait pas Mike, mais Marnie Duchamp, alias Marnie Hitchcock, alias Squouirèle. Si je voulais que Mike me sacre patience, il me fallait d'abord l'expulser de cette zone fantôme où, sans m'en rendre compte, je l'avais confiné. J'avais toujours été fascinée, d'une fascination proche de l'effroi, par ces enclaves carcérales, ces phantom zones issues de l'univers futuriste de Superman. La séquestration éternelle à laquelle étaient condamnés les hors-la-loi enfermés dans ces espaces dérivant dans l'infini me semblait la forme de châtiment la plus atroce qui soit, pire que tous les enfers jusque-là imaginés par l'homme, et voilà que j'y avais emprisonné Mike. Dans mon désir de garder son souvenir vivant, j'avais conçu pour lui un nouvel enfer, non plus réservé aux criminels, mais aux êtres aimés devenus fantômes, captifs de cet amour les vouant à une insensée survivance. Je devais le sortir de là et me libérer du même coup.

Avant de partir pour la rivière, j'ai téléphoné à Phil afin de lui éviter une nuit blanche s'il me rendait une de ses visites surprises et trouvait la maison vide. J'ai cloué le bec de Holy Owl qui s'agitait dans ma poche et j'ai dit à Phil que j'allais me coucher tôt pour écouter la pluie. On souperait ensemble le lendemain et c'est moi qui régalerais. Cinq heures, Phil, bonne nuit.

La pluie avait reflué vers l'est pendant que je réunissais mon barda, mais le brouillard était toujours à couper au couteau. J'ai traversé le village en pataugeant dans les flaques de neige fondue, puis j'ai pris le chemin du 4. Arrivée devant les champs de Lucien Ménard, je me suis enfoncée dans la forêt.

À la lumière du projecteur de mon père, les arbres prenaient une autre dimension. Quelque chose de trop humain semblait les animer, la nuit pervertissait leur nature diurne et je ne reconnaissais plus le semblant de sentier. Je découvrais des arbres que je n'avais jamais vus, leurs branches torses barrant l'accès à d'autres sentiers, des sentiers secrets et sinueux, interdits aux promeneurs ou appartenant à des enfants qui n'existaient plus. Une brume légère courait parfois au ras du sol, là où la terre était plus chaude, mais la forêt repoussait le brouillard qui l'enserrait. Des formes invisibles à la clarté du jour se découpaient dans les troncs humides, figures totémiques ou esprits cherchant à s'extirper de la matière ayant avalé leur âme. L'éclairage artificiel que je promenais devant moi ou braquais sur quelque creux d'ombre surprenait la nuit dans son intimité avec les arbres. À cette heure tardive, l'homme qui rompait les conciliabules et les chuchotements s'élevant de la brume n'était pas le bienvenu. Cette heure était le royaume des contes et des démons, des histoires de loups-garous et des croyances engendrant la peur. C'est ici qu'étaient nés l'ogre et le loup.

Michael se trouvait peut-être là, dans l'une des excrois-
sances prenant l'apparence de corps torturés cherchant à
s'échapper des troncs rugueux. Il avait peut-être disparu
ainsi que disparaissent les enfants des contes, capturés par les
arbres, séquestrés par quelque sorcière se nourrissant de sang
vierge. Effrayé par l'orage, il avait pu trébucher sur les jambes
décharnées de la sorcière de Rivière-aux-Trembles, étalées
sur le sol telles des racines exsudant une sève âcre, pour tomber ensuite au cœur d'une forêt métamorphosée ne compor-
tant d'autre issue qu'une éternité solitaire.

Certains avaient cru que j'étais cette sorcière, me poussant à me demander si je n'étais pas le produit des fornica-
tions de quelques incubes ayant visité le lit de mes parents
pour donner naissance à Marnie the Witch, la sorcière de
Rivière-aux-Trembles. L'absurdité de cette hypothèse aurait
pu me valoir la camisole de force si je n'avais fini par me rentrer dans le crâne que les sorcières étaient des êtres purement
chimériques ne sévissant que dans les contes. Et ma vie n'était
pas un conte. Pourtant, pendant que j'avançais dans l'irréalité
des arbres, rien ne m'apparaissait plus impossible. Il existait
peut-être des dimensions dont nous ignorions la profondeur,
des forces surnaturelles ou maléfiques frappant hommes et
enfants sans distinction. Le brouillard courant à mes pieds
pouvait aussi m'envoûter, mais je continuais d'avancer. Si la
forêt m'avait voulue, elle m'aurait prise bien avant cela, et si
elle me voulait aujourd'hui, mes efforts pour contrecarrer ses
plans ne parviendraient qu'à m'épuiser, et je m'enfoncerais,
tête basse, dans ces enclaves ne s'ouvrant que vers l'intérieur,
le bas du monde.

Après avoir contourné un groupe de cèdres si serrés qu'ils
s'étouffaient les uns les autres, j'ai enfin entendu la rivière,
coulant sous les glaces dont la pluie avait érodé les bords. Le
sentier incertain qui serpentait avec la brume entre les troncs
tordus m'avait menée là où je voulais aller. Au lieu de m'éga-
rer ainsi qu'elle avait égaré Mike, la forêt s'écartait devant moi.

Aucun mauvais esprit ne prendrait mon âme aujourd'hui. J'ai suivi le bruit de l'eau et, deux minutes plus tard, j'arrivais près du bassin magique.

J'ai promené le faisceau du projecteur sur les arbres bordant la rivière, parmi lesquels on n'apercevait aucun tremble. Des sapins, des bouleaux, des épinettes, mais aucun spécimen de l'espèce ayant donné son nom à ce cours d'eau. Les peupliers faux-trembles, apparemment, avaient disparu de ses rives après qu'on l'eut baptisé, à moins que les hommes l'ayant nommé se soient trompés, confondant bouleaux et peupliers. Il faudrait que je demande à Phil s'il avait une idée du sort qui avait frappé les trembles de la rivière.

J'ai continué à balayer l'obscurité de la nuit sans lune et la lumière de ma lampe a effleuré l'extrémité équarrie d'un bout de bois noirci d'eau que je ne me rappelais pas avoir vu là auparavant. Lentement, j'ai redirigé le faisceau de la lampe vers l'endroit où j'avais cru percevoir le bout de bois et me suis immobilisée. À quelques pieds du bassin magique, une croix dont l'aspect funeste se mariait parfaitement à l'atmosphère de cette nuit lugubre émergeait de la neige, une petite croix toute simple comme on en voit dans les virages mortels, dans les films où l'horreur s'entoure de symboles sacrés. Je me suis approchée en prenant soin de ne pas faire de bruit, craignant d'éveiller la mort qui dormait sous cette croix, puis j'ai vu qu'on y avait gravé un nom, Michael, sans date ni autre inscription.

Un seul mot, Michael, dont la lourdeur faisait pencher la croix vers les ténèbres. J'ai reculé de quelques pas, fixant cette croix qui me contraignait à imaginer le corps de Mike six pieds sous la couverture du sol, la bouche et les yeux remplis de toutes ces petites bêtes habitant la terre molle. Et pourtant, je savais que j'aurais beau gratter le sol jusqu'à m'en arracher les ongles, jamais mes mains ne rencontreraient le visage de Mike, parce que personne, ni Victor Saint-Pierre, ni Dieu, ni la police, n'avait jamais obtenu la moindre preuve de sa mort.

Pendant un moment, j'ai eu envie d'arracher cette croix officialisant une mort non confirmée et donnant aux sorcières de Rivière-aux-Trembles l'occasion de se livrer à des rituels païens autour de cet emblème de la résurrection. C'est Victor Saint-Pierre qui avait dû la planter là par un jour de printemps ou d'été, peut-être en compagnie de sa femme et d'Emmy-Lou. Il avait dû graver le nom de Mike dans son atelier, s'appliquant à tracer des lettres droites et d'égale longueur, sans fioritures, aussi sèches que la mort, puis se munir d'une masse pour venir enfoncer le nom de Mike dans la terre noire. Victor Saint-Pierre avait baissé les bras et confié la mémoire de Michael à un objet dont l'aspect insolite, en ce lieu précis, ne pouvait susciter qu'un profond malaise. S'il n'en avait tenu qu'à moi, je l'aurais fait disparaître, mais je n'avais aucun droit de détruire cette croix près de laquelle le vieux Victor venait sûrement se recueillir tous les 7 août.

En l'observant de plus près, j'ai constaté que le bois de la croix pourrissait et qu'elle avait probablement été plantée il y avait très longtemps, quand Emmy jouait encore avec ses poupées déchirées. Pendant toutes ces années, j'avais ignoré l'existence de ce gibet dont l'ombre, les jours de grand soleil, devait s'étaler à l'entrée du sentier par où Michael avait fui. Compte tenu de la configuration des lieux, l'ombre de cette croix pourrie ne pouvait s'étendre que dans cette direction. Son unique fonction était d'indiquer l'absence, la fuite en direction des arbres.

En quittant la maison, j'avais l'intention de venir accrocher Holy à une branche surplombant la rivière pour l'abandonner à un sort dont se chargeraient les intempéries, mais en examinant la croix, j'ai eu l'idée de l'enterrer avec la dépouille absente de Mike. Sa place était là, sous cette croix branlante. J'ai relevé mes manches en jurant que Holy Crappy Owl allait rejoindre Mike, puis j'ai enfoncé mes mains nues dans la neige et j'ai creusé, creusé jusqu'à toucher la terre gelée. Incapable d'entamer cette surface glacée, j'ai couru chercher une pierre tranchante près de la rivière, puis j'ai tenté de creuser encore, le front en sueur et les mains raidies par le froid, mais l'arête de la pierre s'est brisée et je l'ai jetée derrière moi en maudissant tous les saints du ciel. Le bruit de la pierre tombant dans l'eau, si semblable au bruit de toutes les pierres que Mike et moi avions lancées dans le lac aux Barbotes et la mare à Mailloux, a percé d'un son clair le silence de la nuit. Accroupie dans la neige fondue, j'ai regardé mes mains écorchées, mes ongles noirs, j'ai entendu mes halètements et j'ai eu peur. Vire pas folle, Marnie !

Les mains toujours tremblantes, j'ai replacé la neige, la terre et les feuilles mouillées que j'avais dispersées au pied de la croix et j'ai sorti Holy Owl de ma poche. Aucun oiseau n'est conçu pour la captivité. Aucun oiseau n'est conçu pour la terre. J'ai posé mes lèvres sur le petit bec de Holy, good luck, Crappy, et j'ai noué sa cordelette sur un des bras de la croix, pour que son ombre suive le trajet emprunté par celle de Mike et qu'un jour, peut-être, il aille se percher au sommet d'un arbre. C'est là que devaient vivre les oiseaux et c'est là qu'ils devaient mourir, dans les arbres ou dans les nuages. Après m'être assurée que Holy ne tomberait pas au premier coup de vent, j'ai reculé de quelques pas. Dans la lumière projetée par la lampe que je tenais au bout de mes bras, l'ombre de la croix s'imprimait sur la neige, accompagnée de l'ombre d'un petit pendu se balançant doucement. Arrivederci, Crappy, on se reverra peut-être. Salue Mike de ma part si tu le croises, ai-je ajouté, puis je suis partie sans me retourner.

Pendant que le bruit de la rivière s'amenuisait derrière moi, la pluie s'est remise à tomber, amplifiant les chuchotements qui couraient entre les branches. De temps à autre, un craquement me faisait sursauter, mais je continuais ma route en reniflant l'odeur de neige fondue et de bois trempé qui montait du sol. J'étais seule, Holy surveillait le bassin magique et, autour de moi, les rapaces et les loups soupiraient avec les sorcières. J'ai voulu hâter le pas, mais j'ai buté contre une de ces racines ne montant du sol que la nuit venue et, le visage dans la neige granuleuse, j'ai frénétiquement cherché la lampe que j'avais échappée dans ma chute. J'ai tâté autour de moi, ne rencontrant que des objets visqueux ou putréfiés. Alors qu'une main aux ongles crochus, je le savais, s'approchait de ma jambe pour me tirer vers l'arrière, ça arrive, Marn, c'est là, j'ai aperçu la lueur de la lampe vacillant derrière une souche. J'ai rampé sur les coudes, certaine que la main allait planter ses ongles dans ma chair d'une seconde à l'autre, puis j'ai attrapé le projecteur pour en diriger la lumière derrière moi. Tout était immobile. La main qui m'avait poursuivie avait réintégré la terre.

J'étais à bout de souffle quand j'ai débouché dans la clairière de Lucien Ménard, mais ne m'y suis pas attardée. J'ai couru jusqu'à la route sans me soucier de l'eau qui glissait dans mon cou ni des douleurs provoquées par ma chute et ma tentative d'inhumer Holy Owl encore vivant. Peut-être un hibou hululait-il au loin, mais je ne l'ai pas entendu, pas plus que je n'ai entendu le cri monté autrefois de la rivière aux Bleuets.

❧

Nanamiu-shipu, rivière Tremblante, c'est probablement de ce mot innu que vient le nom de la rivière aux Trembles, m'a expliqué Phil à l'heure du café, peu avant que les bougies s'éteignent. On avait d'abord dû l'appeler rivière Qui-Tremble, puis le nom avait peu à peu été déformé pour se transformer en rivière aux Trembles, alors qu'aucun peuplier faux-tremble ne bordait ni n'ombrageait cette rivière.

Nous étions attablés dans la salle à manger et discutions à la lueur d'une lampe murale et de trois bougies qui se consumaient lentement dans les petits plats de verre où, faute d'avoir pu mettre la main sur les chandeliers, je les avais fixées. Phil avait frappé à ma porte vers les dix-sept heures et nous avions préparé le souper ensemble en buvant de la Belle Gueule blonde. Phil râpait le fromage, moi les zucchinis, pendant que Miles Davis s'occupait de la musique, poussant jusqu'au sublime la bande sonore d'*Ascenseur pour l'échafaud*. Devant le vide laissé par Holy Owl à la fenêtre, je tentais d'oublier la croix de bois où j'avais suspendu ce volatile aux yeux vitreux. Je dansais sur *L'assassinat de Carala*, une pièce conçue pour l'échafaud, pas pour la danse ou l'insouciance, ce dont je me foutais royalement, car j'éprouvais un urgent besoin de faire le clown, d'arborer mon innocent sourire de Bozo pendant que Jeanne Moreau cherchait désespérément Julien Tavernier, son amant, qui venait d'accomplir le crime presque parfait. Alors je dansais, je louvoyais autour de l'échafaud et me prenais les pieds dans la langueur de la trompette. Pour oublier. Pour faire le clown.

À mon retour de la rivière, la veille, je m'étais allongée sur mon lit, espérant m'endormir dans le tambourinement de la pluie, mais j'étais restée éveillée jusqu'aux petites heures, à observer l'ombre de la croix se dessinant sur un des murs de ma chambre puis se reflétant dans le miroir en pied, où gisait la silhouette de mon corps allongé. À l'instar des marâtres des contes de fée, j'avais emmené Holy dans les bois pour l'y perdre et je craignais maintenant qu'il retrace son chemin en suivant les cailloux éparpillés dans les sentiers. Mon désir d'égarer Holy constituait ma première tentative pour me débarrasser de Mike, pour retrouver ma vie et sentir de nouveau la pluie, mais ses chances de réussite m'apparaissaient encore très aléatoires. Voilà pourquoi je dansais, aussi langoureuse qu'une carpe après le dégel, aussi ridicule qu'une ado se prenant pour Madona ou Elvira Madigan, essayant de me persuader que la croix de Mike représentait un signe du ciel et non de l'enfer, qu'il me suffisait de confier Mike à Dieu pour enfin être affranchie de mes tourments. Je n'avais en somme qu'à me réfugier dans une vérité toute simple. Mike était mort. Carala était mort. Marnie était vivante.

Qu'est-ce qui t'arrive, Marn, ça fait longtemps que je t'ai pas vue d'aussi bonne humeur? me demandait Phil, et je lui répondais que c'était le printemps, le printemps et la pluie, les perce-neige dans trois semaines, Phil, tu te rends compte, la chaleur qui ferait éclore les bourgeons et les œufs d'hirondelle. Phil était heureux de me voir danser et, malgré toute sa perspicacité, il ne pouvait distinguer l'affreux nez de clown que j'avais plaqué sur mon masque de plastique craquelé.

Durant le souper, portés par ma bonne humeur de clown épuisé et les effets du Château Timberlay offert par Phil, nous avons parlé de tout et de rien, de la pluie, encore, de l'impossible température québécoise, tout en commentant le nombre record d'apostasies consécutives aux propos de Joseph Ratzinger sur l'usage du condom, le tremblement de terre qui avait provoqué cent cinquante morts et privé cinquante mille personnes de leur foyer dans les Abruzzes, en Italie, pendant que je m'avançais dans une forêt où seules mes mains tremblaient.

Ce n'est qu'à la fin du repas que j'ai annoncé à Phil que Mike était mort et que c'est sur sa tombe, en quelque sorte, que je dansais plus tôt. Je mentais, un mince filet d'air s'échappait encore de la gorge de Mike, mais je voulais prendre Phil à témoin de sa mort prochaine. Il était temps que tu le laisses enfin mourir, a-t-il soupiré, ça se fatigue, les vieux fantômes, ça peut devenir méchant. Le sourire de Phil était presque heureux et j'avais honte, soudain, de lui avoir annoncé la mort d'un moribond. Je me sentais pareille à ces rédacteurs chargés d'écrire la rubrique nécrologique de gens qui respiraient encore, mais dont la mort imminente était mise en boîte quelques semaines à l'avance, histoire d'être prêt à imprimer quand le gars ou la fille serait débranché. Ça va se tasser, Marn, tu sais aussi bien que moi qu'on finit par s'habituer à la mort, a ajouté Phil avant de se lever pour aller préparer le café.

Dans les petits plats de verre où la cire fondue formait des amas de larve rouge, les bougies vacillaient. Je passais mes mains sur les flammes en pensant à l'été, en espérant l'été comme on espère enfin renaître, jeter ses vieux runnings et s'acheter des sandales à deux cents dollars pour se rendre compte au bout de la ligne qu'il vaut mieux courir pieds nus, sans rien qui vous rattache à quoi que ce soit que l'herbe à la terre. J'installais des tuteurs près des bosquets de Mary-Jean, pieds nus, tête nue, quand Phil est revenu avec le café.

Tu penses à quoi, Marn?

Aux rosiers de pop, il va falloir que je m'en occupe.

Puis, de Mary Hope en Mary Kay, j'ai abouti près de la rivière, incapable de passer une heure sans que ce maudit cours d'eau déferle dans mon champ de vision. Je me suis hâtée de dépasser la croix de Mike et d'enjamber le bassin magique pour demander à Phil ce qu'il savait des trembles de la rivière. Une question simple, supposant une réponse simple. Nanamiu-shipu, rivière Tremblante, a murmuré Phil dans le vacillement des bougies qui allaient bientôt s'éteindre. Selon lui, les Indiens avaient probablement donné ce nom à la rivière à la suite du tremblement de terre qui avait violemment frappé la région en octobre 1860, une secousse dont les effets avaient été ressentis de la Nouvelle-Écosse au New Jersey. J'ai lu quelque part que la rivière aurait été légèrement déviée par la formation d'une faille, a poursuivi Phil, si bien que les Innus lui auraient aussi donné le nom de Nana-shipu, rivière disparue.

Certains experts prétendaient au contraire que le véritable nom de cette rivière était Nanamassiu-shipu, rivière de la foudre. Les premiers colons blancs de la région, confondant nana, nanamiu et nanamassiu, avaient donné différents noms à la rivière, hésitation qui, après une cinquantaine d'années, avait conduit à rivière aux Trembles.

Phil parlait, accumulant des mots qui m'étaient étrangers, les bougies vacillaient, Miles rejouait *L'assassinat de Carala*, et moi, je n'entendais que nana, nanamiu, nanamassiu : disparition, tremblement, foudre, Michael et Marnie sous l'orage. Les mots des anciens Innus qui avaient nommé cette rivière en fonction de ses humeurs, de sa révolte contre le ciel puis de sa chute dans les failles de la terre ne pouvaient mentir. Ce sont les trembles qui mentaient, les mots blancs venus de la méprise, mais pas nana, pas nanamiu, pas nanamassiu. Tremblement, orage, éblouissement et ravissement. La sueur couvrait de nouveau mon front, son odeur rance imprégnait mon chandail sous les aisselles, nanamiu, nanamiu-shipu… Je répétais ces mots que personne ne m'avait appris alors qu'ils encerclaient ma destinée comme le feu encercle les villes assiégées. Ils révélaient la véritable nature de la rivière, Nanamassiu-shipu, qui avait voulu m'emporter durant la dernière tempête. Phil avait tort lorsqu'il prétendait qu'on ne pouvait accuser les arbres et les rivières de certains crimes. La disparition de Mike échappait à l'entendement parce qu'elle avait été causée par la résurgence des lointains tremblements de la rivière devant la foudre, parce que Michael, avec son soulier défait, était tombé dans l'une de ces failles que l'eau avait ensuite recouvertes.

Qu'est-ce que t'as, Marnie ? m'a demandé la voix inquiète de Phil. Rien, lui ai-je répondu, j'ai marché sous la pluie, hier, ce doit être la fièvre. Il m'a touché le front : brûlant. La fièvre était bel et bien installée. Va te coucher, m'a ordonné Phil, je m'occupe de la vaisselle, mais je suis demeurée à table, à regarder les bougies s'éteindre dans les formations de lave rouge figées dans les plats de verre, m'interrogeant sur les rivières des Abruzzes, sur la possibilité que quelques-unes d'entres elles aient quitté leur lit pour emporter les enfants disparus. J'ai réuni les miettes éparpillées sur la nappe, puis je les ai classées selon leur forme et leur grosseur pour ensuite les disposer en cercles, cinq petits cercles évoquant ces ronds de sorcière au centre desquels les démentes et les condamnées appâtaient les démons de leurs danses frénétiques. Cinq petits cercles rappelant les pierres pêchées par Mike dans la rivière Tremblante, on met les blanches avec les blanches, Marn, avant le crépitement de la pluie, avant la foudre, avant que les enfants crient tous sorcière, bitch, witch, Marnie the Witch!

À onze heures pile, la maison était en ordre et Miles Davis avait regagné ses quartiers, dans ces inconfortables coulisses situées entre la mort et l'immortalité. Quant à Phil, il avait compris que je venais de ressortir Mike de sa tombe.

∽

La fièvre a duré plusieurs jours durant lesquels, dans mon quasi-délire, je ressuscitais Mike pour ensuite retourner son corps à la rivière, où ses cheveux blonds caressaient ses joues au rythme du courant. Je suivais la lenteur de ses mouvements dans l'eau douce et me demandais pourquoi aucun peintre n'avait songé à représenter la figure tranquille du noyé sous les traits d'un homme ou d'un garçon. Il existait sûrement, dans quelque galerie ou musée, des visages d'hommes torturés surgissant d'algues noires mais, à ma connaissance, aucune paisible Ophélie voguant parmi les nénuphars ne portait le nom d'un homme.

Quand je ne l'imaginais pas au fond d'une rivière ou d'un ravin, je voyais Mike arriver par la côte Croche, que nous nommions ainsi parce que son tracé contournait autrefois le flanc ouest de la colline qu'elle traverse aujourd'hui. Il avait les cheveux sales, la barbe longue, et traînait sur son épaule une poche informe contenant toutes ses possessions, qui se résumaient à quelques vêtements et à quelques livres. C'était le Mike ressuscité, l'enfant prodigue qui avait mis trente ans à regagner son village. Si Victor Saint-Pierre ne mourait pas, c'est parce qu'il attendait ce Mike-là, celui qui appartenait à cette catégorie d'enfants prolongeant malgré eux l'existence des morts-vivants. On les attendait, on ne mourait pas, puis, de sursis en sursis, on finissait par croire que l'immortalité n'était qu'une version camouflée de l'attente. Dans les moments où je ressuscitais Mike, j'avais parfois envie de courir chez Victor Saint-Pierre pour lui dire de ne pas mourir avant d'avoir vu la silhouette vacillante d'un homme se profiler au sommet de la côte Croche dans la lumière d'été, mais la fièvre m'en empêchait, qui me faisait trembler des pieds à la tête pendant que mon corps se couvrait de sueur. C'était la fièvre tremblante, nanamitshiu-akushu, provoquée par la pluie montée des rivières disparues.

Phil se manifestait tous les jours, en fin d'après-midi, m'apportant des oranges, de la soupe au poulet Campbell ou de la mélasse noire, mais seule la ponce de gin au miel qu'il me préparait après le souper me soulageait. Il n'y a rien de tel que les remèdes d'enfance pour forcer la nostalgie à sortir son arsenal d'effets placebos. C'est ce que je disais à Phil en lui tendant mon verre pour qu'il me serve une deuxième rasade de gin. Au milieu de la soirée, après un bain brûlant auquel je ne conviais plus Mr. Bubblelou, je m'endormais dans des odeurs de genièvre pendant que Bones classait des fémurs à la télé.

Puis la fièvre s'en est allée aussi soudainement qu'elle était venue, comme un traître s'esquivant par la porte de derrière après vous avoir planté un couteau dans le dos. Je me suis traîné les pieds pendant une bonne semaine encore, ignorant si je souffrais des symptômes de la convalescence ou du deuil, puis la vie a repris son cours. J'essayais de ne pas penser à Mike en me concentrant sur les cahiers dans lesquels mon père avait consigné des notes relatives à l'entretien de différents types de rosiers, je remplissais des commandes de semis et faisais le ménage dans l'atelier et dans les serres.

Pendant que la fièvre tremblante faisait ses ravages, j'avais sérieusement considéré la possibilité de quitter Rivière-aux-Trembles, puis j'avais compris, en regardant la neige fondre dans le jardin, que mon enfance m'avait trop manqué pour que j'y renonce maintenant que le souvenir de Mike s'apaisait et que je pouvais espérer redevenir peu à peu la Marnie qui sifflait parfois *As Time Goes by* sous les cieux new-yorkais. Puisque j'en avais hérité, j'allais m'occuper de la petite entreprise de mon père et reprendre mon enfance là où je l'avais laissée, sous la pergola en fleurs. Je vivrais désormais ici, dans l'odeur des rosiers et du foin sec, de la sueur et des sapinages exsudant leur sève amère dans les étés de Rivière-aux-Trembles. J'évoquerais ces étés, le foin qui crisse, le sable se collant aux mains mouillées et je m'étendrais près des vagues parfois immenses roulant sur les plages où reposaient les chaudières à châteaux. J'enlèverais toutes les moustiquaires et laisserais les couleurs de l'enfance entrer dans la maison de mon père. Seule la couleur de la pluie me résisterait, car personne n'a jamais pu saisir la couleur de la pluie d'été. Ceux qui croient que la pluie est grise n'ont jamais vraiment vu la pluie. Ils n'ont vu que le sol trempé et les nuages.

J'ai donc attendu que la fièvre se calme et je me suis plongée dans le travail avec un seul but en tête, reconstituer certains états bienheureux de l'enfance. J'étais dans la serre des hybrides, m'y activant depuis le matin, quand deux portières de voiture ont claqué dans la cour. Phil était pratiquement la seule personne à me rendre visite, mais ça ne pouvait pas être lui. Phil ne claquait pas sa portière deux fois, Phil ne crachait pas sur les araignées et ne sautait pas par-dessus les rainures des trottoirs. Phil était aussi rationnel qu'un polygone, et s'il ne passait pas sous les échelles, c'était pour éviter de faire tomber le gars qui peinturait sa corniche en espérant qu'aucun imbécile ne s'aventurerait sous son échelle. La normalité du temps allait aujourd'hui devoir faire face à l'instabilité menaçant les milliards de quotidiens se croyant à l'abri du désordre.

J'ai déposé mon sécateur et me suis dirigée vers l'entrée de la serre. Les portières qui avaient claqué étaient accrochées à une voiture de la Sûreté du Québec, et les hommes qui les avaient claquées montaient deux à deux les marches menant à l'entrée de la maison. Instinctivement, je me suis réfugiée au fond de la serre. Ces hommes en uniforme venaient m'arrêter. Ils avaient découvert le chaînon manquant, le détail qui m'incriminait et que j'avais vainement cherché en lisant Winston Graham et en me laissant bercer par les flots d'une mer inexistante. Appuyée contre l'établi, je les entendais frapper à la porte en criant mon nom, madame Duchamp, Marnie Duchamp... Ouvrez, s'il vous plaît !

J'ai fermé les yeux et j'ai compté jusqu'à cent. S'ils étaient encore là lorsque j'ouvrirais les yeux, ce serait le signe qu'ils étaient réels. J'arrivais à soixante-quinze quand une voix a résonné à l'entrée de la serre. Ouvre pas les yeux, Marn, m'implorait la voix de Mike, faut que tu te rendes jusqu'à cent si tu veux qu'ils disparaissent. Mais les voix se rapprochaient, accompagnées de bruits de pas. Madame Duchamp ? Inspecteurs Marchessault et Doyon, on aimerait vous parler. J'ai ouvert les yeux à quatre-vingt-dix, me privant ainsi de toute possibilité de savoir si ces inspecteurs étaient réels. Devant moi, les deux policiers attendaient que je confirme mon identité. Le plus grand avait des cheveux, le plus petit était chauve et portait la moustache pour compenser. À part cette différence, ils avaient la même tête. On aurait pu poser la moustache du petit sous le nez du grand et implanter les cheveux de ce dernier au chauve, ça n'aurait rien changé, la froideur de leur attitude ne se serait pas réchauffée d'un degré.

Après m'avoir montré leurs plaques, ils m'ont demandé si on pouvait discuter dans un lieu plus approprié. La serre ne me semblait pas moins appropriée que la chapelle Sixtine pour ce qu'ils avaient à m'annoncer, mais je n'ai pas protesté.

Je les ai guidés jusqu'à la maison et leur ai offert de s'asseoir au salon, mais ils préféraient la cuisine, comme Desmarais et McCullough la première fois qu'ils m'avaient interrogée à propos de la disparition de Mike. Il ne manquait que mon père, devant moi, dont la place était occupée par le chauve, et la silhouette de Victor Saint-Pierre dans l'encadrement de la porte. Pour me donner contenance, j'ai cherché des miettes sur la nappe de plastique et me suis rendu compte que mes mains tremblaient, ce qui n'a pas échappé à Doyon, qui a fait un signe du menton à Marchessault. J'avais beau essayer de me les représenter sous les traits de deux imbéciles pour contrôler la panique qui me nouait les intestins, ces deux flics étaient tout sauf des nuls. Ils connaissaient leur métier et pouvaient flairer l'odeur de la peur jusque sous un putain de scaphandre.

J'attendais qu'ils me révèlent quelle preuve irréfutable ils avaient dénichée pour m'inculper de la disparition de Mike, mais Marchessault s'est lancé dans une description de la cuisine de sa grand-mère, où il y avait des armoires tout en lattes, pareilles aux miennes, puis le garde-manger dans lequel sa grand-mère conservait d'énormes biscuits à l'orange dans une jarre de grès. Il se demandait si les biscuits étaient vraiment énormes ou s'il les voyait alors ainsi parce qu'il était petit. Il a fini par conclure que sa taille d'enfant n'était pas en cause et qu'il s'agissait bel et bien de grosses galettes sèches qui fondaient dans la bouche et laissaient un peu de poudre orange au bout des doigts.

J'ignorais s'il s'adressait à Doyon ou à moi, s'il cherchait seulement à m'énerver ou s'il soliloquait, perdu dans la splendeur d'une enfance où il n'avait pas à se taper de coéquipier chauve ni d'arrestations le lundi après-midi. Les flics avaient recours aux méthodes les plus invraisemblables pour vous faire avouer, lesquelles incluaient les vieilles dames en tablier fleuri qui les avaient gavés de galettes jusqu'à l'âge de douze ans. Il ne fallait pas se fier à eux ni à leurs souvenirs attendris. Quand il a eu fini de s'extasier sur la saveur des biscuits à l'orange parsemés de grains de sucre, des biscuits comme on n'en faisait plus, il s'est tourné vers moi et m'a demandé comment j'avais occupé ma journée du samedi 18 avril.

Je suis demeurée bouche bée. En quoi le 18 avril avait-il un rapport avec la disparition de Mike? Pourquoi le 18 avril et pas le 25 décembre 1940? Je n'avais rien foutu le 18 avril qui pouvait avoir un lien quelconque avec Mike. Je n'étais pas allée me recueillir près de sa croix ni près du lac aux Barbotes, je n'avais quitté la maison que pour me rendre à une quincaillerie de Saint-Alban qui vendait un type d'engrais spécial dont j'avais besoin pour mes roses. C'est ce que je leur ai raconté, que j'avais passé la journée dans les serres avant d'aller faire des courses à Saint-Alban. Le fait que je me sois rendue à Saint-Alban a paru les intéresser. Doyon a donné un autre coup de menton en direction de Marchessault, qui s'est penché vers moi pour me demander si j'aimais les enfants, les petits garçons. Ses grosses mains poilues touchaient presque les miennes et son visage était si proche du mien que je pouvais voir des perles de sueur se former sur son front, pareilles à celles qui coulaient du front de l'agent Desmarais sous le soleil du mois d'août. Marchessault pompait l'air de mon espace vital et cette proximité me donnait la nausée. Les petits garçons? a-t-il répété en inclinant un peu plus son visage vers le mien, et je me suis levée d'un bond.

De quoi est-ce que vous parlez, bordel? Je comprends rien à ce que vous dites. Qu'est-ce que vous me voulez? Je criais et je reculais lentement vers la porte, attendant que mon père apparaisse pour mettre son poing sur la table et faire cesser cet interrogatoire. Mon attitude était celle d'une coupable, d'une maudite folle pas capable de se contrôler, je le savais, et pourtant je continuais à reculer. Ma peur n'a pas échappé aux deux hommes assis à ma table, dont les regards, devant mon affolement, brillaient comme s'ils avaient confondu l'assassin de JFK.

Rassoyez-vous, m'a ordonné Doyon.

Pas avant que vous m'ayez expliqué ce que vous faites chez moi, ai-je répondu en saisissant un Scott Towel pour me moucher.

Marchessault a attendu que j'aie fini de renifler, puis il a repris la parole, confinant l'autre au rôle du muet, pour me détailler le pourquoi de leur présence. Sa voix était calme, presque chaude. Le flot ininterrompu de ses paroles emplissait la cuisine d'une espèce de bourdonnement dans lequel s'immisçait sans cesse le prénom d'un garçon, Michael, dont la bicyclette toute neuve, bleue, bleu Superman, était tombée dans un fossé. Mais Marchessault racontait n'importe quoi. Il mélangeait les faits, les dates, les saisons. La bicyclette de Mike n'était pas tombée dans un fossé. Il l'y avait cachée avec la mienne et il ne portait pas de veste rouge, il faisait trop chaud, personne ne porte de veste rouge en plein mois d'août. Ça ne s'est pas passé de cette façon, vous vous trompez, ai-je affirmé aux deux hommes qui m'observaient en retenant leur souffle, pareils à deux chats accroupis près d'une flaque d'eau de pluie où s'abreuvent quelques innocents moineaux. J'ai lissé la nappe avec mes mains moites et leur ai expliqué comment Michael s'était sauvé pendant que j'étais dans la cabane, à genoux dans un cercle de pierres brisé. Je leur ai décrit la force soudaine du vent, les mots chuchotés par Mike, qui ne parlaient pas du mauvais temps, non monsieur, mais me disaient de m'enfuir, va-t'en, Marn, va-t'en. Ils se trompaient sur toute la ligne. J'étais dans la cabane, Michael près de la rivière, un orage entre nous deux.

La nappe était maintenant bien lisse et les deux inspecteurs me fixaient, leurs yeux de chat écarquillés. Les poings crispés, Doyon me demandait où était le garçon, où j'avais séquestré Michael Faber. Ce nom avait traversé le bourdonnement, tout à l'heure, mais je ne m'y étais pas attardée, il avait glissé sur le nom de Michael pour tomber dans ce vaste espace où les mots négligés se ramassent pêle-mêle, inutiles et impuissants. Pendant que Marchessault insistait à son tour pour que je lui révèle où j'avais caché le corps de Michael Faber, j'ai compris qu'ils parlaient d'un autre garçon, d'un autre Michael.

Le bourdonnement a brusquement cessé, what the fuck, Holy, et j'ai vu que des petites perles de sueur brillaient maintenant sur la moustache de Doyon, pareilles à celles couvrant le front de Marchessault. Je sais pas, ai-je bafouillé en m'essuyant la bouche, agacée par la moustache mouillée révélant des poils rêches qui bifurquaient vers les commissures des lèvres, je connais pas de Michael Faber, j'ai séquestré personne et je suis pas folle. Je suis pas folle, m'entendez-vous? C'est la forêt qui a pris Mike. Mais Doyon et Marchessault refusaient d'entendre mes explications autant que mes justifications. De leur point de vue, je venais plus ou moins de confesser l'enlèvement d'un garçon nommé Michael Faber. L'un d'eux, je ne sais plus lequel, m'a passé les menottes en me récitant mes droits et m'a conduite à la voiture stationnée devant l'entrée malgré mes cris et mes protestations. J'ai tenté de me débattre, de leur expliquer que leur histoire n'avait pas d'allure, mais celui qui m'emmenait m'a délicatement poussée dans la voiture alors que je me tortillais comme un ver enragé au bout d'un hameçon. Il a ensuite refermé la portière, certain que je ne pourrais me sauver, puisqu'il n'y a jamais de foutue poignée à l'intérieur des portières qui se referment aussi sec qu'un piège à rats sur les petites Marnie, et il est allé rejoindre l'autre à l'intérieur de la maison.

J'ignore combien de temps ils y sont restés, mais j'avais l'impression qu'ils n'en ressortiraient jamais. La porte s'est enfin ouverte alors que je m'étais résignée à ne plus les attendre, à suffoquer dans cet habitacle qu'on avait vaporisé d'essence de sapin pour masquer l'odeur de vomissure des poivrots ramassés sur le bord de la route le samedi soir, et Marchessault est apparu sur le perron, suivi de Doyon, qui tenait à la main un sac de plastique dans lequel j'ai cru distinguer la casquette des Yankees que je m'étais procurée à New York, longtemps après que ma casquette des Expos avait rendu l'âme. Là encore, les policiers se trompaient et confondaient tout, le passé et le présent, le bleu roi et le bleu marine, les Expos et les Yankees, qui ne tenaient aucun rôle dans cette histoire. Doyon a déposé le sac dans l'escalier, puis il a entrepris l'inspection du jardin avec Marchessault. Ils ont scruté chaque centimètre carré du terrain, soulevé tout ce qu'ils pouvaient soulever, déplacé tout ce qui se déplaçait, puis ils ont disparu dans les serres, Marchessault dans celle des hybrides, Doyon dans l'autre. Là encore, j'ai pensé qu'ils allaient passer leur vie là-dedans, puis Marchessault est ressorti en appelant Doyon. Ils ont discuté quelques instants en gesticulant, puis se sont dirigés vers l'atelier.

Recroquevillée sur le siège arrière de la voiture, j'essayais de comprendre ce qui m'arrivait. Un enfant avait été enlevé et c'est moi qu'on était venu chercher. Ils étaient remontés jusqu'à Mike et avaient conclu que j'étais deux fois coupable, à cause des prénoms et des bicyclettes bleues, de la couleur du t-shirt de Mike détrempé par la pluie. La méchante Marnie avait refait surface et on s'était empressé de l'arrêter avant qu'elle abandonne d'autres victimes dans le sentier piétiné. Tout ça n'avait aucun sens. Je n'avais pas touché à Mike, je n'avais enlevé aucun Michael en veste rouge, mais une petite voix, en moi, me chuchotait que je n'en savais rien, que la mémoire est oublieuse, parfois, et qu'il arrive qu'on ne se souvienne pas d'où vient la tache de sang incrustée dans les mailles de son chandail.

Quand Doyon et Marchessault sont montés dans la voiture, je n'étais plus sûre de rien et ne savais toujours pas si ces deux flics étaient réels. Je voyais deux bicyclettes bleues, bleu Superman, rouler côte à côte sur la route du 4. J'entendais des rires. Je voyais un soulier trempé de boue et une casquette de baseball portant les couleurs des Yankees de New York, réunis dans un sac de plastique. Je voyais deux Michael, l'un souriant et l'autre sans visage, qui pénétraient dans la bouteille de verre contenant la cité prisonnière de Kandor.

À l'avant de la voiture, Marchessault poursuivait son soliloque. À cause de la vitre me séparant des sièges avant, je n'entendais pas ce qu'il racontait ni si ça concernait encore sa grand-mère, mais je savais qu'il bourdonnait, que Doyon était enveloppé de la vibration de ce bourdonnement et de la rumeur qui, bientôt, allait s'échapper de la voiture pour annoncer à tout Rivière-aux-Trembles que la vilaine petite Marnie Duchamp était de retour.

TROISIÈME PARTIE

I
L'ENQUÊTE

Dès mon arrivée au poste de police, j'ai commencé à me ronger les ongles, comme Billie, comme Lucy-Ann après Billie, parce que la situation me dépassait et que j'avais les nerfs en boule, expression qu'on ne peut comprendre que quand ça nous arrive, ça ne s'explique pas, mais au lieu de m'apitoyer sur mon sort, je songeais à celui de Pixie, m'imaginant qu'ils l'expédieraient dans un laboratoire pour lui faire subir des tests d'ADN, relever ses empreintes dentaires ou je ne sais quoi, mais la rapidité avec laquelle ils ont conclu que Pixie n'était pas Nuage, le chat du gamin disparu, excluait cette possibilité. Ces crétins ont dû se contenter d'ouvrir son caisson pour demander au père effaré de se pencher dessus afin d'identifier la carcasse du chat qu'un imbécile y avait enfermé. Si le gars n'était pas déjà démoli, la vue de ce chat raide mort a dû l'achever. Je parle du père parce que c'est en général devant les pères qu'on soulève le drap blanc recouvrant le visage aux paupières noircies des enfants morts. On n'ose pas infliger ce spectacle à la mère, alors on part du principe que le gars est plus fort et qu'il va s'en sortir, qu'il ne piquera pas une crise qui vous obligera à le maîtriser et à appeler le médecin de service pour qu'il enfonce une seringue dans le bras que deux costauds auront peine à maintenir le long du corps.

Une fois rassuré quant au sort de Pixie, l'image qui me trottait dans la tête était donc celle d'un homme aux yeux cernés et veinés de rouge, bouffis par l'insomnie, mais rien ne prouvait que la mère n'avait pas insisté pour voir Pixie, menaçant Doyon de lui replanter la moustache dans le front s'il lui barrait le chemin. Avec Lucy-Ann, j'avais eu un sérieux aperçu de la férocité des mères appelant leurs petits et j'avais appris que rien ne pouvait les empêcher de soulever une tonne de briques si elles pensaient que leur enfant gisait sous les décombres. La prétendue force des hommes, au regard de la violence née du ventre des femmes, ne pesait pas très lourd. Ça me faisait donc deux visages au-dessus du caisson, deux visages anéantis qui continueraient à chercher Nuage et à crier son nom en espérant que leur fils apparaîtrait en courant derrière le chat.

Marchessault et Doyon n'ont rien trouvé de compromettant non plus dans mon ordinateur, qu'ils ont toutefois décidé de conserver pendant quelques jours pour le soumettre à l'examen d'un spécialiste, au cas où je l'aurais trafiqué en vue d'y dissimuler des images d'enfants mutilés derrière des photos de Billie. J'ai tenté de plaider ma cause, cet ordinateur était mon instrument de travail, mais Marchessault est demeuré sourd à mes arguments. Il a quitté la salle agrémentée d'un miroir sans tain et j'ai tué le temps en imaginant la gueule du gars, flic ou psy, qui se tâtait le menton derrière le miroir en essayant de déterminer si mon attitude et ma nervosité étaient celles d'un coupable.

Marchessault m'a laissé poireauter là pendant deux heures, probablement occupé à asticoter l'autre suspect dans cette affaire, avant de revenir m'annoncer que j'étais libre de partir, visiblement contrarié de devoir me laisser filer. Il aurait pu invoquer la supposée voie de fait qui avait poussé Doyon à me sauter dessus un peu plus tôt et me garder ainsi à l'ombre une nuit ou deux, mais il a dû conclure que la paperasserie n'en valait pas le coup. Aucune preuve ne lui permettant de me retenir, il n'avait d'autre choix que de renvoyer chez lui l'animal qui congelait ses chats. On vous tient cependant à l'œil, Richard. Vous ne quittez pas la région, on va se revoir bientôt. Après un bref conciliabule avec la fille qui faisait le pion dans le corridor, Marchessault s'est éclipsé et la fille m'a conduit à la réception, où on m'a remis le caisson de Pixie en me détaillant encore une fois comme si j'étais le pire taré que la terre ait jamais enfanté. Puis je me suis retrouvé sur le trottoir mouillé, à compter les voitures sales qui ramenaient leurs conducteurs chez eux après leur première journée de travail de la semaine. L'esprit complètement vide, j'ai marché sous la pluie douce jusqu'à une rue commerçante où j'ai attrapé un taxi qui a accepté de me conduire à Rivière-aux-Trembles moyennant un tarif usuraire payable avant la course.

Le chauffeur faisant partie de cette catégorie de gens ayant une opinion sur tout et n'importe quoi, de même qu'une solution à tous les fléaux s'abattant sur la planète, je l'ai laissé débiter ses conneries en lui renvoyant ici et là un grognement qui pouvait passer pour un acquiescement. M'opposer aux vérités que son gros bon sens m'assenait aurait nécessité que je démolisse du revers de la main la droite nord-américaine au grand complet, et j'avais en quelque sorte d'autres chats à fouetter.

Pendant que défilait à ma droite un paysage où arbres et champs mouillés se recueillaient dans le même silence, je songeais au fait que je n'avais pas révélé les visites de Dixie. Pour me déculpabiliser, je passais aux rayons X la beauté de l'inspectrice qui était venue remplacer Doyon durant l'interrogatoire. Rien ne clochait dans le visage de cette fille, mais c'est son regard qui vous attaquait de front. Elle avait des yeux immenses dont la démesure vous enveloppait comme de grandes ailes d'oiseau de quelque paradis perdu et vous aviez l'impression que rien de ce que vous pouviez confesser pendant que vous vous teniez dans l'ombre bleutée des ailes n'était susceptible de vous expédier derrière des barreaux de prison. La présence de cette femme sous la lumière aveuglante des néons atténuait ma fatigue et j'étais presque heureux de pouvoir me confier à sa voix chaude. Je pénétrais dans la zone d'ombre azurée entourant son regard, confiant, quand une sonnette d'alarme avait retenti sous mon crâne. Je devais me tenir sur mes gardes et ne surtout pas oublier que cette femme était flic, même si rien dans son apparence ne laissait supposer que, sous le masque, elle avait une trogne identique à celles de Marchessault et de Doyon.

Elle m'a d'abord posé les mêmes questions que ces derniers, au cas où j'ajouterais à ma déposition un détail qui lui permettrait de me coincer, ce qui ne se produirait pas, puisque je n'avais rien à me reprocher. Après avoir noté mon emploi du temps du 18 avril et m'avoir demandé de lui expliquer qui était Ronie le crapaud, elle m'a sorti une photo en gros plan de Michael Faber, sur laquelle le gamin riait à gorge déployée, comme si quelqu'un s'était agenouillé en bas du cadre pour lui chatouiller le nombril. Cette photo a eu sur moi l'effet d'une gifle, car je savais en mon for intérieur que Michael Faber ne riait probablement plus. Elle a ensuite poussé vers moi une autre photo du garçon prise à côté de la bicyclette qu'on lui avait offerte pour ses douze ans, une CCM dix vitesses au bleu étincelant sur le devant de laquelle Michael avait installé un panier pour son chat Nuage. Regardez bien cet enfant, monsieur Richard, m'a dit la femme, prenez tout votre temps et dites-moi ce que vous ressentez à l'idée qu'on l'a enlevé.

La cruauté de cette remarque m'a coupé le souffle et j'ai senti mes joues s'enflammer. Cette femme savait aussi bien que Marchessault et Doyon que ma fille avait disparu. Par conséquent, elle devait bien se douter que tout ce qui était susceptible de me rappeler cette disparition me déchirait les entrailles, mais elle enfonçait le couteau, elle fouillait dans la chair encore vive, elle se servait de Billie pour me déstabiliser. Je lui ai répondu que ça faisait mal, bien plus mal qu'elle ne pouvait se l'imaginer, puis j'ai fermé ma gueule, fin de la réponse, car la voix douce, je le constatais amèrement, était un piège tendu à seule fin de tromper l'imbécile qui se laissait porter par ses inflexions.

Voyant que je ne formulerais aucun autre commentaire quant à mes états d'âme devant la disparition de Michael Faber, elle a changé d'angle d'attaque. Elle a retiré d'une enveloppe une dernière photo du garçon en compagnie de son chat pour me faire remarquer à quel point ce chat ressemblait à Pixie, qu'elle avait également examiné dans son caisson. Cette ressemblance ne démontrait absolument rien et si elle croyait que je perdais mon temps à congeler les chats qui me rappelaient Pixie, elle était carrément cinglée. Je plaignais l'innocent qui serait chargé de s'occuper de ses obsessions le jour où elle péterait une coche.

J'ai tout de même attrapé la photo qu'elle me tendait pour jeter un coup d'œil au garçon, qui portait un jeans troué, un chandail des Canadiens et des runnings pourvus d'une lumière clignotante à l'arrière du talon. Sur la photo, la lumière ne clignotait pas, mais j'entrevoyais les brefs éclairs dont elle devait strier la brunante quand Michael enfourchait sa bicyclette après le souper, juste avant le match des Canadiens. Un garçon ordinaire, en apparence, pareil à tous les autres, mais dont le sourire vous broyait le cœur dès que vous saviez que son destin n'était pas celui des autres.

J'ai laissé le petit Michael tranquille pour me concentrer sur le chat, dont le front était marqué d'une tache en forme de cirrostratus et qui dardait ses maudits grands yeux verts en direction de l'objectif, des maudits grands yeux pareils à ceux qui attendaient leur ration de thon derrière ma porte d'entrée. Jusque-là, je n'étais pas certain que le chat de Michael Faber était celui qui venait bouffer sur ma galerie, mais mes derniers doutes se sont dissipés. Dixie était Nuage, Nuage était Dixie, inutile de s'étendre plus longuement sur ce sujet. Je ne voyais toujours pas où l'inspectrice voulait en venir avec ce chat, mais je n'avais aucune raison de lui mentir. J'étais sur le point de lui révéler la vérité quand j'ai vu son regard rivé sur moi, dont le bleu n'évoquait plus la clarté des ciels d'été, mais cette couleur grise et métallique annonçant l'imparable venue du froid. Cette fille me tend un piège, ai-je tout de suite pensé, un foutu piège à cons dans lequel je me précipite comme un rat affamé. Je n'avais aucune idée non plus de la nature de ce piège, mais une bouffée de méfiance mêlée de paranoïa m'a incité à rebrousser chemin. J'ai repoussé la photo en prétendant que ce chat pourrait tout au plus passer pour un cousin par alliance de Pixie. Si je parlais de Dixie et de sa mine de chat perdu, j'étais persuadé que deux paires de gros bras débarqueraient illico dans la salle d'interrogatoire pour m'entraîner dans une cellule avec vue sur les richesses du sous-sol québécois ou sur une cour bétonnée, remplie d'ombres courtes, où d'autres gros bras éteindraient leurs rouleuses dans la saignée de leurs coudes en admirant l'effet de la chair brûlée au milieu des tatouages.

Maintenant qu'apparaissaient au loin les premières maisons de Rivière-aux-Trembles, je n'étais plus certain d'avoir eu raison de cacher l'arrivée récente de Dixie dans mon entourage. Le piège à cons, c'était moi qui me l'étais tendu. Si les flics venaient à découvrir les visites de ce chat, mon silence me rendrait doublement suspect. J'avais voulu m'éviter d'autres interrogatoires tordus et ne menant nulle part, repousser l'image de Billie dont les traits enfantins se confondaient avec ceux de Michael Faber, mais j'avais en même temps dissimulé un élément qui aurait pu permettre de retrouver un enfant disparu. Je m'étais non seulement comporté lâchement, mais de manière criminelle, parce que je connaissais mieux que quiconque l'importance du moindre détail lorsque la vie d'un enfant était en jeu. Si un crétin s'était comporté aussi bêtement pendant qu'il demeurait encore un espoir pour Billie, j'aurais été le premier à lui sauter à la gorge et à lui enfoncer mes pouces dans la trachée jusqu'à ce qu'il crache le morceau.

J'étais aujourd'hui ce crétin fini, cet homme sans scrupules qui avait pris ses jambes à son cou plutôt que d'essayer d'attraper la main d'un gamin égaré dans la nébuleuse où s'était enfoncée Billie. À travers les vociférations du chauffeur qui venait tout à coup de décréter qu'il fallait réformer le Parlement de fond en comble et réviser à la baisse le salaire de nos élus, j'entendais la voix de Billie, au loin, sa petite voix qui refusait d'admettre que son père était un putain de salaud. C'est pas vrai, papanoute, hein ? C'est pas vrai ? Et je demeurais silencieux, aussi silencieux que les arbres immobiles, que les pierres tombales alignées dans le cimetière de Rivière-aux-Trembles qui venait de disparaître derrière moi, avec ses morts gelés sous la terre froide et ses milliers d'ossements noircis.

Au moment où le chauffeur intarissable s'engageait dans l'allée de ma maison, j'ai été tenté de lui ordonner de faire demi-tour, de regagner Saint-Alban à cent quarante à l'heure, puis j'ai aperçu Dixie sur la galerie, qui avait sûrement faim et soif. Alors j'ai ouvert la portière, comme un lâche, Billie, comme un homme justifiant ses actes en se dissimulant derrière des mensonges qui l'auraient fait vomir il y avait quelques heures à peine, et je me suis enfoncé avec le caisson de Pixie dans le brouillard entourant la maison.

⤸

Une enfilade de pistes grises maculaient le plancher jusqu'au sofa où Dixie roupillait. Tiraillé par ma mauvaise conscience, je l'avais laissé entrer, le temps de déterminer si j'allais ou non appeler les flics et offrir ainsi ma tête à l'indifférence d'un bourreau qui ne se gênerait pas pour m'entailler la jugulaire. Assis dans le fauteuil à bascule faisant face au sofa, j'observais le sommeil de Dixie, me demandant si le petit Michael Faber l'avait nommé Nuage à cause de la légèreté qu'évoquaient les longs poils blancs qui commençaient à former des nœuds près de la peau, ou à cause de cette tache couleur caramel dessinant sur le front de l'animal un cirrostratus dont les bords s'effilochaient vers les oreilles. J'ai prononcé son nom, Nuage, pour voir s'il réagirait, mais Nuage voyageait au cœur du pays des rêves, le nez enfoui entre ses pattes avant, le corps agité de spasmes quand il rencontrait un autre chat, peut-être, dans une ruelle auréolée de lumière de nuit.

À onze heures pile, je me suis levé, j'ai décroché le téléphone et j'ai laissé un message au poste de police de Saint-Alban à l'intention de Marchessault et Doyon, dans lequel je leur annonçais que j'hébergeais Nuage. Cette révélation équivalait plus ou moins à un suicide, mais je pourrais au moins me diriger vers la potence la tête haute et ne plus craindre la honte de Billie devant son père. J'ai déposé un bol d'eau fraîche près du sofa et je suis monté me coucher. Je savais que je ne dormirais pas, mais je tentais ma chance, au cas où le sentiment d'avoir agi pour le bien d'un enfant qui, à un cirrostratus près, aimait le même chat que Billie, couvrirait mon corps de ce bienheureux engourdissement permettant aux âmes tourmentées d'oublier leur vie pour quelques heures. De toute façon, je n'avais rien de mieux à faire en attendant que Marchessault et Doyon débarquent pour me ramener au poste.

Après avoir éteint ma lampe, j'ai laissé mes yeux s'habituer à l'obscurité et j'ai fixé le plafond, où les nœuds parsemant les lattes de bois brut formaient un réseau de sombres constellations enroulant leur spirale autour d'un noyau qui les empêchait de se disperser. L'équilibre de l'univers tenait à ces pôles d'attraction autour desquels gravitaient des milliards de mondes qui se percuteraient peut-être un jour pour recréer le chaos originel. Au milieu de ces mondes, si tant est qu'on puisse parler du milieu de l'infini, progressaient la Terre et son soleil, vivaient et mouraient des hommes tournoyant autour d'infimes pôles d'attraction les empêchant aussi de disperser leur existence, de penser à son insignifiance, et les poussant à se croire, le temps d'une vie, le milieu d'un infini qu'ils réduisaient à leurs proportions.

Billie était mon centre, le milieu des milliards de mondes dont elle m'épargnait le vertige, et voilà qu'à travers un enfant inconnu, on m'accusait de nouveau d'avoir été à l'origine de l'effondrement de mon univers. Mais comment une planète pouvait-elle détruire son soleil? Ceux qui m'accusaient d'avoir enfoui sous terre la chaleur et la lumière dont dépendait ma survie ne se rendaient pas compte que cette accusation allait à l'encontre de toutes les lois physiques.

Harcelé de questions toute la journée, je n'avais pas eu le temps de réfléchir calmement à la nouvelle déflagration que la fragilité des enfants provoquait dans l'étroitesse de ma vie. La nuit m'apportait ce calme dont j'avais besoin pour constater que l'histoire se répétait et qu'à moins de coincer le véritable agresseur de Billie, on me considérerait jusqu'à ma mort comme un homme dangereux. Je n'avais pas touché à un cheveu de ce Michael Faber mais, en cachant l'existence de Dixie-Nuage, je m'étais foutu dans un sérieux pétrin. Du point de vue des forces de l'ordre, cette faute par omission constituerait un autre indice de ma culpabilité. Seul l'aveu de ma lâcheté serait susceptible de me disculper.

Couvert d'une sueur âcre évoquant l'odeur de la maladie et de la peur, j'ai repoussé mes couvertures et suis allé ressasser mes remords sous le jet brûlant de la douche, où j'ai vainement essayé, en massacrant *Guantanamera*, de faire taire les voix qui instituaient mon procès. Il y avait des siècles que je n'avais pas fredonné cette chanson que mon père aimait tant, il y avait des mois que je n'avais pas pensé à mon père, que nous entendions siffloter à travers les bruits d'eau pendant qu'il se rasait ou prenait son bain. L'intervalle entre les moments que j'accordais au souvenir de mon père s'élargissait à mesure que sa mort s'éloignait de moi et il m'arrivait de me dire qu'un jour, peut-être, cet homme que j'avais adulé déserterait ma pensée. Et pourtant, il avait encore la capacité, après des mois d'absence, d'apparaître subitement sous ma douche en plein milieu de la nuit. Ça devait être sa façon à lui de me donner une grande tape dans le dos, décourage-toi pas, mon gars, de me dire que je n'avais aucune chance de l'oublier, parce que les morts, ça s'oublie pas, fils, pas plus que les disparus. Je pouvais ignorer mes craintes, chantait mon père, l'image de Billie ne s'effacerait jamais de mon esprit, elle se ferait seulement plus rare, mais aussi plus joyeuse, pareille à celle de l'homme heureux enduisant son visage de mousse devant le miroir embué.

J'ai remercié mon père pour sa visite inespérée, et c'est sur l'air de *Guantanamera* que j'ai attendu jusqu'au matin de voir filer sur la route du 4ᵉ Rang, depuis la courbe que me masquait en partie une rangée d'arbres, la voiture conduite par un Marchessault dont l'haleine fétide empesterait ma journée.

Même si Doyon ne me l'avait pas présentée, je l'aurais immédiatement reconnue. Emmy, Emmy-Lili, Émilie Saint-Pierre, qui semblait n'avoir grandi que pour mieux ressembler à son frère. Seule la couleur des yeux différait, mais pas la forme, pas le regard, pareil à celui d'un oiseau de nuit auquel rien n'échappait. Emmy Saint-Pierre avait si longtemps observé la rivière que la couleur de celle-ci s'était imprimée sur son œil. À jamais la rivière coulait en elle.

C'est le lieutenant Saint-Pierre, a marmonné Doyon après les présentations, qui prendra la direction de l'enquête, puis il a ramassé son stylo et m'a laissée seule avec cette femme qui ne disait rien, les mains enfoncées dans les poches de son pantalon. Appuyée contre un mur, Emmy-Lou Saint-Pierre me jaugeait, Emmy-Lou Saint-Pierre m'évaluait en se demandant probablement ce que je faisais encore dans ses pattes et si elle parviendrait à me casser.

Ça fait un bail, a-t-elle fini par lâcher, puis elle est venue s'asseoir face à moi. Elle travaillait pour le Bureau régional d'enquêtes de la Sûreté du Québec et avait expressément demandé à être affectée à ce dossier. Elle considérait la disparition de Michael Faber comme une affaire personnelle et n'avait pas l'intention qu'on lui mette des bâtons dans les roues. Cette enquête, elle la mènerait jusqu'au bout. Je sais pas vraiment ce que t'as fabriqué au cours des trente dernières années, a-t-elle ajouté, mais moi j'ai fait qu'une chose, chercher Mike, alors je veux que ce soit bien clair, toi et moi, on se

connaît pas, et c'est pas parce que tu t'es prise pour Supergirl que je vais t'accorder un traitement de faveur.

La situation était on ne peut plus limpide. Emmy Saint-
Pierre me détestait, contrairement à ce qu'avait prétendu son
père, et elle continuerait à me détester quoi que je dise ou
fasse, parce que rien n'avait bougé dans la tête de la fillette
qui avait vu Mike s'envoler avec moi sur nos bicyclettes chromées. Une image s'y était fixée, dans laquelle je lui enlevais à
jamais son frère et ravissais du même coup sa mère, Jeanne
Dubé, qui ne l'avait plus aimée qu'à travers le souvenir de
Mike. Sa haine venait de cette image et rien ne saurait l'altérer.
Je croyais être blindée contre le mépris et la colère, mais j'avais
l'impression de me ratatiner devant la froideur d'Emmy. Son
regard réveillait ma culpabilité et je me détestais à mon tour
de céder aux accusations d'une fille qui se permettait de me
juger alors qu'elle ne savait rien de ma putain de vie et ignorait
ce qu'il en coûtait de grandir avec un grand trou noir dans le
cerveau.

J'ignore pourquoi je suis ici, Emmy, mais vas-y, pose-moi
tes questions et qu'on en finisse, ai-je rétorqué en saisissant
le verre d'eau qu'on avait posé devant moi et qui tremblait
soudain comme si un séisme avait secoué la salle où j'étais
confinée.

Où étais-tu exactement le 18 avril ? m'a-t-elle demandé. Il
reste encore quelques imprécisions dans ta déposition. Décris-
moi en détail ton emploi du temps.

J'avais déjà répondu à cette question en long et en large,
mais j'avais prévu le coup. On me la poserait sur tous les tons,
encore et encore, jusqu'à ce que je me contredise, que je mé-
lange les heures et ne me souvienne plus si j'avais ce jour-là
mangé un sous-marin chez Mikes, à la sortie de Saint-Alban,
ou une pizza quatre fromages à la pizzeria du centre-ville.
Dans le silence à peine perturbé par les pas provenant du corridor, qui allaient et venaient à intervalles irréguliers, j'ai
donc parlé des rosiers de mon père, Alex Duchamp, emporté

par un cancer qui avait grugé jusqu'à sa voix. J'ai mentionné l'engrais que je devais me procurer, le soleil qui chauffait la voiture et donnait le sentiment qu'on était en plein été. J'ai aussi parlé du bonheur que je ressentais à l'idée que je m'écorcherais bientôt les doigts aux rosiers et verrais le sang perler sur ma peau salie de terre sèche. Puis j'ai décrit la coiffure de la serveuse de la pizzeria, deux tresses rousses semblables à celles de la Schtroumpfette nommée Sassette, ça se remarque, les tresses et les Schtroumpfs ayant fait leur temps.

Concentrée sur le verre d'eau où mes doigts avaient laissé des empreintes poisseuses trahissant ma nervosité, je n'oubliais aucun détail, la mozzarella caoutchouteuse de la pizza, le doigt blessé du commis de la quincaillerie, le sac d'engrais trop lourd. À la fin de mon récit, j'avais la gorge aussi râpeuse que du papier sablé et ma salive épaisse produisait des bruits de succion gênants que j'essayais de camoufler en articulant exagérément certaines syllabes. J'avais besoin d'eau mais n'osais pas toucher au verre, de peur que mes mains ne le fassent éclater pour masquer leur tremblement. Autour du verre, la table était immaculée, pas une miette, pas une poussière, de l'acier gris frotté à l'aide d'un produit qui en faisait reluire la surface et les angles. Compter des miettes, des taches ou des brins de poussière m'aurait calmée, alors j'ai cherché des égratignures sur le métal froid, des lignes que je pourrais relier pour en faire des dessins, puis j'ai éclaté : est-ce que quelqu'un peut me dire ce que je fous ici, bordel ?

Ma voix a résonné sur les murs blancs, trop haut perchée, les pas qui traversaient le corridor se sont arrêtés et j'ai saisi le verre d'eau qui s'agitait de plus belle. Deux ou trois gorgées ont coulé sur mon menton, puis sur la vieille salopette que j'avais enfilée pour travailler dans les serres, et je me suis rendu compte que j'étais sale, que ma queue d'écureuille pendait de travers, que mes ongles étaient bordés de noir.

Faut que j'aille aux toilettes, ai-je murmuré.

Au bout du corridor, à droite, a répondu Emmy. Je te donne cinq minutes. Je suppose que t'es assez intelligente pour revenir.

Je suis sortie tête basse, honteuse d'avoir exhibé mes ongles noirs devant la parfaite Emmy, dont pas un poil ne retroussait, puis devant les inconnus qui m'observaient de derrière le miroir ornant un des murs de la salle d'interrogatoire. Ces ongles noirs me plaçaient en position de faiblesse et s'ajoutaient à la liste des éléments m'accusant. Les meurtriers ont les mains sales, ai-je pensé en ralentissant le pas, ne me souvenant plus où j'avais pêché cette phrase, puis la petite voix qui me servait de conscience s'en est emparée, la répétant machinalement, les meurtriers ont les mains sales, les meurtriers ont les mains sales, les mains souillées, insistait-elle pendant que je tentais frénétiquement de récurer mes ongles sous l'eau bouillante coulant dans le lavabo et m'y plongeais le visage après l'avoir enduit d'une couche de savon à mains qui aurait pu servir de décapant. L'image que m'a renvoyée le miroir lorsque j'ai relevé la tête était celle d'une femme au bord de l'hystérie. J'ai failli fracasser ce miroir et me suis ressaisie. Faut pas que tu craques, Marn, m'ordonnait maintenant la voix, faut pas. J'ai pris une grande inspiration et j'ai tenté de me recoiffer, lissant mes cheveux avec mes doigts rougis par l'eau trop chaude, tortillant l'élastique qui servait à les maintenir attachés, puis je me suis mordu les lèvres, faut pas que tu craques, et je suis retournée à la salle d'interrogatoire en laissant derrière moi une odeur de savon bon marché.

Six minutes trente secondes, Marnie, m'a annoncé Emmy en tapotant sa montre pendant que je me rassoyais devant elle. Je n'ai pas relevé, je n'avais aucun moyen de rattraper les quelques secondes s'opposant à la rectitude quasi militaire d'Emmy Saint-Pierre. J'ai attendu qu'elle poursuive en fixant le verre d'eau qu'une âme charitable ou sadique était allée remplir. Les empreintes de mes doigts poisseux y étaient toujours visibles, qui donnaient l'impression que l'eau claire était souillée. Emmy Saint-Pierre fixait pour sa part mon visage, marqué de plaques rougeâtres dues au savon. Ne me quittant pas des yeux, elle s'est avancée, a posé ses bras sur la table et m'a sorti une autre de ces remarques conçues pour déstabiliser les pauvres idiots qui piétinent déjà au bord d'une fosse au fond de laquelle tournoient nerveusement quelques lions affamés.

Tu prétends que t'as pas vu le gamin, Marnie, alors je comprends pas comment tu pouvais connaître la couleur de son vélo et de son chandail. Peux-tu m'expliquer ça ?

Je n'avais jamais mentionné le vélo du gamin, ni son chandail, ni ses foutues chaussures. Marchessault et Doyon avaient eux-mêmes glissé ces éléments dans la conversation pour ensuite prétendre que j'avais confirmé leurs dires, mais ces crétins se trompaient et mélangeaient tout, le vélo de Mike et celui de Michael, le t-shirt de l'un et le chandail de l'autre, mais comment expliquer à Emmy Saint-Pierre que j'avais pour ma part confondu Mike et l'autre Michael ? Si j'avouais à cette fille qu'il m'arrivait de me croire coupable de la disparition de Mike, j'en étais quitte pour la pendaison ou l'injection létale. Et pourtant, Mike Superman Saint-Pierre était ma seule chance de m'en sortir.

J'étais sous le choc, ai-je répliqué, j'ignorais de quoi on essayait de m'accuser et j'ai pensé à Mike, à son vélo bleu, à son t-shirt rouge. T'es pas la seule, Emmy, à pas avoir oublié Mike, et c'est pas ma faute si tous les enfants aiment les mêmes couleurs.

Quand je me suis tue, le visage de l'imperturbable Emmy s'était teinté de rouge, comme le mien, des petits cercles de chaleur maculaient ses joues, et j'ai cru un instant qu'elle allait perdre son sang-froid et me sauter dessus.

Mêle pas Mike à ça, m'a-t-elle prévenue. Et pourtant, la seule raison de ma présence en ce lieu était Mike, personne d'autre que Mike, ce que je lui ai fait remarquer en baissant les yeux sur mes mains, sur mes ongles que je n'avais pas réussi à nettoyer correctement, où j'avais parfois enfoncé la crasse jusqu'au morceau de chair tendre auquel ils adhéraient. Puis le besoin impérieux de me laver, de me savonner jusqu'à m'en arracher la peau m'a de nouveau saisie. Il fallait que je quitte cette salle immédiatement et me plonge dans un bain sentant les fruits sucrés et débordant d'écume de Bubblelou.

Sans attendre la prochaine attaque d'Emmy, je me suis levée et lui ai annoncé que je m'en allais. Elle ne possédait aucun élément assez sérieux pour me retenir, aucune preuve concrète, aucune empreinte. J'étais libre de sacrer mon camp si ça me chantait.

Je te le conseille pas, a-t-elle rétorqué, mais je l'ai ignorée et me suis dirigée vers la porte. Si je n'avais pas enfilé cette salopette informe, elle aurait constaté que mes rotules tressautaient et qu'il aurait suffi qu'elle hausse la voix d'un ton ou deux pour que je m'écrase et regagne docilement ma chaise. Mais j'ai marché droit, j'ai ouvert la porte et j'ai descendu le corridor jusqu'à la sortie sans me retourner, certaine qu'un de ses sbires allait m'attraper par le collet pour me ramener dans l'antre d'Emmy.

Quand j'ai enfin posé les pieds sur le parvis du bâtiment, j'avais l'impression de marcher dans un rêve. Le jour avait fait place à la nuit sans que je voie le ciel s'obscurcir derrière la colline des Loups. En mon absence, le temps s'était replié sur la lumière, ainsi qu'il l'avait fait près de la rivière Tremblante. La lueur des réverbères se reflétant sur la chaussée luisante semblait irréelle, peinte à l'aide d'une laque qui ralentissait les soubresauts de la pluie au contact du sol. J'étais égarée dans cette noirceur subite, observant la pluie qui mouillait ma peau sans que j'en sente la fraîcheur. Son odeur de feuilles pourries se perdait dans l'odeur huileuse rejetée par les hottes d'un snack à patates frites et j'étais privée du simple plaisir que peut procurer cette eau venue du ciel à ceux qui aiment l'approche des nuages.

Depuis trente ans, la pluie ne m'atteignait plus que si elle était projetée par un vent de tempête, et Emmy Saint-Pierre venait de lui donner une autre raison de tomber à côté de moi, si belle, pourtant, si mélodieuse. D'un pas de somnambule, j'ai gagné la rue et me suis assise sur un banc mouillé. Le cauchemar recommençait. Les sorcières allaient de nouveau devoir fuir les fantômes.

～

Mr. Bubblelou a regagné les rangs des amis de la famille. Debout sur le rebord du bain, il m'offre son sourire du temps jadis, quand nous nous racontions des histoires qui finissaient toujours bien. J'en invente une autre pour lui, dans laquelle il n'y a ni enfants disparus, ni ours ou pandas noyés, mais une petite fille qui s'appelle Squouirèle, avec un accent grave, un *l* et un *e*, Squouirèle, que la main magique de Superman vient sauver des périls de la rivière pour l'emmener dans un château érigé au sommet d'un mont de glace. Pour Bubblelou je sculpte le château, la forteresse où rien ne peut m'atteindre, puis je façonne le chien Krypto, fidèle allié de Superman. Je m'enfonce ensuite sous l'eau, laissant le château dériver vers mon visage, puis je remonte à la surface en tenant dans mes mains les ruines d'une forteresse pourtant indestructible loin de laquelle, sur un frêle esquif de matière inconnue sur terre, vogue le chien Krypto.

Sur le tabouret d'osier, ma montre m'indique qu'il y a une heure quatre minutes, pas une de plus ni de moins, Emmy-Lili, que je trempe dans la soupe mousseuse de Mr. Bubblelou au parfum de fraise, mon préféré depuis toujours, depuis que Michael Superman Saint-Pierre, accroupi dans une talle de fraises aussi grande que le Liechtenstein, m'a appris la prédilection de Lois Lane pour ce petit fruit. En une heure, j'ai eu tout le loisir de raconter un tas d'histoires à Bubblelou, qui s'étonne de me voir dans de si bonnes dispositions à son égard et de m'entendre chanter, au milieu des histoires, des airs appartenant à un passé que lui ont enseigné ses prédécesseurs : Trois fois passera, la dernière, la dernière, trois fois passera, la dernière y res-te-ra ! Et je referme mes deux mains sur la dernière, tant pis pour elle, les dernières seront toujours les dernières, j'écrase son petit corps de mousse, qui se réincarnera tantôt dans celui d'un castor ou d'un lapin aux oreilles scintillantes de bulles multicolores dont la courbure reflétera les violets et les bleus pervenche d'un coucher de soleil de conte de fées.

Toutes les dix minutes, j'ouvre la bonde pour que s'écoule une partie de l'eau, que je remplace par de l'eau si chaude que des volutes de vapeur s'élèvent du cercle d'où s'enfuient les bulles sous la pression de l'eau. Je rajoute alors un peu de Bubblelou, rien qu'un peu, le quart d'un petit bouchon, pour construire d'autres histoires et faire fondre la crasse qui s'est collée à ma peau au poste de police de Saint-Alban. Mes ongles sont propres, maintenant, mes cheveux aussi, la peau rougie de mes mains et de mes pieds est aussi plissée que celle d'un éléphant, mais il reste encore de la saleté, je le sens, qui ne partira qu'à la fin de ma dernière histoire, celle de Mike et Marn à la rivière, dont j'écrirai bien la conclusion un jour. Celle-là, je la chanterai à tue-tête et Mr. Bubblelou battra des mains pendant que je ferai voler la mousse jusqu'au plafond. Pour le moment, Bubblelou a froid, Marn est fatiguée, Marn voudrait dormir, mais elle sait que c'est impossible, qu'on ne peut dormir quand le passé rejoint le présent et que tous deux se liguent pour vous assaillir de questions, comme à l'école, les jours où vous avez oublié vos leçons. Qui a découvert l'Amérique, Marnie ? Qui a inventé la roue ? Qui a dit ceci, cela, pourquoi ? Qui, qui, qui ? Où étais-tu le 18 avril, Marn ? Et qu'as-tu fait à Mike ? Quelle était la couleur de la bicyclette bleue de Superman ? Que caches-tu, Marn ? Quoi ? Quoi ? Quoi ?

Avant la fin de la dernière question, Mr. Bubblelou vole une autre fois contre le mur, tant pis pour lui, les derniers seront les derniers. J'ouvre la bonde et l'eau s'écoule. À mesure que le niveau baisse, mon corps se couvre de mousse irisée. Il ressemble à un de ces vieux arbres envahis de lichens dont les troncs avalent les âmes perdues, confinées dans un des cercles de l'enfer. C'est là qu'Emmy Saint-Pierre m'a renvoyée, au cœur d'une forêt silencieuse retenant les cris des damnés et où seule résonne ma voix appelant Mike.

Je ne m'attendais pas à ce qu'Emmy brigue la présidence de mon fan club, mais j'espérais au moins trouver en elle une alliée, quelqu'un qui me tendrait la main dans la forêt, au lieu de quoi Emmy me hait, au lieu de quoi Emmy m'accuse, camouflant à peine le mot «sorcière» dans son discours supposément fondé sur l'analyse rationnelle des faits et des indices.

J'ai jamais vu Michael Faber, Bubblelou, tu m'entends? J'ai jamais touché à son vélo et je l'ai jamais poussé dans le fossé. Tu m'entends? Mais Bubblelou ne m'entend pas plus qu'Emmy Saint-Pierre. Coincé entre le calorifère et le panier à linge, il fredonne *Trois fois passera* en scandant le rythme de la chanson avec ses petites pattes figées dans le plastique. Il n'est pas content, ça se comprend, et il va bouder jusqu'à ce que je m'excuse. On verra ça plus tard. En attendant, je dois rincer la crasse, toute la crasse, arracher le lichen et quitter la forêt. La dernière y res-te-ra, continue Bubblelou, la dernière… la dernière… puis il claque des mains au moment où mon corps de mousse croit atteindre l'orée de la forêt et je tombe, je tombe sur le carrelage glacé, pendant que la voix étouffée de Mike traverse un amas d'étoiles rouges, une nuée de naines clignotantes, pour me chuchoter à l'oreille ne crie pas, cours! Dans le brouillard qui m'envahit, les mots qui me torturent depuis trente ans s'effacent, «ne plie pas le jour» s'embrume, pendant que Mike s'acharne à me répéter ne crie pas, cours, ne crie pas, cours… Et je comprends alors que Mike m'exhortait simplement à courir silencieusement loin du cercle infernal s'ouvrant près du bassin magique. Ne crie pas, cours ! Je comprends que la main que craignait Mike n'était pas celle de la vilaine petite Marnie.

Marchessault ne participait pas à l'opération Nuage. Quand la voiture s'est immobilisée devant ma galerie, j'en ai d'abord vu descendre Doyon, qui avait coiffé son crâne chauve d'une casquette à la Sherlock Holmes pour se protéger de la pluie et tentait maladroitement d'enfiler un imperméable dont une des manches était retournée vers l'intérieur. Pendant un instant, je me suis cru dans un film mettant en vedette l'inspecteur Clouseau. Je m'attendais à voir Marchessault extirper péniblement sa carcasse de la voiture en gueulant contre le mauvais temps, mais c'est la fille qui en est descendue, impeccable dans son imper ciré et ses bottes de cuir marron. Immédiatement, l'atmosphère s'est modifiée et le scénario a changé de registre. Clouseau a plié son imper sur son bras gauche et il a sorti une cage à chat du coffre, pour ensuite suivre la fille en évitant scrupuleusement les flaques d'eau accumulées dans la cour. Le punch final était raté. Posté à la fenêtre de ma chambre, j'ai attendu qu'ils frappent avant de descendre leur ouvrir. J'ai pris tout mon temps, conscient que ces moments de liberté étaient peut-être mes derniers pour une période indéterminée.

Où est le chat ? a demandé Doyon sans prendre la peine de me saluer. La dernière fois que j'avais aperçu ce vieux schnock, il lavait sa queue à grands coups de langue sur le sofa, mais il avait dû courir se cacher en entendant le moteur de la voiture ou les coups frappés contre la porte. Les chats n'aiment pas les flics.

Je me suis donc mis en quête de Nuage en l'appelant Dixie, Doyon sur les talons, qui ne s'est pas donné la peine non plus d'enlever ses bottes, ajoutant aux délicates pistes de Dixie d'énormes empreintes d'homme qui m'obligeraient à laver les planchers au grand complet si Dixie ne se montrait pas rapidement. L'inspectrice, quant à elle, demeurait près de la porte, d'où son œil avisé détaillait mon salon centimètre par centimètre, y cherchant probablement d'autres empreintes, d'autres indices dont un imbécile de ma trempe n'aurait pas soupçonné qu'ils puissent l'expédier en taule avant même qu'il ait le temps d'appeler sa mère.

J'ai enfin repéré le bout de la queue de Dixie dans la cuisine, qui s'entortillait autour d'un des pieds du buffet sous lequel il s'était réfugié. Ç'a été la croix et la bannière pour le sortir de là, mais j'y suis parvenu avec l'aide de Doyon, qui soulevait le buffet pendant que j'attrapais Dixie. On était de nouveau dans la catégorie *Panthère rose*, musique en moins, dont j'ai presque eu envie de fredonner un bout, histoire de dérider Doyon, mais celui-ci m'a ordonné d'enfermer Dixie dans la cage sitôt que j'ai pu attraper un autre bout de son anatomie que la queue. On rirait une autre fois. Dixie tout contre moi, j'ai d'abord eu droit à un coup de griffes bien assené qui a marqué mon bras gauche de deux longues entailles où perlait un sang frais, rouge, Billie, de la couleur des pommes à la fin août, puis à un regard assassin où s'imprimait en lettres majuscules une injure empruntée au dialecte des chats de ruelle. J'avais honte d'avoir ainsi piégé Dixie, mais je n'ai même pas essayé de m'excuser, sachant pertinemment qu'il me recracherait mes excuses au visage. Les chats n'aiment pas les traîtres.

J'ai dit à Doyon et à la fille de m'attendre pendant que je nettoyais mes égratignures. À mon retour, je les ai trouvés en train d'examiner des photos de Nuage pour les comparer à Dixie, qui gardait obstinément la tête enfouie entre ses pattes. J'aurais pu leur faciliter la tâche en leur certifiant que Dixie était Nuage, mais j'estimais avoir suffisamment coopéré jusqu'à maintenant.

Vous venez avec nous au poste, a décrété la fille en décrochant mon manteau de la patère. Je leur ai plutôt proposé qu'on s'installe dans la cuisine, les flics aiment les cuisines, mais la fille n'en appréciait ni le mobilier ni les couleurs, je suppose, car elle m'a lancé mon manteau en faisant signe à Doyon de s'occuper de la cage.

Trois quarts d'heure plus tard, j'étais de nouveau assis sur l'inconfortable chaise de métal qui s'empoussiérait depuis la veille dans la salle d'interrogatoire du poste de la SQ de Saint-Alban, à attendre l'arrivée de l'avocat que j'avais embauché quelques heures plus tôt, alors que j'arpentais mon salon sur l'air de *Guantanamera*. Préférant assurer mes arrières, j'avais sorti mon agent littéraire du lit avant l'aube pour qu'il me déniche illico un avocat de droit criminel qui aimait le grand air. Au bout de quarante-cinq petites minutes, Béchard me rappelait pour m'annoncer qu'un certain maître Jean-Pierre Maheux acceptait de s'occuper de mon cas moyennant des honoraires que personne n'oserait prononcer à voix haute. J'ai rapidement conclu qu'un bandit serait sûrement plus qualifié pour me défendre qu'un homme honnête et j'ai demandé ses coordonnées à Béchard. Je l'appellerais directement, sans intermédiaire qui gonflerait ma facture de dix pour cent. Après que je lui eus expliqué la situation, Maheux m'a confirmé qu'il serait à Saint-Alban avant midi et j'ai pu me remettre à respirer.

Je l'attendais donc seul dans la salle d'interrogatoire pendant que Doyon et l'inspectrice vaquaient à leurs occupations. Question de galanterie ou de machisme, tout dépendant du nom que vous donnez au savoir-vivre dont essaient de faire preuve certains attardés, je n'arrivais pas à évoquer Émilie Saint-Pierre à l'aide de son simple patronyme, alors que j'appelais Doyon Doyon sans me fendre la tête en quatre. Quoi qu'il en soit, le nom d'Émilie Saint-Pierre ne cadrait pas du tout avec ses fonctions et aurait mieux collé à une actrice de séries télévisées pour enfants. Mon impression venait probablement de ce que l'inconscient crée ses propres clichés, mais un nom comme Jane Adamsberg ou Harriet Bosch lui aurait mieux convenu, de même que Doyon aurait été plus crédible en Marlowe. Émilie était un prénom trop doux, trop candide pour qu'on l'emmène frayer dans les arènes du crime. À son allure, j'étais certain que la petite Émilie avait dû jouer du coude et mordre une couple de fanfarons avant que ses coéquipiers la prennent au sérieux. Si elle avait grimpé aussi rapidement dans la hiérarchie, c'est qu'elle savait se battre et donner quelques coups en bas de la ceinture s'il le fallait, histoire d'écraser les couillons qui se plaçaient en travers de son chemin. N'empêche, je l'imaginais plus facilement en Blanche-Neige.

Étant donné qu'on avait refusé de me procurer de la lecture pour tuer le temps, de crainte que j'essaie de m'étouffer en bouffant du papier journal ou que je m'ouvre les veines avec les agrafes d'une brochure sur l'éradication des gangs de rue, j'inventais des scénarios sur la vie d'Émilie Saint-Pierre, auxquels je mêlais Marchessault et Doyon, leur accordant alternativement le bon et le mauvais rôle, de préférence le mauvais. Mon animosité envers Marchessault et Doyon n'avait rien de personnel. Elle tenait à nos positions, à nos rôles respectifs. On n'était pas du même côté de la clôture, alors je tirais à vue dès que je voyais l'un d'eux s'approcher de la frontière qui nous séparait. J'aurais pu profiter de cette attente pour préparer ma défense au lieu de fabuler sur d'honnêtes travailleurs, mais le compteur de mon avocat étant déjà en marche, ça me semblait une dépense d'énergie inutile. J'aurais aussi pu essayer de réfléchir à la façon dont Michael Faber s'était volatilisé, au cas où une idée géniale m'aurait permis de créer un lien entre la disparition du petit et l'apparition de Dixie, car j'espérais de toute mon âme qu'on retrouve ce garçon, mais me le représenter au fond d'une grange ou d'un silo à grains était au-dessus de mes forces. J'avais déjà arpenté avec Billie la galerie des horreurs où pendouillaient des tableaux plus atroces les uns que les autres et je ne tenais pas à me taper une nouvelle visite guidée. Ce fardeau revenait maintenant aux parents de Michael Faber, et même si je ne souhaitais pas ça à mon pire ennemi, rien ne pourrait les empêcher de pousser la porte de ce musée sordide. S'ils n'en ressortaient pas complètement fous, c'est qu'ils auraient instinctivement relégué les pires images dans une zone de leur cerveau se fermant hermétiquement à l'approche de la folie.

Émilie Saint-Pierre, coiffée d'un voile de fée, poursuivait un revendeur de drogue à cent cinquante à l'heure sur une autoroute enneigée, accompagnée d'un Marchessault suant plus vrai que nature, quand la porte de la salle d'interrogatoire s'est enfin ouverte. Émilie Saint-Pierre a pénétré dans la pièce, visiblement peu affectée par l'épreuve à laquelle je l'avais soumise, suivie de Doyon et d'un petit homme en complet-veston qui ne pouvait être que Jean-Pierre Maheux, mon avocat.

Compte tenu du tarif demandé, j'aurais apprécié que Béchard m'en déniche un plus grand, que j'aie au moins le sentiment d'en obtenir pour mon argent. Maheux ne souffrait pas de nanisme, mais de mon point de vue d'homme assis, il me paraissait suffisamment court pour traverser la pièce en passant sous la table sans se frapper la tête. Cette particularité physique me contrariait, car qui peut prendre au sérieux quelqu'un qui se marche sur la cravate et doit demander à ses clients de rester assis s'il désire leur parler face à face. Or il s'avéra rapidement que maître Maheux connaissait son métier et compensait sa petite taille, à la suite d'Astérix et de Napoléon, par une férocité n'ayant d'égale que sa perspicacité.

Après les formalités d'usage, Émilie Saint-Pierre nous a annoncé que les parents de Michael Faber avaient identifié le chat que j'avais prétendument séquestré et que ce dernier était bel et bien Nuage. Expliquez-nous alors de quelle manière ce chat a abouti chez vous, monsieur Richard.

J'ai répondu que je n'en avais aucune idée, que ce chat était apparu sur ma galerie par un bel après-midi d'avril, que je l'avais nourri et qu'il était revenu. C'était la stricte vérité, mais ni Doyon ni Saint-Pierre ne semblaient disposés à me croire.

Quel bel après-midi d'avril ? s'est enquis Doyon en mâchouillant un crayon de bois qui avait déjà subi l'assaut d'autres dents que j'espérais être les siennes, question d'hygiène.

Le 12, ai-je répondu sans avoir à réfléchir. Je m'en souvenais parce que c'était le jour de Pâques, que j'avais un peu plus tôt parlé à Régine et que j'étais bouleversé. Après le coup de fil, j'étais sorti marcher, et à mon retour, le chat m'attendait.

J'aurais donné une gifle à Doyon qu'il n'aurait pas rougi davantage. Quant à Émilie Saint-Pierre, elle a échappé son stylo et a fait déferler sur moi les vagues de ses yeux océaniques, cherchant manifestement à m'engloutir dans une lame de fond. Monsieur Richard, ce chat a disparu en même temps que le gamin, soit le 18 avril, a-t-elle précisé en insistant sur la date, alors soit vous vous trompez, soit vous nous prenez pour des cons.

Je ne me trompais pas, je ne les considérais pas comme des imbéciles, même si j'aimais bien rester dans ce champ syntagmatique quand je pensais à eux, et ne voyais qu'une solution au problème : contre toute apparence, Dixie n'était pas Nuage.

Lorsque j'ai lâché cette vérité flagrante, Doyon a répété ce que Saint-Pierre venait à peine de dire, à savoir que je les prenais réellement pour des cons. Un lourd silence s'est installé, puis Émilie Saint-Pierre a repris le contrôle de l'interrogatoire. Ses questions se succédaient, claires, précises, directes, mais chaque fois que je m'apprêtais à ouvrir la bouche, Maheux m'intimait de me taire ou prétendait carrément que l'inspectrice dépassait les bornes. N'ajoutez pas un mot,

Richard. Mon client n'a pas à répondre à de telles questions. Vous êtes hors sujet, inspectrice, et autres formules du genre qui me donnaient carrément l'air coupable, à l'image de tous ceux qui se font représenter par un avocat, mais Maheux avait raison, si j'avais tenté de répondre à ces questions absurdes, je me serais forcément contredit parce que les allégations d'Émilie Saint-Pierre n'avaient pas de sens.

Quand les deux aiguilles de l'horloge murale se sont arrêtées sur le 12 en produisant un léger clic qui m'a fait sursauter, Maheux a ramassé ses paperasses et a décrété que cet interrogatoire était terminé.

J'avais révélé l'existence de Dixie en vue d'aider Michael Faber et, au total, je n'étais parvenu qu'à mélanger les cartes pour me ramasser dans le rôle du deux de pique, de l'abruti qui glisse sur la peau de banane dont il n'avait pas prévu la présence sur la pente lisse où il croyait s'engager. J'espérais sortir de cette pièce le cœur content, l'esprit allégé, l'âme en paix avec le monde, mais Doyon et Émilie Saint-Pierre m'avaient balancé une poche de deux cents kilos sur les épaules. Avant de franchir le seuil de la porte, je me suis retourné vers eux pour leur rappeler que dans ce cas précis, j'étais de leur côté, que je désirais autant qu'eux voir surgir Michael Faber des bois sain et sauf, que son foutu chat avait peut-être un don d'ubiquité et que j'étais tout sauf coupable. En m'entendant prononcer le mot « coupable », Maheux a tenté de m'arrêter, mais j'étais lancé. J'étais prêt à me soumettre à tous leurs interrogatoires ridicules pour sauver cet enfant et je voulais qu'ils le sachent.

Alors dites-nous la vérité, monsieur Richard, a rétorqué Émilie Saint-Pierre, puis une lame de fond m'a frappé et j'ai dû m'appuyer au chambranle.

On m'avait déjà servi une réplique semblable il y avait longtemps. Un autre flic, les mains posées sur ma table, m'avait déjà accusé de mentir. L'histoire se répétait, aussi incompréhensible que dans sa première version. J'avais perdu ma fille, ma toute petite fille aux yeux noisette, et j'étais du coup devenu un monstre. Je vais vous reconduire chez vous, a murmuré Maheux en me prenant le bras, mais j'ai répondu que j'avais besoin d'air et je l'ai planté là, avec son compteur qui tournait.

Lorsque j'ai rouvert les yeux, mon environnement n'était qu'un amas de couleurs, de formes et d'angles auxquels je ne comprenais rien. Si j'avais eu cette capacité, j'aurais pu croire que j'étais morte, mais les notions de vie, de mort et de survie se situaient au-delà de mon entendement. Je ne ressentais strictement rien et mon cerveau était vide de toute pensée. Je n'étais que deux yeux sans conscience effleurant des objets sans nom, car il n'y avait rien derrière les yeux, aucune âme, aucun passé, aucune mémoire susceptible de nommer la réalité. Ce qui regardait ne connaissait ni le mot «je» ni son sens. Ce qui regardait s'ignorait. Puis, peu à peu, des mots exprimant mon appartenance au monde ont refait surface et je me suis souvenue. J'étais une femme, je m'appelais Marnie, j'étais tombée. Alors les images ont reflué, Bubblelou, la mousse, Michael, l'eau brûlante et le chien Krypto. Ne crie pas, cours! Puis j'ai senti le froid. Mes pieds gelés ont remué, une douleur lancinante m'a fendu le crâne et je me suis glissée jusqu'au mur pour saisir la serviette suspendue à un crochet. Luttant contre la douleur, j'ai réussi à m'asseoir et à m'envelopper dans la serviette, la moitié des fesses sur le plancher mouillé.

Je tremblais comme une enfant qu'on a arrachée des eaux d'un fleuve glacé, quelques larmes coulaient sur mes joues, mais j'ignore si je pleurais parce que j'avais échappé de peu à une mort stupide ou parce que j'étais encore vivante. J'imagine que ceux qui se réveillent après avoir sauté d'un pont ou d'un quatrième étage doivent ressentir la même chose, une profonde compréhension du vide, soudain, doublée du sentiment que c'est foutu, qu'il faut maintenant continuer à vivre, recommencer à laver ses vêtements, à mettre ses chaussures, à sortir le chien et à répondre au téléphone.

Si ma tête avait heurté le bain, je serais peut-être encore là, raide morte sur le carrelage froid, couverte de mousse séchée, ma peau rougie par l'épanchement du sang sur tous les points en contact avec le sol. On m'aurait découverte ainsi, les yeux exorbités, la main tendue vers Bubblelou, ou alors dans la calme attitude des morts n'ayant rien vu venir, soudain frappés de noirceur en plein milieu d'une phrase.

J'ai frémi à l'idée que la mort puisse être si subite et imprévue. Il suffisait d'une surface mouillée, d'un tapis qui béait en haut d'un escalier, d'un moment d'inattention pendant que le souvenir d'un jour heureux vous distrayait, et soudain, vous n'étiez plus là. Votre vie s'effaçait d'un coup et il ne restait qu'un corps muet pour en témoigner. De ce point de vue, la survie tenait du miracle. Les assassins connaissaient cette fragilité. Peut-être même ne tuaient-ils que pour l'éprouver. Un coup de marteau et hop, la victime n'existait plus qu'en tant que victime au crâne réduit en bouillie. À ma manière, j'avais aussi expérimenté la précarité du vivant quand, avec Michael, je piétinais le sable d'où s'envolaient les sauterelles. Sous le pied, l'insecte produisait un craquement sec, semblable à un bruit d'os broyés, et hop, la bestiole n'existait plus qu'en tant que bestiole réduite en bouillie.

Je n'étais pas une criminelle pour autant. Mike me l'avait dit avant que je m'endorme sur le carrelage glacé, Mike me l'avait chuchoté, ne crie pas, cours, pendant qu'il balançait les bras pour faire diversion, attirer loin de moi l'ennemi, pareil à un oiseau feignant d'être blessé pour protéger ses petits. Mike n'avait été frappé d'aucune forme de folie durant l'orage, d'aucune espèce de stupeur ayant atteint sa lucidité. Il avait vu ce que les arbres m'empêchaient de percevoir, puis il avait étendu au sol son aile cassée afin de s'offrir en pâture à la créature, homme ou animal, qu'éclairaient les reflets de l'orage. L'espace d'un instant, il était devenu oiseau et avait transformé sa danse d'animal meurtri en un rituel sacrificiel n'ayant d'autre but que d'éloigner de moi le mal qui s'avançait dans la forêt. Tous les éléments du casse-tête que je tentais de reconstituer depuis des années s'étaient mis en place durant le bref moment qui avait précédé mon évanouissement, tous, sauf un, celui sur lequel s'imprimait le visage de la créature, homme ou animal, qui avait poussé Mike à mimer l'effarement des fous sous la pluie drue pour sauver la peau de la petite Marnie.

Devais-je me réjouir de cette révélation ou, au contraire, accuser de stupidité l'enfant du conte, la fillette en salopette de garçon qui n'avait pas su reconnaître la feinte de l'oiseau sous la pâleur de son ami ? Mais la question n'avait plus lieu d'être posée, car il était trop tard pour les examens de conscience. L'enfant du conte ne pouvait en réinventer l'intrigue. Seul importait désormais le fait que l'autre enfant avait appelé le loup et l'avait entraîné dans la forêt afin que sa fureur épargne la fillette.

J'ai tenté de me relever, mais une brûlure mordante a irradié ma hanche gauche, m'obligeant à changer de position, à coller mes genoux contre mon torse et à basculer sur le côté. J'ai attendu que la brûlure s'apaise en songeant que Mike m'avait sauvé la vie avec quelques mots qui auraient constitué mon arrêt de mort si je les avais entendus. Si la peur ne m'avait en effet paralysée et si j'avais compris qu'il fallait courir, j'aurais tenté d'entraîner Mike avec moi, c'est ce que font les enfants, c'est ce que font les meilleurs amis, qui se tiennent par la main à l'approche de la noirceur, et la chose nous aurait rattrapés tous les deux, près du lac aux Barbotes ou ailleurs, cette chose qui allait désorienter le soleil de Rivière-aux-Trembles. Grâce à Mike, j'étais vivante, bien vivante, et la douleur, encore, me contraignait à me mouvoir. J'ai agrippé le bord de la baignoire et, en m'appuyant au mur, dont les carreaux de céramique colorée vibraient sous l'intensité de la lumière, je suis parvenue à me relever.

J'ai avalé deux Atasol sans oser me regarder dans le miroir et me suis traînée jusqu'à mon lit. Malgré la lourdeur de mes couvertures d'hiver, j'ai mis longtemps à me réchauffer et me suis endormie d'épuisement à l'instant où Michael, près du lac aux Barbotes, perdait son running bleu sous le ciel lavé par l'orage. Derrière la colline des Loups, se couchait le dernier soleil. Je t'entends, Mike, je t'entends enfin.

Mon mal de tête m'a réveillée quelques heures plus tard. Derrière l'église, se levait une aube sombre, traversée d'une lumière étirant la nuit dans le bleu foncé des nuages. En tâtant ma nuque, j'ai compris à quoi étaient dus les battements sourds qui résonnaient entre mes deux oreilles. Une énorme protubérance, couverte d'une croûte de sang séché, avait poussé durant la nuit derrière mon crâne. Une douche s'imposait, que j'ai prise assise au fond de la baignoire. Je finissais de sécher mes cheveux quand le téléphone a sonné. J'ai tout de suite pensé qu'il devait s'agir d'Émilie Saint-Pierre, qui m'avait entendue hurler les mots prononcés par son frère. Au déclenchement du vieux répondeur de mon père, j'ai tendu l'oreille. La voix provenant du salon était une voix d'homme, difficile à saisir, qui chuchotait et retenait son souffle. Absorbée par les murs, les tapis et les meubles, elle n'était qu'une forme de chuintement lointain, pareille au murmure d'une colonie d'insectes rongeant de l'intérieur le bois d'une porte.

Au signal indiquant la fin du message, je suis descendue au salon, une serviette enroulée autour du corps. J'ai fait défiler le ruban du répondeur en marche arrière et j'ai appuyé sur la touche «Play». Michael Saint-Pierre, c'était pas assez pour toi, hein? a chuchoté la voix rauque. Y t'en fallait un autre. Un autre enfant innocent. Mais ça va s'arrêter là. Si la police t'enferme pas, on va se charger de ton cas tout seuls. On veut plus de toi à Rivière-aux-Trembles, Marnie Duchamp!

Appuyée sur le dossier d'un fauteuil, je me sentais défaillir à mesure que les paroles défilaient, davantage crachées que chuchotées. Cet homme n'avait rien compris, rien de rien. Il ignorait que mon seul crime était de n'avoir pas entendu Mike. Replié dans cette ignorance crasse, il ne pouvait mesurer le poids de mon innocence. T'as rien compris, ai-je murmuré, t'as rien saisi, pauvre con, puis le signal indiquant la fin du message a résonné, éveillant les sauterelles écrasées, méchante, vilaine petite Marnie, dont le chant s'est mêlé au grattement des insectes xylophages, capricornes ou termites dont les mandibules creusaient et rongeaient le bois de la porte se refermant sur moi.

Appelle Marchessault, Marn, appelle tout de suite, laisse pas les commérages briser ta petite maudite vie une deuxième fois, m'intimait la voix, en moi, qui avait remplacé celle de l'homme rauque et se glissait parmi les grignotements étouffés des capricornes. Appelle avant de virer folle ! Je saisissais le combiné du téléphone quand, par la grande fenêtre du salon, j'ai vu une ambulance passer en trombe devant la maison, suivie des aboiements des chiens du deuxième voisin. J'ai subitement été ramenée en arrière, dans la forêt chauffée de soleil d'où montaient les jappements de Rex, Chet et Lucy, une série d'appels excités m'indiquant qu'ils cherchaient un enfant et qu'ils traquaient son agresseur : assassin, ravisseur ou sorcière. Les membres engourdis, je me suis dirigée vers la fenêtre de la cuisine, certaine qu'un groupe d'hommes armés de bâtons et de fusils préparaient mon bûcher dans le jardin. Mais la cour était vide, les hommes étaient cachés, n'attendant qu'un faux pas de ma part pour surgir de l'intérieur des serres ou de derrière les arbres.

Au loin, en direction de la rivière, les chiens hurlaient toujours. Rex, Chet et Lucy. J'ai aspergé mon visage d'eau froide et suis retournée m'asseoir au salon. L'horloge marquait neuf heures dix-huit quand un silence de mort s'est abattu sur la maison et que l'ambulance est repassée en sens inverse. On venait de découvrir le corps de Michael Faber.

Après avoir largué Maheux au poste de police, j'ai erré sans but, me demandant ce que je foutais dans cette ville morne où les passants me dévisageaient comme si j'avais la rage. Je me suis arrêté devant une vitrine pour examiner ma gueule, voir si j'avais les cheveux hirsutes et si un filet de bave me coulait sur le menton. J'avais une mine normale, me semblait-il, si tant est qu'un homme déambulant au rythme lent de qui ne sait plus où il va puisse se fondre dans l'agitation du midi sans soulever un soupçon d'inquiétude. C'est ce que devaient percevoir les gens, cette absence de but et de foi vidant le regard. J'avais pourtant un but, oublier toute cette histoire. Mais comment oublier ce qui imprègne chaque particule de l'air que vous respirez ? Si j'avais croisé un pont suffisamment haut à ce moment-là, je me serais jeté en bas, je crois, puisque je ne voyais pas d'autre moyen d'oublier que d'interrompre la chute libre de mes pensées dans un grandiose dispersement de matière cervicale. Bras écartés, j'aurais frappé le vent. La surface houleuse serpentant sous le pont serait devenue ma destination et on aurait pu voir la sérénité d'une foi brève sur mon visage. Au-delà du paisible miroitement dont s'entoure la mort, c'est probablement ce qui avait poussé L.A. à sortir son couteau de cuisine, la foi, la certitude de rencontrer Billie dans le long couloir menant au paradis.

Immobilisé au croisement des deux principales artères de Saint-Alban, je songeais que la mort était la seule vérité qui vaille, la seule infaillible certitude, quand une voiture de police s'est arrêtée au feu rouge, avec à son bord une femme qui semblait également effondrée dans une absence d'espoir, fixant les passants indifférenciés qui se fondaient dans l'anonymat d'un décor dont le pourquoi lui échappait. Puis un coup de klaxon l'a fait sursauter et elle a tourné la tête dans ma direction. Je connaissais ce visage, cet ovale aux yeux rougis figé dans la pâleur des statues. Il appartenait à la femme du convoi funéraire qui m'avait accueilli à Rivière-aux-Trembles, à la veuve ou à l'orpheline que la vie traînait contre son gré, de même qu'il appartenait à toutes les femmes vêtues de noir qui se postaient à l'aube devant l'horizon grugé par la mer ou les montagnes. Depuis le défilement du convoi, rien n'avait changé dans l'allure de cette femme, ni la peur, ni la tristesse, ni l'incompréhension qui l'écrasaient.

J'ai machinalement levé la main, ainsi qu'on le fait pour saluer une amie, puis le voile qui couvrait son regard a disparu un moment. Le feu tournait au vert quand elle a plaqué une main contre la vitre de la voiture et s'est brusquement retournée, me reconnaissant aussi, puis elle a prononcé un mot, le même, à plusieurs reprises, cours, disaient ses lèvres, cours, puis son visage a été emporté par le flux de la circulation. Alors j'ai couru, je me suis stupidement précipité derrière la voiture, ignorant pourquoi je courais et si j'allais dans la bonne direction, puis me suis arrêté, à bout de souffle, tandis que l'auto s'engageait dans une rue qui cherchait à se donner des allures de boulevard.

Mon cœur battait encore contre ma poitrine lorsque je suis entré dans le McDonald's dont la gigantesque enseigne dominait les édifices s'alignant de ce côté de la rue. Je n'avais pas faim, mais j'ai commandé un chausson avec mon café pour rassurer la caissière, qui devait penser que je souffrais d'asthme chronique ou venais d'échapper à une bande de poursuivants armés. Pendant qu'elle versait mon café, j'ai parcouru des yeux la salle à demi vide. Curieusement, il y avait très peu d'enfants en train de colorier des Ronald ou de s'emplir la bouche de frites. La clientèle était majoritairement composée de travailleurs qui avalaient distraitement leur Big Mac ou leur Quart de livre, de retraités qui feuilletaient le journal et discutaient de leurs problèmes de prostate au-dessus de plateaux remplis de papiers froissés et de verres jetables.

J'ai choisi une table isolée, près d'une fenêtre sur laquelle quelqu'un avait dessiné un bonhomme sourire avec du ketchup. Pas besoin de savoir dessiner pour reproduire un bonhomme sourire, mais celui-là avait du style, un peu comme si on l'avait peint avec une spatule et de l'acrylique. La présence de cette tête sans pattes avait probablement pour but de faire sourire ceux qui s'assoyaient à cette table, mais il était inutile d'espérer de ma part un semblant de joie alors que le destin avait remis les compteurs à zéro et recommencerait chaque fois qu'un malheur frapperait dans un rayon de trente kilomètres autour de moi. Il en serait toujours ainsi. Au moment où je croirais avoir une chance de m'en sortir, le destin incurverait le temps et toutes les horloges, montres et cadrans de la planète marqueraient quinze heures trente, pendant que les pages des calendriers se replieraient à toute vitesse jusqu'au 20 janvier 2006. Il en serait toujours ainsi. La disparition de l'amour de ma vie m'avait marqué au fer rouge. Nulle part on ne me pardonnerait cette disparition.

Tout en versant quelques sachets de sucre dans mon café, j'ai observé la bruine, intarissable depuis la veille, en essayant de chasser l'image de l'infinie spirale qui s'ouvrait devant moi, puis je me suis demandé ce qui m'avait pris de courir ainsi après une inconnue. La folie, peut-être, la violence qui bouleversait de nouveau ma vie et m'incitait à m'accrocher au moindre signe de sympathie ou de reconnaissance. Je ne savais rien de cette femme, sinon qu'elle était pâle, mais j'avais le sentiment qu'elle et moi étions dans le même bateau, ballottés par le courant, sans rames pour redresser l'embarcation qui tourbillonnait à l'approche des rapides. D'ailleurs, que faisait-elle dans cette voiture de police ? L'avait-on interceptée alors qu'elle s'apprêtait à lancer sa propre voiture contre un bloc de béton, une photo de sa famille collée sur le tableau de bord ? Avait-elle troublé l'ordre public, fracassé une vitrine, volé un stock de romans d'amour pour se prouver qu'elle était encore vivante ? Elle n'avait pourtant la gueule ni d'une voleuse ni d'une hystérique. Je l'aurais plutôt rangée dans la catégorie des filles capables de s'enfiler un vingt-six onces de gros gin pour être certaine de n'avoir plus la force de se jeter par la fenêtre. Une fille qui avait toutes les raisons de sauter par-dessus bord mais qui s'accrochait à l'idée que la mer était belle.

Je retournais toutes ces hypothèses dans ma tête, inutilement, car mon instinct me soufflait que cette femme avait été arrêtée pour les mêmes motifs que moi. Je n'avais pas prêté attention aux flics qui l'accompagnaient, mais j'aurais mis ma main au feu que l'un des deux se nommait Doyon ou Marchessault. L'autre suspecte, c'était elle. Sa fille ou son gamin avait dû s'égarer dans les bois, des années auparavant, sans laisser de traces, sans qu'on réussisse à épingler l'ordure à l'origine du drame, si bien qu'on avait décidé de donner un nom à cette ordure, le sien, pour ne pas demeurer dans le noir. On lui avait posé une étiquette sur le front, tenir éloignée des enfants, on l'avait montrée du doigt, lui enlevant ainsi la possibilité de pleurer son petit tranquille, et on la soupçonnait chaque fois qu'un gamin perdait la notion du temps et rentrait à la maison plus tard que prévu, la tête pleine d'exploits qu'il renonçait à raconter devant l'atmosphère chargée de reproches pesant sur la cuisine où le souper refroidi séchait dans les assiettes. À peu de choses près, son histoire devait ressembler à ça, c'est-à-dire à la mienne.

J'ai jeté mon café et mon chausson à la poubelle, au diable les scrupules, et me suis dirigé vers la sortie. À une table pas loin de la porte, un jeune père s'empiffrait en compagnie de sa fillette, six ou sept ans, une des deux seules gamines à illuminer ce repaire de vieux. Pendant que le père reluquait une fille qui passait sur le trottoir, l'enfant terminait un casse-tête réunissant la plupart des animaux de la ferme, de la poule au cochon en passant par le bœuf dont le père mastiquait un des rejetons. À côté du casse-tête, la une du tabloïd de la région reproduisait en gros plan le visage de Michael Faber, souriant de son grand sourire d'enfant content. J'ai eu envie d'attraper le père par la chemise pour lui crier au visage de ne jamais quitter sa fille des yeux, jamais, mais je me suis contenté de lui demander poliment si je pouvais lui emprunter le journal. La bouche pleine de hamburger à demi mastiqué, il m'a fait signe que oui, et j'ai plié le journal dans la poche de mon manteau. On ajouterait ce larcin aux autres crimes qu'on voulait me coller sur le dos.

Incertain quant à la façon dont j'occuperais les prochaines heures, j'ai fait les cent pas devant le McDo, pour enfin pointer mes chaussures en direction du poste de police. Si je voulais porter secours à l'enfant qui souriait au fond de ma poche, je ne pourrais y arriver qu'aux côtés de Doyon, de Marchessault et d'Émilie Saint-Pierre, et tant pis s'ils me passaient les menottes et me coupaient le sifflet du même coup. Avec un peu de chance, ma voix parviendrait peut-être à franchir les barreaux de la prison, malgré leur étanchéité notoire aux cris des hommes entravés. Avec un peu de chance… De toute façon, si on avait arrêté la femme de la procession funèbre, c'est qu'il y avait du nouveau dans l'affaire Michael Faber. Inutile de me payer un taxi jusqu'à Rivière-aux-Trembles pour effectuer immédiatement le trajet inverse à bord de la voiture aux gyrophares éteints qui m'attendrait dans ma cour. Autant en finir tout de suite et épargner aux contribuables le paiement de quelques litres d'essence supplémentaires.

J'ai demandé à parler à Marchessault ou à Doyon. Je ne me fiais pas à l'agressivité contenue d'Émilie Saint-Pierre, qui pouvait vous exploser au visage si vous aviez le malheur d'appuyer sur le détonateur qu'elle cachait sous sa chemise boutonnée aux trois quarts. Marchessault et Doyon présentaient l'avantage d'être clairs et directs, sans nuances. Si vous leur tapiez sur les nerfs, la réaction était immédiate. Vous receviez leur mauvaise humeur en pleine gueule et compreniez que vous n'aviez qu'une chance sur deux de garder vos couilles intactes si vous vous entêtiez à faire le clown.

Occupés, m'a répondu l'agent Tremblay, qui classait des formulaires derrière le comptoir de la réception, puis il m'a désigné la rangée de chaises appuyées contre le mur. Je pouvais les attendre là ou revenir un peu plus tard. J'ai choisi la rangée de chaises et j'ai déplié le journal que j'avais piqué au McDo. Un des deux articles consacrés à la disparition de Michael Faber décrivait les habitudes du gamin et rapportait les commentaires des parents éplorés, des voisins, des camarades de classe de l'enfant, de sa maîtresse d'école, de l'épicier du coin, du gars qui distribuait les publisacs et de la cousine par alliance de ce dernier. S'il avait eu l'occasion d'interviewer le chat du petit, le pseudo-journaliste qui signait l'article aurait sûrement trouvé le moyen de lui attribuer deux ou trois conneries.

En prime, le lecteur avait droit à une photo de la bicyclette abandonnée, soulignée d'une vignette dégoulinant de fausse compassion. Au souvenir de la bande de charognards qui s'étaient emparés des photos de Billie afin d'augmenter le tirage de leur feuille de chou et nous avaient harcelés, L.A. et moi, pour qu'on verse des larmes dans leur micro et qu'on se mouche dans leur torchon, j'ai eu envie de foutre le feu à ce ramassis de bêtises ou de le déchirer en soixante-quinze mille morceaux destinés à la cuvette la plus merdique des toilettes pour hommes, dont la porte, agrémentée de la représentation asexuée d'un bonhomme qui n'avait jamais pissé de sa vie, s'ouvrait au bout du corridor prolongeant la rangée de chaises. Mais je voulais lire l'autre article, consacré celui-là à l'enquête policière.

On y citait d'abord le sergent Gilles Marchessault, bien connu à Saint-Alban, qui prétendait suivre quelques pistes prometteuses, puis on passait ensuite la parole au lieutenant Émilie Saint-Pierre, originaire du comté et spécialement affectée à cette affaire depuis les bureaux régionaux de la SQ. Selon le lieutenant Saint-Pierre, la police tenait déjà deux suspects dans sa ligne de mire et comptait clore ce dossier très rapidement. On avait encore espoir, ajoutait-elle, de retrouver Michael Faber sain et sauf. Elle lançait à cet effet un appel à toute la population pour prêter main-forte à la police et lui révéler le moindre détail pouvant avoir un lien avec cette disparition.

Fidèle à sa nature de fossoyeur, le journaliste déballait ensuite tout un pan de la vie privée d'Émilie Saint-Pierre pour apprendre au lecteur que le grand frère du lieutenant avait disparu une trentaine d'années plus tôt et qu'elle était considérée parmi les forces policières comme l'enquêtrice la plus féroce lorsqu'il s'agissait de coincer des agresseurs d'enfants. Et voilà, tout s'expliquait. L'attitude d'Émilie Saint-Pierre plongeait ses racines dans une enfance traversée de colère et de pleurs. On vous enlevait votre enfance et c'était foutu. Vous cherchiez l'enfant assassiné d'un coup de matraque le reste de votre vie. C'est à cette quête qu'Émilie Saint-Pierre se consacrait. Elle cherchait qui l'avait assassinée.

Je pouvais maintenant déchirer le journal. Il ne m'apprendrait plus rien. Je l'ai emporté avec moi aux toilettes, mais je me suis contenté de le jeter dans une poubelle. Un bruit de métal creux a résonné dans la pièce étroite, rappelant le son définitif et morbide de la première cloche annonçant le glas, et j'ai récupéré le journal en prenant soin de ne pas toucher aux parois gommeuses de la poubelle. Je ne pouvais pas mettre aux ordures la photo d'un enfant qui pleurait peut-être, en ce moment même, pour que son père vienne le délivrer. J'ai délicatement déchiré la première page de *L'Écho de Saint-Alban*, que j'ai pliée en quatre pour la ranger dans ma poche. Elle irait avec les photos de Billie, avec toutes ces photos qui tachaient les doigts et dont je n'arrivais pas à me débarrasser, parce qu'on ne peut tout simplement pas enfouir le visage d'un enfant parmi des objets sans mémoire, tachés de boue, de sueur ou de café refroidi.

Mon visage, au contraire, se serait senti tel un poisson dans l'eau au milieu des mouchoirs sales. J'avais le teint gris, les yeux cernés, les deux coupures que je m'étais faites en me rasant le matin avaient saigné et j'aurais eu besoin d'un deuxième rasage avec des lames non émoussées. Il n'y avait qu'une trentaine d'heures que tout ce cirque avait démarré et j'avais l'impression qu'il s'était écoulé une semaine, une longue semaine durant laquelle je n'avais ni dormi ni mangé. Je me suis passé le visage à l'eau froide, je me suis lissé les cheveux et je suis retourné sur ma rangée de chaises.

À la réception, un homme à qui j'aurais donné dans les soixante-dix ans, mais qui semblait taillé pour atteindre son centenaire en fendant son bois de chauffage, engueulait l'agent Tremblay et menaçait d'intenter un procès à la police pour abus de pouvoir et procédés douteux. Tremblay demeurait calme, il en avait vu d'autres, et répétait à l'homme ce qu'il m'avait dit plus tôt, à savoir qu'il pouvait lire son journal et attendre tranquillement qu'un des inspecteurs chargés de l'enquête qui l'intéressait se libère, ou revenir plus tard. Conscient qu'il ne tirerait rien de Tremblay, l'homme a pris la même décision que moi, il a choisi à contrecœur la rangée de chaises. Il a tapé du pied quelques instants puis il s'est relevé pour faire les cent pas de la porte d'entrée à celle des toilettes pour hommes.

La colère de cet homme était à ce point palpable qu'elle créait autour de lui une espèce de champ magnétique sur lequel devaient rebondir tous ceux qui s'approchaient de lui sans y avoir été invités. Il se déplaçait à l'intérieur d'une aura minérale qui lui donnait une certaine ressemblance avec Clint Eastwood dans ses mauvais jours, et je n'aurais pas été étonné de le voir dégainer si quelqu'un lui avait tapé dans le dos. Je plaignais le gars ou la fille qui devrait négocier avec lui. Après trois allers et retours d'un bout à l'autre du corridor, il est revenu s'asseoir et m'a demandé si j'avais des cigarettes. Négatif. Il ne sentait pas le tabac et ne fumait probablement plus depuis des années, mais la situation qui lui donnait envie de casser l'agent Tremblay en deux avait réveillé le goût de la nicotine et il s'en serait bien fumé deux ou trois de suite si j'avais eu de quoi tenter le diable. Il s'est planté une allumette de bois entre les lèvres, je me suis poussé un peu pour ne pas être happé par l'attraction de son champ magnétique, et le silence s'est installé, perturbé ici et là par le bruit métallique des tiroirs de classeurs qu'ouvrait et refermait Tremblay derrière son comptoir.

Une quinzaine de minutes plus tard, une porte s'est ouverte, une autre a claqué, peut-être la même, et Émilie Saint-Pierre a descendu le corridor en compagnie de la femme du convoi funèbre, qui avait le visage de ceux qui viennent de se taper une procession de revenants. L'homme assis à ma droite s'est levé d'un bond pour se précipiter vers elle en criant Marnie, bon sang, veux-tu m'expliquer ce qui se passe? J'ai tout de suite pensé que Marnie était un prénom qui convenait parfaitement à cette femme, un prénom qui avait perdu son espièglerie quand le monde lui avait dégringolé dessus. Phil, a-t-elle murmuré, mais Émilie Saint-Pierre s'est interposée entre elle et l'homme nommé Phil. Vous n'avez pas le droit de lui parler, monsieur Morisset, Marnie vient d'être placée en garde à vue, a-t-elle dit en ouvrant la porte d'une pièce sans fenêtre où elle a ordonné à la femme d'entrer.

C'est quoi ces maudites histoires de fous-là, Emmy? a tonné Phil Morisset.

C'est confidentiel, monsieur Morisset, je peux rien vous dire.

Pendant un instant, j'ai cru que Morisset allait sauter sur l'inspectrice. Il a serré les poings à s'en faire blanchir les phalanges, aussi raide qu'une barre de fer, puis un de ses bras s'est détendu et il a tapé dans le mur assez fort pour y laisser une marque à côté d'un interrupteur. Si t'étais pas une femme, Emmy Saint-Pierre, je te casserais la gueule. Il a ensuite dit à la fille nommée Marnie de ne pas s'inquiéter, qu'il se chargeait de lui trouver un avocat tout de suite et de la sortir de là. Au même moment, Marchessault a surgi de je sais plus quelle pièce, a déboulé jusqu'à la rangée de chaises et s'est arrêté face à moi. Qu'est-ce que vous foutez encore ici, Richard? En entendant mon nom, la fille nommée Marnie a levé la tête dans ma direction. J'ai pensé qu'elle allait m'ordonner de courir, de prendre mes jambes à mon cou et de quitter cette ville de fous sans me retourner, mais elle est demeurée muette, me fixant de ses yeux de statue immobile. J'ignorais quel traitement Émilie Saint-Pierre lui avait réservé dans la salle d'interrogatoire, mais si quelque chose pouvait encore être cassé dans cette fille, elle s'y était sûrement appliquée à coups de matraque.

Avant que la porte se referme sur elle, Marnie m'a lancé un regard qui pouvait aussi bien ressembler à un appel à l'aide qu'à un aveu d'impuissance, et son visage a été remplacé par celui de Marchessault, qui voulait que je lui explique c'était quoi, ce bordel?

L'homme de l'enterrement était là, l'homme qui avait la fièvre, l'oiseau de malheur qui surgit chaque fois que je me traîne derrière un mort. Il m'attendait au coin d'une rue, ce midi, puis au poste de police, pour me rappeler qu'on est pareils, que le ciel nous est tombé dessus par un jour autrement semblable à tous les autres et qu'il n'y a rien de plus effrayant, pour les gens qui n'ont pas été frappés, qu'un homme ou une femme s'avançant au milieu d'un ciel détruit. Personne ne m'a dit ce qu'il fabriquait à Saint-Alban, mais c'est facile à deviner. Il s'y trouve pour la même raison que moi, parce qu'il continue à payer le crime de la pourriture qui a massacré son existence. C'est de là que vient sa fièvre et son allure de Crappy Owl. Richard, c'est le nom que lui a donné Marchessault. Richard Richard, Crappy Richard, Holy Richard. Avec un peu de chance, j'apprendrai peut-être son véritable prénom avec l'aide d'Emmy-Lili, qui me bombarde de questions auxquelles j'ai déjà répondu tout à l'heure, la plupart du temps en lui répétant que je ne savais pas, que je ne me rappelais plus, que j'ignorais, bordel, ce que je devais savoir ou pas.

Quand je suis entrée dans la salle d'interrogatoire, un peu plus tôt, Emmy avait disposé quelques objets sur la table, tous enveloppés dans des sacs de plastique. Elle voulait analyser ma réaction devant ces objets, se faire une idée de mon degré de culpabilité en fonction de la nervosité ou de la panique qui me ferait monter le rouge aux joues.

Entre une casquette des Yankees de New York tachée de boue et une pochette ayant contenu des billes et des pierres de diverses couleurs étiquetées en tant que pièces à conviction, Holy Owl gisait sur le dos, asphyxié par le sac dans lequel on l'avait enfermé. Holy Crappy Owl, ai-je murmuré en tendant la main vers lui, mais Emmy m'a interdit de le toucher, de même qu'elle m'a empêchée de m'emparer de la pochette ayant renfermé le trésor de Mike, des billes, des pierres, des bijoux colorés. Il était impossible que ces objets aient abouti au cœur de cette enquête. Quelqu'un se trompait encore, qui mélangeait les dates et les enfants. Ils nous appartenaient, à Mike et à moi, et ne pouvaient être tombés par hasard entre les mains de Michael Faber. À part Mike et moi, seul l'agresseur du petit Faber pouvait les avoir réunis, à supposer qu'il ait connu les secrets de Mike.

Tu reconnais ces objets ? m'a demandé Emmy, et j'ai fait signe que oui, car aucun son ne sortait de ma bouche. Quel que fût son objectif, Emmy avait visé juste. Mes joues étaient brûlantes et je comptais les secondes tombant mollement de l'horloge avant de m'évanouir, certaine que je m'éveillerais au fond d'un cachot, avec les rats, privée de toute possibilité d'annoncer à Emmy que Mike m'avait sauvé la vie. Je voyais le piège d'Emmy-Lili se refermer sur moi quand je me suis rendu compte que la casquette emballée dans le troisième sac de plastique n'était pas celle que Doyon avait trouvée en fouillant ma maison. Cette casquette ne m'appartenait pas. Sur la mienne, un des jambages du *N* s'était décollé et les fils de la broderie s'effilochaient. C'est pas ma casquette, ai-je murmuré en la montrant du doigt. Mais Emmy le savait. Elle voulait vérifier si j'avais déjà vu celle-là. Regarde, le bouton est arraché sur le dessus.

Le bouton était arraché, en effet. Ce n'était pas ma casquette. C'était tout ce que je savais. Constatant que je n'allais pas faire de coup de théâtre et lui révéler que cette calotte appartenait à Tiger Woods ou à l'entraîneur des Yankees, Emmy l'a mise de côté pour un moment et elle a poussé Holy Owl vers moi, juste sous mes yeux, à côté de ma main.

Que peux-tu me dire à propos de ce hibou, Marnie? a-t-elle enchaîné en tapotant la tête de Holy Owl du bout du doigt par-dessus le plastique. Ses ongles laqués étaient courts, bien taillés, propres, des ongles de fille qui se manucure toutes les semaines en écoutant *Grey's Anatomy* ou *Desperate House-wives*, ainsi que je le faisais au cours de cette période new-yorkaise durant laquelle j'avais perdu contact avec l'odeur de la terre, mais aussi avec celle de la mort. Comment Emmy Saint-Pierre s'y prenait-elle pour jouer au milieu des fosses et des dépotoirs tout en gardant des ongles propres?

J'ai observé mes ongles à moi, encore salis de terre, et une vague de haine comme je n'en avais pas ressenti depuis long-temps a ajouté une deuxième couche de rouge à celle qui me brûlait déjà les joues. La sensation d'engourdissement qui m'avait privée de parole un peu plus tôt avait disparu, empor-tée par la colère, et mon sang circulait de nouveau. Cette fille aurait dû être en train de creuser le sol de la forêt avec moi, à quatre pattes dans la boue, nos mains exhumant parfois un fémur noirci et se rencontrant dans une fébrile prière pour que cet os ne soit pas humain, au lieu de quoi elle m'accusait d'avoir les mains sales des meurtriers et des fous, car les fous non plus ne se lavent pas. Ils étalent leur merde en fresques cauchemardesques sur les murs de leur chambre et se ron-gent les ongles d'orteil en se balançant au rythme d'une an-cienne comptine.

J'ai regardé Emmy en plein dans les yeux et je lui ai ré-pondu que ce hibou m'appartenait, avant de lui demander si elle se souvenait de l'histoire du Petit Poucet. J'ai fait la même chose que les parents du Petit Poucet, Emmy. J'ai raconté une histoire à dormir debout à Crappy Owl et je l'ai emmené en plein milieu du bois. Mais je me suis pas contentée de l'éga-rer, je l'ai pendu à la croix de ton frère, en plein milieu du bois. Les roches, c'est lui qui les a semées dans mon dos pour tracer son chemin, mais les roches lui ont servi à rien, pauvre Crappy. C'est-tu assez clair pour toi? Pis si tu veux savoir si j'ai procédé de la même façon avec Mike, t'as rien qu'à trouver d'autres roches.

Je ne criais plus, je hurlais, et la porte s'est brusquement ouverte sur Doyon, qui m'a neutralisée afin de m'empêcher de sauter à la gorge d'Emmy pour ensuite lui arracher ses maudits ongles roses. Mais je n'étais pas la seule à vouloir étriper l'autre. J'avais mentionné la croix de Mike, la triste croix de bois plantée près de la rivière par les mains écorchées de Victor Saint-Pierre, franchissant ainsi une frontière au-delà de laquelle la petite sœur de Mike était prête à tuer.

Tu vas me reprendre ton histoire tranquillement, Marnie Duchamp, tu vas m'expliquer où t'as emmené le Petit Poucet. Tout de suite! s'est-elle écriée en frappant sans broncher la table du plat de ses deux mains. Elle a attendu, le souffle court, le visage en sueur, et j'ai eu l'impression de retomber dans un cauchemar dont toutes les issues étaient encombrées d'objets disparates que mes mains sales n'arrivaient pas à dégager.

Alors j'ai abdiqué. J'ai dit à Emmy que je ne comprenais plus rien, que tout s'embrouillait, que Holy Crappy Owl n'était pas méchant et que je voulais retourner chez moi, dans le passé, en plein cœur de la forêt d'août.

Je vais t'aider à comprendre, Marnie, a-t-elle murmuré, et elle m'a raconté une histoire à son tour, qui pouvait ressembler à celle du Petit Poucet, de Hansel et Gretel, du Chaperon rouge, aussi sanglante et animale, mêlée de hurlements de loups, d'enfants transportant des pierres dans leur ventre, des galettes et des petits pots de beurre dans leur panier, des galettes à l'orange, pareilles à celles de la grand-mère de Marchessault. Je n'ai toutefois commencé à saisir son histoire que quand elle a parlé de ce qui avait fait taire les chiens, Rex, Chet et Lucy.

À neuf heures dix-huit ce matin-là, on avait découvert Michael Faber, l'enfant à la bicyclette bleu Superman, noyé

dans les eaux froides de la rivière aux Trembles, sa peau glacée et son petit visage tout boursouflé. Autour de son cou,
était accroché un hibou de paille et d'écorce, Holy Owl, et de
la poche de son chandail, pendait une pochette de toile rouge
contenant les cailloux magiques de Michael Superman Saint-
Pierre, une pochette qu'Emmy avait cherchée pendant des
années. Jusque dans le jardin de ton père, Marn…

J'ai entendu la respiration de Doyon, qui n'avait pas quitté
la pièce, puis un cœur qui battait à tout rompre, et je crois
que j'ai dit non, quelqu'un ment, le petit mort ment. Puis les
issues du cauchemar sont devenues blanches. Il me semble
qu'ensuite, Emmy a demandé à Doyon de s'occuper des formalités pour une garde à vue, puis elle m'a laissée seule dans
la salle d'interrogatoire, j'ignore combien de temps puisque le
temps ne bougeait plus. Quand j'ai descendu le corridor, Phil
m'attendait, de même que l'homme des funérailles, Richard
Richard, pareil à moi, celui qui souffrait de la fièvre.

Silencieux depuis quelques instants, Marchessault dessinait des flèches sur une feuille de papier ligné. Je lui avais juré sur la tête de Billie que je ne connaissais pas la femme nommée Marnie, Marnie Duchamp, c'est ce qu'il avait dit, mais ça ne lui suffisait pas. Dans son esprit, les serments d'un père sur qui les soupçons n'avaient jamais cessé de peser ne valaient pas grand-chose. Qu'il aille au diable ! Billie était la seule personne au monde sur la tête de qui il m'aurait été impossible de mentir ou de maquiller la vérité, et si Marchessault était trop con pour se rendre compte que je lui offrais la meilleure garantie de ma bonne foi en invoquant le souvenir de ma fille, je n'allais pas me traîner à genoux pour qu'un éclair d'intelligence traverse les ténèbres où sa bêtise s'était confortablement installée.

Je me suis fermé comme un coffre-fort à sept combinaisons et j'ai pensé à appeler Maheux, le gnome qui logeait à mes frais dans le seul hôtel recommandable de Saint-Alban, mais je ne voyais pas en quoi il pouvait m'être utile pour le moment. J'ai compté les secondes, Marchessault a déchiré sa feuille fléchée puis, tel un magicien, il a prestement retiré une photographie de sa manche de chemise pour me la flanquer sous le nez. Je n'ai jamais aimé les magiciens, pas plus que les funambules et les jongleurs, particulièrement lorsqu'ils enlèvent leur pantalon bouffant pour se travestir en flic, et mon cœur s'est immédiatement mis à pomper à toute vitesse mon sang jusque-là relativement tranquille.

La photo qu'avait fait apparaître Marchessault en claquant des doigts aurait pu figurer dans une anthologie de l'horreur. On y voyait un garçon couché près de la berge d'une rivière, regardant de ses yeux blancs le ciel livide, au milieu duquel subsistait peut-être le sillon d'air pâle remué par l'envol de ce qu'on nomme l'âme ou l'esprit, forme d'énergie ou ombre nue créant le rire et la tristesse. Son visage, par contraste, avait pris la teinte de cieux violents tachés de nuages d'orage, ses cheveux se prolongeaient d'épines givrées qui fondaient au soleil et une large entaille creusait jusqu'à l'os la chair maigre du front, une entaille qui ressemblait à un éclair lie-de-vin dans le ciel nuageux. Je n'aurais cependant su dire si c'étaient les yeux qui vous blessaient le plus, ou les petites mains gonflées, dont l'une, flottant sous l'eau, semblait vouloir recueillir la rivière dans sa paume ouverte.

Tout ce que j'espérais, c'est qu'on n'allait pas montrer aux parents cette photo qui éclipserait toutes les autres et les condamnerait à ne plus voir de leur fils que cette main tendue, que cette entaille surmontant le regard globuleux, pareil à celui des poissons échoués sur la grève. L'horreur est cent fois plus forte que l'innocence et c'est toujours elle qui imprime ses marques dans la mémoire blessée. On se souvient du sourire, mais le rictus amer prend le dessus et c'est lui qui demeure, abolissant tous les sourires. Après la disparition de Billie, j'avais craint pendant des mois que l'inspecteur Ménard débarque dans ma cuisine pour glisser une photo de ce genre au milieu du fouillis, près d'une fourchette à bascule improvisée ou d'une petite maison de papier confectionnée par ses gros doigts aux phalanges poilues, et voilà que cette photo s'étalait devant moi, reproduisant l'image parfaite et terrifiante de la mort.

C'est le petit Faber ? ai-je stupidement demandé à Marchessault tout en repoussant délicatement vers lui la photo de l'enfant, de peur de briser davantage ce corps meurtri.

Qui voulez-vous que ce soit ? a grogné Marchessault avant de m'apprendre qu'on avait retrouvé l'enfant quelques heures plus tôt, qui gisait dans la rivière aux Trembles, à un demi-kilomètre de chez moi en ligne droite. Avec le chat, ça vous place en mauvaise posture, Richard.

Cette précision était inutile. Dès que je l'avais entendu prononcer le nom de la rivière, j'avais senti mes jambes s'amollir, j'avais pensé aux pistes d'enfants qui m'avaient guidé hors de la forêt le jour où j'avais découvert la croix de Michael X, Y ou Z, puis je m'étais demandé si les semelles striées de barres horizontales étaient celles de Michael Faber. J'ai ramené la photo vers moi en vue de déterminer si je reconnaissais la portion de la rivière où il s'était échoué, et j'ai aperçu le hibou, celui qu'un cinglé avait pendu à la croix de l'autre Michael. Il pendait maintenant au cou de l'enfant, entortillé au bout de sa cordelette. Si je ne l'avais pas remarqué plus tôt, c'est que le courant de la rivière l'avait poussé entre le corps et le bras droit de Michael Faber, où il était resté coincé. Il n'y avait cependant aucun doute, ce petit tas de plumes rêches piquant du nez dans la rivière était bien le hibou accroché auparavant à la croix de bois plantée sous les arbres. Était-ce Michael qui l'y avait pendu pour le reprendre ensuite ?

J'ai pointé la photo du doigt avec l'intention de dire à Marchessault que j'avais déjà vu ce hibou, mais les mots ont culbuté dans ma gorge sèche, créant un embâcle stoppant la circulation de l'air, et j'ai lancé à la ronde un regard implorant. J'allais mourir asphyxié, de la même manière que Michael Faber, étranglé par le hibou ou étouffé par la rivière. Le temps qu'un des gars dissimulés derrière le miroir m'apporte un verre d'eau, j'ai cru que j'allais voir défiler ma vie au ralenti, mais je n'ai aperçu que le moment présent, composé de formes et de couleurs d'une netteté saisissante, au centre desquelles la gueule énorme de Marchessault criait que j'allais lui crever dans les mains.

Quand j'ai enfin retrouvé mon souffle, je tremblais de tous mes membres. Cette réaction du corps ayant lutté pour sa survie était normale, le choc irradiait les muscles et les nerfs auparavant tendus, mais je tremblais surtout parce que j'avais échappé à l'asphyxie qui avait violacé le visage enfantin de Michael Faber.

De l'autre côté de la table, Marchessault s'épongeait le front en attendant que je sois de nouveau en mesure de parler. J'ai calé mon verre d'eau en en répandant la moitié sur moi, puis je lui ai raconté ce que je savais du hibou et des pistes d'enfants. Holy shit ! a juré Marchessault en se lissant les cheveux derrière le crâne, puis il a exigé des détails sur la croix, sur son état, sur ce qu'on y avait gravé.

Vous m'attendez quelques instants, a-t-il marmonné avant de quitter la pièce. Il est revenu avec trois sacs protégeant des pièces à conviction. Il m'a demandé d'identifier le hibou et de lui dire si les autres objets m'étaient familiers. La casquette de baseball ne me disait rien, mais la pochette rouge, si. Billie en avait une semblable, dans laquelle elle rangeait ses billes. Regarde, papanoute, celle-là ressemble à un œuf de moineau. Elle les répandait sur le tapis du salon pendant que j'écoutais les *Myth Busters* ou un documentaire sur les difficultés de reproduction d'une espèce menacée. Elle les classait ensuite selon leur style et leurs couleurs, séparant les billes unies des chamarrées et des marbrées, pour enfin les remettre toutes ensemble dans la pochette. Chaque fois, elle s'émerveillait de les redécouvrir, ne se lassant jamais d'observer la lumière à travers les billes translucides lui donnant une vision déformée du monde. T'as toute la face croche, popinouche…

Billie en avait une semblable, ai-je murmuré en désignant la pochette, me tirant du même coup dans le pied. Immédiatement, Marchessault s'est mis à me bombarder de questions à propos de cette pochette. J'ai eu beau lui expliquer que ça ne pouvait pas être celle de Billie, il était trop tard, il ne m'écoutait plus. À travers les pierres que contenait la pochette enfouie dans une des poches du pantalon de Michael Faber, se trouvaient aussi quelques billes, des bleues et des émeraude, des translucides, des chamarrées et des tachetées, pareilles à des œufs d'hirondelle.

Je me suis tourné vers l'horloge. Seize heures quarante-huit. Il était temps de sortir maître Jean-Pierre Maheux de sa chambre d'hôtel avant qu'il descende s'enfiler quelques scotchs au bar et parte découvrir les charmes de Saint-Alban by night au bras d'une fille qui devrait se coucher par terre pour lui tailler une pipe.

~

Maheux m'a fait sortir de là avant qu'ils aient la géniale idée de me confiner en garde à vue à la suite de Marnie Duchamp, coupable de je ne sais quel manquement aux règles immuables régissant les petites communautés. On n'avait qu'à regarder cette femme pour se rendre compte qu'elle n'avait rien d'une criminelle et n'était qu'une autre des victimes de l'hypocrisie des hommes.

Puisqu'elle et moi étions seuls dans le même bateau, j'essayais de me convaincre que je ne partageais pas ma cabine avec une psychopathe, mais je pouvais être carrément à côté de la plaque et me laisser abuser par une pâleur qui n'était qu'un masque, un attribut sous lequel Marnie Duchamp dissimulait sa froideur et sa cruauté. Les assassins n'ont pas toujours des gueules d'assassins, de même que les pédophiles n'ont pas le mot « pédé » écrit dans le front, ce qui leur permet de frayer tranquilles et d'accumuler les cadavres dans le sous-sol de leur bungalow de banlieue ou le walk-in de leur penthouse. Cette Marnie demeurait pour moi un mystère, que j'associais à la profondeur parfois déconcertante des forêts de Rivière-aux-Trembles, remplies de secrets peut-être inavouables.

Contrairement à Marnie Duchamp, j'étais cependant libre pour le moment. Encore sur la bateau, mais libéré des chaînes qui entravaient mes pas. Sitôt débarqué au poste avec sa cravate à pois de travers, preuve que j'avais eu du flair concernant les activités apéritives de maître Jean-Pierre Maheux, celui-ci avait sorti sa voix de prétoire, balayé du revers de la main les arguments de Marchessault, puis il m'avait reconduit chez moi en m'interdisant de parler à qui que ce soit en dehors de sa présence, probablement parce que lui non plus n'était pas persuadé de mon innocence. Depuis mon retour, je remuais tout ça en examinant ma tasse de café refroidi comme si le marc se collant aux parois pouvait me livrer la vérité. J'essayais de me représenter les dernières heures du petit Michael, si jeune qu'il ne devait même pas savoir qu'il mourrait un jour, je pensais à la fragilité de Marnie Duchamp, qui cachait peut-être une Mrs. Hyde, puis au chat nommé Nuage, qui avait abouti chez moi par un triste jour de Pâques où il aurait dû roupiller dans la maison de son petit maître.

Ce chat n'avait passé que quelques heures avec moi, mais son départ avait creusé un trou béant sur le fauteuil qu'il avait adopté. La pièce semblait soudain privée de vie, de même que la maison entière, engourdie dans une forme d'ennui qui suintait des murs. Je n'étais cependant pas dupe, cette odeur de vieille sacristie imprégnant l'air ambiant ne venait pas de l'absence d'un chat qui avait à peine eu le temps de laisser quelques poils sur un coussin râpé. C'était moi qui suintais, qui puais le renfermé et n'avais plus assez d'énergie pour croire qu'il valait le coup de se botter le cul, de préparer le souper en chantant *Y a d'la joie!* et de se tricoter des pantoufles au coin du feu quand des enfants mouraient dans la rivière coulant derrière chez soi.

La vie me sortait par tous les trous qu'elle s'était acharnée à me creuser dans le ventre et parfois dans le dos, en véritable traîtresse, et je ne voyais pas trop comment je pouvais donner le coup de grâce aux couleurs moribondes qui teintaient l'atmosphère. Même si j'avais peint les murs en fuchsia, les couleurs seraient demeurées là, en suspension dans l'air qui stagnait autour de ma carcasse trouée.

J'ai trouvé la force de monter à ma chambre, au cas où je serais encore assez vivant pour m'endormir, mais j'ai à peine eu le temps de replier les couvertures qu'un fracas de verre brisé est monté du rez-de-chaussée, suivi d'un crissement de pneus sur le gravier. Je suis resté figé quelques instants et me suis précipité à la fenêtre, à demi ressuscité par la surprise et le bruit, mais je n'ai vu que deux feux arrière au bout de l'allée, qui se sont rapidement évanouis derrière la courbe menant au village. Plus ou moins rassuré, j'ai descendu l'escalier en tendant l'oreille. Aucun bruit ne parvenait d'en bas, sinon celui du vent, dont la fraîcheur atteignait mes pieds nus. En allumant le plafonnier du salon, j'ai constaté que les rideaux ondulaient lentement devant la fenêtre, ainsi qu'ils le font par les belles nuits d'été où l'air est trop doux pour qu'on imagine quelque spectre coulant son corps immatériel dans les plis du tissu, entre nuit et lumière. Le froid évoquait cependant ce spectre, dont les pas invisibles s'enfonçaient dans le tapis jonché d'éclats de verre, au milieu desquels reposait une pierre emmaillotée dans un bout de papier retenu par une corde de jute, comme si j'avais besoin de ça, comme si mon salon n'était pas assez moche.

J'ai ramassé la pierre, effleurant au passage la fuite du spectre, qui a quitté la scène en aspirant au dehors un des pans des rideaux. Le message qu'on venait de m'expédier était on ne peut plus clair : « Retourne chez vous, maudit malade ! On veut pas de maniaque dans ton genre dans le coin. » Le tout était écrit en rouge, probablement pour accentuer l'effet dramatique, et le papier avait été souillé de ces diverses substances qu'on associe aux ordures de ma trempe.

J'ai pensé appeler les flics, mais personne ne se déplacerait en pleine nuit pour s'occuper d'un salaud de ma trempe, qui ne récoltait en somme que ce qu'il méritait. Je mettrais Maheux là-dessus le lendemain matin, qu'il gagne au moins une partie de ses honoraires. J'ai remisé le message dans un sac à pain vide, avec la pierre et la corde, puis j'ai passé l'heure suivante à ramasser les dégâts et à boucher ma fenêtre avec des morceaux de carton. Une fois ce travail terminé, je suis demeuré devant la télé jusqu'au matin, à penser à Marnie Duchamp, à Michael Faber, et à me demander si je ne devais pas me tirer en vitesse, ainsi qu'on m'y avait gentiment invité, ou alors foutre le feu à cette baraque et m'y immoler, pour le plus grand bien de l'humanité.

~

Les trois jours qui ont suivi ont été relativement calmes. Deux agents en uniforme sont venus rédiger un constat d'effraction avant de repartir avec ma roche et mon message, j'ai renvoyé Maheux en ville jusqu'à nouvel ordre, j'ai contacté mes assurances et j'ai appelé un vitrier. Ces quelques activités ont secoué mon apathie et j'ai failli avoir une réaction presque normale, proche de l'émotion, quand le soleil a enfin percé la couche nuageuse dans la journée du 22 avril. Si le soleil maintenait ses efforts, il m'arracherait peut-être un authentique sourire d'ici la floraison des lilas.

J'en ai aussi profité pour récupérer mon ordinateur, qui n'avait révélé aucun secret honteux ni fourni d'élément incriminant aux enquêteurs. Puis, ne sachant que faire de ma peau, je me suis occupé de celle de Ronie. Je l'ai sorti du trou de vase où il avait choisi d'hiberner pendant que je lui fichais la paix et je l'ai expédié sous les palétuviers des Everglades, histoire de lui réchauffer un peu la couenne et de m'éloigner du même coup des paysages de Rivière-aux-Trembles.

Une fois Ronie acclimaté à son nouvel environnement, je l'ai laissé macérer, parce que je ne savais absolument pas quoi faire de lui. J'aurais pu le placer sur la route d'une lapine des marais, près de laquelle il aurait allègrement sautillé dans les herbes hautes au soleil couchant, donnant à mon illustrateur l'occasion de verser dans le romantisme animal. J'aurais pu pousser la lapine à le demander en mariage et à lui donner une flopée de crapauds à oreilles, mais le cœur n'y était pas. Chaque fois que j'incitais Ronie à s'aventurer dans sa swamp, je l'imaginais en train de se faire bouffer par un crocodile ou un alligator, et qu'on en finisse.

Le visage balafré et violacé du petit Faber ne cessait de s'interposer entre Ronie et moi. De la rivière, il glissait jusqu'aux marécages d'eau douce de la Floride, où il voguait sans hâte parmi les aigrettes et les ibis. Parfois Billie nageait avec lui, ses cheveux d'enfant couronnés d'orchidées, et leurs mains se rejoignaient par-dessus la lenteur des algues. Le plus grand rassurait la petite sous la pâleur d'un soleil qui ne blessait pas et la nuit ne venait jamais, car la nuit ne pouvait atteindre ces corps libérés de la douleur. C'était ma nouvelle version de l'enfer et du paradis réunis, une forme de vision idyllique issue des œuvres du malin. J'affichais des photos de mangroves sur l'écran de mon ordinateur et j'y superposais celles de Michael sur sa bicyclette et de Billie dans sa robe à pois, leurs sourires éclatant parmi les ombres des cyprès. Si j'en avais eu la possibilité, je me serais procuré un aller simple pour les Everglades en vue d'y chercher les portes du ciel et de l'enfer, mais j'étais en quelque sorte assigné à résidence. Émilie Saint-Pierre m'avait avisé qu'il m'était interdit de quitter la région avant la fin de l'enquête, et tant pis si je me faisais lapider en repassant mes chemises.

Depuis la nuit du mardi au mercredi, personne n'était venu fracasser mes fenêtres ni pendre d'épouvantail sur ma galerie, je n'avais reçu aucune lettre de menaces, aucun téléphone haineux, mais je craignais toujours, lorsque le soir tombait, de m'éveiller dans le tonnerre d'une explosion ou de voir se profiler dans l'obscurité de ma chambre deux ou trois silhouettes armées de bâtons de baseball. Je n'osais pas me rendre au village non plus, de peur d'avoir à affronter la franche hostilité de la caissière de l'épicerie ou de Max le boucher, qui aurait peut-être l'idée de farcir mon bœuf haché avec de la strychnine. Je vivais comme un criminel, alors que le seul reproche qu'on pouvait m'adresser était de n'avoir pas surveillé ma fille vingt-quatre heures sur vingt-quatre, au risque de la rendre folle ou de la mener tout droit à la délinquance.

La sonnerie du téléphone m'a tiré de ma léthargie alors que je barbotais dans une mare imaginaire avec Ronie, aussi las qu'un ornithorynque qui vient de se taper le Tour de France. C'était Marchessault, dont la voix traînante indiquait qu'il manquait également de sommeil. Je m'attendais à une convocation, mais Marchessault voulait seulement vérifier quelques détails de ma déposition concernant les visites de Dixie-Nuage. S'il n'était pas venu me chercher par le collet, c'est qu'il y avait du nouveau et que je ne faisais plus partie de la liste des suspects. Je lui ai demandé s'ils avaient arrêté le coupable, mais il m'a envoyé sur les roses. Vous le saurez en lisant les journaux de demain, Richard, puis il a raccroché avant de me dire si j'étais libre de mes mouvements, si je pouvais mettre mon maillot de bain dans une valise et m'envoler pour les terrains palustres de la Floride. J'ai été tenté de le rappeler, mais j'ai conclu que Maheux parviendrait plus facilement que moi à obtenir des informations. J'ai composé son numéro et sa secrétaire m'a appris qu'il était au tribunal pour la journée, mais qu'elle lui transmettrait mon message dès qu'elle parviendrait à le joindre. N'ayant d'autre choix que l'attente, j'ai poussé Ronie du coude et me suis assis près de lui, les pieds dans l'eau fangeuse, en pensant à Michael Faber, à qui l'arrestation d'un coupable ne rendrait jamais la vie, pas plus qu'elle ne mettrait fin au cauchemar de ses parents. Le seul avantage qu'ils auraient sur moi, c'est qu'ils sauraient à quel endroit, dans la tête de quel fou furieux ce cauchemar avait pris forme, et je les enviais presque de pouvoir mettre un nom et un visage sur leur malheur, de pouvoir élaborer des scénarios aboutissant à la vengeance sanglante de leur fils. C'est ce genre d'inavouable sentiment qu'éprouvent ceux qu'on place devant le vide et qui doivent se démerder avec l'infinité des possibles susceptibles de donner quelque consistance à leur ignorance.

Maheux a rappelé vers les quinze heures, alors que je m'étais enfin décidé à bouger et que deux œufs de poules élevées en liberté crépitaient dans ma poêle T-fal. Je lui ai expliqué la situation pendant qu'un bruit de va-et-vient autour de lui assourdissait ses paroles, et je l'ai entendu marmonner qu'il me rappelait dans quelques instants. Je jetais mes œufs enrobés de beurre noirci à la poubelle quand le téléphone a de nouveau sonné. C'était re-Maheux, fier comme un paon de pouvoir m'annoncer que j'étais libre et que sa facture suivrait sous peu. Pour le reste, il n'avait pu obtenir aucun détail. Je l'ai remercié et j'ai raccroché, incapable de partager son enthousiasme. J'étais libre, soit, mais la terre n'en continuerait pas moins d'enfanter les centaines et les milliers de fumiers qui massacraient la beauté du monde.

Emmy m'a appris que le garçon qui accompagnait Michael Faber à la rivière s'appelait Martin, un nom banal qui pouvait toutefois se transformer en méchant, vilain petit Martie. Après plusieurs jours de silence, Martie avait craqué. Ses parents croyaient que sa fièvre était causée par la disparition de son meilleur ami, mais l'origine de sa maladie était plus compliquée. La fièvre de Martie était une fièvre d'après débâcle, provoquée par la luisance des minces couches de glace couvrant les arbres tombés au milieu des rivières en crue. Le virus de cette fièvre vous frappait d'un coup, sans que vous l'ayez senti venir, et vous plongeait dans un délire hallucinatoire rempli de morts impossibles et de cadavres grotesques.

Martie Jacob avait attrapé ce virus aux alentours de quinze heures, le samedi 18 avril, au moment où le soleil frôlait la cime des plus grands arbres. Un cri perçant avait retenti, il avait vu un corps flotter sur la rivière dans une position étrange, pas normale, pas celle d'un corps qui nage, puis il s'était mis à courir à gauche et à droite, pareil à un animal cherchant une issue dans l'enclos étouffant où on l'a enfermé. Il avait perdu les pédales, hurlant le nom de son ami, Michael, Mike, puis l'accompagnant de mots incompréhensibles qu'aucune oreille, sinon la sienne, n'entendait cependant plus. Il avait ensuite sauté dans la rivière, butant contre les pierres et tombant à genoux, puis, en apercevant le tronc ensanglanté, il avait vomi dans l'eau claire un liquide brunâtre chargé de grumeaux qui s'effilochaient en chutant vers le fond sablonneux où étincelaient quelques cailloux blancs.

Réveille-toué, Mike, avait-il crié à s'en arracher les poumons tout en tirant le bras flasque de son ami, puis il avait culbuté. Pendant un instant, la rivière avait coulé par-dessus ses yeux, s'interposant entre le ciel et lui, elle avait tenté de pénétrer dans sa bouche et il s'était relevé dans un râle goûtant le vomi et le poisson cru. Après, il ne se souvenait plus. Il avait vainement appelé Nuage, s'accrochant à l'image de ce chat comme à une preuve que rien de ce qu'il avait vu n'était vrai, et il avait encore couru. À l'orée de la forêt, il avait attrapé son vélo, les mains gelées, les pieds gelés, déjà fiévreux et coupé des bruits du monde par les sons caverneux de la rivière dans ses oreilles.

C'est la froideur du vent qui l'avait poussé jusque chez lui, où il s'était réfugié dans sa chambre, sous ses couvertures de laine, après avoir caché ses vêtements trempés sous sa commode. Il rêvait quand sa mère avait posé une main sur son front, affolée par la chaleur émanant du corps de son fils, pour lui dire que la mère de Mike avait téléphoné, que la mère de Mike cherchait son fils, qu'Anna Dickson et Charles Faber, les parents de l'enfant, avaient une peur du diable. Dans son esprit, tout de suite, une alarme avait sonné. La mère de Mike ne devait pas savoir. Il fallait protéger ses yeux des larmes et du tronc d'arbre ensanglanté. Mike n'était pas mort. Mike allait revenir avec Nuage, poussé par le vent chaud, par l'été qui ne peut pas blesser. C'est lui qui avait glissé sur le tronc d'arbre, lui, Martie, et s'était ouvert le crâne aux éclisses d'une branche cassée. Ça ne pouvait être que lui, puisqu'il avait vu le ciel, le bleu découpant les nuages, à travers la rivière qui luttait pour ouvrir sa bouche.

J'ai effectué le trajet jusqu'à Saint-Alban pour me procurer des journaux que j'aurais pu acheter au village, mais je préférais me taper quelques kilomètres de route plutôt que d'entendre les portes me claquer au nez dans un sifflement d'insultes. J'avais mal au crâne à force d'avoir attendu l'explosion qui pulvériserait ma maison et me sentais incapable d'affronter les sous-entendus et les menaces de quelques péquenauds assoiffés de sang qui voudraient me faire la peau sur la place publique. Je me jetterais dans la gueule du loup quand j'aurais retrouvé mes moyens et révisé mes *Trois petits cochons* à fond. J'ai filé sur les routes encore embrumées par la fraîcheur du matin et me suis arrêté au premier dépanneur en vue, chez Mamie Berthe, dont le sourire invitant agrémentait l'enseigne qui grinçait doucement à l'entrée de la rue fuyant au cœur de Saint-Alban, aussi sinistre qu'un décor de ville fantôme en cette heure matinale.

J'ai poussé la porte du dépanneur, qui a grincé de concert avec l'enseigne, et suis tombé face à face avec le visage en gros plan de Michael Faber, qui occupait la une de trois des journaux alignés sur les présentoirs. Je me suis figé quelques instants devant *L'Écho de Saint-Alban*, où le petit était assis avec Nuage devant un arbre de Noël si semblable à tous les arbres de Noël qu'il ma semblé voir Billie avec Pixie le jour où L.A. lui avait offert une maison de poupées. Je suis sorti de ma torpeur quand la porte a grincé de nouveau et j'ai déposé un exemplaire de chaque journal sur le comptoir en m'interdisant d'en lire immédiatement les titres. Je ne voulais pas découvrir dans l'atmosphère humide de ce dépanneur, entre les étalages de chips et de produits ménagers, que Michael Faber avait été assommé puis étranglé par son entraîneur de hockey ou par le cousin germain de sa mère. Je me suis servi un café couleur de thé à la cafetière installée près du frigidaire à bière et y ai ajouté quelques généreuses cuillerées de sucre. Il goûterait l'eau de vaisselle sirupeuse et je m'en foutais, j'avais besoin d'un liquide chaud pour me donner du cœur au ventre et dégourdir mes mains ankylosées pour être demeurées crispées sur le volant de chez moi à Saint-Alban.

Pauvre enfant, ç'a-tu du bon sens, a murmuré celle qui devait être Mamie Berthe, sourire en moins, en désignant les journaux d'une main abîmée, dont l'annulaire était si enflé que sa bague semblait s'être incrustée dans la peau. Les années avaient rattrapé Mamie Berthe depuis qu'elle avait servi de modèle à l'enseigne de son commerce. La jeune femme avenante devant qui s'ouvrait un avenir rempli de promesses avait rapidement compris que l'avenir est un ciel dont l'horizon se rétracte et s'était probablement mise à enfler pour le repousser. Elle avait le visage bouffi de ces chiens qui ont toujours la larme à l'œil et se déplaçait péniblement dans l'étroit espace qui s'était refermé sur son corps obèse. Ç'a-tu du bon sens, a-t-elle répété en me tendant ma monnaie, son œil de pékinois attendant une réaction de ma part. J'ai marmonné une imbécillité sur le non-sens de l'existence et me suis esquivé, de crainte d'en avoir pour dix minutes à l'entendre gémir sur le sort des générations laissées à elles-mêmes, sur l'absence des mères, des pères, sur l'innocence des petits qui attendaient anxieusement dans la cour de l'école et tendaient la main au premier venu, se dopaient à onze ans et perdaient leur virginité deux mois plus tard. Au cours des trois dernières années, on m'avait servi et resservi tous les lieux communs associés au malheur de l'enfance et j'avais aligné suffisamment d'indigestions pour être devenu allergique aux propos englués de compassion ou chargés de reproches à peine voilés que les gens se sentaient obligés de formuler alors que la meilleure chose à faire était de fermer sa gueule.

De retour à ma voiture, j'ai déposé les journaux sur le siège du mort, sans penser que nul autre siège ne convenait plus à l'enfant dont le sourire était maquillé par l'encre d'imprimerie. Avant de reprendre la route, j'ai monté le chauffage à fond, transi par l'humidité qui s'étendait en nappes légères au ras du sol, et j'ai cherché un endroit tranquille où me stationner. À la sortie de la ville, je me suis engagé dans l'allée boueuse d'une aire de repos encore privée de ses tables à pique-nique, aussi désolée qu'une piste de cirque sans ses ballerines et ses chevaux, et j'ai entrepris ma lecture.

Michael Faber n'avait été ni assommé ni étranglé. Contrairement à ce qu'on avait d'abord cru, tout permettait d'affirmer, selon les dernières informations, que la mort du petit Faber était une mort accidentelle. On attendait encore les résultats de l'autopsie, qui serait effectuée le jour même, mais le témoignage d'un ami de Michael, dont le nom ne pouvait être divulgué compte tenu de son jeune âge, ne laissait planer presque aucun doute quant aux circonstances du drame. L'ami en question, semblait-il, avait été témoin de la noyade, mais l'enfant avait refoulé l'horreur de cette scène jusqu'à la découverte du corps. À l'heure actuelle, la police se refusait à révéler d'autres détails, mais la chasse aux sorcières était terminée. Aucune main inconnue, sinon la main d'un destin que certains appelaient Dieu, n'avait fracassé le crâne de Michael Faber lorsqu'il était tombé de l'arbre qui barrait la rivière.

À peu de choses près, les trois journaux rapportaient la même version des événements. Michael Faber était mort parce qu'il aimait la vie. S'il avait préféré s'écraser devant la télé plutôt que de partir à l'assaut des rivières, il aurait continué à vivre dans un univers constitué de milliards de pixels pendant que les rivières coulaient et que son vélo rouillait contre le mur d'un hangar. Le hasard avait frappé, le croque-mitaine n'existait pas et j'étais désormais libre de mes mouvements. Les soupçons qui pesaient sur moi avaient été balayés par un vent de printemps, mais il m'était impossible de me réjouir. Un enfant était mort et ma liberté perdait son sens dans l'écho lugubre du glas qui résonnait maintenant au loin.

J'ai laissé tomber sur mes genoux le journal sur lequel Michael posait avec Nuage devant un arbre de Noël et j'ai pensé que Billie était peut-être morte, elle aussi, d'avoir trop aimé la vie, d'avoir saisi la main gantée qui lui promettait fleuves et rivières et de l'avoir docilement suivie dans l'espoir d'aboutir à un vaste delta s'ouvrant sur une mer tissée de rubans roses et bleus. Dehors, le brouillard se dissipait, quelques mésanges pépiaient et un merle, annonciateur de temps plus doux, sautillait sur le gravier à l'ombre des ballerines et des chevaux enfuis. Billie, dis-moi que c'est toi Billie? Le merle a fait un bond, les mésanges se sont envolées, mais le ciel est resté muet.

En arrivant à la maison, j'ai téléphoné à Marchessault, qui me devait bien quelques explications après m'avoir accusé de tous les crimes commis dans la région au cours du dernier siècle et transformé du même coup mon absence de réputation en réputation de gibier de potence. Il m'a fourni les explications demandées d'une voix lasse, brisée par l'impuissance, et j'ai compris à quel point la vie de flic pouvait vous bousiller un homme. Mais la voix lasse a fait son boulot, elle n'existait que pour cette raison, tenter d'empêcher la violence et la mort, et se fendre ensuite en quatre en vue d'expliquer pourquoi la mort avait encore gagné. C'est ainsi que j'ai appris pour quelle raison ce vieux schnock de Dixie avait abouti chez moi le jour de Pâques. L'explication était si simple qu'elle ne méritait pas qu'on emprunte cinquante détours pour l'obtenir. Tout ce que m'a raconté Marchessault à ce sujet, je le savais déjà en substance. Je l'avais deviné en observant les photos de Michael Faber publiées dans les journaux et en apprenant qu'il avait coulé dans la rivière sourire aux lèvres.

Le tout se résumait en quelques mots. Michael Faber adorait son chat, Michael Faber aimait fendre le vent au volant de sa bicyclette et il aimait par-dessus tout lancer des cailloux dans les rivières, construire des barrages avec des bouts de branches et attraper des menés après la saison du frai. Dès que ses parents lui avaient offert son vélo, il s'était mis à explorer la région avec Nuage, s'aventurant chaque fois un peu plus loin et entraînant avec lui son meilleur ami, le seul avec qui il acceptait de partager ses Smarties et son Play Station, celui-là même qui l'avait vu se noyer et ne remettrait jamais plus les pieds dans une rivière.

Le 12 avril, jour de Pâques, Michael Faber, Nuage et l'ami en question avaient poussé leur expédition jusqu'au coude que forme la rivière aux Trembles à un demi-kilomètre de ma maison, enfonçant leurs pieds dans la boue des sentiers et permettant ainsi aux innocents de la ville de ne pas se ramasser dans le Grand Nord alors qu'ils croyaient se diriger d'un pas tranquille vers leur maison. C'est l'ami qui avait fourni ces détails aux policiers en précisant que, ce jour-là, Nuage avait pris un mulot en chasse et n'était revenu chez Michael que le lendemain. C'est dans ces circonstances que le vieux schnock était venu frapper à ma porte et avait pris goût au thon de l'Atlantique. C'était aussi simple que ça. Les enfants jouaient, les chats chassaient, le monde était presque en ordre.

Malgré cet ordre auquel ne dérogeaient que peu d'enfants et encore moins de chats, je demeurais troublé à l'idée que Michael Faber s'était noyé derrière chez moi. Si j'avais marché vers la rivière, le jour de Pâques, au lieu de m'embourber dans le chemin du 4ᵉ Rang pour fuir la voix de Régine, j'aurais pu le croiser et, qui sait, modifier le cours de son existence à la manière du papillon d'Edward Lorenz. Un battement d'ailes, une branche craquant sous mes pas, et sa vie entière se serait déplacée des quelques millimètres nécessaires pour que son pied ne glisse pas six jours plus tard.

À plus d'une reprise, ce garçon avait joué derrière chez moi, courant dans les bois où j'avais failli me perdre ou pataugeant dans la rivière avec les bottes de caoutchouc striées de barres obliques qui m'avaient évité une expédition à la baie James et m'avaient peut-être sauvé la peau. Nous avions reniflé le même vent, la même maudite pluie de printemps chargée d'odeurs de pourriture, et je me trouvais encore là le jour de sa mort, tout près de lui, à tenter d'accoupler Ronie avec une rainette alors qu'il m'aurait fallu le sauver à mon tour. Un battement d'ailes et l'ami qui se frappait la tête à deux poings aurait continué à dessiner dans la vase de la rivière le chemin menant à une île aux trésors, Nuage serait rentré chez lui dans son panier et Billie, Billie-Billienoute, aurait effectué quelques pointes devant le large miroir traversant le studio de danse de mademoiselle Lenoir.

J'ai beau me répéter que mes ailes ont été brûlées depuis longtemps et que je ne suis en rien responsable de l'accident de Michael Faber, pas une heure ne s'est écoulée, depuis que Marchessault m'a montré la photo de son cadavre, sans que je me reproche de n'avoir pas suivi plus longtemps ses pistes, de n'avoir pas été là, près de la rivière, à surveiller la mort. Je suis l'homme immobile qui, à une seconde près, aurait pu permettre à Michael Faber de se relever de sa chute avec un simple bras cassé ou une bonne poque sur le front. Je suis celui qui n'a pas réussi à stopper la folie de l'inconnu de janvier, de l'homme invisible dont seule une petite fille nommée Billie connaît le véritable visage.

C'est tout ce que m'a apporté Rivière-aux-Trembles, une conscience doublement coupable qu'accentue le silence. Puisque rien de bon ne semble m'attendre ici et que les paysages entourant la rivière ressemblent trop à ceux d'un purgatoire, je vais plier bagages, mettre la clé dans la porte et partir pour la Floride, l'Australie ou la forêt amazonienne, en espérant ne pas y croiser une rivière près de laquelle je m'agenouillerai en me demandant si un enfant n'est pas en train de se noyer dans le bras méandreux filant au creux des arbres. Et personne, absolument personne ne regrettera le départ de l'homme qui a peut-être orchestré la disparition de sa fille et ne songe qu'à se précipiter dans le premier confessionnal venu pour se marteler la poitrine à coups de *mea culpa* en s'accusant de n'avoir pas battu des ailes dans la bonne direction, comme le papillon de Lorenz repoussant un ouragan au large de l'océan, puis attrapant au vol un gamin perdant pied.

Près d'un sapin de Noël décoré d'angelots et de boules multicolores, certaines givrées de minuscules paillettes évoquant la neige ou l'or des mages, Michael Faber tient dans ses bras un chat nommé Nuage. C'est ce que nous apprend la vignette soulignant la photo, Michael et Nuage, Noël 2008, au centre d'un article m'apprenant aussi que je n'ai pas tué ce garçon.

Étant parvenue à la même conclusion, Emmy Saint-Pierre m'a signifié mon congé il y a quelques heures, t'es libre Marn, tu peux partir, ce qui n'empêche pas Phil de pester contre elle. Il s'active dans la cuisine depuis une vingtaine de minutes en claquant les portes d'armoires et en battant du lait chaud comme s'il voulait le rachever. Je l'entends bougonner à travers le vacarme du fouet qui frappe les parois du bol de métal, tête de linotte, tête de pioche, une vraie Saint-Pierre, comme si Marnie pouvait, même pas capable de tuer une mouche, maudite police, mais la colère de Phil s'éteint au contact des images se bousculant dans ma tête. Quelques mots me rejoignent, privés de leur véritable sens, pendant que je pense à Michael Faber glissant sur le givre, à Martie Jacob culbutant sur les roches gluantes, l'un et l'autre condamnés par la rivière. Je pense au trésor enfoui de Mike, exhumé par Michael du tronc d'un arbre creux, quelques billes, quelques pierres transformées en kryptonite par la magie de la foi, à l'aide de formules empruntées à la mystérieuse alchimie de Superman. Je pense à la petite main blanche soupesant le

trésor. Viens voir ça, Mart, j'ai trouvé des diamants ! Le reste
est facile à imaginer, parce que Michael et Martie sont pareils
à moi, pareils à Mike et à tous les enfants, inconscients de la
mort, libres d'imaginer le monde.

Je suis libre aussi, semble-t-il, libre de grimper aux arbres
et de marcher tête haute, mais depuis qu'Emmy-Lili, une autre
fois trahie par la rivière aux Trembles, a consenti à me raconter ce qu'elle savait de l'histoire des deux enfants de Saint-
Alban, ma liberté se double d'une nouvelle vie, celle de Michael
et Martie, qui se fond à la mienne, celle de Mike et Marn.
J'envisage ces deux vies et leurs morceaux s'imbriquent lentement, à la manière des pans de glace dont la dérive n'a d'autre
but que de créer de nouveaux continents. Je suis ce nouveau
continent, au milieu duquel, en équilibre précaire, j'avance
sur un tronc tombé au-dessus de Nanamiu-shipu, la rivière
Tremblante. Un petit hibou d'écorce se balance à mon cou,
Holy Owl, Crappy Owl, very Crappy Holy Owl, les reflets de
Nanamiu-shipu dans ses yeux jaunes et qui voient tout.

J'ignore comment Michael et Martie ont découvert ce
hibou et comment il s'est retrouvé au cou de Michael, mais
j'imagine la frousse du gamin tombant par hasard sur une
croix lugubre portant un nom, le sien, sept lettres qui lui font
l'effet d'un coup de massue, d'un message inquiétant du destin. Cibole, Martie, viens voir ça ! Et Martie arrive en courant,
échappe un juron, puis s'agenouille près de Michael en lui désignant le hibou aux yeux jaunes. C'est un signe, Michael, faut
que tu le mettes autour de ton cou, y va te protéger. Avec
Martie, j'invente alors l'histoire de l'autre Michael, celui à qui
est destinée la croix, une histoire de vampires et de terre profonde, de démons osseux sortant la nuit de leurs cercueils
pour dévorer les loups. Depuis hier, je ne suis plus une mais
quatre, et je n'essaie pas de comprendre. La forêt a ses lois, la
rivière ses règles, l'une a voulu Mike, l'autre a pris Michael.

Bois ça, m'ordonne Phil, et je tends les mains vers le café
couvert d'une mousse écumeuse me rappelant les paysages

créés par Bubblelou. Il a peur, Phil, peur que je pète les plombs, que je confonde les deux Michael et n'aille me coucher au fond de la rivière, là où Martie a vu le bleu diffracté du ciel à travers le courant de la crue. Mais Phil se trompe, je ne peux confondre Mike et Michael puisqu'ils ne font qu'un, un seul enfant pareil à tous les autres, qui enterrent des trésors et les redécouvrent des mois ou des années plus tard, aussi brillants que les bijoux volés par les corneilles et scintillant au creux des nids, aussi fascinants que les diamants étincelant aux doigts des femmes.

Je déguste la mousse blanche que Phil a généreusement saupoudrée de cannelle et lui révèle que la pochette de pierres dénichée par Michael Faber appartenait à Mike. On jurerait que Mike a transmis son héritage à ce garçon, Phil, signé avec lui un pacte de sang. Et pourtant, la mort de Michael ne peut avoir été causée par Mike, pas plus qu'elle ne peut avoir été provoquée par Holy Owl, dont le poids trompeur des plumes d'écorce aurait fait basculer l'enfant. La mort est le fruit du hasard, d'une fatalité s'obstinant à cacher sur les troncs d'arbres morts des cercles de glace noire dont les miroitements s'éclipsent sous les nuages. C'est ainsi, toujours, la mort se conjugue au hasard et aux eaux vives. C'est la rivière qui a tué Mike, dis-je à Phil entre deux gorgées de café et, pendant que je parle, un quartier d'ombre obstrue peu à peu le soleil, à la place exacte où s'est formée la pellicule de glace qui a été fatale à Michael Faber.

Qu'est-ce qui t'arrive, Marn ? demande la voix de Phil du fond d'un interminable tunnel. Je lui réponds qu'on ne peut plus rien, que ni Rex, ni Lucy, ni le garde-chasse ne retrouveront jamais Irving l'ourson, qu'il est trop tard pour qu'Irving soit sauvé. Jusqu'à la nuit je parle à Phil des arbres déformés, des membres presque humains se détachant des troncs pluvieux, dont je ne saurai jamais s'ils étaient bien réels ou le simple fruit de ma peur. Je lui décris mon ignorance, contournant le pourtour du trou où certains croient que ma mémoire s'est effondrée, alors qu'il n'y a peut-être qu'un grand vide au fond du trou, que des images inexistantes. Et jusqu'à la nuit Phil écoute, jurant entre ses dents et cherchant à cacher la peur qu'il éprouve à me voir trembler. Mais Phil n'a rien à craindre. La folie est loin derrière moi, éclipsée par la destinée et les eaux vives. Il suffisait d'un peu de glace. Il suffisait de quelques mots : va-t'en, Marn ! Cours ! Il suffisait que mes mains n'aient pas tué Michael Faber.

II
LA FIN

Puisque j'allais quitter sous peu Rivière-aux-Trembles et qu'on ne pouvait plus m'accuser de la disparition de Michael Faber, je ne me souciais pas vraiment de l'accueil qu'on me réserverait au village. La caissière de l'épicerie, Max le boucher, le commis du dépanneur et celui de la quincaillerie ne seraient bientôt que des souvenirs flous dans ma mémoire de Rivière-aux-Trembles, où n'auraient réussi à s'incruster que quelques arbres et une rivière mal nommée qu'on rebaptiserait peut-être un jour rivière des Deux Michael, rivière à la Croix, rivière de la Mort. Que Max, sa fille, sa tante ou sa maîtresse me méprisent ne m'importait guère. Leur version de la vérité était celle de gens qui s'ennuient et que la médisance excite. La banalité de leur ennui les absolvait presque de leur bêtise.

Nous étions le 30 avril, le temps était magnifique et j'en avais assez de me casser la tête. J'avais besoin de quelques babioles pour fermer la maison et c'est à Rivière-aux-Trembles que je me les procurerais. J'ai crié à Ronie, qui servait alternativement d'oreille et de punching-ball à ma solitude, sorte d'ami imaginaire et de souffre-douleur, que je me rendais au village pour une heure ou deux. J'ai chaussé mes verres fumés de crooner et j'ai parcouru les deux kilomètres me séparant de la rue Principale vitres baissées, attrapant ici et là une odeur de verdure annonçant les couleurs de l'été. En entrant à la quincaillerie, j'ai joyeusement salué le commis qui étiquetait des tournevis fraîchement sortis de leur boîte et me suis engouffré dans une allée sans attendre qu'il me lance un bonjour aussi enjoué que le mien.

Je comparais deux marques de ruban à masquer quand je l'ai aperçue, Marnie Duchamp, qui se débattait avec une poche de terre lui glissant des bras. J'avais plusieurs fois songé à la possibilité que cette rencontre ait lieu un jour, sans corbillard ni agent de police pour s'interposer entre nous, mais me retrouver face à cette femme qu'on avait menottée pour je ne sais quelle raison me jetait dans un profond malaise. En réalité, j'avais peur de m'approcher d'elle. Dans mon esprit, elle n'était qu'un regard marqué par une forme de fatalité qui m'effrayait parce que trop pareille au destin qui m'avait moi-même frappé. Je ne voulais pas qu'elle me révèle le nom du mort qu'elle suivait au cimetière, qu'elle me parle de tombes creuses ni de cet enfant disparu qui avait donné à Marchessault et à Doyon un motif pour débarquer chez elle sans s'annoncer et la soumettre à leurs interrogatoires absurdes. J'aurais pu faire semblant de ne pas l'avoir vue et me sauver en courant, mais il aurait fallu pour cela que je prétende avoir été frappé d'une cécité soudaine et me déniche illico une canne blanche ou un chien d'aveugle derrière la pyramide de masking tape qui menaçait de s'effondrer.

J'ai risqué un timide sourire en espérant que les choses en resteraient là, mais c'était m'illusionner quant à la nature du rapport qui s'était établi entre nous. Cette femme avait reconnu en moi je ne sais quel trait de parenté assez visible pour que son regard m'implore à deux ou trois reprises de me grouiller le cul et de lui tendre la main, et je ne m'en tirerais pas avec un sourire idiot. Que dire cependant à une femme qui s'imagine qu'on peut l'aider à sortir de son trou alors qu'on croupit soi-même au fond d'une fosse dans laquelle on s'ingénie à faire dégringoler quotidiennement quelques tas de terre humide ? La loi de la gravité m'a donné un coup de pouce, se manifestant comme toujours quand on a un pied dans le vide, et j'ai attrapé la poche de terre prise entre deux forces adverses et d'inégale puissance, l'attraction de la terre et les bras épuisés de Marnie Duchamp. Elle a murmuré un rapide merci en ramenant derrière son oreille gauche une mèche de cheveux rebelles, laissant du même coup sur sa joue une traînée de poussière brune empruntant la forme d'une queue de comète projetant son voile dans l'infini, puis elle m'a souri.

C'était la première fois que je la voyais sourire et je me suis tout de suite dit que ça lui allait bien. Quelque chose en elle s'était métamorphosé depuis que je l'avais croisée au poste de police. Son corps s'était allégé, aurait-on dit, pas au point de lui permettre de s'envoler, mais suffisamment pour qu'elle ait la possibilité d'admirer la Voie lactée sans se casser les vertèbres cervicales parce qu'elle avait trop longtemps piqué du menton vers le sol. Je devais avoir l'air complètement con à la fixer ainsi, car elle a éclaté de rire, autre signe de sa transformation, et s'est présentée : Marnie. Je sais, ai-je été tenté de lui dire, mais j'ai simplement répondu Bill, Bill Richard. Sans se faire prier, elle a ensuite accepté que je l'aide à transporter ses achats en me désignant un vieux pick-up rouge stationné devant la grande vitrine du magasin. Je déposais une quatrième poche de terre dans la boîte déjà encombrée du pick-up quand elle m'a invité à prendre un café. Je pense qu'on pourrait avoir des choses à se dire, ça passe mieux devant un café. Cette perspective me donnait toujours la frousse, mais j'étais d'accord, on avait sûrement quelques histoires à se raconter. On a donc quitté la quincaillerie ensemble, sous l'œil méfiant de l'homme aux tournevis, qui se demandait probablement s'il ne laissait pas filer les successeurs de Paul Bernardo et de Karla Homolka, les nouveaux Ken et Barbie de la diaspora pédophilique.

Le regard rivé sur la table, il m'a appris qu'il avait une fille, Billie, qui n'était jamais rentrée de l'école. Ça expliquait la fièvre. Ça expliquait pourquoi il était assis là, en face de moi, à tourner sa tasse de café dans tous les sens en cherchant une explication à son cauchemar. On était dans la même intenable situation, lui et moi, on ne savait pas ce qu'il était advenu de nos disparus, ça nous tuait, et on essayait de vivre malgré tout. Le seul avantage que j'avais sur lui était le temps écoulé depuis la disparition de Mike, mais était-ce réellement un avantage ? Dans une trentaine d'années, Bill Richard pourrait peut-être répondre à cette question et me dire si l'espoir est préférable à l'usure de la foi. Moi, je ne savais plus. Quand il a replacé la photo écornée de sa fille dans son portefeuille, j'en ai profité pour sortir la bouteille de cognac. Le café goûtait la cendre et on avait tous les deux besoin d'un remontant. J'ai cogné mon verre contre le sien et on a fait cul sec, sans dire un mot, à la mémoire de Mike et de Billie et à la santé des survivants, des rescapés de Nanamiu-shipu et autres rivières tremblantes allongeant leurs bras jusqu'au cœur des villes.

Dans le silence qui s'appesantissait, il a repoussé sa tasse et a repris son manège avec son verre, le retournant d'un côté puis de l'autre sous les reflets du soleil obliquant à la fenêtre. Il faisait tournoyer au fond du verre la petite goutte d'alcool qui avait échappé à notre cul sec, en suivant le sens de la rotation de la terre, puis il changeait de direction, prenait le temps à rebours et recommençait. Peut-être se disait-il que si le verre pivotait assez longtemps vers l'arrière, il pourrait remonter vers le passé et obliger la terre à replier ses nuits les unes après les autres. Il aurait pourtant dû savoir qu'il ne faut pas davantage plier la nuit que le jour, qu'il faut au contraire courir et retenir ses cris, que c'est l'unique façon de sauver sa peau.

Je m'apprêtais à lui servir un deuxième cognac lorsqu'il a de nouveau prononcé le nom de sa fille, Billie, dans un murmure à peine audible. C'était la première fois, depuis des mois, qu'il pouvait prononcer ce nom sans qu'il se frappe au silence des murs. Ça devait le soulager de n'être plus seul à l'entendre et à savoir ce qu'il signifiait. Alors il répétait le nom, Billie, l'accompagnant d'un sourire triste, un sourire d'à quoi bon me remerciant néanmoins d'être là et de n'être pas sourde. Il m'a ensuite parlé de Pixie, le chat de Billie, de Ronie le crapaud et de toute la ménagerie qui copulait et se reproduisait à qui mieux mieux dans la mémoire de son vieux Mac, pareils à une bande de microbes heureux dans une bouse de vache se prélassant au soleil. Il se livrait à ces accouplements transgéniques afin que les animaux parlants ne disparaissent jamais de l'univers des petits. Il n'y avait rien de plus triste, selon lui, qu'un enfant qui ignore que les arbres chantent et que les oiseaux récitent des fables en grignotant du fromage. Il gagnait sa vie avec ces bestioles colorées, principalement avec Ronie le crapaud, son plus vieil et plus grand ami, inventé un jour de pluie, bien avant Billie. S'il avait su, il aurait inventé Billie sous la même pluie que Ronie et lui aurait conféré des superpouvoirs afin qu'elle puisse arracher les griffes des méchants et leur crever le ventre avec.

Un paquet de souvenirs désordonnés ont déboulé devant moi quand il a mentionné Batcrap, une de ses dernières créations, et j'ai quitté l'espace-temps où sa voix tentait de créer une indestructible Billie pour me retrouver à l'ombre de Superman. Lorsque j'ai réintégré la cuisine, il parlait d'immortalité, la pire chose qui soit, l'immortalité sur terre. Il aurait voulu que Billie vive, qu'elle casse les prédateurs d'enfant en quatre et les balance dans des bennes à ordures, mais pas au prix d'une condamnation à cette vie éternelle qu'on essayait d'insuffler à des héros vite dépassés, qui finissaient par crever de solitude et d'ennui. Il avait raison, l'éternité était un châtiment que ne méritaient pas les innocents, et pourtant, j'avais maintes fois souhaité que Mike soit parti pour la gloire et l'infini, alors qu'il m'aurait fallu espérer pour lui une simple vie, qui aurait duré le temps d'une vie normale et ne se serait terminée qu'avec la rupture des os fragiles et l'éclatement du cœur fatigué.

De fil en aiguille, on est passés de l'éternité à la mère de la petite, Lucy-Ann, noyée dans son sang, partie pour les jardins éternels où elle croyait que Billie cultivait des fleurs translucides. Tout en observant les motifs de la nappe à travers son verre, il m'a demandé si les fleurs translucides existaient. Je ne m'étais jamais posé la question mais, que je sache, il n'existait aucune fleur qui puisse se perdre ainsi dans le paysage, aucune fleur dont les pétales n'étaient que pure transparence, de la couleur quasi absente du verre et de l'eau. Si Lucy-Ann avait raison, cela signifiait que seule Billie, dans le monde fantasmatique des hommes, cultivait des fleurs proches de l'invisibilité, a-t-il conclu, puis il s'est excusé d'avoir pris le plancher pour me décrire les paradis que se forgent les mères mortes. Parlez-moi plutôt de Mike.

Je ne savais pas quoi lui raconter. En lui décrivant l'orage, un peu plus tôt, il me semblait avoir tout dit. Je suis donc repassée par le bassin magique pour lui parler des histoires que nous nous inventions, des hiboux fritomanes aux héros invincibles, jamais à court d'idées, de rêves ni de plans de nègres. On se prenait pour Lois Lane et Superman, ai-je lâché en repoussant un rire qui sonnait faux, puis j'ai écrasé le petit maudit tas de miettes que j'avais réunies sur la nappe pendant que je tentais de définir la transparence du bassin magique, des forteresses de glace, de l'œil du hibou, jaune et laissant couler la nuit sur le sol des forêts. J'écrasais une miette sur une des cerises vertes égarées dans les motifs de la nappe quand j'ai constaté que Bill Richard était perdu dans un nuage qui devait dater de cinq ou six ans, peut-être sept, peut-être huit, un de ces vieux nuages increvables stagnant toujours au-dessus des mêmes têtes et imprégnant l'atmosphère d'une odeur de moisi que seuls respirent ceux qui ne sont pas plongés dans le nuage. Se rendant compte que je l'observais, il a ramené vers moi son nuage pour me dire que Billie aussi aimait les histoires, comme toutes les Billie, comme tous les enfants. Il lui en avait tellement raconté qu'il se demandait parfois si elle n'avait pas confondu son agresseur avec quelque personnage qu'il avait imaginé pour elle. Si ça se trouve, elle est entrée dans un conte, a-t-il murmuré, une fable où elle a peut-être croisé Mike, car les enfants se rencontraient toujours dans des histoires où ils devenaient écureuils ou fées, où ils portaient des capes et des souliers magiques, déguisés en mensonges inoffensifs. C'est ainsi qu'ils apprivoisaient le monde et le touchaient, en coloriant la surface des miroirs.

Il a posé un doigt sur la goutte de cognac renversée, puis il a tracé un cercle avec, lentement, si lentement que le cercle a séché, et il a dit c'est ça, les enfants disparus deviennent des Hansel, des Gretel, des personnages de contes et de légendes. Le doigt toujours posé sur le cercle gommeux, il s'est alors mis à réinventer l'histoire de Billie et de Mike, mêlant son supercrapaud à leurs aventures, et je lui ai imposé un autre cul sec, espérant que l'ivresse le déleste un peu du poids de ces fictions qu'on s'invente pour ne pas crever, mais qui finissent par nous bouffer tout rond, comme les enfants et les rêves enfuis.

Les disparitions de Mike et de Billie appartenaient au monde incompréhensible du hasard et de l'inattendu. Chercher à les expliquer aurait été aussi vain que d'essayer de comprendre pourquoi Dieu jouait aux dés avec des adversaires archi-nuls. Coincé entre Ronie et les sept nains, Bill Richard continuait pourtant à chercher une issue à son ignorance, puis il s'est mis à marmonner des paroles incompréhensibles à propos du chant des oiseaux, de la voix de Billie tentant de se frayer un chemin à travers le pépiement des mésanges qui venaient picorer dans sa main, si petites et confiantes, alors qu'il suffisait d'une pression de la main pour fermer à jamais leurs yeux noisette. Bill Richard s'enfonçait, régressait jusqu'aux premiers jours de douleur, promenant son ivresse là où ça fait le plus mal. Il était temps de créer une diversion avant qu'il s'étende sur la vieille nappe échiffée, avec les morts que nous y avions couchés dans la lumière tombante. J'ai fait rouler le bouchon de la bouteille de cognac dans sa direction en lui disant que s'il associait tout ce qui lui échappait à quelque croyance ésotérique, il se ramasserait entouré de boules de cristal et de tables parlantes qui lui ordonneraient de peindre ses murs en noir et mauve.

J'ignore ce qui s'est produit à ce moment-là ni sur quel bouton j'avais pesé, mais il a éclaté d'un fou rire incontrôlable, reprenant un soliloque où il était question de trente sous coulés dans le plexiglas. Pendant qu'il allait se moucher aux toilettes en répétant putains de trente sous, j'ai préparé un bol de pop-corn, ne trouvant rien d'autre qui se cuisine aussi facilement en trois minutes, et je suis retournée m'asseoir en face de lui, à la table sur laquelle il faisait glisser la photo de Billie, qu'il avait ressortie de son portefeuille pour se prouver qu'il n'était pas fou.

Dans le silence retombé, on s'est rempli la bouche de pop-corn en faisant craquer les grains mal éclatés entre nos molaires plombées, puis il été question de départ, de voyage, de fuite. On cherchait ce qu'on pouvait encore avoir à se dire quand, lentement, j'ai glissé ma main sur la nappe, ma main gauche, celle qui n'était pas salie de beurre et de sel. Je pourrais prétendre que j'ai agi machinalement, sans y penser, mais ce serait totalement faux. J'avais envie de toucher cet homme

qui se préparait à partir alors qu'il venait à peine de débarquer, j'avais envie de laisser en lui une marque indélébile,
qu'il emporterait avec la bombe à retardement qui clignotait
dans sa poitrine et pouvait le réduire en charpie aussi bien à
Honolulu qu'à Rivière-aux-Trembles. J'avais envie, en fait, de
lui donner quelques regrets. Mais Bill Richard avait suffisamment de regrets. Il n'avait pas besoin de s'encombrer des souvenirs d'une femme qui pendait les hiboux et s'empêtrait dans
tout ce qui lui rappelait son enfance. Il s'est levé de table, un
peu chancelant, puis je l'ai vu traverser la rue, tête basse, pendant que Lili Marnie, assise au bord de la nuit, construisait
un château avec quelques morceaux de maïs éclaté.

Il y a de l'orage dans l'air. Le temps immobile est chargé d'odeurs de pluie et de lourds nuages arrivent lentement de l'ouest. Ce sera mon premier et dernier orage à Rivière-aux-Trembles, car je pars demain, 10 mai, pour rendre visite à Régine, après quoi je m'envolerai pour l'Australie. Mes valises sont prêtes, le frigo est vide, et j'ai réussi à embaucher un homme du village pas trop regardant sur ses principes quand il y a du fric à la clé, afin qu'il s'occupe de la maison durant mon absence. Cette maison sera mon lieu de recueillement, mon pied-à-terre, au cas où la nostalgie du pays me prendrait et où j'aurais envie de me reposer près d'une rivière disparue.

C'est Marnie Duchamp qui m'a parlé du nom de la rivière. Nous étions assis à sa table, avec Billie et Mike, quand elle a murmuré Nana-shipu, Nanamiu-shipu, Nanamassiu-shipu, me racontant comment les tremblements de la terre avaient pris la forme d'arbres inexistants. C'était au début de notre conversation, avant que Superman atterrisse dans les miettes de pain sec, qu'elle glisse sa main vers la mienne et que je ressente soudain le besoin pressant de prendre l'air. Elle me parlait à ce moment-là de ces images d'infini qu'elle disait n'appartenir qu'aux habitants des cimes, oiseaux ou écureuils possédant le privilège de vivre plus près du vent. Plus près du bleu, disait-elle également en parlant de cette couleur aussi insaisissable que la tranquillité qu'elle devait en principe vous inspirer. Avec Mike, elle avait essayé de toucher le bleu du lac aux Barbotes et de la rivière aux Trembles, qui se fondait dans la transparence des eaux dès que vous vous penchiez sur elles. Le bleu était une illusion dont elle désirait s'approcher et je pariais qu'elle y réussirait, qu'elle toucherait l'illusion du bout des doigts et se libérerait ainsi du poids des rêves. Elle avait une maison, des fleurs, des arbres et un ami nommé Phil sur qui elle pouvait s'appuyer si jamais la vue du lointain l'étourdissait. À Rivière-aux-Trembles, Marnie Duchamp avait prise sur le sol, ce qui lui permettait d'observer le ciel sans y tomber. Je ne possédais pas de telles assises, raison pour laquelle il me fallait partir et tenter de trouver mon équilibre à moi dans le mouvement.

La lumière commençait à descendre quand je lui ai annoncé mon départ prochain. On était un peu soûls, complètement épuisés, et on ne comprenait pas vraiment ce qui nous avait poussés à vider notre sac sur une nappe collante, alors qu'on savait très bien que, dès qu'il n'y aurait plus rien à dire, chacun ramasserait ses vieux souvenirs coupables et repartirait avec son sac sous le bras. C'est peut-être cette conscience de la piètre utilité de la confidence qui a incité Marnie Duchamp à avancer une de ses mains vers les miennes, brisant au passage le petit tas de miettes qu'elle éparpillait puis reconstituait sans cesse. Là où une comète avait auparavant laissé son empreinte, un peu de rose a chauffé ses joues, rose rose, Billie, rose Purple Cloud et Rainbow's End, de la couleur des arcs-en-ciel, des nuages de fin de journée et des fleurs alignées sur les murs de la maison de Marnie Duchamp dans des cadres de bois. Sur le moment, je n'ai pas su si ce geste était sa façon à elle de me souhaiter bon voyage ou s'il s'agissait au contraire d'une timide tentative pour me retenir, afin qu'on conjugue nos passés pourris et qu'on se fabrique un semblant d'avenir sur des ruines branlantes.

J'ai avancé une main à mon tour, juste assez pour que le bout de nos doigts se rejoignent et brisent le charme. Ce geste n'a pas rompu l'enchantement et, pendant un instant, j'ai eu envie de sauter sur cette femme, de la renverser sur la table et de m'étendre sur elle, haletant, le pantalon à moitié défait et la tête pleine de mots désespérés. On avait tant en commun, tant de nuits blanches à s'arracher les cheveux et à se ronger les ongles, que la chose la plus naturelle au monde aurait été de me précipiter sur le corps de cette femme triste et d'enfouir ma main dans ses cheveux pour qu'elle m'inonde d'injures, me morde, me frappe et m'accuse de ne pas valoir davantage que tous ceux qui avaient essayé de la soulager en la montant comme des cow-boys de rodéo. Je n'avais pas baisé depuis trois ans parce que j'étais persuadé que si je touchais à une femme, ma douleur et ma rage l'écrabouilleraient avant qu'elle ait eu le temps d'écarter les cuisses, mais avec Marnie Duchamp, la situation était totalement différente. On était sur un pied d'égalité et on avait pris assez de coups pour être capables d'en essuyer d'autres et d'arracher quelques bouts de chair si ça pouvait nous débarrasser de la tension qui nous oppressait jour et nuit.

J'essayais de me persuader qu'une partie de jambes en l'air était probablement la seule activité intelligente à laquelle pouvaient se livrer un homme et une femme qui se tendaient la main par-dessus un précipice couvert d'une nappe de plastique où les doigts nerveux de la femme érigeaient des monticules de miettes qu'ils détruisaient aussitôt, mais une force s'apparentant à une forme d'instinct de survie me tenait rivé à ma chaise. Si je me ruais sur cette femme, soit je ne quitterais jamais Rivière-aux-Trembles, soit je partirais la queue entre les jambes, tourmenté par le sentiment d'avoir sali la seule personne qui comprenait le nom de Billie.

J'ai reculé ma main pour la diriger vers la photo de la puce que j'avais ressortie de mon portefeuille afin d'oublier les oiseaux, tous les oiseaux qui avaient pris la voix de Billie à l'époque où j'espérais encore un signe du ciel et de l'enfer, et j'ai annoncé à Marnie Duchamp que je devais partir. Elle n'a pas protesté. Elle a ramené sa main vers elle, un peu hésitante, un peu tremblante, puis elle a érigé un nouveau monticule avec des morceaux de pop-corn. Quand je suis sorti, elle était toujours assise à la table, fredonnant tête basse une chanson empruntant l'air de *Lili Marleen*. Dans le ciel noir de Rivière-aux-Trembles, quelques étoiles brillaient, mais pas un pan de bleu n'adoucissait l'horizon.

Je ne l'ai pas revue depuis cette rencontre qui a failli se terminer dans les halètements et je n'ai pas cherché à la revoir. Tout ce qu'on avait à se dire a été dit. Si on se croise de nouveau, on sera forcés de s'inventer un présent et de s'y mettre en scène, avec tout ce que cela comportera de mensonges et d'inutiles tentatives pour faire avaler à l'autre qu'on a une vie qui se tient debout.

De toute façon, je pars demain et n'ai plus le moindre intérêt pour quelque présent que ce soit. Dans les semaines, les mois et les années à venir, ma vie ne sera qu'une forme de passage entre deux lieux. C'est la raison pour laquelle j'ai d'abord choisi l'Australie, qui me permettra de changer de décor à volonté, de visiter à la fois un pays et un continent, de voyager de la Grande Barrière de corail au désert des Pinnacles, à cheval sur des frontières dessinées dans la matière du temps. Si l'Australie a un message à me transmettre, je le découvrirai peut-être là, dans les forêts d'eucalyptus où survivent les quelques milliers de koalas ayant échappé à l'expansion des villes, aux feux de forêt et à la vogue des toques ou des cols de fourrure. Je n'emporte rien avec moi, sinon quelques photos de Billie et ce vieil ordinateur dans lequel se multiplie Ronie le crapaud. Si j'en ai l'occasion, je l'initierai aux mœurs des marsupiaux, avec des poches roses, papanoute, pas des grises, c'est pas beau, et inventerai pour Billie des histoires où le bonheur aura les yeux d'un ourson de peluche dormant serré contre le tronc d'un arbre. Il est bien entendu possible que la grande fièvre australasienne me saute sur le paletot dès que j'aurai mis les pieds sur le continent, mais je cours le risque, au cas où un chercheur rattaché à l'Université de Sydney aurait découvert un antidote à ce mal des profondeurs ne s'attaquant qu'à ceux qui dégringolent de ravins en abysses.

Il me restait une seule chose à faire avant de partir, donner à Pixie l'enterrement qu'il méritait et lui permettre ainsi d'accéder à sa septième ou à sa huitième vie. Je l'ai sorti avant-hier du caisson dans lequel il se les gelait depuis trop longtemps et l'ai amené près de l'érable ombrageant ce qui ressemble à un ancien jardin, derrière la maison. La terre y était meuble, amollie par les dernières pluies, et je ne risquais pas d'y tomber sur un fond de roc ou de terre gelée. À cet endroit, il pourrait profiter du soleil du matin, de l'ombre de l'érable quand la lumière se ferait trop intense et sortir chasser le mulot si ça lui chantait.

J'ai travaillé moitié à genoux, moitié courbé en récitant des prières impies qui m'auraient valu l'asile ou l'excommunication si un psy ou un pape s'était baladé dans le coin. Quand j'ai eu fini de prier et de creuser, j'ai déposé la couverture de flanelle confectionnée par Billie au fond de la minuscule fosse et j'y ai délicatement couché le vieux batêche avec les quelques jouets qui lui permettraient de vivre correctement sa vie d'éternel pharaon. Puis j'ai braillé dors bien Pixie, adieu mon grand, mais j'aurais pu brailler dors bien Billie, adieu ma grande, ma toute grande, ma toute belle, que ça n'aurait rien changé. J'enterrais Billie, la vie de Billie, les jouets de Billie en même temps que Pixie. Je mettais en terre ma toute belle, ma toute grande, dont j'ai déposé une photo sur le ventre encore froid de Pixie, sa photo au sourire espiègle. Après, je me suis hâté de le recouvrir avant d'avoir envie de m'étendre à côté de lui jusqu'à la fin de ma neuvième vie, la photo de Billie contre ma joue. J'ai ensuite écrit le nom de ce foutu chat sur la largeur du jardin à l'aide d'un piquet que j'enfonçais dans la terre aussi profondément que possible, afin qu'il soit visible d'une de ces étoiles d'où Billie observe peut-être mes piètres efforts pour apprendre à marcher sans elle. Je n'ai cependant pas planté de croix en bordure du jardin, puisque Pixie ne croyait pas plus en Dieu que moi et que je suis excommunié d'office.

La meilleure chose à faire après cet enterrement aurait été d'aller me laver, mais j'ai décidé de m'offrir ce que certains appelleraient un pèlerinage. J'ai pris le semblant de sentier menant à la rivière et suis allé m'asseoir près du bassin magique de Marnie Duchamp et de Michael Superman Saint-Pierre, peut-être creusé par un lointain tremblement de terre ou une minuscule météorite ayant voyagé depuis l'un des corps célestes se mouvant dans la galaxie kryptonienne.

Je m'attendais presque à trouver une deuxième croix de bois non loin de la rivière, au pied de laquelle un bouquet de fleurs blanches se serait étiolé, près d'une photo de Michael Faber tenant une des pattes de Nuage inclinée en un geste d'adieu. Peut-être le père du deuxième Mike planterait-il cette croix un jour, quand l'envie d'aller se jeter sous le train passant tous les lundis et jeudis soir à Saint-Alban l'aurait quitté, à moins qu'il soit devenu comme moi et ne croie plus que le fait d'invoquer cet hypothétique être céleste se déplaçant dans le corps de l'univers puisse apporter quelque secours à son enfant.

Pour l'instant, seule la croix du premier Michael témoignait des drames survenus près de Nanamiu-shipu, une simple croix ne mentionnant ni l'âge du disparu, ni le jour de sa disparition, devenant ainsi la croix des deux Michael, qui ne formaient désormais qu'un seul Michael parmi tous les enfants disparus à l'orée des forêts tremblantes. Là où un bouquet de fleurs étiolées fleurirait peut-être un jour, j'ai tracé le nom de Billie, l'imaginant qui s'avançait dans la rivière, main dans la main avec les deux garçons.

Au retour de mon pèlerinage, j'ai lancé mes vêtements dans un coin de ma chambre et me suis payé une douche qui aurait fait hurler quiconque se préoccupe un tant soit peu des réserves d'eau de la planète, à commencer par le gars qui, il n'y a pas longtemps, s'inquiétait de la sécheresse tarissant l'Australie. Ce gars était crevé et ne désirait qu'une chose, perdre toute conscience du temps, de l'espace, des déluges et de la guerre que livreraient bientôt les pays arides aux pays baignés d'eau douce.

J'y suis parvenu tant bien que mal, mais aujourd'hui que l'heure du départ approche, les souvenirs refluent comme à l'heure des bilans. Le seul bilan que je peux cependant dresser est que je suis désormais seul avec Ronie, sans attaches ni espoirs. S'il n'y avait cet orage qui s'avance, je partirais tout de suite, mais le vent s'est déjà levé et des éclairs strient le ciel, au-dessus de la forêt, qui feront bientôt trembler le sol et la rivière pendant que des giclées de pluie furieuse se frapperont aux carreaux des fenêtres.

Ce sera mon dernier orage avant ceux qui feront rugir les démons de Tasmanie et ployer les eucalyptus. Ce sera mon dernier souvenir de Rivière-aux-Trembles, celui d'un coin de pays irrigué par la fureur et la lumière. Si j'y reviens un jour, des arbres auront poussé, d'autres seront morts, calcinés par la foudre ou rongés par les vers, Marnie Duchamp aura vieilli et un chat au pelage blanc et roux m'attendra peut-être sur la galerie, fidèle réincarnation d'un vieux schnock auquel une enfant nommée Billie racontait autrefois l'histoire du monde.

J'étais à ma fenêtre lorsque les premiers éclairs ont bariolé le ciel derrière la colline des Loups. Il n'y a pas longtemps, j'aurais vivement fermé les rideaux et poussé à fond le volume de la chaîne stéréo, dans laquelle j'aurais auparavant inséré un CD de Jethro Tull ou de Led Zeppelin en prévision du vacarme à venir. Genoux repliés contre la poitrine, je me serais balancée dans mon fauteuil en massacrant *Stairway to Heaven* jusqu'à la fin de l'orage, puis je me serais jetée dans le ménage ou dans toute autre activité susceptible de m'occuper les mains et de m'empêcher de penser.

Cette fois-ci, je suis demeurée à la fenêtre, laissant la violence de la lumière frapper ma rétine et les tremblements du tonnerre rouler sur ma peau moite pendant que les battements de mon cœur s'accéléraient. Dans ma tête, défilaient les paroles de *Stairway*, des anneaux de fumée, des «rings of smoke», s'enroulaient dans les arbres, mais ceux-ci m'indiquaient maintenant qu'il n'était pas trop tard pour changer de route. Page et Plant avaient raison, «there's still time to change the road you're on», et c'est précisément ce à quoi je m'appliquais, assise devant cet orage dont je tentais enfin de percevoir la beauté.

Je commence à sentir la pluie, Mike, ai-je murmuré tandis que quelques branches de Mary Delahunty, pareilles à des tumbleweeds poussés par les vents du désert, s'envolaient sous le ciel blanc, virevoltaient quelques instants puis s'écrasaient contre la serre des hybrides, dont les murs de verre s'illuminaient toutes les dix ou quinze secondes. La peur me rivait encore à ma chaise, mais elle se mêlait à la joie fragile de qui réapprend à marcher. Si le ciel m'avait voulue, il m'aurait prise bien avant cela… Lorsque les grondements se sont amenuisés pour rouler vers l'est, j'ai enfilé mon imperméable et je suis sortie m'asseoir dans le jardin, sous la pergola. Le vent était tombé, une fine pluie de fin d'orage martelait doucement le toit de la maison et la nature se dépliait lentement après l'assaut de la tempête. C'est dans ce calme que je voulais désormais vivre, dans ce soupir à peine audible succédant à la tourmente.

Il y aura toujours quelque imbécile, bien sûr, pour venir lancer des pierres dans mon jardin ou me téléphoner en pleine nuit, quelque enfant dressé dans la stupidité pour me crier maudite sorcière et s'enfuir rapidement, l'ignorance a la vie longue, mais si la rivière a su résister aux tremblements de la terre, probablement puis-je affronter les secousses de plus en plus rares du cataclysme qui a ruiné une partie de ma vie et dont personne n'a jamais pu situer l'origine, moi pas plus que les autres. Tout ce que je sais de cette histoire, c'est où et quand elle a commencé.

Il était une fois deux enfants et une rivière, disent les premiers mots de l'histoire, il était une fois un orage, puis il fut ensuite une enfant, seule au milieu de la forêt perdue, une Marnie égarée devant quelques cailloux. Il était une fois deux enfants, puis il n'en fut plus qu'un. Il n'y a pas d'autre véritable histoire. Il est possible, je sais, qu'un troisième personnage se soit glissé entre les enfants et que, dans mon affolement, j'aie fait disparaître la main poilue étranglant Mike pour l'enduire d'une épaisse couche de peinture magique et la rendre invisible, tout est possible, mais je ne le saurai que si le temps parvient à tromper la magie pour laver la peinture. Je sais par contre que la suite de mon histoire commence ici, à quelques semaines d'un été dont j'attends la chaleur suffocante et les nuits belles à en brailler. Ce sera mon premier été depuis l'été 79, trop beau pour être vrai, si beau que le mois d'août a perdu les pédales et renversé le ciel dans la rivière Tremblante. Mon histoire commence ici et maintenant, et je sais aussi que plus rien, ni ragots ni bêtise, ne me fera fuir cette maison où je cultiverai, nouvel été après nouvel été, les rosiers d'Alex Duchamp et de Marie Beaupré.

Je m'appelle Marnie et je m'en fous. Je continue à me demander à quoi mes parents ont pensé en me donnant ce nom, mais ça n'a pas de réelle importance, car je m'appelle aussi Squouirèle et ne crains plus l'orage.

Aucun convoi funèbre ne descendait la rue Principale de Rivière-aux-Trembles lorsque Bill Richard a quitté le village, le 10 mai 2009, au volant de sa Volvo 2005 S40, avec pour tout bagage un ordinateur, une valise Samsonite et un album de photos de sa fille. L'averse du matin avait cessé, mais la pluie reprendrait bientôt, qui rendrait son trajet morose et l'empêcherait de poser son coude sur la vitre baissée pour chanter à tue-tête n'importe quel succès ayant marqué ces années lointaines dont il ne pouvait alors mesurer l'insouciance. En attendant, il fredonnait « Hit the road, Bill, don't you come back no more ». Mais il ne savait pas s'il reviendrait. Il partait, c'est tout. Il bougeait. Il s'en allait là où il ouvrirait tous les jours les yeux sur des décors anonymes ou des paysages grandioses au milieu desquels il aurait peine à reconnaître son ombre et où il espérait parvenir à oublier son propre nom. Il n'était ni amer ni triste, seulement soulagé d'avoir enfin compris qu'il ne pouvait vivre sous un même toit des mois durant sans que ce toit menace de s'écrouler par suite de quelque phénomène ayant un lien avec la pression négative de l'ennui.

Quand la maison de Marnie Duchamp est apparue au loin, le premier souvenir qu'il conservait de cette femme s'est matérialisé devant les essuie-glaces, frêle et noir fantôme voulant l'ensorceler. Ne regarde pas, s'est-il dit en appuyant sur l'accélérateur, ne regarde surtout pas en arrière, mais il a malgré lui tourné la tête, à l'instar de cette femme subitement

transformée en statue de sel sur un chemin de sable. En apercevant Marnie qui bêchait la terre au fond de son jardin, il a
brusquement freiné pour se garer sur l'accotement. La peur
lui tordait les tripes, une sueur épaisse mouillait sa chemise,
mais il n'avait d'autre envie que d'ouvrir à toute volée la portière de sa Volvo pour courir vers elle, lui sauter dessus et la
renverser dans le jardin trempé. S'il n'avait connu le pouvoir
des femmes tristes et redouté que les paysages de l'Australie
s'effacent derrière ceux que lui montrerait le regard insondable de Marnie Duchamp, rempli de roses, de rivières et d'écureuils grimpant aux arbres verdoyants, il aurait arraché cette
foutue portière pour aller s'enrouler dans les longs cheveux
roux sentant la terre. Mais il connaissait les femmes tristes.

Il s'apprêtait à repartir, ses mains moites glissant sur le
volant, ne regarde plus, quand Marnie s'est retournée. Après
un moment d'hésitation, elle a laissé tomber sa bêche et s'est
dirigée vers lui. Arrivée près de la route, elle s'est arrêtée pour
s'appuyer au hayon de son pick-up, ramenant derrière son
oreille la mèche de cheveux qui lui chatouillait la joue. Elle
n'irait pas plus loin. Elle a levé la main gauche, celle qui avait
laissé sur son visage l'empreinte d'un nuage sombre, l'a agitée
en signe d'adieu ou d'au revoir, puis la main est retombée au
moment où l'averse reprenait de plus belle. Il a levé la main
aussi, en signe d'adieu, et il a repris la route sous la pluie battante, mais l'image de Marnie Duchamp dans son imperméable jaune, jaune citron, Billie, jaune bouton d'or et bouquets
échevelés de pissenlits, les fesses appuyées sur son vieux pick-
up rouge et les cheveux mouillés, l'a poursuivie durant tout le
trajet qui l'éloignait de Rivière-aux-Trembles. Elle le poursui-
vrait aussi longtemps après lorsque, debout devant les vagues
écumeuses de l'océan Indien, il se demanderait s'il n'avait
pas raté une chance, ce jour-là, de se refaire une véritable vie
dans les bras d'une femme qui dessinait des nuages sur ses
joues, des nuages ou des comètes filant vers son regard d'écureuille rousse.

Marnie Duchamp, quant à elle, a regardé la Volvo s'éloigner jusqu'à ce qu'elle disparaisse derrière la côte Croche, puis elle est retournée à son jardin où, toute la journée, elle s'est éreintée malgré l'averse à bêcher, à sarcler et à tailler des buissons, demandant à la pluie de la toucher et souriant quand l'odeur de l'eau fraîche, parfois, frôlait ses mains tachées. En fin d'après-midi, elle s'est dirigée d'un pas tranquille vers la rivière aux Trembles, où elle n'était pas retournée depuis le jour où elle y avait emmené Holy Owl. En passant devant les anciens champs de Lucien Ménard, au milieu desquels se dressait la maison fermée de Bill Richard, elle a regretté de n'avoir pas marché jusqu'à la Volvo, quelques heures plus tôt, pour embrasser Bill Richard à pleine bouche, de gré ou de force, et lui donner une bonne raison de faire demi-tour. Puis elle s'est dit que si celui-ci voulait l'embrasser, il reviendrait un jour ou l'autre, un peu plus vieux, bien sûr, mais guéri de cette fièvre qui cernait son regard d'ombres malades.

Elle s'est ensuite engagée dans le sentier menant à la rivière, près de laquelle elle est demeurée assise jusqu'après la brunante, à côté d'une croix de bois où le nom de Michael, peu à peu, a disparu dans l'obscurité.

REMERCIEMENTS

Puisqu'il est là, juste à côté de moi, je remercie d'abord Pierre, mon *editor* maison, pour ses multiples lectures, ses conseils avisés et sa solide épaule d'ours.

Je tiens bien entendu à remercier tout le personnel de Québec Amérique, à commencer par Jacques Fortin, pour sa confiance et son soutien, et parce qu'il ne s'épargne aucun effort pour élargir mon lectorat. Je m'en voudrais ici d'oublier l'infatigable Isabelle Longpré, ma gentille et dévouée directrice littéraire, dite GDDL au long cours, à qui rien ou presque ne parvient à échapper, de même que Luc Roberge, Rita Biscotti, Roxane Dumas-Noël, Sandrine Donkers, Anne-Marie Fortin, Mylaine Lemire, Louise Piché, Lyne Trudel et tous ceux et celles avec qui j'ai eu l'occasion de travailler chez QA.

Mes remerciements vont également à Joséphine Bacon et à Rita Mestokosho, qui ont généreusement accepté de traduire pour moi en innu-aimun quelques termes qui m'ont permis de mieux comprendre le véritable nom de la rivière aux Trembles. Tshinashkumitin, les filles.

Je remercie aussi mon amie Yvette, qui a soulagé quelques-unes de mes angoisses linguistiques, Claude Frappier et Diane-Monique Daviau, qui ont révisé les dernières versions de ce roman, et Gilles Mitchell, de la Sûreté du Québec, qui a gentiment accepté de répondre à mes questions. J'espère qu'il ne m'en voudra pas d'avoir parfois placé ses collègues fictifs dans des situations où, inévitablement, ils n'auraient pas le beau rôle. Je me reprendrai dans un autre roman.

Un gros merci à ma sœur Viviane, encore, pour ses photos de koalas assoiffés. C'est à elle que Bill Richard, en quelque sorte, doit sa fièvre australienne. Et, comme à la télé, je remercie les autres membres de mon irremplaçable famille, maman (mamanoute), Odette, Louise et Tommy, de même que mes neveux, mes nièces, mes beaux-frères et mes chats, ma gang de Noutes*, quoi, pour leurs constants encouragements mais, surtout, surtout, parce qu'ils parviennent à me faire croire que je suis pas si pire, en tant qu'écrivaine.

Un dernier merci, enfin, aux membres du fonds Gabrielle-Roy, dont la confiance m'a permis de terminer ce roman dans un lieu pour moi paradisiaque, ainsi qu'au Conseil des Arts du Canada et aux membres du jury qui m'ont accordé une bourse sans laquelle je pataugerais encore dans les eaux de la rivière Tremblante.

---

* Pour connaître le sens de ce mot, il faut lire le roman…

Marquis imprimeur inc.

Québec, Canada
2011